LES DAMES
DU
MÉDITERRANÉE-EXPRESS

I

LA JEUNE MARIÉE

DU MÊME AUTEUR
CHEZ POCKET

Dans le lit des rois
Dans le lit des reines

Les dames du Méditerranée-Express

1. La jeune mariée
2. La fière Américaine
3. La princesse mandchoue

La Florentine

1. Fiora et le magnifique
2. Fiora et le Téméraire
3. Fiora et le Pape
4. Fiora et le roi de France

Les loups de Lauzargues

1. Jean de la nuit
2. Hortense au point du jour
3. Félicia au soleil couchant

Le roman des châteaux de France t. 1 et t. 2

Les Treize Vents

1. Le voyageur
2. Le réfugié
3. L'intrus
4. L'exilé

Le Boiteux de Varsovie

1. L'étoile bleue
2. La rose d'York
3. L'opale de Sissi
4. Le rubis de Jeanne la Folle

Un aussi long chemin

JULIETTE BENZONI

LES DAMES DU MÉDITERRANÉE-EXPRESS

I

LA JEUNE MARIÉE

JULLIARD

ISBN 2-266-05255-1

PROLOGUE

Paris, 5 août 1914...

La grosse locomotive noire, au coup de sifflet, commence à tirer ses wagons bondés, pleins de cris, de promesses, de chansons et de fleurs...

Depuis trois jours, à l'appel du président de la République Raymond Poincaré et de René Viviani, son président du Conseil, des millions d'hommes quittent leurs champs – en pleine récolte! –, leurs usines, leurs ateliers, leurs boutiques et leurs bureaux pour s'entasser dans des centaines de trains qui les emportent vers les frontières. Ils ne remarquent même pas que ce sont souvent des trains de marchandises vaguement aménagés ou simplement garnis de paille : ce sont leurs voitures et ils en ont pris possession en écrivant sur les parois extérieures et en grandes lettres blanches leurs défis et leurs espoirs. « A Berlin! » ou « On les aura! »... Sans imaginer un seul instant que de l'autre côté du Rhin, des wagons sur lesquels on a écrit « *Nach Paris!* » ou « *Gott mit uns!* » viennent à leur rencontre avec les mêmes certitudes.

Le convoi qui s'éloigne en ce moment de la gare de l'Est est composé de voitures de troisième classe où se sont entassés des hommes venus de tous les horizons que l'uniforme nivelle. Dolmans noirs et pantalons garance, ils se ressemblent tous. Et pour l'instant cela les amuse, ces « réservistes » habillés de gros drap qui sent un peu la naphtaline. Cela les rajeunit et ils se sentent pleins de courage et de résolution. D'ailleurs, tout le monde sait bien que « ça ne durera pas ! »...

Dans un coin-fenêtre, un homme est assis bras croisés, le képi enfoncé sur les yeux. Il est le seul à porter son uniforme avec aisance. Peut-être parce que depuis des années il vit sous un costume pas tellement différent. Il s'appelle Pierre Bault et, hier encore, il était « conducteur » de sleepings à bord des grands trains de luxe qui sillonnaient la France : le Méditerranée-Express d'abord, puis le Calais-Méditerranée.

Il a plus de quarante ans et il aurait pu rester dans les Chemins de Fer, s'y « planquer », comme on dit, mais il a voulu partir avec les autres, comme les autres. Par patriotisme d'abord mais aussi par un désenchantement dont ce wagon minable est le symbole. Ici, pas de teck blond, pas d'acajou ni de moquettes épaisses, pas de velours frappé mais des banquettes de bois blanc dont le vernis s'écaille. Son monde, à lui, était fait d'hommes élégants et surtout de femmes parées de ces riens qui les font inimitables, et ce monde vient de s'endormir – peut-être pour longtemps ! – emportant avec lui les fourrures rares, les tissus soyeux, les plumes précieuses et les parfums sortis des sublimes laboratoires de MM. Guerlain, Piver, Coty et autres. Jusqu'à l'odeur du tabac qui a changé ! Le Havane ou le Lattaquié ont fait place au « gros cul » dont on bourre sa pipe ou que l'on roule entre ses doigts...

C'est sans importance, au fond, car ils sont bien sympathiques ces hommes qui entourent Pierre Bault !

Chaleureux et gais comme s'ils roulaient en « train de plaisir » et non vers un destin incertain qui, pour certains, sera tragique. Mais, la mort, ils n'y pensent même pas, peut-être parce que c'était si beau, tout à l'heure, dans la cour de la gare, cette foule de parents, d'amis et même d'inconnus qui les pressait, les chérissait et leur criait son amour avec son espérance. Beaucoup de femmes, bien sûr ! Elles étaient vêtues de robes claires, distribuaient des baisers et des fleurs, ces fleurs à présent mourantes à une boutonnière ou au canon des fusils.

Pierre les a trouvées belles avec leurs yeux brillants de larmes retenues et leurs sourires tendres. L'une d'elles lui a même donné une rose, à lui que personne n'accompagnait, et elle l'a embrassé... Il aurait voulu les tenir toutes et leur dire que même vieilles ou laides elles lui semblaient aussi belles que ces créatures de rêve qui, depuis une douzaine d'années, peuplaient sa vie quotidienne sans qu'aucune lui ait jamais dit « je t'aime ». Elles passaient seulement et lui, durant quelques heures, veillait à leur confort, à leurs caprices, à leur sommeil. Parfois même à leur vie.

Il y en a eu trois, surtout, qu'il n'oubliera jamais parce qu'elles leur ont donné, à lui et à son train bien-aimé, l'occasion de jouer le rôle du Destin dans des vies où ils n'avaient pas grand-chose à faire. A première vue tout au moins. Autour d'elles il y avait des hommes mais particulièrement un que Pierre admire et qu'il aime bien parce qu'il n'est pas comme les autres et parce qu'il a, sans le vouloir, pu agir sur ces existences féminines.

Trois femmes également charmantes, également attachantes jusque dans leurs différences, qui se sont succédé chacune à une année d'intervalle : une petite marquise de seize ans, tout juste mariée, une belle Américaine sûre d'elle-même et de ses pouvoirs, et une exquise princesse mandchoue dont la fragilité de jade blanc cachait une âme forgée aux feux de l'enfer...

Le silence, petit à petit, s'est installé dans le compartiment. Les hommes rêvent, ou dorment, à moins qu'ils ne fassent les deux à la fois. Pierre Bault ferme les yeux lui aussi et se laisse bercer par la cadence familière des bogies. Il sait bien qu'il ne dormira pas car, à son poste au bout du long couloir d'acajou, il ne s'est jamais assoupi. Simplement, il va laisser venir à lui ses souvenirs et surtout ces trois femmes qui lui sont restées chères.

La première s'appelait Mélanie...

Première partie

MÉLANIE

1902-1903

CHAPITRE PREMIER

SUR UN ARBRE PERCHÉE...

L'orage qui éclata en fin d'après-midi, conséquence logique d'une longue canicule, fit quelques dégâts à Dinard. La villa « Morgane » et son jardin s'en tiraient avec un pin abattu, des massifs d'hortensias ravagés par la grêle, l'une des verrières de la serre endommagée et les allées sablées changées en longs fragments de grève creusés de rigoles. Au crépuscule, il fit presque froid et le vent apaisé du soir changea en fontaine la moindre branche d'arbre.

Ayant reçu presque tout le contenu d'un magnolia, Mélanie s'ébroua. A peine arrivée à mi-chemin de son mur, elle était déjà mouillée. Encore heureux qu'en s'échappant par la cuisine elle eût trouvé le grand châle noir que Rosa mettait pour aller au marché quand il y avait du vent! Il l'enveloppait tout entière, couvrant presque sa chemise de nuit, seul vêtement qu'elle eût à sa disposition à cette heure tardive.

En la couchant, chaque soir, Fräulein faisait emporter par la femme de chambre les habits que son élève venait de quitter pour les ranger dans la penderie ou les déposer « au sale ». Elle ne laissait même pas à Mélanie une robe de chambre et une paire de pantoufles qu'elle considérait comme des « douilletteries » incompatibles avec une ferme éducation, telle qu'on la concevait tout au moins dans son Allemagne natale. On apportait tout cela lorsque Mélanie se levait, car elle n'était pas censée sortir de ses draps avant l'heure prescrite quels que puissent être les besoins nocturnes de sa vessie. En cas d'extrême urgence, le nécessaire se trouvait dans la table de chevet.

C'est donc en vertu de ces règles de vie dignes d'un soldat du Grand Frédéric que l'unique héritière des Desprez-Martel en était réduite à galoper pieds nus dans l'herbe mouillée, ce qui, d'ailleurs, ne la tourmentait guère : à quinze ans et en été on n'a pas le pied délicat. Et puis Mélanie eût fait bien d'autres sacrifices pour le plaisir de voir le bal qui allait se dérouler chez sa voisine.

Arrivée au bout de la grande pelouse, elle se retourna pour vérifier qu'il ne se passait rien d'imprévu mais la villa blanche, abritée comme sous un parapluie par ses toits d'ardoise, montrait paupières closes : aucune lumière ne filtrait de ses volets. Normal car il était déjà tard, mais un bal ne commençait jamais avant dix heures du soir et il n'y avait guère qu'une demi-heure que les tziganes se faisaient entendre.

Une demi-heure qui, pour Mélanie, s'était déroulée dans l'angoisse : elle ne retrouvait plus la clef de la cuisine que son ami Conan, le fils du jardinier et l'ennemi juré de Fräulein, lui avait fait faire en cachette. Elle crut d'abord l'avoir oubliée dans la poche de sa robe de piqué blanc qui devait être dans la buanderie, et il lui fallut dix bonnes minutes d'une agitation lui brouillant la mémoire pour se souvenir de l'endroit où elle l'avait cachée : au milieu de ses crayons de couleur.

Rassurée sur ses arrières, l'adolescente reprit sa course. Les échos d'une valse lui parvenaient, tendres, enveloppants, séduisants au possible. On commençait à entendre aussi la voix vigoureuse du valet chargé d'annoncer les invités cependant que l'ombre épaisse des arbres s'étoilait de lumières. Enfin Mélanie, avec un soupir de soulagement, atteignit le mur et surtout le grand cèdre dont les branches formaient au-delà de la clôture une avancée suffisante pour offrir une vue non seulement du parc illuminé dont la tempête n'était pas venue à bout mais aussi des salons largement éclairés. Bien sûr, escalader pieds nus un arbre trempé n'est pas une entreprise agréable, mais elle se trouvait largement compensée par le ravissant spectacle d'une fête chez celle que l'on appelait « la Reine de Dinard ».

Une reine à laquelle personne ne songeait à contester son titre, bien qu'en cet été 1902 la côte d'Émeraude attirât tout ce que l'Europe – et surtout le Royaume-Uni ! – comptait de grands noms et de grandes fortunes. Mrs. Hugues-Hallets était non la plus noble, ni la plus belle ni surtout la plus jeune mais une sorte de vivant miracle, un personnage hors du temps à qui son extrême richesse et ses fabuleuses relations permettaient tous les enchantements.

Née en Louisiane, elle avait été d'une extraordinaire beauté dont – dans son âge avancé car elle comptait quatre-vingt-dix printemps – il lui restait des traces frappantes. Celui ou celle qui lui était présenté ne l'aurait jamais imaginée si vieille tant elle prenait soin de sa personne. Son visage rose et frais, toujours habilement maquillé, restait le plus aimable qui se pût voir. En outre, à la tête d'une des fortunes les plus colossales d'Amérique, elle n'aimait rien tant qu'en faire profiter ses amis et, autour d'elle, s'assemblait une cour d'altesses plus ou moins royales, de grands seigneurs exotiques, de milliardaires américains et de ladies anglaises ravissantes qui semblaient provenir d'une toile de Lawrence, de Gainsborough ou de Dante Gabriel Rossetti car, pour être admis chez Mrs. Hugues-Hallets, il fallait être très noble, très intelligent, très brillant ou d'une très grande beauté. En fait c'était l'argent qui importait le moins à cette hôtesse d'un autre âge qui, pendant la saison de Dinard, donnait chaque soir un dîner de trente couverts et chaque semaine un bal de trois cents personnes dans sa somptueuse villa du Moulinet. Ladite saison ne durait il est vrai que du 1er août au 8 septembre et ce bal-ci était le dernier, mais on devait y entendre l'illustre Caruso, un ami personnel de la maîtresse de maison et un habitué de la Côte.

Mrs. Hugues-Hallets fascinait Mélanie qui l'avait surnommée la fée des Lilas parce que, de toutes les couleurs tendres dont elle se paraît, c'était le mauve qui avait sa préférence. Toujours vêtue à la mode des années 1880, elle affectionnait les toilettes de soies tendres et irisées invariablement ornées d'une « tournure » légère et d'une longue traîne qu'elle ramassait sur son bras d'un geste plein de grâce lorsqu'elle se déplaçait à l'extérieur. Elle se coiffait aussi de minuscules capotes couvertes de fleurs ou de fruits et nouées sous le menton par un ruban de velours assorti à la robe. Bien souvent ce jardin miniature se composait de grappes de lilas qui, jointes aux immenses écharpes de mousseline nuageuse que portait la vieille dame, conféraient à son personnage quelque chose d'irréel. Et Mélanie s'attendait toujours à lui voir brandir une baguette magique pour en changer les gens qui ne savaient pas rire, ou seulement sourire, en rats ou en crapauds... En effet, elle aimait la gaieté, la jeunesse et savait à la fois s'amuser et amuser les autres.

A la dernière Fête des Fleurs elle était apparue dans une petite voiture entièrement recouverte d'immortelles mauves et jaunes et surmontée d'une couronne royale faite des mêmes fleurs. Tout le monde avait beaucoup ri avec elle de cette plaisanterie. Mais cela c'était seulement sa vie publique. Beaucoup plus secrètes étaient ses charités et le bien qu'elle dispensait aux déshérités par l'entremise d'un vieil ami.

Installée assez loin sur sa grosse branche pour avoir franchi le mur, Mélanie apercevait l'enfilade des salons éclairés par des centaines de bougies car la maîtresse de maison trouvait la lumière électrique peu flatteuse pour le visage. Leurs petites flammes faisaient scintiller mystérieusement les lustres et les girandoles de cristal ainsi que les diamants des belles invitées. Une profusion de roses pâles cachaient à demi les boiseries d'un vert ancien et les jolis meubles tendus de satins brochés. Fidèle, en effet, pour sa toilette aux modes de son temps, Mrs. Hugues-Hallets partageait, en matière de décoration et de mobilier, les goûts du comte Boniface de Castellane. Tous deux appréciaient le charme du XVIIIe siècle et sa grâce légère à jamais disparue.

De son perchoir, Mélanie se laissait aller au plaisir de l'admirer, assise bien droite dans une bergère à oreilles, parée d'une robe de satin nacré à reflets roses et d'une quantité de perles magnifiques. Un collier-de-chien emprisonnait son cou et d'immenses sautoirs coulaient de ses épaules. Des perles encore à ses bras gantés très haut. D'autres enfin, en forme de poire, lui composaient un diadème qui se perdait dans un piquet de roses-mousse.

Une couronne de jeunes ladies en mousselines tendres, dont les longues jupes semblables à des corolles mettaient en valeur les tailles fines ceinturées de rubans, l'entouraient comme un parterre cependant qu'à l'entrée des salons les noms illustres se succédaient lancés d'une voix forte par un immense valet à perruque poudrée :

– Madame la princesse de Faucigny-Lucinge... Madame Victor Hugo... Son Altesse Royale le prince Louis d'Orléans-Bragance... Monsieur Jérôme Tharaud... Madame Judith Gautier... Sa Grâce Madame la Duchesse de Marlborough... Lord et Lady Cowley...

Lente, souriante et suprêmement élégante, la procession des invités venait saluer la vieille dame que son grand âge dispensait de se tenir debout à l'entrée des salons comme l'aurait voulu le protocole. Ponctué par les habits noirs des hommes, c'était un flot ininterrompu et chatoyant où, sur les gorges blanches, diamants, émeraudes, rubis, saphirs et perles étaient posés comme autant de papillons exotiques aux fabuleuses nuances. Le coup d'œil avait quelque chose de féerique et Mélanie regardait, regardait de tous ses yeux en attendant le feu d'artifice qui serait tiré tout à l'heure.

Elle se savait trop jeune pour participer à de telles fêtes et d'ailleurs ne le souhaitait guère. Elle ne rêvait même pas de ce premier bal qui aurait lieu à l'automne pour son seizième anniversaire parce qu'elle était certaine que ce serait assommant. Il n'y aurait pas de parc illuminé, pas de fusées jaillissantes, seulement le décor des salons de la rue Saint-Dominique et comme ce serait fin octobre on ne pourrait même pas ouvrir les fenêtres sur le petit jardin. Et puis, pas question de danser avec qui lui plairait mais uniquement avec les rares cavaliers qui auraient reçu la permission de l'inviter. C'est-à-dire qu'ils auraient été triés avec soin par sa mère et surtout son grand-père, ce terrible vieillard qui, plus encore depuis la mort de son fils, le père de Mélanie, menait de main de maître son cabinet d'agent de change et les autres affaires familiales.

Quand elle pensait au vieux Timothée Desprez-Martel, sa petite-fille n'arrivait pas à démêler quelle dose d'affection il lui inspirait. Peut-être parce qu'il l'avait toujours trop impressionnée...

En général on ne le voyait guère car, lorsqu'il n'était pas à ses affaires ou en mer et en particulier depuis qu'il avait perdu « Chère Bonne-Maman » il préférait de beaucoup s'enfermer chez lui avec ses livres et sa collection de tableaux mais il y avait tout de même des dates auxquelles on n'échappait pas. Par exemple, le Jour de l'An.

En cette circonstance, l'oncle Hubert venait chercher Mélanie et sa mère dans sa voiture électrique conduite par un chauffeur vêtu de peaux de bêtes et les amenait déjeuner dans le vieil hôtel des Champs-Élysées. La distance n'était pas grande mais, comme il faisait toujours froid, ces dames ne prenaient place dans le véhicule qu'au milieu d'un grand luxe de fourrures. Albine détestait ce moyen de locomotion dont son beau-frère raffolait mais Mélanie trouvait que c'était le seul épisode consolant de la journée, le reste étant d'une affligeante tristesse.

En effet, franchies la haute porte cochère enduite d'un vernis vert foncé toujours impeccablement entretenu et la cour pavée sur laquelle donnaient les portes des écuries, on pénétrait dans un univers consternant et vaguement sinistre qui aurait pu servir de décor pour *Marie Tudor* ou *Les Burgraves* de M. Victor Hugo. De hautes boiseries sombres travaillées à la manière d'un chœur d'église, les stalles en moins, encadraient des fenêtres à vitraux rouges et bleus qui, lorsque les lourds rideaux de velours frappé à pompons le leur permettaient, éclairaient de taches sanglantes ou livides une infinité de bahuts tarabiscotés, de cathèdres et de portraits de famille où même les dames se croyaient obligées de prendre un air sévère. Il y avait aussi, sur d'épais tapis dont il était difficile de distinguer les couleurs, un imposant piano à queue en ébène verni dont la caisse d'harmonie disparaissait à demi sous une chape d'évêque retenue elle-même par trois gros livres reliés en rouge et abondamment dorés, quantité de sièges capitonnés aux couleurs indéfinissables, une vaste vitrine contenant la collection d'éventails anciens chère à Bonne-Maman et des tables juponnées sur lesquelles s'étalaient des boîtes, des flacons, des statuettes, cependant que dans un coin, érigé sur une colonne gothique et abrité par un aspidistra géant, un buste d'empereur romain posait sur toutes choses un regard vide que Mélanie trouvait féroce.

Le déjeuner, bien qu'il fût toujours exquis parce que Cher Grand-Papa tenait à la bonne chère et entretenait un cuisinier génial, représentait une rude épreuve. Il était servi sur une immense table d'abbaye, flanquée de quatre valets en habit noir, à un bout de laquelle le grand-père, sorte de géant à la barbe rouge et blanc, présidait du fond d'une espèce de trône. En face de lui, un siège du même genre mais drapé de crêpe funèbre marquait pour jamais la place de son épouse défunte, ce qui n'ajoutait rien à la gaieté de la réunion, en dépit des efforts de l'oncle Hubert. C'était un garçon qui aimait mener joyeuse vie et que les affaires n'intéressaient en rien. Aussi ses tentatives pour dégeler l'atmosphère tombaient-elles toujours à plat. Son père le considérait d'un œil de granit et bougonnait qu'il était inutile de farcir l'esprit de Mélanie avec des fariboles dépourvues d'intérêt.

– J'entends, martelait-il, qu'elle devienne une femme de devoir comme l'était ta mère. Puisque tu en es incapable il faudra qu'elle épouse un homme susceptible de me succéder et d'assumer mon empire.

– Père, minaudait alors Albine en égratignant sa glace au chocolat d'une petite cuillère de vermeil, vous êtes unique. Où voulez-vous que nous trouvions un autre vous-même ?

– Le temps venu, soyez certaine, ma fille, que je saurai bien le dénicher, où qu'il soit.

Le déjeuner terminé, les deux hommes allaient fumer un cigare dans la salle de billard, sorte de nécropole gardée par des armures médiévales, tandis que Mélanie et sa mère se morfondaient dans le jardin d'hiver où, au milieu d'orangers en pots et de plantes tropicales entretenues à grands frais, elles grignotaient des chocolats en attendant le café que Soames, le vieux butler anglais, servait traditionnellement sur une table de rotin couverte de damas blanc et dressée devant une haute verrière décorée de roseaux et de nymphéas où d'évanescentes jeunes femmes en tuniques à la grecque s'ébattaient pieds nus et les cheveux flottant au souffle d'une brise imaginaire. Dans son enfance Mélanie s'imaginait que c'était pour leur éviter de prendre froid qu'il faisait si chaud dans cette pièce, la seule de tout l'hôtel où régnait en plein hiver une température agréable, la seule où sa grand-mère aimait à se tenir en dehors de sa chambre et bien qu'elle déplorât vivement la tenue négligée des jolies filles du vitrail. Le reste de l'hôtel bénéficiait en effet d'une fraîcheur toute britannique et de vivifiants courants d'air. Cher Grand-Papa, élevé à la dure chez les Jésuites, ne supportait pas la chaleur. Quand revenait la canicule estivale, il partait sur son yacht vers le cap Nord, les Hébrides, les îles

Féroé ou toute autre région plus proche du cercle arctique que de l'équateur...

On buvait le café dans d'exquises tasses de Sèvres d'un bleu ravissant et c'était après avoir sacrifié à ce rite dans un profond silence que Cher Grand-Papa passait à la cérémonie des étrennes pour Mélanie. Il faisait approcher sa petite-fille puis, tirant de son gousset une pièce d'or de vingt francs, il la lui remettait en prenant bien soin de refermer sur ce trésor les doigts de la fillette. Après quoi, et toujours avec les mêmes mots, il lui recommandait de ne pas la dépenser mais de la mettre dans sa tirelire afin de se constituer ainsi un petit capital que l'on ferait fructifier plus tard. Mélanie balbutiait alors un remerciement cependant que sa mère s'exclamait rituellement :

– C'est trop de bonté, Père! En vérité, vous gâtez trop cette petite...

Et là-dessus on s'en allait. A trois heures juste, Cher Grand-Papa, comme s'il avait une pendule dans la tête, tirait de sa poche de gilet sa grosse montre en or et expédiait une famille qui ne demandait que cela. Les grandes portes vernies de l'hôtel se refermaient jusqu'au prochain événement familial (anniversaire ou fête) et l'oncle Hubert se hâtait de ramener mère et fille rue Saint-Dominique avant d'aller chercher à son cercle ou chez quelque belle amie une atmosphère plus cordiale.

Rentrée chez elle, Albine Desprez-Martel allait régulièrement se coucher dans sa chambre où brûlait un feu d'enfer en criant à tue-tête qu'elle était glacée jusqu'à la moelle des os et que, très certainement, il faudrait faire appel dès l'aurore au Dr Gaud, le médecin de famille, pour la retenir encore un peu sur la rive où l'on ne revient jamais une fois qu'on l'a quittée.

Quant à Mélanie, comme il était alors trop tard pour les Tuileries ou le guignol des Champs-Élysées avec Fräulein, elle avait le droit de faire ce qu'elle voulait jusqu'à l'heure du dîner, ce qui, à tout prendre, était une bonne chose, bien que la musique ne lui fût pas autorisée pour ne pas aggraver « l'affreuse migraine » habituelle de sa mère. Encore enfant, elle allait jouer au jardin pour se dégourdir les jambes mais, depuis qu'elle avait atteint l'adolescence, elle choisissait de dévorer, voluptueusement couchée à plat ventre devant la cheminée, quelque ouvrage de la comtesse de Ségur ou de Fenimore Cooper qu'elle pouvait lire dans le texte original, ayant appris à parler l'anglais comme l'allemand presque en même temps que le français. Ces auteurs étaient les seuls qui lui fussent permis en dehors des grands classiques et des livres de classe que fournissait l'élégante école de Mlle Adeline Désir, sise rue Jacob, et dont elle suivait les cours depuis l'âge de huit ans. En effet, Cher Grand-Papa s'était formellement opposé à ce qu'elle fût pensionnaire chez les Dames de l'Assomption ou au couvent des Oiseaux comme le souhaitait sa mère.

– Ma petite-fille doit se marier, affirmait-il en donnant volontiers du poing sur la table. Il ne saurait être question de lui farcir la tête avec des idées de cloître et de renoncement. Une institutrice privée et quelques heures par semaine dans une bonne école, voilà ce qu'il lui faut ! Encore ne suis-je pas certain que ce soit bien utile. Qu'elle sache tenir sa maison, ses gens et sa place dans un salon me semble une éducation tout à fait suffisante...

Il avait bien fallu qu'Albine en passât par là, quelque désir qu'elle eût de tenir éloignée d'elle le plus longtemps possible une fille qui, en grandissant, l'empêchait de laisser croire à ses nombreux admirateurs qu'elle avait tout juste vingt-cinq ans. Mais Mélanie que l'internat ne tentait guère en était reconnaissante à son grand-père. L'atmosphère, chez Mlle Désir, était peut-être un peu précieuse et l'on y veillait de près à la religion, mais au moins on n'avait pas à vivre en promiscuité continuelle avec des filles plus ou moins arriérées pour qui, par exemple, les plaisirs de la mer se limitaient à faire des pâtés de sable ou à jouer, en robe de broderie anglaise et chapeau-charlotte de même tissu, au croquet, aux grâces ou au diabolo. De préférence avec des bas noirs et des bottines vernies. Mélanie dédaignait profondément ces plaisirs frivoles depuis que le cher oncle Hubert lui avait appris à nager, à monter à cheval et même – plaisir entre tous divin ! – à tenir la barre d'un petit voilier. C'était d'ailleurs à lui qu'elle devait l'intrusion discrète des *Trois Mousquetaires* et même – comble d'audace ! – de *La Reine Margot* au milieu de la sage Bibliothèque Rose. Fenimore Cooper avait été sa dernière trouvaille et Mélanie s'en repaissait tandis que Fräulein, enfermée dans sa chambre, consacrait son temps libre à l'imposante correspondance qu'elle entretenait avec sa famille de Mayence et, surtout, avec son fiancé, un brillant « privat dozent » de l'université de Heidelberg dont elle avait montré en cachette à son élève la martiale photographie. Le « Schatz [1] » de Fräulein y plastronnait en uniforme à brandebourgs, les joues tailladées de deux ou trois cicatrices, appuyé des deux mains sur la garde d'un sabre et sa tête rase, abondamment moustachue, couronnée d'une curieuse coiffure qui ressemblait à une boîte de camembert. Un bouquet desséché de « vergiss-

1. Trésor.

meinnicht [1] » était attaché au cadre par un ruban bleu et, quand elle contemplait cette attendrissante image, Fräulein avait toujours la larme à l'œil. Elle espérait beaucoup que son élève se marierait assez vite pour qu'elle pût retourner chez elle et convoler à son tour avec l'homme de ses pensées.

Mais les amours de Fräulein, le frivole égoïsme d'Albine et les foudres de Cher Grand-Papa étaient bien loin de l'esprit de Mélanie tandis que, serrant autour d'elle le châle de Rosa, elle regardait se dérouler la soirée de Mrs. Hugues-Hallets. Elle se sentait d'autant plus tranquille que sa mère n'y assistait pas : Albine avait choisi de se rendre à une réception chez le gouverneur de Jersey sur le yacht d'un ami anglais. Personne ne viendrait donc déranger l'occupante du grand cèdre.

A ce point de la réception, tout le monde venait de prendre place sur des petites chaises dorées disposées dans l'un des salons, celui où un grand piano trônait dans une sorte de baie vitrée abondamment garnie de plantes vertes qui rappelèrent à Mélanie le jardin d'hiver de son grand-père. Un homme maigre, en habit, s'installait sur le tabouret dont il avait réglé la hauteur et, presque aussitôt, un personnage corpulent, au visage plein barré d'une impressionnante moustache et coiffé de cheveux noirs frisés, fit son entrée sous les applaudissements chaleureux de l'assemblée : le grand Caruso allait chanter.

Il avait choisi, pour commencer, le grand air de « Martha » tiré d'un opéra du compositeur mecklembourgeois Friedrich von Flotow, qui connaissait une grande vogue depuis près d'un demi-siècle. La musique en était agréable, facile d'ailleurs, et la voix

1. « Ne m'oubliez pas » (myosotis).

célèbre résonnant sous les frondaisons de ce parc illuminé lui conférait un charme mystérieux auquel l'adolescente fut sensible bien qu'elle n'aimât guère les soirées de l'Opéra où sa mère était contrainte de l'emmener de temps en temps sur ordre de son grand-père. Sauf quand il y avait ballet, Mélanie trouvait insupportable la toilette qu'on l'obligeait alors à revêtir et qui était toujours celle d'une petite fille, alors même qu'elle atteignait presque la taille d'Albine. En outre, elle trouvait profondément assommant ce qui se passait sur la scène quand ce n'était pas du plus haut comique. Comment s'intéresser aux malheurs d'une Yseut de cent kilos ou brûler de passion pour un chanteur dont l'estomac remonté prouvait qu'il portait un corset ? A l'Opéra c'étaient toujours les agonisants qui chantaient le plus fort. Et quand un danger devenait pressant, au lieu de s'enfuir à toutes jambes, on commençait par en discuter ; quelquefois même on s'asseyait...

Le comble avait été atteint un soir, récent d'ailleurs, où Albine, furieuse, avait dû emmener sa fille prise d'un fou rire impossible à maîtriser. On donnait alors *Sigurd* de Reyer, une œuvre fortement inspirée par la fameuse *Tétralogie* de Richard Wagner. Et soudain, alors que le roi Gunther clamait avec majesté

Je suis Gunther, roi des Burgondes,
Prince du Rhin !
Sur ces campagnes fécondes
Que le grand fleuve germain
Arrose de ses eaux profondes
Tout est soumis à mon sceptre d'airain...

voilà que Mélanie repère l'un des gardes du roi barbare, un assez petit homme surmonté d'un casque à grandes cornes qui lui mettait la figure à mi-chemin des pieds. L'ensemble, déjà, était assez drôle mais l'irrésistible résidait dans les fameuses cornes : mal fixées sans doute, elles se balançaient mollement, l'une après l'autre, chaque fois que leur propriétaire se déplaçait. Et, sans doute pour veiller sur les arrières de son roi, il se déplaçait pas mal. Alors, ce fut le désastre : Mélanie éclata de rire, un de ces rires nerveux que rien ne peut arrêter, même la gifle qu'Albine lui assena lorsqu'elles eurent atteint le couloir des loges :

– Tu es vraiment impossible! explosa la mère. Jamais plus je ne t'emmènerai à l'Opéra. Ton grand-père, que je mettrai d'ailleurs au courant, en pensera ce qu'il voudra.

Malheureusement, sur la tête de la jeune femme, deux plumes de paradis safranées s'agitaient au vent de sa colère, rappelant tellement les cornes du Burgonde que Mélanie, en dépit de sa joue cuisante, pouffa et repartit de plus belle. On la ramena aussitôt à la maison et elle fut privée de dessert pendant huit jours, mais elle s'était tant amusée que le jeu en valait largement la chandelle.

Tandis qu'une main sur le cœur le grand Caruso clamait son amour pour la belle Martha, l'attention de Mélanie fut soudain attirée par un couple qui venait de sortir sur la terrasse fleurie de géraniums roses d'où, par les larges marches, on pouvait descendre au jardin. De son poste d'observation, elle ne distingua pas tout de suite l'homme et la femme. Ils n'étaient qu'une ombre blanche auprès d'une ombre noire. Alors, poussée par la curiosité, elle avança un peu plus loin sur sa branche mais, si elle voyait mieux, elle n'en sut pas davantage, car elle n'avait jamais vu cette jeune femme rousse dont les épaules blanches laissaient glisser un boa de tulle bouillonné et pailleté. Mélanie s'en serait souvenue tant elle était ravissante dans sa robe princesse dont la petite traîne mousseuse lui donnait l'air de marcher sur un nuage. Quant à l'homme, il lui était aussi totalement inconnu, sinon comment oublier cette haute et svelte silhouette, ces épaules droites, ce corps mince et musclé que l'habit de soirée épousait à la perfection. D'épais cheveux noirs et bouclés coiffaient une tête au port altier mais il était impossible d'apercevoir du visage autre chose qu'un profil perdu.

Le rire léger de la femme domina un instant la musique tandis que son compagnon la prenait dans ses bras et la courbait en arrière pour imposer un baiser que l'on faisait mine de lui refuser en jouant d'un éventail tantôt ouvert, tantôt fermé.

L'éventail fut vaincu et glissa à terre cependant que les deux têtes se rejoignaient durant un temps qui parut interminable à celle qui les regardait.

Comme si elle eût été tout près d'eux, Mélanie retenait son souffle et les admirait avec un rien de jalousie. Ils étaient tellement beaux tous les deux et ils semblaient tant s'aimer. Cependant la jeune femme se dégageait en murmurant quelque chose dont, bien sûr, Mélanie ne perçut rien. Lui essaya de la retenir mais déjà, elle s'enfuyait vers les lumières des salons en laissant son rire léger s'égrener derrière elle.

Resté seul, l'inconnu s'adossa à la balustrade, sortit un étui brillant, y prit une cigarette et l'alluma. La flamme de l'allumette éclaira fugitivement un beau visage brun rehaussé d'une fine moustache. Un moment, il resta là sans bouger, exhalant lentement la fumée bleue en levant la tête comme s'il interrogeait les étoiles, puis il descendit au jardin. Pendant une accalmie de la musique, Mélanie entendit le gravier crisser sous ses pas mais Caruso reprit bientôt possession des échos alentour avec l'air du premier acte de *La Tosca.* En outre, le promeneur disparut du champ de vision de la jeune fille.

Cela lui déplut. Cet inconnu l'intéressait et elle avait envie de le revoir et même de le voir de plus près. Elle rampa un peu plus avant sur sa branche mais le châle de Rosa s'accrocha à une aspérité du bois. Elle se retourna pour se libérer, fit un faux mouvement et, soudain, ce fut la catastrophe : la branche cassa net et, dans un grand bruit de feuilles froissées, Mélanie tomba au beau milieu d'une flaque d'eau avec sa chemise de nuit pour seule protection. Le châle, toujours accroché, pendait au-dessus de sa tête comme un drapeau anarchiste en berne.

Une exclamation furieuse salua son arrivée :

– Par tous les diables! Qu'est-ce que c'est que ça?

A demi étourdie par sa chute, Mélanie, désolée et furieuse, constata qu'elle se trouvait tout juste aux pieds du bel inconnu et qu'il s'en était fallu de peu qu'elle l'assommât. Trop humiliée, alors, pour songer à présenter la moindre excuse, elle bougonna :

– Vous feriez mieux de m'aider à me relever! Je me suis fait très mal...

– Et d'où arrivez-vous comme cela, en cet équipage?

– De là-haut! fit-elle en pointant un doigt au-dessus de sa tête, ce qui le fit rire :

– Du ciel? C'est vrai que j'ai toujours imaginé les anges vêtus d'une sorte de chemise de nuit. Me confierez-vous ce que vous avez fait de vos ailes?

– Je viens de cet arbre, pas du ciel. Vous voyez bien que la branche a cassé.

– C'est l'évidence même si j'en juge à ces débris. Ce que j'aimerais savoir à présent c'est ce que vous faisiez là-haut à cette heure et en cette tenue?

– C'est mon observatoire. J'aime y venir pour regarder les jolies fêtes de Mrs. Hugues-Hallets. Oh! ma jambe!... Vous feriez mieux de me soulever au lieu de rire bêtement.

– Je manque à tous mes devoirs. Cependant, si je vous porte mon habit va être trempé.

Il s'amusait visiblement, ce qui mit un comble à la colère de Mélanie :

– Le beau malheur! A moins qu'il ne soit pas à vous et que vous l'ayez loué ? Eh bien, dans ce cas allez chercher de l'aide. Je n'ai pas envie de rester ici toute la nuit et je ne peux pas me relever.

– Vous avez vraiment mal ? demanda-t-il sur un ton différent.

– Qu'est-ce que vous croyez ? Que je reste étalée à vos pieds par plaisir ? Bien sûr que j'ai mal! Je ne peux pas appuyer sur cette jambe. Sinon j'aurais déjà essayé d'escalader le mur.

– Eh bien, voyons ce que nous pouvons faire pour vous, dit-il avec un grand soupir. – Se penchant, il prit Mélanie dans ses bras et l'enleva aussi facilement que si elle n'eût rien pesé. – Mettez vos bras autour de mon cou!

– Vous êtes fort! apprécia la jeune fille. Je ne l'aurais pas cru! Pas à ce point-là tout au moins.

– Vraiment ? A présent, dites-moi ce que je dois faire de vous ? Et d'abord, où habitez-vous ?

– La villa « Morgane », à côté! Vous pensez bien que je n'ai pas traversé tout Dinard en sautant de branche en branche!

Au prix de sa vie, Mélanie eût été incapable d'expliquer ce qui la poussait à se montrer agressive. Peut-être le souvenir de la jolie femme rousse qui se trouvait tout à l'heure dans ces mêmes bras mais dans une situation tellement plus avantageuse! Cependant, son porteur ne s'était pas encore décidé à se mettre en chemin et semblait même assez perplexe :

– Vous êtes chez Madame Desprez-Martel ?

– C'est ma mère. Vous la connaissez ?

Elle eut l'impression bizarre que l'inconnu rougissait un peu, ce qui lui permit de constater qu'il était encore plus beau de près que de loin :

– J'ai eu, récemment, l'honneur de lui être présenté. Que vous soyez sa fille change tout !

– Tout quoi ? Si j'étais la fille du jardinier vous m'auriez laissée dans ma flaque d'eau ?

– Vous me prenez pour un sauvage ? Bien sûr que non. Je veux dire qu'en ce cas ce sera un plaisir que de vous ramener moi-même chez vous. Cela me permettra d'offrir mes hommages à Madame votre mère !

– Alors reposez-moi par terre et allez chercher un valet, une brouette, n'importe quoi. Ma mère n'est pas là ! Elle danse, ce soir, chez le gouverneur de Jersey !

– En ce cas, j'aurai la joie d'aller prendre de vos nouvelles dans les jours à venir. J'espère que vous montrerez à votre sauveur une reconnaissance convenable !

Ce cynisme souriant fit taire Mélanie. D'ailleurs, elle avait hâte, à présent, de sortir de cette situation ridicule. Sa jambe lui faisait mal et une stupide envie de pleurer lui venait. Instinctivement, elle laissa aller sa tête contre le cou de l'inconnu, ce qui lui permit de constater qu'il dégageait un suave parfum de vétiver qu'elle respira avec délices. Si elle n'avait été en si piteux état, ce petit voyage dans les bras d'un inconnu mystérieux et d'autant plus séduisant eût été tout simplement merveilleux ! Hélas, le beau chevalier dont Mélanie commençait à esquisser l'image romantique rompit le charme avec une réflexion regrettablement terre à terre :

– Vous êtes plus lourde que je ne le pensais, fit-il. Quel âge avez-vous donc ?

– En voilà une question à poser à une demoiselle ! J'aurai seize ans à l'automne...

– En ce cas, pourquoi diable regardez-vous les bals du haut d'un arbre ? A cet âge et étant ce que vous êtes, vous devriez être en train d'écouter l'irrésistible Caruso ?

– Ma mère trouve que je suis trop jeune. On donnera un bal à l'automne pour mon anniversaire mais ce sera certainement beaucoup moins amusant que chez notre voisine...

Un moment plus tard, remise momentanément aux soins de deux laquais à perruque blanche qui l'enveloppèrent dans une couverture, Mélanie était déposée dans un léger « buggy » attelé d'un magnifique irlandais à la robe brillante. L'inconnu s'installa auprès de sa rescapée et prit les guides :

– Si l'on me cherche, dit-il aux deux serviteurs qui l'avaient aidé, dites que je reviens mais pas un mot sur ce qui vient de se passer ! Je compte raconter moi-même cette petite aventure à votre maîtresse. Cela l'amusera !

– Nous ne dirons rien, Monsieur le marquis peut être tranquille. Mais ne pouvons-nous rien faire de plus ?

– Non merci. Je ramène cette jeune personne chez elle et je passe à mon hôtel pour me changer. Je serai de retour pour le souper ! Allons, Storm !

Le beau cheval nommé tempête partit comme une flèche. Du fond du plaid écossais qui lui grattait le nez, Mélanie émit un petit sifflement fort peu distingué :

– Puuuuh !... Un marquis ? Fichtre ! C'est pas rien, comme dirait le vieux Gloaguen !

– Qui est le vieux Gloaguen ? Votre professeur de maintien ?

– Il en vaudrait un autre car il a des manières ! C'est un pêcheur de La Vicomté qui m'emmène quelquefois sur son bateau quand Fräulein a sa migraine...

– Je ne vous demande pas qui est Fräulein, je m'en doute ! Mais, au fait, vous avez quelque chose contre les marquis ? Ou bien n'en avez-vous jamais vu ?

– Oh ! j'ai bien dû en voir deux ou trois dans le salon de ma mère. Et aussi des barons, des comtes et ce qui s'ensuit... Elle adore les titres.

– Pas vous ?

– Ça sert à quoi un titre ? On n'en est pas plus intelligent ni plus beau. Cela sonne bien dans un salon, voilà tout !

– Je vois ! Jamais rencontré de têtes couronnées ?

– Si. Enfin, elle n'était pas encore couronnée mais à présent elle l'est. Le prince de Galles est venu deux ou trois fois à la maison.

– Il faut dire désormais le roi Édouard VII ! Eh bien, dites-moi, pour quelqu'un qui perche dans les arbres, vous avez de belles relations ! Mais je crois que nous arrivons.

L'équipage, en effet, venait de s'arrêter devant la grille de la villa, hermétiquement fermée, bien entendu, à cette heure de la nuit. Ce fut toute une affaire de tirer le concierge de son lit et il fallut que Mélanie joignît sa voix à celle de son sauveur pour qu'il apparût en robe de chambre et bonnet de nuit à pompon en agitant une lanterne, tout à fait inutile d'ailleurs, car la marée avait emporté les nuages et le ciel était clair. Il eut du mal à comprendre comment Mlle Mélanie, qui était censée reposer dans sa chambre, se retrouvait dehors en compagnie d'un inconnu en tenue de soirée.

– Cessez d'ergoter et ouvrez cette grille ! s'écria celui-ci impatienté. Je ne suis pas un cambrioleur, je suis le marquis de Varennes. Quant à votre jeune maîtesse, elle a eu un léger accident. Il serait bon de réveiller sa gouvernante et d'envoyer chercher un médecin!

Certaines voix visiblement habituées au commandement savent se faire obéir. Un instant plus tard, toute la villa était sur pied. Un cocher sortait une voiture pour aller chercher le docteur tandis que le maître d'hôtel en pantoufles à carreaux et un valet recueillaient l'éclopée pour la monter dans sa chambre. Le grand vestibule retentissait des «*Ach so!*» et des «*Mein Gott!*» et autres imprécations teutonnes d'une Fräulein qui courait partout comme une poule affolée, ne retrouvant l'usage du français que pour menacer son élève des pires sévices. Elle était tellement agaçante que le beau marquis s'en mêla :

– Avant de la rouer de coups, s'écria-t-il dans un allemand impeccable, vous feriez mieux de lui trouver une chemise de nuit sèche et de la coucher avec une bouillotte. Elle est à moitié gelée.

Sa langue natale articulée avec une grande netteté par cette voix mâle eut le don de plonger Fräulein dans une sorte d'extase qui lui fit joindre les mains et mit une larme d'attendrissement dans ses yeux bleu faïence. Ce que voyant, le jeune homme vint tapoter amicalement la joue de Mélanie :

– Je vois que tout est rentré dans l'ordre! fit-il avec gaieté. Bonne nuit, ma chère enfant! Je viendrai un jour prochain prendre de vos nouvelles!

– Merci beaucoup, dit Mélanie. Et merci aussi de m'avoir ramenée. J'espère que vous n'arriverez pas trop tard pour le souper.

– Aucune importance! Cette charmante Mrs. Hugues-Hallets sait que je ne fais jamais rien comme tout le monde!

Les lumières du vestibule faisaient briller ses yeux sombres et ses dents que le voisinage de la moustache rendait encore plus blanches. Mélanie le trouva vraiment très beau. D'ailleurs, visiblement, Fräulein en pensait tout autant. Revenue de son extase, elle se confondait en remerciements éperdus qui semblaient ne devoir jamais prendre fin. Agacée, Mélanie s'écria :

– Avant de partir, dites-moi au moins votre nom ?

– Vous le savez : je l'ai dit à votre concierge. Je suis...

– Pas celui-là ! Celui de votre baptême ! Je n'ai pas envie que vous soyez un marquis comme les autres !

Il se mit à rire et lui offrit un salut moqueur :

– A vos ordres ! Je m'appelle Francis-Albert-Claude-Gabriel-Ferdinand-Victor. Choisissez ! A présent dormez bien, Mademoiselle Mélanie ! Et renoncez pour un temps à vous promener dans les arbres !

Virant sur ses talons avec la légèreté d'un danseur, il disparut, suivi des yeux par les deux femmes dont les poitrines exhalèrent un soupir simultané.

Paulin, le maître d'hôtel, se dévoua pour porter la blessée dans sa chambre, suivi par Fräulein qui se mit en devoir de la coucher après avoir changé sa chemise de nuit.

Le médecin fit une entrée bougonne au moment même où elle rabattait les draps sur son élève. C'était un homme déjà âgé qui détestait quitter son lit surtout par les nuits humides, car elles réveillaient ses rhumatismes. Connaissant la famille depuis longtemps il commença par dire à Mélanie ce qu'il pensait de sa conduite :

– Monter aux arbres en pleine nuit pour espionner les gens ! Belle occupation pour une fille bien élevée ! Je me demande ce qu'en dira Madame votre mère ?

– Je me tourmente déjà bien assez comme cela ! soupira Mélanie. Ne pouvez-vous être un peu charitable, docteur ? Si ma jambe est cassée je ne vois pas quelle punition pire on pourrait m'infliger ?

– Bien sûr, bien sûr ! On va voir ça !

La mince cheville avait doublé de volume et arborait des couleurs tout à fait inhabituelles. Le vieux médecin la palpa ainsi que le pied lui-même, en fit jouer les articulations avec un flegme tout britannique et sans paraître entendre les gémissements de sa victime. Puis, se redressant, il ôta son veston et commença à retrousser les manches de sa chemise :

– On va vous arranger ça ! Vous avez plus de chance que vous n'en méritez. Ce n'est qu'une belle entorse.

– Je... je n'ai rien de cassé ?

– Des ligaments déchirés, ça oui, mais les os ont tenu bon ! Je vais vous faire un bandage mais pas question de mettre le pied par terre avant que je ne vous y autorise.

Enduit d'une pommade à l'odeur piquante et bandé étroitement, le membre blessé fut moins douloureux. Néanmoins Mélanie ne trouva pas le sommeil et d'ailleurs ne le chercha pas. Cette nuit hors du commun, elle voulait la vivre jusqu'au bout et, à sa demande, on ouvrit les volets et la fenêtre de sa chambre pour qu'elle pût entendre encore les échos du bal :

– Ze n'est bas raisonnaple ! dit Fräulein. Abrès un accident, c'est mieux de tormir !

– Je n'en ai pas envie et je préfère entendre la musique. Ne pouvez-vous comprendre cela ?

Si, Fräulein pouvait comprendre. En digne fille de la vieille Allemagne sentimentale, elle adorait la danse et surtout les valses qui soulevaient en elle des vagues de nostalgie. C'était pour une valse – *le Danube bleu* – que le « privat dozent » de Heidelberg s'était incliné devant elle pour la première fois en claquant des talons et l'avait emportée ensuite dans le grisant tourbillon.

Confortablement appuyée sur ses oreillers qui fleuraient l'iris de Florence, Mélanie suivit par la pensée les différentes phases de la fête. Elle imaginait Francis – pour elle il n'aurait jamais d'autre nom – revenant dans les salons pour conter avec un sourire son aventure à sa vieille amie et à d'autres plus jeunes qui s'en amuseraient. Il se penchait un peu pour glisser une confidence plus secrète à l'oreille de la jolie rousse avant de l'entraîner au rythme langoureux d'une valse anglaise. Puis, quand les crépitements du feu d'artifice firent éclater la nuit, elle les imagina tous deux sur la terrasse, l'un près de l'autre, un peu à l'écart des autres invités pour que le bras du jeune homme pût glisser autour de la taille de sa compagne sans choquer personne. Peut-être alors penchait-elle sa tête sur l'épaule contre laquelle Mélanie se sentait si bien tout à l'heure ?...

Son imagination excitée par la secousse nerveuse qu'elle avait subie était si vive à cet instant qu'elle crut les voir devant elle. La scène du baiser dont elle avait été l'invisible témoin reprenait vie et Mélanie ne comprit pas tout de suite pourquoi des larmes lui montaient aux yeux... ni pourquoi, sans la connaître, sans rien savoir d'elle pas même son nom ou les traits de son visage, elle détestait si fort celle que Francis prenait dans ses bras.

Le lendemain matin, quand Léonie, sa femme de chambre, vint préparer ce qu'il fallait pour une toilette que son accident allait compliquer, Mélanie lui demanda tout d'abord un miroir :

– Il n'y en a pas ici que je puisse vous apporter,

Mademoiselle Mélanie. Il faudrait que vous puissiez aller jusqu'à votre salle de bains mais vous n'avez aucune raison de vous tourmenter : votre figure n'a pas été abîmée.

– Je sais, Léonie, mais je voudrais tout de même un miroir. Allez en chercher un chez ma mère. Elle en a au moins une demi-douzaine.

Jusqu'à ce matin-là, Mélanie n'avait guère prêté attention à son image. Aimant surtout la vie au grand air ou alors la tranquillité d'un livre dans le silence de sa chambre, elle se contentait, une fois habillée et coiffée, de jeter un coup d'œil rapide à l'ensemble dans l'un des miroirs du vestibule et sans jamais s'attarder à détailler son visage. Peut-être parce qu'elle pensait qu'il ne présentait aucun intérêt. Sa mère, d'ailleurs, ne lui laissait guère d'illusions à ce sujet :

– Je me demande, soupirait-elle souvent, si nous arriverons à faire de toi un jour une jeune fille présentable ! Ce visage chiffonné ! Ces gros genoux, ces allures de poulain échappé et surtout, surtout ces taches de rousseur ! Je ne vois pas comment nous pourrions en venir à bout.

Ainsi éclairée sur son cas, Mélanie la mal nommée [1] avait appris à considérer ses cheveux châtains tirant sur le roux, sa frimousse ronde et son nez « retroussé » comme autant de tares irrémédiables destinées à s'aggraver avec le temps et cela en dépit des efforts de son amie Johanna qui, très coquette et très versée dans les fanfreluches et les artifices féminins, l'adjurait de ne pas désespérer de la nature et du talent des autres. Mais Mélanie ne voyait qu'une expression de charité dans les homélies que lui délivrait son amie. Ravissante et blonde, Johanna von Rellnitz, fille d'un conseiller à

1. Vient du grec « mélas » et veut dire noir.

l'ambassade d'Autriche, connaîtrait certainement le plus grand succès lorsqu'elle ferait, à Vienne, son entrée dans le monde.

Quand Léonie revint armée d'une glace ovale sertie de vermeil, Mélanie considéra un moment son visage tavelé dans lequel de larges yeux d'un brun-violet qui ressemblaient à des pruneaux tenaient la plus grande place. Deux nattes bien raides terminées par des nœuds de ruban bleu l'encadraient et lui donnaient l'aspect de quelque statue médiévale en bois sculpté. La fatigue d'une nuit blanche et la douleur qu'il avait bien fallu supporter n'arrangeaient rien. Revoyant, sur l'écran impitoyable de sa mémoire, la rayonnante beauté de la jeune femme au boa de tulle, Mélanie plongea d'un seul coup au fond du désespoir. Rejetant avec fureur le miroir que Léonie attrapa au vol, elle s'écria :

– Je suis affreuse ! Affreuse !...

La pauvre enfant était alors si peu à son avantage que la jeune camériste, incapable de trouver une consolation quelconque, prit le parti de quitter la chambre en courant pour aller chercher Fräulein. Ce qui ne fut d'aucun secours car celle-ci, voyant son élève en larmes, ne trouva rien de mieux que de la prendre dans ses bras en soupirant :

– *Ach, mein Schatz !* Il ne faut pas fous déssoler ainzi ! Le Zeigneur Tieu ne rébardit bas touchours la peauté gomme il le tefrait ! Tans fotre famille c'est Matame fotre mère qui a tout pris ! Il faut vous vaire une raisson !

– Une raison ? Mais je ne veux pas ! Je veux être belle, comme les autres ! Je veux porter des robes brillantes pour aller danser ! Je veux des boas pailletés et des jupons de dentelles ! Je veux que l'on me fasse la cour !

– Zela fientra ! Fous êtes drop cheune ! Groyez-moi...

– S'il vous plaît, Fräulein ! Laissez-moi tranquille !... Je vais essayer de dormir !

– Il faut mancher ! Fous n'avez pas bris fotre bedit técheuner !

– Alors faites-moi porter du café au lait et des tartines mais après je veux qu'on me laisse en paix !... Ah j'oubliais ! Si Monsieur de Varennes vient prendre de mes nouvelles...

– Le marguis ?

– Pour l'amour du Ciel parlez allemand, Fräulein ! Oui, le marquis ! S'il vient, dites ce que vous voudrez : que j'ai la fièvre, que je dors ou n'importe quoi d'autre mais je ne veux pas le voir ! Vous avez compris ?

– *Ya ! Ich habe verstanden ! Schlafen Sie gut* [1] !

Mais, à l'exception du Dr Gaud, personne ne vint sonner au portail de la villa « Morgane ». Et Mélanie, avec la belle inconscience d'une âme déjà plus féminine qu'elle ne l'imaginait, trempa son oreiller de larmes parce que Francis ne se souciait pas d'elle. Heureusement, cette nouvelle crise de désespoir acheva de l'épuiser et, aidée en cela par une grande tasse de tilleul à la fleur d'oranger, elle dormit comme une souche jusqu'au lendemain matin.

Le sommeil ayant pour habitude de remettre les esprits et les choses en place, Mélanie se sentit alors d'un stoïcisme romain pour affronter les vicissitudes de la vie... et avant tout le retour de sa mère dont elle n'attendait rien de bon. Dieu seul savait quelle quantité de reproches Albine Desprez-Martel, née Pauchon de la Creuse, allait déverser sur la tête de sa fille !

Or, quand elle apparut dans l'après-midi, fraîche et

1. Oui, j'ai compris. Dormez bien.

ravissante dans une robe de foulard blanc à pois corail et coiffée d'un charmant chapeau en paille de riz dont la passe, retroussée sur le côté, abritait un bouquet de cerises piqué dans un bouillonné de mousseline blanche, le ciel de ses grands yeux était d'une sérénité absolue. Pas le moindre nuage, pas le plus petit éclair! Au contraire, ce fut avec un grand sourire qu'elle s'avança vers la chaise longue, installée sous la véranda où sa fille tournait avec désenchantement les pages d'un livre qu'elle avait déjà lu dix fois. Aussitôt la terrasse couverte s'emplit de son parfum. Enfin celui qu'à cette époque elle pensait traduire le mieux sa personnalité. C'était le « Bouquet Idéal » de Coty, le grand parfumeur de la place Vendôme, mais elle en mettait trop. Aussi, quand elle se pencha sur elle pour l'embrasser, Mélanie éternua. Albine se composa immédiatement le visage de la mère inquiète :

– Tu vois, tu as pris froid! Et ce pied en mauvais état! Mais qu'est-ce qui t'a pris de galoper dans les arbres en pleine nuit?

– J'aime ça mais je ne pense pas que vous puissiez comprendre? Avez-vous déjà grimpé aux arbres?

– Jamais! J'aurais craint d'abîmer ma robe. Et puis pour quoi faire, mon Dieu?... Quoique tu aies réussi sans le vouloir un coup de maître! Je me demande même si tu ne l'as pas fait exprès?...

– S'il vous plaît, Mère, de quoi parlez-vous?

– Mais de ton sauveur, voyons! Ce Francis de Varennes est la coqueluche de Dinard! D'autant plus qu'il semble réserver ses visites à cette vieille Américaine peinte que nous avons comme voisine.

– Pas à elle seule! Il m'a dit qu'il vous avait été présenté. Cela devait être ailleurs puisque vous allez rarement chez Mrs. Hugues-Hallets?

Le visage de la jeune femme s'illumina et elle en oublia son rôle de mère inquiète.

– Il s'en souvient ? Ah que c'est charmant ! C'était au dernier thé de lady Ellenborough et il est vrai que je me sentais en beauté. Je portais ma robe de voile lilas garnie de chantilly ton sur ton et la capeline assortie. Il m'a dit que j'avais l'air d'un bouquet de violettes de Parme et je me suis même demandé un instant si je ne devrais pas changer de parfum ? Coty vient de sortir un extrait appelé « Duchesse de Parme » dont on dit merveilles... Mais revenons au beau Francis. J'espère qu'il est venu prendre de tes nouvelles ?

– Il n'est pas venu en personne. Il a envoyé son valet.

– Son valet ? N'est-ce pas un peu désinvolte vis-à-vis de... ta famille ?

– Si c'est à vous que vous pensez, Mère, soyez rassurée : je lui ai dit que vous étiez à Jersey...

– Ah !... exhala Albine qui parut soulagée d'un grand poids. Rien n'est perdu alors...

– En effet, rien n'est perdu, murmura Mélanie avec un rien d'amertume dont sa mère ne s'aperçut pas. Mais, au fait, pourquoi vous intéressez-vous tellement au marquis de Varennes ?

– Pourquoi je... Ne dis pas de sottises, voyons ! Ce n'est pas un intérêt particulier. Je parle comme toute la ville car cet homme est des plus intéressants. D'abord c'est un grand voyageur qui a parcouru une partie de l'Afrique et est resté longtemps en Égypte. Il arrive tout droit d'Angleterre où il a assisté au couronnement du roi Édouard. On dit qu'ils sont amis. On dit aussi... qu'il plaît beaucoup aux femmes et malheureusement ici il n'aura que l'embarras du choix ! ajouta-t-elle d'un ton mécontent.

– Je crois que le choix est fait!

Albine ouvrit de grands yeux arrondis :

– Qu'est-ce que tu dis? T'aurait-il fait des confidences? Ce serait un peu léger, il me semble?

– Aucune, mais on voit bien des choses dans un arbre.

– Et qu'as-tu vu?

– Sur la terrasse, pendant que Caruso chantait, je l'ai vu embrasser une belle jeune femme rousse toute vêtue de blanc mais que je ne connais pas...

– Tu as vu ça? Comment était-elle? Explique! Raconte!

– Je vous ai dit tout ce que je savais, ne m'en demandez pas plus! fit Mélanie agacée.

Elle n'avait plus envie du tout de parler de Francis avec sa mère. Elle n'avait même pas envie de parler de quoi que ce soit et, pour se débarrasser, elle dit :

– J'espère que vous avez fait bon voyage, Mère... mais je crois que vous devriez aller vous recoiffer. Vous avez quelques mèches!

– Des mèches? Tu as raison, il faut que j'aille voir ça!

Et elle disparut dans un tourbillon de cerises et de foulard à pois laissant sa fille constater qu'elle ne s'était même pas intéressée un instant à son pied blessé. Mais depuis longtemps Mélanie savait qu'Albine ne s'intéressait jamais qu'à elle-même...

CHAPITRE II

A QUELQUE CHOSE MALHEUR EST BON...

Au grand regret informulé de sa fille, Albine, soigneusement recoiffée et repoudrée, vint s'établir auprès d'elle pour le reste de la journée. Le but de la manœuvre ne faisait aucun doute pour l'éclopée : sa mère tenait à être là, toute prête à jouer son rôle avec grâce si le visiteur espéré se présentait. Pour tuer le temps, elle s'était munie d'un livre qui avait fait quelque bruit au printemps, *l'Étrangère* de Leroux-Cesbron. Le bruit était d'ailleurs la condition sine qua non pour qu'Albine Desprez-Martel née Pauchon de la Creuse s'intéressât à un ouvrage. Passé sous silence par les critiques ou dédaigné par les salons, le plus merveilleux des romans ou le plus attachant des poèmes n'eût pas obtenu qu'elle en lût seulement la première page. Mais on avait parlé de celui-là et elle le lisait donc.

– Une femme du monde doit se tenir au courant de tout ! C'est une obligation morale, avait-elle coutume de répéter.

Elle se pencha donc sur *l'Étrangère*, dans une attitude qui lui semblait aussi gracieuse qu'intellectuelle, mais ne fit que se pencher. En réalité, elle épiait les bruits du dehors. Hélas, s'il vint du monde et en particulier Mrs. Hugues-Hallets pour prendre des nouvelles de sa petite voisine, le marquis de Varennes ne se montra pas et, quand elle remonta s'habiller pour passer la soirée au Casino, Albine était de fort méchante humeur.

Le lendemain après le déjeuner, elle voulut reprendre sa faction quand – miracle! – Paulin vint demander si Madame et Mademoiselle voulaient bien recevoir M. de Varennes : du coup elle en oublia son rôle de tendre infirmière :

– Qu'il entre, bien sûr! s'écria-t-elle de cette voix vibrante qui faisait le succès de Mme Sarah Bernhardt. Nous le recevrons avec joie...

Ce « nous » était au moins excessif car à peine Francis – costume de coutil clair, cravate de soie grège, badine et canotier – eut-il fait son entrée que, lui laissant tout juste le temps de dire bonjour à sa fille et de s'enquérir de sa santé, elle l'entraînait au jardin sous le fallacieux prétexte qu'on « étouffait positivement » sous la véranda. Vexée et furieuse, Mélanie les vit s'éloigner sur le tapis émeraude de la grande pelouse, puis se perdre entre les massifs d'hortensias et d'héliotropes. Pendant un moment, elle essaya de suivre à travers l'épaisse végétation du jardin le reflet rose de l'ombrelle maternelle mais cela même disparut... et ne revint pas. Et quand Fräulein vint s'installer auprès d'elle pour lui tenir compagnie armée d'un chemin de table destiné à son trousseau et qu'elle parsemait de fleurs de myosotis et de devises gothiques, elle apprit qu'Albine et le « marguis » venaient de partir ensemble pour le cocktail du Casino qui réunissait, en fin d'après-midi, tout ce que Dinard comptait de personnalités et de jolies femmes... convenables tout au moins, les dames de petite vertu, même si elles menaient grand train, n'y étant pas admises. Et comme elles ne l'étaient pas davantage à l'Hôtel Royal, on n'en voyait guère à Dinard qui se voulait une sorte de club très fermé hanté par un monde d'une folle élégance où n'entrait pas qui le souhaitait.

Mélanie se sentait frustrée. C'était elle que Francis venait voir ! De quel droit Albine l'avait-elle accaparé sans même qu'ils aient pu échanger quelques paroles ? Voyant une larme dans les yeux de son élève, Fräulein, qui avait bon cœur, plia son ouvrage et lui proposa de faire atteler le tonneau pour une promenade.

Après avoir examiné l'idée pendant quelques instants, Mélanie décida qu'elle était bonne. A quoi bon rester dans cette chaise longue à se retourner les sangs ? Quand elle tenait une proie, sa mère ne la lâchait pas et, de toute évidence, Francis lui plaisait. Il fallait essayer d'en prendre son parti.

– Vous avez raison, soupira-t-elle enfin. Allons faire un tour !

Elle et Fräulein prirent place dans le « tonneau » attelé d'un vigoureux poney que Mélanie aimait bien mener mais dont, par prudence, elle confia cette fois les rênes à la jeune Allemande qui s'en tirait d'ailleurs fort bien.

Il faisait un temps superbe et la mer avait cette belle couleur verte que Mélanie appréciait tant. On fit le tour de la pointe du Moulinet en admirant les roses qui débordaient de tous les jardins, de toutes les terrasses qui dominaient l'anse de Dinard où reposaient de grands yachts blancs pareils à des mouettes endormies tandis que vers l'embouchure de la Rance une multitude de barques déployaient leurs voiles rouges, ocre, rousses, safran ou d'un bleu profond. Plus loin encore, le soleil dorait les remparts de Saint-Malo et les belles demeures anciennes dont les hauts toits d'ardoise luisaient comme du satin. Mélanie adorait la vieille cité corsaire et elle eût volontiers échangé la villa « Morgane » dont elle jugeait le style anglais un rien prétentieux pour l'une des belles maisons des remparts avec leur élégance d'un autre âge et leurs pierres patinées par les vents de la mer. Rien ne devait être plus grisant qu'une promenade sur les chemins de ronde quand la mer gonfle et se fâche, mais jusqu'ici Mélanie n'avait parcouru ce site privilégié que par beau temps et mer plate. C'était beaucoup moins intéressant alors car il y avait toujours un tas de promeneurs pour contempler le rocher têtu où M. de Chateaubriand qui ne pouvait rien faire comme tout le monde avait choisi de passer son éternité.

Mélanie n'aimait pas du tout l'Enchanteur qu'elle jugeait assommant. Pour elle, les grands hommes de Saint-Malo avaient pour nom Jacques Cartier, Duguay-Trouin, La Bourdonnais et par-dessus tout Surcouf dont le vieux Gloaguen lui racontait les exploits avec ferveur et en crachant dans l'eau chaque fois qu'il était question des Anglais. Inutile de dire que, pour lui, Dinard à demi colonisée par les Britanniques était quelque chose dans le genre de Sodome et Gomorrhe et leurs navires de plaisance ancrés dans sa baie autant de sujets de pollution.

Fascinée par l'Histoire en général et celle de la mer en particulier, Mélanie ne se lassait jamais d'écouter le vieil homme car ses récits étaient pour elle le symbole même d'une liberté qu'elle n'aurait sans doute jamais... Après une enfance étroite car trop protégée et presque cloîtrée, on ne laissait rien à son initiative. Chaque matin on la conduisait en voiture à l'école et on l'en ramenait. Ses promenades aux Tuileries, au Guignol des Champs-Élysées ou au Jardin d'Acclimatation étaient toujours escortées et réglées au quart d'heure près et, même avec son amie Johanna et leurs gouvernantes, elle n'était jamais entrée dans un grand magasin. On ne lui laissait la bride sur le cou qu'à Dinard. Encore fallut-il l'intervention de l'oncle Hubert qui adorait le vieil homme pour que Mélanie pût aller à la pêche avec le père Gloaguen. Sans doute parce qu'elle ne risquait pas d'y rencontrer les amis d'une mère attachée à prolonger cette enfance le plus longtemps possible. Plus tard, on la marierait sans doute à un homme choisi par Cher Grand-Papa sur son propre modèle peu récréatif et auprès de qui elle s'ennuierait à mourir.

– Si nous allions déjeuner à Saint-Malo demain ? proposa-t-elle soudain. Je suis sûre qu'avec des cannes je pourrai monter sur les remparts...

Vaguement effrayée, Fräulein objecta que Madame ne permettrait certainement pas. Elle ne se risquerait d'ailleurs pas à le lui demander.

– Je m'en charge, assura Mélanie. Je ne vois pas en quoi ce serait tellement monstrueux ?

Elle garda pour sa mère la plaidoirie qu'elle préparait déjà, bien décidée à ne laisser personne se mettre à la traverse du plaisir qu'elle se promettait dans la cité qu'elle aimait. Au surplus, Albine devait s'en moquer complètement...

En rentrant à la maison, elle la trouva dans le petit salon. Debout près d'un guéridon, elle respirait, les yeux mi-clos, un magnifique bouquet de roses presque mauves et ne se dérangea pas à l'entrée de sa fille. Elle se contenta de prendre, sur la table, un paquet noué d'un ruban et de le lui tendre.

– Tiens ! Francis de Varennes t'envoie ceci pour que tu trouves le temps moins long...

– Qu'est-ce que c'est ?

– Tu pourrais regarder. C'est un de ces grands puzzles anglais si difficiles à faire. Il pense que tu en auras ainsi pour un moment...

– C'est gentil à lui mais j'aurais préféré qu'il m'envoie des fleurs...

Albine éclata de rire :

– Des fleurs ? A une gamine ?... Tu es folle, voyons !

– Je ne suis plus une gamine !

– Alors cesse de te comporter comme telle... et ne grimpe plus aux arbres ! Ces roses sont belles, n'est-ce pas ?

– Superbes.

– Je trouve aussi. Francis les a envoyées pour moi en même temps que ton cadeau.

Mélanie sentit dans la région du cœur un désagréable pincement. Ainsi sa mère en était déjà à l'appeler par son prénom. Sans doute était-elle aussi Albine pour lui ? Une violente envie lui vint d'arracher ces fleurs qu'elle respirait avec une mine de chatte devant un bol de crème. D'autant qu'Albine était plus jolie que jamais dans une robe de linon rose à entre-deux de dentelles avec, sur la tête, une sorte de charlotte de même dentelle piquée de roses-mousse qui ne cachait qu'à demi son épaisse chevelure d'un blond doré artistement coiffée. Une toilette faite pour une jeune fille plus que pour une femme de trente-six ans... mais la taille si mince et le teint éclatant de Mme Desprez-Martel permettaient toutes les audaces.

La glace placée au-dessus de la cheminée lui renvoya sa propre image qui, par comparaison, attisa sa colère. Sa robe de toile blanche à col marin serrée par une ceinture de cuir lui donnait un peu l'aspect d'un oreiller noué par le milieu. Quant à sa coiffure, le moins que l'on puisse dire est que Mélanie en avait plus qu'assez : ses cheveux relevés et bien tirés étaient ramenés sur la nuque en une grosse natte que l'on repliait pour l'attacher sur sa tête par une large barrette d'écaille ou par un gros chou de ruban blanc. On ne l'aurait pas habillée et coiffée autrement si elle avait été pensionnaire d'un orphelinat et âgée d'une dizaine d'années. Cette fois la coupe déborda :

– Jusqu'à quand va-t-on m'habiller et me coiffer comme ça ? demanda-t-elle d'une voix où vibrait la colère.

– Mais... jusqu'à ce que tu fasses ton entrée dans le monde, ma chérie. C'est tout à fait naturel...

– Vous trouvez ? Les autres filles de mon âge portent leurs cheveux sur les épaules et de jolies toilettes, mais moi, il semble que je sois condamnée à jamais à l'écossais brun en hiver et au piqué ou à la toile en été. Ah ! j'oubliais ! Tous les ans vous me faites faire une robe de taffetas bleu, toujours la même, pour les jours où nous allons chez mon grand-père et pour l'Opéra. Et j'aurai bientôt seize ans !

– Déjà ! s'écria Albine avec un soupir. Tu es sûre ?

– Tout à fait sûre, Mère ! Dois-je vous rappeler ce bal que Cher Grand-Papa doit donner pour la circonstance ?

– Oh, c'est vrai !... Tu ne crois pas qu'on pourrait le remettre d'une année ? Tu es encore si enfant !

– Cela vous plaît à croire mais moi je sens bien que je grandis.

– Eh oui ! C'est que, vois-tu, ma petite, pour une mère et surtout quand elle est très jeune, sa fille reste toujours une bambine, un petit être charmant avec qui elle a gardé l'impression de jouer à la poupée. Et puis, en vérité, avec tes goûts de garçon, il vaut bien mieux des vêtements simples et pratiques. Je ne te vois guère aller pêcher dans cette vieille barque à la peinture écaillée avec une robe de tulle, ou grimper aux arbres en satin liberty. Tu joues au tennis, tu te baignes, tu montes à cheval...

– C'est vrai, j'oubliais mon amazone. C'est bien la seule robe élégante que je possède !

– Parce que tu n'en as pas besoin d'autres ! Crois-moi, profite de ce temps heureux de l'enfance ! Tu as bien le temps d'être étranglée dans un corset et de porter des

« balayeuses » qui ramassent la poussière et les feuilles mortes !

A cet instant, Paulin vint dire que Monsieur le marquis de Varennes demandait Madame au téléphone et Albine se précipita vers l'appareil d'acajou garni de cuivre posé sur une console. Mais avant qu'elle l'eût décroché Mélanie déclarait, criant presque :

– Demain je désire aller déjeuner à Saint-Malo avec Fräulein.

Albine n'était déjà plus là. Elle répondit machinalement :

– C'est cela !... C'est une très bonne idée... Allô !... Cher ami vous avez fait des folies... oui... oui elles sont merveilleuses ! Oh, vous croyez ?... Mais je viens tout juste de rentrer ! Ce ne serait pas raisonnable... oui, bien sûr ! Vous avez des arguments très convaincants ! Écoutez ! Nous en parlerons ce soir au dîner des Carcaradec...

Le rire de gorge qui suivit passa sur les nerfs de Mélanie comme une râpe. Elle se tourna vers Fräulein qui, aussi rigide qu'une bûche, avait assisté à la scène sans émettre le moindre son.

– Aidez-moi à sortir, s'il vous plaît, Fräulein ! Je crois que j'en ai assez entendu pour aujourd'hui...

– Fous oupliez fotre paquet ?

– Non. Prenez-le si vous voulez ! Moi je n'en veux pas...

– Guelle itée !

Dans un mouvement plein de décision, Fräulein attrapa la boîte nouée d'un ruban rouge et la mit sous son bras. Après quoi elle offrit l'autre à Mélanie pour l'aider à gagner le pied de l'escalier où un valet attendait pour la porter jusqu'à sa chambre. Elle y dîna en tête à tête avec sa gouvernante comme elle le faisait depuis son accident. Quand elles eurent fini, il était encore tôt et l'idée d'aller se coucher alors que le soleil était encore présent ne tentait guère Mélanie. Fräulein dénoua donc le ruban, ouvrit la boîte et commença à manipuler les centaines de petites pièces de bois léger découpé, puis glissa un coup d'œil vers son élève qui regardait distraitement dans le jardin. Les roues de la voiture qui emportait Albine vers une fête nouvelle avaient cessé de crisser sur le gravier des allées depuis longtemps déjà.

– *Wollen Sie versuchen ? Das ist sehr belustigend* [1] ! murmura la jeune Allemande.

Mélanie tourna la tête vers elle et vit qu'elle lui souriait. C'était comme si, tout à coup, une sorte de complicité s'établissait soudain entre elle et son institutrice. On aurait dit que celle-ci venait de dépouiller son armure de walkyrie pour se montrer sous son jour véritable : celui d'une jeune femme compréhensive qui savait peut-être voir plus de choses qu'on ne le pensait... Mélanie lui rendit son sourire :

– *Warum nicht* [2] ? dit-elle.

Elle se prit vite d'intérêt pour ce mystère en menus morceaux à partir desquels on devait reconstituer une gravure anglaise dont le titre était « Rendez-vous de chasse » et il se faisait tard quand Fräulein décida qu'il était temps d'aller dormir. On continuerait le lendemain, mais on avait passé un bon moment et ce fut d'un cœur un peu moins lourd que Mélanie gagna son lit pour y plonger dans ce sommeil de petite fille qui avait été son apanage jusqu'à ce qu'elle eût la fâcheuse idée d'escalader le grand cèdre pour voir ce qui se passait chez sa voisine.

D'habitude, lorsqu'elle se réveillait, la maison était calme et silencieuse. Sa mère se couchait tard presque tous les soirs et ne supportait pas le moindre bruit. Il était

1. Voulez-vous essayer ? C'est très amusant !
2. Pourquoi pas ?

recommandé de ne se déplacer qu'avec des semelles de feutre ou de caoutchouc et sur la pointe des pieds. Or, ce matin, ce fut une sorte de tohu-bohu qui ramena Mélanie à la réalité d'une belle matinée ensoleillée. Il se passait quelque chose dans l'escalier comme si l'on était en train de déménager... Sans attendre que l'on vînt l'informer, Mélanie rejeta ses couvertures et posa avec précaution ses pieds sur le sol. Il lui sembla qu'elle avait moins mal et que sa cheville était en bonne voie de guérison. Cela tenait peut-être à ces compresses d'eau de mer que le Dr Gaud lui appliquait... Elle tendait déjà la main pour prendre les cannes posées à son chevet quand sa porte s'envola plus qu'elle ne s'ouvrit. Sa mère parut, toute de mousseline blanche vêtue et coiffée d'un grand canotier enveloppé d'une voilette. Elle s'élança vers sa fille :

– Ah ! Tu es réveillée ! J'en suis bien heureuse car cela m'aurait ennuyée de partir sans te dire au revoir.

Mélanie aurait pu lui rétorquer que tout ce vacarme était peu propice au sommeil mais elle se contenta de demander sans émotion apparente :

– Vous partez encore ? Vous venez tout juste de rentrer !

– Se rendre à Jersey n'est pas un voyage : tout au plus une promenade. Cette fois nous allons faire une petite croisière avec les Beauchamp. Tu sais, ces charmants milliardaires américains et d'autres. Nous partons tous sur le yacht de lord Clarendon et nous allons à Biarritz assister au bal que l'on va donner à l'hôtel du Palais pour ces pauvres gens de la Martinique tellement éprouvés, en mai, par leur volcan.

– On peut dire que vous avez la charité gaie, Mère. Mais la ville de Saint-Pierre n'existe plus. Vous croyez qu'un bal peut tout arranger ?

– Une fête de charité procure de l'argent, s'écria

Albine scandalisée. Nous en enverrons peut-être beaucoup et, de toute façon, ce sera charmant. Rien que ce voyage sera un plaisir.

– Je l'espère pour vous mais nous sommes en septembre et les grandes marées arrivent. L'Océan n'est pas toujours aimable.

– Eh bien ? Quel oiseau de mauvais augure ! Je regrette d'être venue te voir. Tu t'entends tellement à gâcher un plaisir !

– Excusez-moi ! Mais vous avez dit : « Nous partons tous. » Vous êtes nombreux ?

– Une vingtaine, je crois. Je ne saurais te dire le chiffre exact. Nous rejoindrons là-bas le charmant André de Fouquières qui mènera le cotillon. Mais il ne voyage pas avec nous, hélas. Il part en automobile.

Se souvenant soudain de la communication téléphonique de la veille, Mélanie ne put retenir la question qui lui venait.

– Bien entendu, M. de Varennes est de la partie ?

Sous la voilette blanche qui enveloppait sa tête et son chapeau, Albine rougit un peu et fit toute une affaire d'enfiler ses gants :

– Bien sûr ! fit-elle avec quelque nervosité. Il n'y a plus de bonne fête sans lui, à présent... Bon, je crois qu'il est temps que je parte ! J'ai donné toutes mes instructions pour la maison et tu n'as pas de soucis à te faire. On va d'ailleurs commencer à tout ranger car, à mon retour, nous regagnerons Paris !

Elle se pencha pour poser sur le front de sa fille un baiser rapide mais qui permit tout de même à Mélanie de constater qu'elle avait changé de parfum. Sans doute était-ce ce « Duchesse de Parme » dont elle avait parlé ?

– A bientôt ! Soigne-toi et fais très attention...

– A quoi ?

– Mais... je ne sais pas moi ! Je veux dire cesse de commettre des imprudences !... En vérité, tu es bien grincheuse ce matin. C'est tout ce que tu trouves à me dire ?

– Bon voyage, Mère ! Amusez-vous bien.

Albine disparut tel un nuage blanc, mais en réalité elle était déjà partie depuis un moment et regrettait certainement d'avoir fait un détour par la chambre de sa fille. Avec agacement, celle-ci sentit sa gorge se serrer : elle n'allait tout de même pas se mettre à pleurer comme un petit enfant ? De toute façon, ce ne pouvait être parce qu'on la délaissait ? Madame Desprez-Martel était la mère la moins attentive du monde. Elle vouait à sa fille une sorte d'indifférence aimable qui ne gênait pas celle-ci du vivant de son père mais dont, à présent, il lui arrivait tout de même de souffrir.

En effet, comme beaucoup d'enfants de la haute société, elle était passée des bras de sa nourrice aux mains sèches d'une « nannie » écossaise dont elle gardait un souvenir à carreaux gris et bruns sommés d'un haut col glacé. Mélanie n'eut d'elle aucune tendresse mais lui fut redevable d'une santé de fer construite à coups d'exercices physiques et de bains froids. Chose curieuse, c'était Cher Grand-Papa qui avait mis fin au règne quasi spartiate de miss Mac Donald en déclarant un jour qu'il entendait voir sa petite-fille élevée comme il convenait à une porteuse de jupons et non à un Highlander. L'Écossaise disparut donc et fut remplacée – Mélanie avait alors douze ans – par Fräulein qui était un peu plus romantique peut-être mais à peine moins austère. Avec elle, la fillette apprit l'allemand et fit la connaissance de Goethe, de Beethoven, de Bach et de Richard Wagner. En cas de notes satisfaisantes, Fräulein l'emmenait au concert chez M. Colonne. C'étaient, avec l'Opéra et la Comédie-Française, les suprêmes récompenses jusqu'à ce que l'Opéra fût rayé du programme à la suite du scandale *Sigurd*. Mélanie n'avait rien regretté, préférant de beaucoup les matinées classiques au Théâtre-Français où l'on retrouvait ce Molière si amusant et où les ouvreuses coiffées de rubans vendaient à l'entracte des petits chocolats glacés tout à fait délicieux pour lesquels Fräulein montrait autant de goût que son élève.

Jusqu'à l'arrivée du puzzle, ces chocolats étaient bien le seul lien qui unissait celle-ci à sa gouvernante, mais à présent une sorte de petit miracle venait de se produire et il y avait, entre elles, quelque chose qui ressemblait un peu à de la complicité. Et si Mélanie réussit à ne pas pleurer, ce matin-là, c'est parce que Fräulein pénétra dans sa chambre dès le départ de sa mère en déclarant gaiement qu'il faisait un temps superbe et que ce serait sûrement très agréable d'aller déjeuner à Saint-Malo.

Distraite de son chagrin, Mélanie la regarda avec étonnement, se demandant si le départ de sa mère était pour quelque chose dans cette soudaine gaieté. Ou bien était-ce du soulagement ? Elle n'avait jamais vu Fräulein aussi expansive.

– Vous êtes gentille, lui dit-elle en allemand parce qu'elle savait combien cette exilée volontaire aimait parler sa langue natale. M'en voudrez-vous beaucoup si je vous dis que l'envie m'en est passée ? Et puis la maison a son compte de déménagement pour aujourd'hui. Avec cette jambe je vous causerais plus de souci que de plaisir.

– Nous pouvons emmener un serviteur pour vous porter ?

– Encore du tintouin ? comme dit Rosa. Et nous ne serions pas vraiment libres. Autant rester ici. Nous pourrions déjeuner au jardin... et puis nous avons notre puzzle.

– Dieu soit loué ! soupira Fräulein en riant. Voilà que

vous devenez raisonnable ! Il me semble que vous êtes en train de vous changer en une vraie jeune fille !

– C'est mon vœu le plus cher, soupira Mélanie. Néanmoins, je ne suis pas certaine que ma mère me le permette.

– Il faudra bien qu'elle s'y résigne un jour...

– Vous croyez ?... Oh, s'il vous plaît, voulez-vous demander à Paulin de monter ?

Le majordome apparut un instant plus tard en tenue du matin : gilet rayé jaune et noir sur un pantalon noir. Il se tenait raide et arborait cette mine offensée que lui inspirait chacun de ses contacts avec Fräulein à laquelle il ne pardonnait pas la défaite française de 1870 et moins encore la proclamation de l'empire allemand dans la galerie des Glaces du palais de Versailles. Pour cet ancien combattant de Sedan, tout natif d'outre-Rhin ne pouvait être qu'un suppôt de Bismarck même si, depuis quatre ans, le Chancelier de Fer avait rejoint le dieu Wotan dans son Walhalla guerrier. Mélanie savait cela et s'en amusait, ne manquant pas une occasion d'envoyer Fräulein dire un mot ou deux à Paulin. D'un ton pincé, celui-ci demanda :

– Que désire Mademoiselle Mélanie ?

– Savoir ce qui va se passer ici. Ma mère m'a dit qu'elle avait laissé ses instructions pour ranger la maison pour l'hiver et de faire en sorte que tout soit prêt lorsqu'elle reviendra afin que nous gagnions Paris sans perdre de temps ?...

– En effet.

– Autrement dit, vous allez ordonner le grand ménage, mettre des housses sur les meubles et emballer les lustres ? Et moi je vais devoir vivre enfermée dans ma chambre ou me morfondre au jardin... même s'il pleut ?

– Je laisserai à Mademoiselle la véranda. Ses meubles en rotin demandent moins de soin que les autres...

– Eh bien, ça va être gai ! claironna du seuil une vigoureuse voix féminine. Si Madame en a pour quinze jours, cette pauvre petite va mourir d'ennui !

Rosa, la cuisinière dont le châle couvrait les escapades nocturnes de Mélanie, fit une entrée majestueuse en brandissant d'une main un panier contenant un superbe homard qu'elle vint mettre sous le nez de la jeune fille :

– Regardez ça, mon p'tit chou ! le père Gloaguen vient de l'apporter tout exprès pour vous !

– Pour moi ?

– Eh oui ! Il a vu Madame partir avec des malles, alors il a sauté dans sa charrette pour que vous ayez un bon déjeuner. Comment voulez-vous que j' vous l'accommode ?

– A la mayonnaise mais encore un tout petit peu tiède, décida Mélanie dont les yeux s'étaient remis à briller car elle était gourmande. Merci beaucoup, Rosa, et si vous revoyez le père Gloaguen, dites-lui que je serais contente qu'il me fasse une petite visite !

Mais il était écrit que Paulin aurait des ennuis avec ses housses et que Mélanie ne mangerait pas son homard en la seule compagnie de Fräulein. Toutes deux lisaient au jardin au son du « grand ménage » dont les bruits leur parvenaient par les fenêtres ouvertes quand, vers midi, le jeune Conan – jardinier en herbe de son état et, à l'occasion, fournisseur de clefs clandestines – accourut visiblement très ému ; négligeant les formules de politesse, il lâcha tout à trac :

– L'*Askja !* Il est dans la baie !

– Le bateau de mon grand-père ? Tu rêves, Conan ?

– J'en sais peut-être pas autant qu' vous sur bien des choses mais pour c' qui est des bateaux, j' me trompe jamais ! Et puis celui-là, avec sa coque noire et ses voiles rouges, j' le reconnaîtrais dans l' brouillard et par une nuit sans lune ! J' vous dis qu' c'est lui !

Mélanie et Fräulein se regardèrent stupéfaites. A pareille époque Cher Grand-Papa voguait encore quelque part du côté de l'Islande – le nom de sa goélette était celui d'un volcan de là-bas – ou cabotait dans les fjords de Norvège car il ne rentrait jamais à Paris avant le mois d'octobre. En outre, son port d'attache était Saint-Servan et il ne mêlait jamais son coureur d'océans aux élégants navires de plaisance, voués presque exclusivement aux régates et à la traversée de la Manche dans les deux sens, qui jetaient l'ancre dans l'anse de Dinard. Que pouvait-il venir faire ?

– Aidez-moi tous les deux à aller jusqu'à la terrasse du salon ! demanda Mélanie. Il faut que je voie ça !

Flottant entre deux poignes vigoureuses plutôt que marchant, elle se retrouva bientôt devant la balustrade de pierre où elle s'accouda pour constater que Conan n'avait pas la berlue et que le doute n'était pas possible. Aucun autre bateau n'avait cette proue aiguë, effilée et encore allongée par son long beaupré, ni ces voiles auriques rouges que les marins achevaient de ferler. Amoureux passionné du grand large, Timothée Desprez-Martel – Cher Grand-Papa – l'avait fait construire huit ans plus tôt en Amérique, au chantier naval de Boothbay dans le Maine. C'était tout juste après la mort de Chère Bonne-Maman et, depuis, lorsqu'il ne se trouvait pas à sa table de travail ou à la Bourse, il était à la barre. L'*Askja* portait un équipage de treize hommes qui, avec lui, en comptait quatorze, et jamais aucun membre de sa famille n'avait été invité à monter à bord. La goélette était sa folie, sa danseuse en quelque sorte, et il ne voulait la partager avec personne. Quand il venait pour s'embarquer ou quand il rentrait à Saint-Servan, il ne montait jamais à la villa « Morgane » bien qu'elle fût à peu près vide à ces moments-là. Il descendait à l'Hôtel de France et Chateaubriand – toujours lui ! – où il avait ses habitudes. Mélanie le savait et pensa qu'au fond Conan avait eu tort de croire apporter une nouvelle sensationnelle car on ne verrait pas plus Cher Grand-Papa aujourd'hui que d'habitude.

Néanmoins, dix minutes plus tard, il était là, planté les jambes écartées au milieu du salon, sa casquette de drap à visière cirée en bataille sur ses cheveux bicolores, les mains au fond des poches de sa vareuse et posant sur choses et gens un regard menaçant :

– Qu'est-ce que c'est que ce chantier ? Vous mettez déjà la maison en hivernage ? Nous ne sommes pourtant pas le 15 septembre ?

– En effet, remarqua Paulin avec une onction pleine de révérence, mais ce n'en sont pas moins les ordres de Madame.

– Elle est déjà repartie pour Paris ? C'est impossible !

– Moi, je suis là, Cher Grand-Papa ! dit Mélanie qui, toujours étayée par ses deux soutiens, effectuait son entrée au salon.

Desprez-Martel contempla un instant l'équipage comme s'il n'y croyait pas. Son regard vif fila vers le pied bandé de sa petite-fille.

– Tu as eu un accident ?

– Une entorse, ce n'est pas bien grave mais c'est ennuyeux. Le docteur dit que je ne pourrai vraiment marcher que dans quelques jours.

– Tu t'es fait ça comment ? Et d'abord où est ta mère ?

Paulin crut bon d'intervenir pensant, sans doute, qu'il saurait présenter la nouvelle avec plus de diplomatie que la « sauvageonne », comme on appelait Mélanie lorsque les oreilles de Rosa ne traînaient pas dans le coin.

– Si Monsieur était arrivé il y a seulement deux heures, il aurait rencontré Madame. Elle vient juste de partir...

– En laissant sa fille seule ici ? Qu'elle soit partie depuis deux heures ou depuis trois jours, c'est la même chose. Et je vous conseille de vous mêler de vos affaires : c'est à ma petite-fille que j'ai posé une question.

Paulin parut se rétrécir à la façon d'un bernard-l'ermite rentrant dans sa coquille, ce qui fit sourire Mélanie :

– Je ne suis pas seule, Grand-Papa, puisque Fräulein est avec moi...

– Si grand que soit son dévouement, elle n'est pas ta mère et je veux savoir où est ma belle-fille ?

– Quelque part au large de Saint-Cast, je pense. Elle est partie pour Biarritz avec des amis...

– Elle navigue encore ? Cela devient une manie. Avec qui ?

Le ton rugueux n'avait rien d'encourageant. Néanmoins il n'impressionna pas Mélanie pour qui l'arrivée de Cher Grand-Papa à un moment où elle se sentait l'âme de Brünehilde, la Walkyrie fille du vent, abandonnée par Siegfried pour la main princière mais nettement plus bourgeoise de Kriemhilde, ne représentait guère qu'un ennui de plus.

– Elle m'a dit qu'elle partait sur le bateau de lord Clarendon pour aller danser à Biarritz au profit des pauvres gens de la Martinique !

– Un bal pour les sinistrés de la montagne Pelée ? Cela ne tient pas debout ! Il y a trois mois que Biarritz et le marquis d'Arcangues ont donné une grande fête dans cette intention charitable. Alors, je répète : avec qui est-elle ? Est-ce Percy Swinburne ?

– Je ne crois pas. C'est avec lui qu'elle est allée, il y a quelques jours, à Jersey pour une réception chez le Gouverneur en l'honneur du Couronnement. Maintenant, est-ce que Sir Percy est du voyage, je n'en sais rien. Mère m'a dit qu'il y aurait une vingtaine de personnes sur le yacht... Ne m'en demandez pas plus, Cher Grand-Papa ! On ne me fait guère de confidences...

– Ouais ! Il va falloir que je tire cela au clair. Vous, Paulin, au lieu de me regarder avec des yeux ronds, veillez donc à me faire préparer une chambre et voyez à la cuisine s'il est possible de me nourrir.

– C'est sûrement possible, Cher Grand-Papa, commença Mélanie qui allait parler du homard quand le vieil homme l'interrompit :

– Tu ne peux pas m'appeler Grand-Père comme tout le monde ?

– C'est que... oh, après tout, moi je veux bien ! On m'a toujours dit...

– Oublie un peu ce qu'on t'a toujours dit ! Je vais aller voir Rosa à la cuisine : il y a plus de jugeote dans son petit doigt que dans la cervelle de tous les gens de cette maison. Et vous, le majordome, je ne veux pas voir la moindre housse dans la salle à manger ni dans le salon. A tout à l'heure, petite !

Et il disparut comme un ouragan d'été dans l'escalier qui descendait à la cuisine et aux offices, laissant Mélanie complètement désorientée et très malheureuse une fois de plus. Est-ce que sa mère lui aurait menti et, en ce cas, où donc allait-elle en compagnie du trop séduisant marquis ? Une autre surprise de taille résidait dans les relations qui semblaient exister entre son grand-père et la cuisinière : il avait l'air de la connaître intimement... Ce fut Fräulein qui mit fin à cette espèce de déroute intellectuelle en disant d'un ton paisible :

– Fenez ! Fous defez fous brébarer bour le técheuner et fous lafer les mains !

Mélanie lui dédia un regard consterné :

– Je vous en prie, quand nous sommes seules, parlons

allemand ! Je n'arrive pas à vous prendre au sérieux quand vous parlez français.

– Et vous avez envie de me prendre au sérieux ?

– Pas à ce point-là mais c'est vrai, j'en ai envie. Depuis hier exactement...

Une demi-heure plus tard, Mélanie, son grand-père et sa gouvernante s'attablaient, sur la terrasse et sous l'abri d'un parasol, devant un véritable festin. Outre le homard qui brillait dans toute son écarlate splendeur, il y avait des crevettes fraîchement cuites et des moules marinières accompagnées d'épaisses tranches de pain bis couvertes de beurre salé, toutes choses qui ne paraissaient jamais sur la table d'Albine hantée par la peur de grossir. Vinrent ensuite des côtelettes d'agneau grillées juste à point avec des pommes de terre sautées, des fromages et une pile de crêpes à la confiture qui firent la joie de Mélanie. Elle dévora sans s'apercevoir que le vieil homme, après avoir consacré un grand moment à la satisfaction d'un appétit connu dans toute la famille, ralentissait la cadence pour l'observer à travers la fumée du cigare qu'il venait d'allumer après avoir demandé à Fräulein si l'odeur du tabac ne l'incommodait pas :

– Tu ne m'as toujours pas dit comment tu avais attrapé cette entorse ?

– Je suis tombée d'un arbre...

– Et que faisais-tu dans un arbre à ton âge ?

– Mon âge ? Maman prétend que je suis encore une petite fille. Si vous tenez à le savoir, je regardais la fête que donnait notre voisine, Mrs. Hugues-Hallets... j'aime bien regarder les autres s'amuser...

– L'année prochaine, tu y seras toi-même puisque tu vas faire en octobre ton entrée dans le monde.

Gênée soudain par ce regard gris qu'elle n'était pas habituée à soutenir, Mélanie raclait distraitement dans son assiette un reste de gelée de framboise.

– Eh bien ? insista le grand-père.

– Maman doit vous en parler. Elle... elle pense que l'on devrait retarder d'une année...

– Et pourquoi donc ?

– Oh... parce que je n'ai vraiment pas l'air d'une jeune fille... Je suis maigre, j'ai de gros genoux... des taches de rousseur...

– Ah oui ?...

Sous l'abri de leurs sourcils touffus, les yeux gris ne la quittaient pas et on aurait même dit qu'une petite flamme amusée y brillait. Puis, brusquement, ils se posèrent sur la gouvernante :

– Dites-moi, Fräulein, fit-il en allemand, c'est vous qui avez choisi la coiffure de Mélanie ?

– Oh non, Monsieur ! C'est Madame Desprez-Martel. Elle dit, non sans raison d'ailleurs, que cette enfant doit être coiffée d'une façon pratique. Elle ne tient guère en place, vous savez ?

– Vraiment ? Tous les souvenirs que j'ai de ma petite-fille sont bleus. Quelle que soit sa taille, je lui ai toujours vu la même robe lorsqu'elle vient chez moi pour nos rares réunions familiales. La même coiffure aussi mais, d'habitude, elle est surmontée d'un... affiquet de ruban du même bleu. En fait cette robe à col marin est pour moi une nouveauté...

– Pas pour moi, soupira Mélanie. En piqué ou en toile, je n'en porte jamais d'autres en été.

– Et l'hiver ?

– De l'écossais ou du homespun brun. Les robes bleues sont réservées pour vous, Grand-père... et pour l'Opéra. Du moins quand j'y allais...

– Et tu n'y vas plus ? Pourquoi ? Tu t'y ennuies ?

– Un peu, oui, mais surtout...

Et elle évoqua l'épisode du guerrier burgonde prolongé par les crosses de paradis d'Albine. Elle le fit tout naturellement, poussée par le besoin soudain de se raconter sans songer un seul instant qu'elle risquait de scandaliser son grand-père mais, à sa grande surprise, il éclata de rire et ce fut elle qui se trouva presque choquée. Jamais elle ne l'avait entendu rire. Ou tout au moins elle ne s'en souvenait pas. Si c'était déjà arrivé, cela devait remonter à loin : au moins avant la mort de Chère Bonne-Maman...

– Vous n'allez jamais à l'Opéra ? demanda-t-elle timidement.

– Moi ? Jamais ! Dieu m'en garde ! Je serais capable de me conduire aussi mal que toi...

Brusquement, il se leva, écrasa le reste de son cigare dans le grand cendrier de malachite qu'un valet avait posé près de lui :

– Bon ! Eh bien, puisque l'on t'habille comme un matelot, autant en profiter ! Au lieu de te morfondre ici, veux-tu faire un tour sur mon bateau ? Je t'emmène visiter les côtes de la Cornouailles anglaise. J'espère, Fräulein, que vous avez le pied marin car il n'est pas question, bien sûr, que vous quittiez votre élève.

Si elle répondit quelque chose, personne ne l'entendit. Mélanie, les yeux soudain pleins d'étoiles, regardait le grand vieillard comme elle eût regardé Dieu lui-même si la fantaisie l'avait pris de visiter Dinard.

– Aller sur la mer et avec vous ? Oh ! Grand-père !...

Elle ne trouvait rien à dire tant la joie la submergeait. Elle en oubliait son pied douloureux, ses amertumes et surtout, surtout le mystère que représentait à présent le départ de sa mère et cette histoire de bal qui semblait n'être qu'un mensonge. La seule vérité, dans tout cela, était qu'Albine faisait un voyage avec plusieurs personnes et Francis... ou bien était-ce avec Francis tout seul ?

Incapable de résoudre l'énigme, elle préféra la laisser de côté. D'ailleurs, à présent, la maison tout entière entrait en ébullition : Timothée Desprez-Martel, debout au milieu du grand salon, distribuait ses ordres d'une voix de stentor exactement comme s'il était sur le pont de sa goélette. Les différents serviteurs apprirent ainsi qu'ils pourraient continuer le grand ménage dès le lendemain matin, et Fräulein fut expédiée préparer ses bagages et ceux de son élève de façon que l'on puisse partir avec la marée du matin, mais le morceau choisi fut pour le majordome :

– Lorsque vous en aurez terminé avec les préparatifs d'hiver, vous donnerez les clefs au gardien et vous rentrerez tous à Paris reprendre vos fonctions rue Saint-Dominique afin d'y remettre tout en état.

– Mais nous devons attendre le retour de Madame ! fit Paulin visiblement scandalisé.

– Pour quoi faire ? aboya le grand-père. Elle vous a dit de vous tenir prêts à partir ? Eh bien, ce sera fait. Le gardien lui dira ce qu'il en est et elle ira passer une nuit au Royal Hôtel, voilà tout ! Pas de questions ?

– Euh... si Monsieur ne compte pas ramener Mademoiselle Mélanie ?

– Vous pensez quoi ? Que je vais l'abandonner sur une île déserte ou la laisser rentrer à la nage ? Je la ramènerai à Paris moi-même. Et maintenant au travail : nous devrons nous coucher de bonne heure.

Seule Rosa eut droit à un traitement de faveur. Desprez-Martel la connaissait depuis longtemps car elle avait été à son service durant quinze ans avant de passer à celui de son fils auquel la cuisinière vouait une sorte de culte. Son ancien maître lui donna ses instructions pour le dîner du soir et certain panier qu'il souhaitait emporter d'une voix infiniment plus douce et avec une sorte de respect. Cette espèce d'enlèvement la réjouissait profondément :

– La petite va guérir beaucoup plus vite, déclara-t-elle. Et faites-la bien manger, Monsieur Timothée ! Si je n'étais pas là, elle n'aurait que la peau sur les os. Madame tient tellement à « garder sa ligne », comme elle dit ! Moi je ne vous cache pas que s'il n'y avait pas de temps en temps des grands déjeuners ou des grands dîners, j'aurais rendu mon tablier à la mort de ce pauvre Monsieur François !

– Soyez tranquille, Rosa, je la nourrirai. Et quant à vous, cessez donc de vous tourmenter : quand Mlle Mélanie se mariera... et cela ne tardera guère, je pense, vous partirez avec elle. Cela vous va ?

– A condition que vous lui choisissiez un mari gourmand...

Qu'est-ce que grand-père voulait dire avec son « cela ne tardera guère » ? Mélanie, occupée à remonter l'escalier au bras de Fräulein, faillit redescendre pour lui demander de s'expliquer, mais la crainte qu'il lui inspirait jusqu'alors n'avait pas encore tout à fait disparu et leur entente était de trop fraîche date pour qu'elle osât, déjà, lui poser des questions. Elle remit cela à plus tard, ne voulant être, pour l'instant, qu'à la joie de ce voyage tellement inattendu.

Quand le soleil levant, glissant sur la mer comme une coulée de lave, incendia les remparts de Saint-Malo, Mélanie et Fräulein, assises sur le pont de l'*Askja,* regardaient les marins procéder aux manœuvres d'appareillage. Une jolie brise gonflait les voiles rouges à mesure qu'elles montaient le long des mâts et Grand-père, debout auprès des deux femmes, se contentait pour une fois de regarder, laissant les soins du départ au capitaine Le Moal.

Il faisait un temps délicieux. Le ciel d'un bleu de gentiane qui rappelait la nuit encore proche n'avait pas un nuage et, sur ce fond velouté, les villas blanches entourées de jardins foisonnants se détachaient avec la précision d'un dessin à la plume. Le temps était frais, bien sûr, cependant, avec le soleil, la température se réchaufferait et il ferait bon en mer.

– Je crois, dit Grand-père, que nous allons avoir une jolie brise. Tu es contente ?

Le visage rayonnant de Mélanie et ses yeux étincelants lui offrirent la meilleure des réponses. Elle se contenta de secouer énergiquement sa tête coiffée d'un chapeau marin qui auréolait son petit visage. Puis elle demanda :

– Où allons-nous ?

– Si tu as bien appris ta géographie, ce sera très clair. Nous mettons à la voile pour Plymouth. De là nous descendrons la côte de Cornouailles jusqu'à Land's End pour remonter sur l'Atlantique jusqu'à Tintagel. Je veux te montrer ce château chargé de légendes auprès duquel j'ai beaucoup rêvé lorsque j'étais un jeune garçon. Ensuite nous virerons bord sur bord et nous rentrerons. Si nous avions plus de temps, je t'emmènerais jusqu'en Irlande mais la saison s'avance et nous ne pouvons nous permettre qu'un petit voyage.

– C'en est un grand pour moi. Je n'ai jamais été ailleurs qu'à Dinard et par le train.

– Eh bien, conclut Grand-père avec bonne humeur, si tu tiens bien la mer je t'en offrirai d'autres. Tiens, l'été prochain nous pourrions aller aux États-Unis et au Canada ?

Sans son pied handicapé, Mélanie eût dansé de joie... et aussi de soulagement. Si Grand-père parlait de l'emmener en Amérique l'an prochain c'est que, dans son esprit, il ne comptait pas la marier aussi vite qu'il l'avait laissé entendre à Rosa. Et ce fut d'un cœur apaisé qu'elle regarda l'anse de Dinard et l'eau soyeuse commencer à défiler.

On allait doubler la pointe du Moulinet quand apparut un grand yacht blanc majestueux à souhait, battant pavillon britannique et arborant un guidon blanc à croix de Saint-André rouge frappée d'une couronne d'or. Mélanie connaissait depuis longtemps pour l'avoir vu sur quelques rares bateaux ce fanion prestigieux, celui du Royal Yacht Squadron, le club anglais le plus fermé du monde, le plus huppé aussi depuis sa fondation le 1er juin 1815, dix-sept jours avant la bataille de Waterloo. Bien peu nombreux étaient les navires de plaisance anglais qui pouvaient l'arborer. Mais Grand-père avait brusquement saisi ses jumelles et examinait le nouveau venu en train de rentrer au port comme si c'était son ennemi personnel...

– Tonnerre de Dieu ! gronda-t-il soudain empourpré par une colère qu'il contenait à peine. Puis, se tournant brusquement vers Mélanie : Avec qui m'as-tu dit que ta mère est partie ?

– Mais... avec lord Clarendon et d'autres personnes...

– Quelles autres personnes ?

– Comment voulez-vous que je sache, Grand-père ? Je ne les connais pas...

– Tu es sûre ? Tu n'en connais vraiment aucun ?

– Un seul... et pas depuis longtemps.

– Qui est-ce ?

– Le... le marquis de Varennes. Celui que j'ai failli assommer quand je suis tombée de mon arbre. Pourquoi ces questions ?

– Parce que ce yacht est celui de lord Clarendon. Et si ta mère est à bord je veux bien être changé en carton à chapeau ! Attends, je vais m'en assurer !

Embouchant un porte-voix gigantesque, il héla le navire anglais lorsqu'il fut assez près pour cela et, en termes d'une extrême courtoisie, demanda si le yacht venait d'Angleterre et, en ce cas, s'il n'avait pas rencontré un bateau nommé la *Sirène* ? – pur produit de son imagination. En retour, l'Anglais salua le yachtman français, répondit qu'il venait de Dieppe et n'avait pas rencontré le navire en question.

Quand il reposa son porte-voix, Grand-père se dirigea vers l'homme de barre et resta auprès de lui un moment, peut-être pour se donner le temps de se calmer ou pour échapper aux questions de Mélanie. Celle-ci ne lui avait encore jamais vu ce visage congestionné et cette expression terrifiante et elle n'osa pas le rejoindre, mais la joie pure de cette croisière inattendue venait de subir une atteinte et à nouveau elle avait l'impression de perdre pied. Si sa mère n'était pas partie avec les invités de lord Clarendon comme cela paraissait évident à présent, où était-elle allée avec tant de bagages... Et Francis ? Et surtout pourquoi avait-elle menti ? C'était sans grand risque avec Mélanie qui connaissait peu de monde et, très certainement, elle avait jeté le nom de Clarendon – dont le yacht mouillait d'ailleurs dans la baie il n'y avait pas si longtemps – comme n'importe quel autre qui lui serait venu à l'esprit. Comment aurait-elle pu imaginer d'ailleurs que les voiles rouges de son beau-père, telles celles du Vaisseau fantôme, allaient surgir brusquement pour porter le désordre dans des plans qu'elle croyait certainement d'une extrême ingéniosité ? Mais une chose était sûre : le soleil paraissait moins glorieux à la jeune fille et elle se sentit frissonner.

– Vous avez froid ? s'inquiéta Fräulein qui l'observait du coin de l'œil. Voulez-vous que nous rentrions ?

– Non, je vous remercie. Il faut profiter de ce beau temps... et la mer est si belle !

Les paroles lui venaient machinalement tandis que la goélette, sortie de l'estuaire de la Rance, taillait sa route vers Guernesey. Sous la mince étrave, la mer se creusait un peu cependant que le vent commençait à pincer les cordes des haubans comme de grandes harpes. Mélanie en emplit ses poumons avec avidité, heureuse de se sentir secouée par cette grande gifle marine. Elle ferma un moment les yeux pour mieux en respirer l'odeur salée... Un gémissement les lui rouvrit et elle vit que la pauvre Fräulein avait changé de couleur. De rose elle était devenue blanche et tournait progressivement au vert :

– Mon Dieu ! s'écria-t-elle, vous êtes malade ?

– Che... che ne me sens pas très pien... gémit la malheureuse en portant son mouchoir à sa bouche avant de se précipiter la tête la première vers le bastingage pour offrir à Neptune le tribut de son petit déjeuner. Un instant plus tard, dolente et les jambes molles, elle était convoyée vers sa cabine par un vigoureux marin faussement apitoyé cependant que Grand-père rejoignait Mélanie.

– Tu ne vas pas être malade, toi, au moins ? demanda-t-il en lui jetant un coup d'œil lourd de méfiance.

– Je ne l'ai jamais été lorsque le père Gloaguen m'emmenait à la pêche. Pourquoi voulez-vous que je le sois avec vous ?

Il hocha la tête avec satisfaction :

– C'est bien ! approuva-t-il tandis que sa grande main venait, en manière d'encouragement, peser sur la mince épaule de sa petite-fille. Et ils restèrent là un long moment à observer le jeu des vagues vertes que le passage du yacht couronnait d'écume blanche, unis par cette paume lourde dont Mélanie sentait la chaleur à travers le lainage de sa veste et qui lui communiquait une sorte de confiance et de bien-être comme elle n'en avait encore jamais connu. On eût dit qu'elle et son grand-père, devenus compagnons de route, venaient de sceller une grande amitié. Au bout d'un instant, enhardie, elle osa demander :

– Vous êtes très en colère après Maman, n'est-ce pas ?

– C'est une folle ! s'écria-t-il, puis, baissant brusquement la voix comme si cette explosion venait de dégonfler sa fureur, il ajouta : Mais ça, je le savais depuis longtemps.

– Où peut-elle être ?

– Nous le saurons bien assez tôt ! Écoute, petite, nous sommes partis toi et moi pour un joli voyage – ou du moins je l'espère ! Alors, si tu es d'accord, nous allons convenir de ne plus parler de ta mère jusqu'à ce que nous ayons l'honneur de la retrouver à Paris. En outre, tu es trop jeune pour te trouver mêlée aux petites roueries des grandes personnes et tu dois respecter ta mère même si tu ne comprends pas toujours son comportement. Compris ?

– Oui, Grand-père, je crois que cela vaut mieux mais...

– Mais quoi ?

– Rien... c'est sans importance...

La main serra fortement son épaule et la voix se durcit :

– Mélanie, si tu veux que nous nous entendions bien, à l'avenir, tu dois me donner ta confiance. Cependant je crois que je peux deviner ce que tu penses. Tu serais plus heureuse si ta mère n'était pas en compagnie de ce Varennes. Ou alors explique-moi pourquoi tu rougis à l'énoncé de son nom comme tu l'as fait il y a un instant en le prononçant. Il est... tellement séduisant ?

Affreusement mal à l'aise, Mélanie fit oui de la tête puis ajouta :

– Il a été très gentil avec moi et j'aurais aimé que nous

soyons amis. Mais c'est sans importance, fit-elle en relevant la tête et en souriant au vieillard. Vous avez raison, Grand-père, il ne faut pas gâcher notre voyage avec des choses sans intérêt. Nous ne parlerons plus que de ce que nous allons voir ensemble...

Une mouette passa au-dessus d'eux avec un cri rauque, retournant vers la côte où les maisons commençaient à se fondre dans l'épaisse végétation qui habillait la côte d'Émeraude. Le soleil devenait plus chaud. D'un geste brusque, Mélanie ôta son chapeau puis, dégrafant la barrette qui retenait sa natte sur le sommet de sa tête, libéra sa chevelure pour que le vent qui au-dessus d'eux gonflait les grandes voiles rouges puisse jouer avec elle. C'était une sensation extraordinaire et elle rit de joie quand ses longues mèches s'envolèrent. Debout à quelques pas d'elle, son grand-père la regardait avec, au fond des yeux, de l'amusement et quelque chose de plus profond que Mélanie eût été incapable de traduire si elle l'avait compris. Mais elle était toute à ce plaisir nouveau : il lui semblait qu'en libérant ainsi ses cheveux elle venait de rompre avec un passé de contraintes qu'elle espérait pouvoir oublier pendant un temps. Au moins tant que Fräulein serait aux prises avec le mal de mer...

CHAPITRE III

GRAND-PÈRE...

Comme par miracle, le pied de Mélanie retrouva presque toute sa souplesse dès le lendemain du départ et elle put jouir sans réserves de sa croisière improvisée. Elle adorait la mer mais elle n'avait jamais connu le grand large et la fascination qui s'en dégage lorsque la terre a disparu et que l'immense ondulation des vagues s'étend à perte de vue et ramène le bateau, quelle que soit sa taille, à l'humble conscience de sa fragilité. Elle passa alors des heures à regarder les jeux changeants de la lumière et à observer les manœuvres de l'équipage qui, selon le vent, carguait une voile ou en envoyait une autre, fascinée par cette cathédrale de toile rouge déployée quand le bateau voguait grand largue et semblait courir à la poursuite de l'horizon.

On fit une brève escale à Plymouth dans le seul but d'emmener Mélanie déjeuner de crabe sur le Barbican, le vieux port des pêcheurs où l'on buvait – paraît-il ! – un rhum excellent mais aussi un thé exquis accompagné de crème jaune et grumeleuse, dans une taverne enfumée qui, à défaut d'avoir vu Francis Drake mettre à la voile pour courir sus à l'Armada, n'en avait pas moins assisté au départ de Cook pour sa circumnavigation. Après quoi Grand-père alla mouiller dans l'anse de Polperro où sa petite-fille tomba en extase devant la beauté du paysage. Comment résister au charme de ces villages cornouaillais cachés parmi les arbres au long d'étroites rivières où remonte la marée et à ces fermes isolées bâties au bout de longs couloirs de lauriers et de rhododendrons ?

A vrai dire, si l'on passa cette nuit-là à terre, ce fut surtout pour débarquer Fräulein, toujours aussi malade, dans une adorable auberge nichée au milieu d'un feu d'artifice de tournesols, de géraniums, de fuchsias et de roses trémières où une aimable hôtesse jura de prendre soin d'elle jusqu'à ce qu'on vînt la reprendre au retour. A la grande surprise de Mélanie, cette Mrs. Poldhu se révéla être une vieille amie de Grand-père qu'elle appelait « Timothy dear » en toute simplicité.

– Je croyais bien vous avoir entendu dire que vous n'aviez pas d'amis ? fit-elle remarquer.

Il sourit mais redevint grave pour répondre :

– A Paris et dans le monde où je vis, je n'en ai guère, en effet, petite ! Les temples de la Finance sont autant de jungles où l'on ne peut s'aventurer que solidement armé, mais tu serais surprise du nombre d'amitiés que j'ai nouées dans des petits ports comme celui-ci ou sur des terres étrangères. L'Angleterre en contient quelques-unes dont la plupart datent de ma jeunesse et je ne te cache pas que j'espère beaucoup dans le nouveau roi Édouard VII que je connais depuis longtemps et qui souhaite, je le sais, que son pays et la France oublient des siècles de guerres afin de s'unir à jamais pour le meilleur et pour le pire.

On passa, dans cette jolie maison fleurant bon la cire fraîche et les *buns* chauds, une charmante soirée après avoir visité un petit musée que Grand-père trouvait très amusant parce qu'il était consacré uniquement à la contrebande, au banditisme maritime et aux souvenirs des anciens naufrageurs, profession encore florissante au siècle précédent. Mais après une nuit tout à fait reposante il ne fut pas facile d'obtenir de Fräulein – tout à fait remise dès l'instant où elle avait touché la terre ferme – qu'elle « renonce à ses devoirs », comme elle le déclara dans un beau mouvement dramatique. Il fallut que Grand-père lui explique patiemment qu'il comptait assumer lui-même lesdits devoirs et qu'en tout état de cause la protection de treize marins, plus la sienne, pouvait garantir Mélanie contre les pièges et embûches d'une croisière côtière avec bien plus d'efficacité qu'une pauvre femme malade. Il ajouta qu'il était inutile, voire cruel, d'infliger à la fidèle gouvernante de sa petite-fille une nouvelle souffrance de plusieurs jours, enfermée dans une cabine rendue malodorante par le mal de mer. Ce serait déjà une épreuve suffisante de subir le retour jusqu'à Saint-Servan. D'autre part on la laissait dans de bonnes mains et, puisqu'elle parlait l'anglais aussi bien que le français, il ne lui restait rien d'autre à faire que se laisser vivre et, en un mot, accepter les vacances bien méritées qu'on lui offrait. Et, sur ce, Grand-père conclut son discours en promettant que Mme Desprez-Martel ne saurait rien de tout cela et que Mélanie s'engageait à garder le secret.

Celle-ci était trop heureuse pour ne pas contresigner le pacte des deux mains et ce fut avec une grande sensation de liberté qu'elle regagna le bord tandis que s'élevait déjà la chanson du cabestan. Vêtue d'une vareuse de marin sur laquelle flottaient ses cheveux simplement retenus par un serre-tête, elle reprit son poste sur le pont pour regarder les vagues et les oiseaux de mer.

L'été venant de s'achever, Grand-père avait décidé que l'on irait directement à Tintagel, le but qu'il s'était fixé, pour revenir ensuite plus lentement en visitant la côte. Aussi l'*Askja* piqua-t-elle vers le large pour gagner à l'abri des récifs la pointe extrême de l'Angleterre, Land's End, qui marque le passage de la Manche à l'Atlantique. On la contournerait pour remonter un peu vers le nord.

– C'est un endroit prodigieux, dit Grand-père, une sorte de cap Horn en plus petit. La mer y est d'une pureté extrême et surtout d'une couleur que l'on ne trouve nulle part ailleurs... Beaucoup de peintres viennent planter leur chevalet à Land's End mais aucun, je crois, n'a réussi à saisir cet instant subtil où le flot vert se teinte d'un bleu lumineux sans pourtant perdre tout à fait son profond reflet d'émeraude.

Mélanie avait déjà découvert qu'il pouvait parler de la mer sans jamais se lasser et avec des mots toujours nouveaux. Elle avait découvert aussi que chaque heure écoulée la rapprochait un peu plus de ce géant roux, de ce génie des tempêtes qu'elle trouvait si ennuyeux naguère et qu'elle craignait un peu. A présent, elle voyait vivre un homme simple et qui, s'il était très riche, savait ne se servir de sa fortune que pour s'entourer de ce que la nature et l'art des hommes produisaient de plus beau. A condition que les fioritures soient absentes car il aimait surtout le genre dépouillé même si son hôtel des Champs-Élysées, monument consacré au souvenir de Chère Bonne-Maman, accumulait les tentures, les bibelots et les nids à poussière.

Son enfant chéri, sa goélette, était une bête de race taillée pour la course et dont le pont étincelant de propreté ne s'encombrait d'aucune chaise longue, d'aucun parasol, d'aucun salon d'été en rotin évocateur d'un exotisme de bazar, mais l'intérieur, habillé d'acajou satiné, de cuivres étincelants et d'un joyeux et solide drap vert, était un modèle de confort fonctionnel, un confort dont le plus modeste matelot profitait autant que les maîtres car les mêmes matières précieuses se trouvaient dans tous les carrés.

Le soir, après le souper, assise en face de son grand-père sous la lampe à huile dont l'abat-jour reflétait la cabine, Mélanie le regardait allumer sa grosse pipe d'écume dont la fumée odorante montait lentement vers le plafond de bois tandis qu'elle-même croquait une pomme ou égrenait une grappe de raisin. Elle aimait ce moment de silence un peu solennel parce que c'était l'instant où l'agitation du jour faisait place à la sérénité de la nuit. On n'entendait que le glissement soyeux de l'eau le long de la coque.

Pendant de longues minutes, Grand-père restait immobile, suivant des yeux les volutes grises puis, comme s'il répondait à quelque voix intérieure, il commençait à parler... Mais jamais de sa vie présente ni de ses multiples affaires dont cependant le poids devait être lourd à porter. Selon lui ce n'était pas vraiment important et, surtout, cela ne pouvait pas intéresser une enfant de quinze ans. Il ne parlait pas davantage de la famille, et quand Mélanie essaya de mettre sur le tapis son oncle Hubert qu'elle aimait bien parce qu'il était toujours gentil avec elle, Grand-père coupa court très vite car, ces minutes de solitude à deux, il les voulait hors du temps et de la réalité quotidienne.

Une fois, il essaya de parler peinture, cette autre passion qui habitait sa vie, mais il s'aperçut vite que Mélanie, sur ce sujet, était parfaitement inculte, ignorant aussi bien Rembrandt, Vélasquez, Quentin La Tour ou Goya que des génies plus récents comme Degas ou Renoir dont l'aïeul raffolait. Avec une mère qui prenait Leonardo da Vinci pour un bottier italien, ce n'était pas autrement étonnant.

– Je pensais qu'on t'avait déjà emmenée une fois ou deux au Louvre ! s'indigna-t-il. Mais si je comprends bien tu n'y as jamais mis les pieds ?

– Jamais, Grand-père ! affirma gravement Mélanie. Maman dit que les musées sont ennuyeux et Fräulein n'aime que la musique.

– Et l'autre, l'Anglaise ? Cette « nannie » dont j'ai oublié le nom ?

– Miss Mac Donald ? Elle aimait surtout tricoter pendant que je prenais mes leçons d'équitation.

– J'aurais dû m'occuper de toi plus tôt ! soupira-t-il. Enfin ! Espérons que Dieu m'accordera assez de temps pour t'apprendre à regarder un tableau autrement que les dessins de tes livres de classe !

Pris de court, ce soir-là, il ne savait plus que dire. Peut-être allait-il revenir à la mer dont il parlait en poète mais Mélanie fit dévier légèrement le sujet.

– Parlez-moi de ce bateau, Grand-père ! J'ai entendu dire qu'il avait été construit en Amérique.

– C'est tout à fait exact. L'*Askja* est née dans le Maine.

– Pourquoi ? N'y a-t-il pas, en France, de bons constructeurs ?

– Si, très certainement, mais... c'est une histoire qui remonte loin. Et je ne suis pas sûr qu'elle t'intéresse.

– Au contraire ! Vous m'êtes presque inconnu. Papa me parlait de vous, autrefois, et aussi de Chère Bonne-Maman parce qu'il vous aimait tous les deux, mais il n'a pas eu beaucoup de temps et je ne le voyais pas très souvent...

Un nuage passa sur les yeux gris du vieil homme, un nuage qui ressemblait à la brume si humide du petit matin, mais il réussit à le chasser et eut l'un de ses rares sourires.

– Très bien ! Alors, écoute !

Il est difficile de croire, lorsque l'on regarde une personne âgée, qu'elle a pu être enfant, adolescent. Toutefois Grand-père possédait sans doute le don précieux d'évocation car Mélanie s'attacha tout de suite à ce jeune garçon dont il lui racontait l'histoire. Une histoire assez semblable à celle des autres enfants de familles riches dont le père est imbu d'idées sévères au sujet de l'éducation.

Celui du jeune Timothée Desprez-Martel avait, là-dessus, des principes bien à lui. La tradition familiale eût voulu que l'héritier fût élevé chez les jésuites, au collège Stanislas ou dans la sévère maison d'Autun, mais elle adhérait cette fois à un anticléricalisme farouche, né peut-être d'une éducation religieuse trop étroite. En dépit des prières de sa mère, Timothée passa la Manche et se retrouva dans un collège de Kensington où il apprit à devenir un gentleman dans le meilleur style britannique avant d'être envoyé à Oxford.

Le jeune garçon se plia aisément à cette existence. Il aimait l'Angleterre et s'y trouvait d'autant mieux qu'il s'y fit des amis. C'est au cours de vacances à Tadstow chez son ami Trelawney qu'il découvrit la Cornouailles et surtout l'Océan en divers endroits trop sauvages pour n'être pas grandioses.

Ses études terminées, son père lui offrit un tour d'Europe, puis avant même de le faire entrer dans ses affaires l'envoya aux États-Unis étudier les méthodes des financiers américains. Mais New York est au bord de la mer et Timothée fréquenta cette partie de la société qui s'était découvert la passion du yachting. Or, trois ans plus tôt, en 1851, la construction navale et la marine américaine s'étaient couvertes de gloire avec l'exploit de la goélette *America* venue battre, en une course déjà légendaire autour de l'île de Wight et sous les yeux de la reine Victoria, la fine fleur du yachting anglais, remportant haut la main les cent guinées et le trophée offert par la souveraine qui portait, depuis, le nom de Coupe de l'América.

Bien sûr, vivant alors en Angleterre, Timothée eut de larges échos de la défaite des voiles britanniques mais, à New York, il put voir la goélette victorieuse et en admirer les lignes hardies. Il rencontra l'architecte George Steers et le propriétaire John Cow Stevens, et à la suite de ce double contact tomba définitivement amoureux des bateaux construits outre-Atlantique.

– Je me suis juré qu'un jour j'aurais moi aussi un bateau qui ressemblerait à l'*America*. Tu n'imagines pas quel coup au cœur j'ai reçu en face de cette proue concave et effilée comme la flèche d'un espadon. En outre, Steers avait eu l'idée de génie de faire tisser ses voiles en coton et à la machine au lieu des lourdes toiles de lin habituelles! C'était extraordinaire...

– L'*Askja* ressemble à l'*America* ?

– Bien sûr, avec le temps, les ingénieurs ont apporté des petits changements. On a lancé en 1888 un « schooner » à cinq mâts, *Governor*, et il y a deux ans on a vu paraître un six-mâts, le *George W. Wells*... Mais c'est vrai que mon bateau ressemble à l'*America*. Je lui ai voulu une coque noire, comme était la sienne. Simplement j'ai un mât de plus car elle n'en avait que deux et mes voiles sont rouges.

– Pourquoi ?

– Une envie. Askja est le nom d'un volcan. Il me semblait que ce serait plus évocateur... La faire construire m'a consolé de la mort de ta grand-mère. Tant qu'elle a vécu, je n'ai pas beaucoup navigué. Elle détestait la mer...

– Comment se fait-il qu'ayant tellement vécu en Angleterre et en Amérique vous n'ayez pas épousé une étrangère ?

Brusquement ce fut le silence. Les traits du vieil homme se figèrent et ses yeux, si animés l'instant précédent, s'éteignirent. Il détourna la tête et Mélanie vit ses doigts se crisper sur le fourneau de la pipe cependant que l'impression d'avoir commis une énorme indiscrétion paralysait la jeune fille. Timidement, elle demanda :

– Est-ce que... j'ai dit quelque chose qu'il ne fallait pas ?

Le sourire triste qu'il lui offrit lui serra le cœur mais c'était tout de même un sourire :

– Non, tu n'as rien dit de mal. J'ai failli, en effet, me marier là-bas mais... mon père en avait décidé autrement. Depuis longtemps mon mariage était arrangé avec Herminie – Chère Bonne-Maman ! – qui était la fille d'un haut magistrat comme tu le sais sans doute. Et j'ai obéi...

– Pardonnez-moi si je vous parais indiscrète... mais cela veut-il dire... que vous ne l'aimiez pas ?

Le regard fatigué plongea dans les larges yeux couleur de prune, trop grands pour ce petit visage qui se tendait vers lui. L'ancien Timothée sourit avec beaucoup de douceur :

– Pas au début, je l'avoue. J'avais au fond des yeux une image difficile à effacer mais ta grand-mère était une femme exquise. Elle m'a laissé tout le temps d'apprendre à l'aimer et la naissance de ton père a fait de moi un homme heureux.

– Pas celle d'oncle Hubert ?

– Si, bien sûr ! Je n'imaginais pas alors qu'il s'intéresserait au sport beaucoup plus qu'aux affaires, et cette indifférence a redoublé pour moi la douleur causée par la disparition de mon François, mais, heureusement, la providence m'avait déjà envoyé Olivier Dherblay. Tu le connais, je crois ?

Non. Mélanie n'avait encore jamais rencontré le fondé de pouvoir de son grand-père. Elle n'en savait pas grand-chose sinon qu'il était âgé d'une trentaine d'années, qu'oncle Hubert proclamait qu'il avait dû voir le jour dans la Corbeille de la Bourse et que Mère, lorsqu'il lui arrivait d'en parler, soupirait qu'il était très certainement l'homme le plus ennuyeux qu'elle eût jamais rencontré... mais, cela, Mélanie le garda pour elle-même.

– Eh bien, conclut Grand-père, je te le montrerai un de ces jours. Il est tout à fait remarquable... Au fait, de quoi suis-je en train de te parler et comment en sommes-nous venus là... ? En outre, il est affreusement tard, ajouta-t-il en levant les yeux vers la pendule cerclée de cuivre qui occupait l'un des panneaux. Va vite te coucher !

Mélanie dormit trop bien et le soleil était déjà haut quand elle monta sur le pont que balançait à présent la longue houle de l'Atlantique. L'aspect de la côte avait complètement changé : plus de végétation luxuriante descendant jusqu'à l'eau, plus de petites baies étroites habitées de grues, de hérons ou d'oiseaux de mer, mais des falaises abruptes couronnées d'herbe rare et des récifs battus par les vents d'ouest. Les ports étaient peu nombreux et, d'après Morvan, le timonier, tout à fait inaccessibles par gros temps.

– Heureusement que nous ne restons pas longtemps dans ces parages, confia-t-il à la jeune fille. Le bateau est solide et c'est un grand coureur mais une tempête ne vous ferait pas un bon souvenir. Enfin, M'sieur Timothée tient absolument à vous montrer Tintagel !

– Est-ce que ce n'est pas intéressant ?

Il déplaça sa chique d'une joue à l'autre et cracha par-dessus bord un long jet de salive brune :

– Si. C'est même un endroit qu'on n'oublie pas une fois qu'on l'a vu...

De fait, le haut rocher de Tintagel au pied duquel l'Océan gémissait comme un dragon enchaîné arracha des cris d'admiration à Mélanie. Majestueuse, superbe, chargée d'histoire et plus encore de légendes, l'ancienne forteresse ruinée des comtes de Cornouailles, probablement construite durant la période normande auprès d'un antique monastère, semblait sortie tout armée d'un roman des Chevaliers de la Table Ronde. C'est là que la belle Ygraine donna naissance au jeune roi Arthur et que le roi Mark surprit un soir Tristan aux pieds de sa femme Yseult, cependant que, sous les rochers, s'ouvrait la caverne de Merlin l'Enchanteur...

– Regarde ! dit Grand-père en désignant un oiseau noir du tuyau de sa pipe. Voilà une corneille à pattes et à bec rouges. Les gens d'ici prétendent que ces oiseaux incarnent l'âme d'Arthur qui n'a pas encore trouvé le repos. Près d'ici, d'ailleurs, il y a ce que l'on appelle le pont du Meurtre parce que c'est là qu'il fut frappé à mort. Et aussi le lac dans lequel sire Bedivere jeta l'épée Excalibur...

– Je croyais que ces légendes s'étaient passées en Bretagne ? remarqua Mélanie. N'avons-nous pas l'ancienne forêt de Brocéliande ? Du moins c'est ce que prétend le père Gloaguen.

– Cela tient à ce que la Cornouailles et la Bretagne sont sœurs. On dit même qu'elles étaient réunies il y a très longtemps avant que la mer ne les sépare. D'ailleurs les vieux du pays racontent que, deux fois l'an, durant la nuit, le roc de Tintagel disparaît sous les flots et que, lorsqu'il reparaît, la bande rocheuse qui le relie à la terre s'est un peu rétrécie. Bientôt, peut-être, ce sera une île...

– Est-ce que nous n'allons pas débarquer ? Je voudrais tellement monter là-haut !

– Je l'espérais, mais ce ne serait pas prudent car il se pourrait qu'un grain nous arrive. Il faut aller nous abriter à Padstow.

– Oh ! c'est dommage, non ?

– Si. Je souhaitais t'emmener là-haut pour m'asseoir avec toi là où je me suis assis souvent jadis. A cet endroit le temps recule et il n'y a plus que ce qui compte : la terre, la mer, les pierres et le vent. C'est un lieu pour ceux qui s'aiment...

La voix de Mélanie ne fut qu'un souffle quand, posant sa main sur la manche bleue, elle demanda :

– Cela veut dire... que vous m'aimez, Grand-père ?

Les yeux toujours fixés sur les ruines, il recouvrit de la sienne la main fragile :

– Tu ne serais pas là, petite, s'il en allait autrement. Mais nous reviendrons, je l'espère, et, si ce n'est pas avec moi, peut-être souhaiteras-tu venir avec celui que tu aimeras... Pour l'instant il faut partir.

Il s'éloignait à grands pas en braillant des ordres et Mélanie put rougir tout à son aise. Elle venait d'évoquer l'élégante silhouette de Francis telle qu'elle l'avait déjà admirée, en habit en tenue d'été, mais curieusement elle avait peine à la faire entrer dans ce décor grandiose et sauvage. Il n'avait rien du roi Arthur ni de Tristan en dépit de cette auréole de grand voyageur qui le suivait. Il était un rien trop civilisé sans doute... Un pur produit de la haute société policée, raffinée, tirée à quatre épingles, et quelque chose disait à son admiratrice qu'il n'aurait peut-être jamais envie de venir contempler un vieux château croulant. Mais on ne discute pas avec son cœur et ce cœur trouvait tant de charmes au jeune marquis de Varennes qu'il lui faisait volontiers grâce de cette carence.

Le temps se gâtait en effet. La mer et le ciel se rejoignaient dans une menaçante couleur grise et les vagues devenaient plus hautes. L'*Askja* réduisit sa voilure et prit la fuite devant la tempête qui venait. On atteignit assez vite Padstow, une station balnéaire doublée d'un petit port dans l'embouchure du Camel, juste à temps pour éviter le plus fort du « coup de chien », et on y resta deux jours au grand dépit de Grand-père qui voyait se réduire le temps qu'il entendait consacrer à cette petite croisière. Il allait falloir rentrer plus vite, surtout si le temps empirait.

On charma ces loisirs forcés avec la lecture. Il y avait à bord une petite bibliothèque spécialisée sur la mer et Mélanie plongea avec délices dans les voyages de Bougainville. Son grand-père l'initia en outre aux joies enivrantes du bésigue et, pour elle tout au moins, le temps coula assez vite. Puis, dès que l'océan se montra plus accueillant, la goélette entama le chemin du retour avec une hâte qui fit soupirer Mélanie. Grand-père semblait affreusement pressé de rentrer ! On passa comme le vent entre les falaises formidables de Land's End et les îles Scilly qui se dessinaient à peine dans une brume laiteuse, mais on ralentit tout de même pour explorer Mount'Bay, la baie profonde que barre en majesté St. Michael's Mount, le petit frère du Mont-Saint-Michel de Normandie : une pyramide granitique sommée d'un antique château dont la chapelle et elle seule dépendait de la grande abbaye normande. La côte y était particulièrement ravissante avec ses rochers couverts du rose « gazon d'Olympe », mais aussi de léger tamarin et de cette « plante des glaces » aux épaisses feuilles poudrées à frimas et aux fleurs éclatantes. On mouilla devant Penzance, mais le port où aboutissaient les chemins des hautes landes farouches et peuplées de fantômes parut triste à Mélanie. Sans doute parce que le soleil se faisait plus réticent. Octobre était tout proche à présent et ce fut sous une pluie battante que l'on rejoignit Polperro où l'on trouva Fräulein sur la jetée. Enveloppée dans un waterproof et les pieds chaussés de solides brodequins, pataugeant dans une flaque d'eau, elle guettait le retour des voyageurs. Dans son vêtement sombre fouetté par l'averse elle ressemblait à ces femmes des îles du bout du monde, d'Ouessant et de Sein, à ces « filles de la pluie » qui attendent durant des jours et sans se lasser l'apparition d'une voile, ou la silhouette bien connue d'un navire :

– Elle est allée au port au moins trois fois par jour, expliqua discrètement Mrs. Poldhu. Je crois bien, Timothy dear, qu'elle aurait encore préféré agoniser interminablement au fond de votre bateau plutôt que de rester au coin de mon feu, les pieds sur les chenets à grignoter des cakes en soupirant à fendre l'âme.

– Belle marque de confiance ! apprécia Grand-père. Eh bien, elle va y retourner sur mon bateau. Ces Allemands ont un sens du devoir incroyable... J'avoue avoir quelques scrupules à lui imposer une nouvelle traversée ! Je n'aurais jamais dû l'emmener...

– Elle n'aurait jamais accepté que je parte sans elle, fit Mélanie. C'est déjà beau qu'elle nous ait laissé ces quelques jours.

Le lendemain, ce fut d'un pas décidé, celui d'Iphigénie marchant à l'autel du sacrifice, que Fräulein réintégra l'*Askja*. Mais sachant ce qui l'attendait, elle gagna sa cabine, disposa autour d'elle serviettes, cuvette et eau de mélisse, glissa le portrait de son fiancé sous son oreiller puis se coucha avec la ferme intention de ne plus bouger jusqu'à ce que l'on eût regagné la France.

Impressionnée peut-être par tant de stoïcisme, la mer lui fut clémente et ce fut d'un pas assez ferme qu'une cinquantaine d'heures plus tard elle mit le pied sur le quai de Saint-Servan où la goélette était venue s'amarrer au pied de la tour Solidor. Elle arborait même un large sourire contrairement à son élève qui aurait bien voulu voir se poursuivre son joli voyage. Ce fut le cœur gros que Mélanie dit au revoir au capitaine Le Moal et à ses hommes. Elle s'en était fait des amis et une vibrante acclamation la salua quand, avant de quitter le bord, elle mit ses bras autour du grand mât pour poser un baiser sur son bois lisse :

– Nous partirons encore tous ensemble ! promit Grand-père plus ému qu'il ne voulait le montrer. A présent, il faut songer à gagner, l'un et l'autre, nos prochaines vacances...

– Nous aurions pu rester plus longtemps, tout de même ?

– Je ne crois pas. Un télégramme m'attendait à Penzance et ici...

De la main, il désignait une haute silhouette grise appuyée sur une canne, celle d'un homme mince au visage strictement rasé, vêtu d'un paletot à carreaux fondus et coiffé d'une casquette assortie qui s'inclina légèrement lorsqu'elle s'approcha, sa main glissée sous le bras de son grand-père. Celui-ci serra la main de l'inconnu :

– Vous vous êtes dérangé vous-même, Dherblay ? C'est si important que cela ?

– Plus encore, je crois, Monsieur ! Le président Loubet vous invite à dîner demain soir, en petit comité bien entendu. Je craignais beaucoup que la mer ne vous empêche d'arriver à temps...

– Elle s'en serait voulu de déplaire au président de la République ! Avez-vous déjà rencontré ma petite-fille Mélanie ?

– Non, Monsieur ; je m'en souviendrais, je crois.

– Ne vous fiez pas à ses airs de sauvageonne. Je viens de m'efforcer d'en faire un loup de mer, ce qui n'empêche qu'elle ne soit une jeune fille accomplie.

– Je n'en doute pas.

Arrivait-il quelquefois à cet homme de sourire ? Il avait ôté poliment sa casquette mais ses yeux étaient si profondément enfoncés sous ses épais sourcils bruns qu'il était difficile d'en déceler la couleur. Il comptait parmi ces hommes froids qui n'ont pas d'âge.

Mélanie n'eut pas à le supporter pendant le dîner, car il reprenait le train une heure plus tard tandis que les navigateurs, pour ménager aux deux femmes un peu de repos, ne partiraient que le lendemain matin.

A l'hôtel, Grand-père et sa petite-fille, confortablement installés devant une nappe bien blanche, firent un sort à un énorme plat d'huîtres de Cancale. Fräulein, dans l'impossibilité où elle se trouvait d'obtenir la choucroute de ses rêves, seule capable de lui remettre le cœur et l'estomac en place, les laissa seuls et choisit de se faire servir dans sa chambre une soupe épaisse et des tartines de confiture. Des araignées de mer suivirent les huîtres, puis du gigot de pré-salé, le tout arrosé d'un joli muscadet avec lequel on trinqua au beau voyage que l'on ferait l'année prochaine.

Pour sa part, Mélanie goûta pleinement ce dernier tête-à-tête avec ce grand-père devenu si cher et elle en enferma le souvenir dans son cœur. Elle pensait qu'il y a vraiment, dans la vie, des moments que l'on devrait marquer d'une pierre blanche tant ils sont réussis !...

Il était près de six heures le lendemain quand la voiture venue chercher les voyageurs à la gare pénétra dans la rue Saint-Dominique et franchit le portail de la maison où Mélanie habitait avec sa mère. C'était une de ces charmantes demeures nées au XVIIIe siècle, comme il en restait beaucoup moins depuis qu'en 1866 la percée du boulevard Saint-Germain avait été poursuivie depuis le boulevard Saint-Michel jusqu'au palais Bourbon. Au moment de son mariage avec Albine, François Desprez-Martel en était tombé amoureux presque autant que de sa fiancée. Jadis propriété du couvent des Dames de Bellechasse, elle occupait le coin de la rue du même nom et de la rue Saint-Dominique et possédait un petit jardin pris sur celui de l'ancien couvent. Elle gardait aussi le souvenir de Mme de Genlis, la docte maîtresse du duc d'Orléans. C'était entre ces murs de belle pierre blanche que celle-ci avait veillé à donner une éducation moderne aux enfants du prince régicide. Et le petit hôtel en gardait un parfum d'élégance et de bon ton auquel François s'était montré sensible. Beaucoup plus qu'à la magnificence des palais d'agents de change qui, dans la seconde moitié du XIXe siècle avaient transformé la plaine Monceau en un quartier cossu, fastueux même et, selon lui, beaucoup trop pompeux.

La nouvelle Mme Desprez-Martel n'avait pas protesté car elle était sensible à un environnement essentiellement aristocratique et tout à fait digne d'une jeune femme dont le père avait acheté au Vatican un tortil de baron. Albine étant l'unique enfant du baron papal, le blason avait disparu avec lui, l'année même de la naissance de Mélanie, mais la jeune mère ne permettait à personne d'oublier sa noble extraction et caressait secrètement, depuis son veuvage, l'espoir de coiffer quelque jour en secondes noces une couronne dont la peinture.

plus ancienne, tiendrait mieux aux portières de sa voiture.

Lorsque celle de son grand-père pénétra dans la cour avec Mélanie, plusieurs attelages de grand luxe – caisses admirablement vernies tirées par de hauts carrossiers steppant le mètre vingt – en sortaient avec majesté.

– Mon Dieu ! gémit Mélanie. Nous sommes mercredi et c'est le jour de Maman. Quel ennui !

– Mais non, fit Grand-père. Tu vois bien que tout ce monde a pris congé.

– Il reste encore quelqu'un et je ne sais pas à qui appartient ce joli landau noir.

– Mélanie, intervint Fräulein, vous devriez me laisser vous recoiffer...

Devant le regard farouche que lui lança son élève, elle n'osa pas avancer d'arguments. Mélanie, en effet, avait décidé que c'en était fini de sa coiffure étriquée et qu'elle porterait ses cheveux dans le dos comme toutes les fillettes, puisque apparemment on tenait à ce qu'elle en soit une, jusqu'à ce qu'on lui octroie un statut de jeune fille. Grand-père vint d'ailleurs à la rescousse :

– Laissez-la donc tranquille ! Elle est charmante comme cela...

Et ce fut avec la masse cuivrée de sa chevelure répandue sur ses épaules que Mélanie, arrachant son chapeau, passa fièrement devant le majordome en lui lançant :

– Bonsoir, Paulin ! Ma mère est au salon ? – Et, comme il esquissait le geste de s'interposer elle l'écarta doucement : – inutile de nous annoncer, nous connaissons le chemin.

Un cri d'indignation salua son entrée dans la pièce aux boiseries claires où sa mère, en robe de dentelle lilas sous ses grands sautoirs de perles, bavardait gaiement, à demi étendue sur une récamier, avec un homme en jaquette que Mélanie reconnut au premier coup d'œil et qui eut d'ailleurs le don de lui faire perdre instantanément toute son assurance :

– Mélanie! s'écriait Albine, qu'est-ce que ces manières? Depuis quand entres-tu chez moi sans frapper? Et d'abord d'où sors-tu dans cette tenue?

Elle avait jailli de sa méridienne et marchait sur sa fille comme si elle s'apprêtait à la jeter dehors. Convulsé de colère son joli visage était à peine reconnaissable.

– Je venais vous dire bonjour, Mère, murmura l'incriminée. Je pensais que cela se fait quand on rentre de voyage!

– Parlons-en de ce voyage! Quelle invraisemblable histoire! Et regarde comme tu es faite! Cette tignasse emmêlée, cette peau brune... et plus de taches de rousseur que jamais! Tu ressembles à une bohémienne, à une fille des rues, à...

La diatribe s'arrêta net : Grand-père, qui s'était un peu attardé dans le vestibule pour voir, peut-être, comment Mélanie serait accueillie, venait de faire son apparition, inquiétant et formidable comme le dieu des tempêtes. Son regard gris toisa sa belle-fille :

– Pourquoi ces cris, chère Albine? Ne vous a-t-on pas appris que j'avais emmené ma petite-fille en croisière?

– Si... mais...

– Mais vous ne pensiez pas me voir arriver en même temps qu'elle? Vous imaginiez-vous que je la laisserais vous affronter seule?...

– Admettez, Père, que je puisse éprouver quelque mécontentement. Je rentre à Dinard et je trouve la maison fermée et tout mon personnel envolé. C'est très désagréable...

– Je l'espérais bien. Ce n'était guère affectueux d'abandonner votre fille, handicapée de surcroît, pour faire un petit voyage. Au fait, où étiez-vous ?

– Mélanie a dû vous le dire : à Biarritz. Je suis partie sur le yacht...

Avec un coup d'œil peu amène en direction de Francis qui, debout, attendait avec une grande aisance la fin de cette escarmouche familiale, Desprez-Martel coupa la parole à sa belle-fille :

– Si vous voulez bien nous allons nous entretenir de cela un moment dans le petit salon de musique. Je ne crois pas que... monsieur... au fait, nous n'avons pas été présentés.

– Marquis de Varennes ! dit Francis en s'inclinant légèrement. Mais je vais vous laisser...

– Du tout ! Restez donc. Ma petite-fille m'a dit qu'elle n'avait pas encore eu le loisir de vous remercier convenablement pour l'aide que vous lui avez apportée... certaine nuit humide.

– Cela ne mérite pas tant de gratitude, Monsieur, dit Francis en souriant à Mélanie. C'était très amusant...

– Vous êtes plein d'indulgence. Excusez-nous un instant ! Venez, Albine !

– Ne pourrions-nous remettre à demain ? Je dîne ce soir rue d'Astorg chez la comtesse Greffuhle et je dois me préparer...

– Je dîne ce soir à l'Élysée et vous n'imaginez pas que je vais y aller en costume de voyage ? Cela ne prendra qu'un instant.

Les termes étaient courtois mais le ton sans réplique, et il fallut bien qu'Albine s'exécutât non sans adresser au jeune homme un coup d'œil désespéré.

Mélanie, elle, fut enchantée. Enfin, elle allait avoir Francis pour elle toute seule !

– Asseyez-vous ! dit-elle. Je vais essayer de vous tenir compagnie.

– Vous m'en voyez ravi. Nous n'avons guère eu l'occasion de bavarder depuis Dinard. Puis-je fumer ?

– Je vous en prie ! Avez-vous fait un beau voyage en compagnie de ma mère ?

Tirant une cigarette d'un étui d'or, il l'alluma calmement, ce qui lui donna le temps de répondre, mais ses yeux sombres parurent se rétrécir.

– Nous n'étions pas seuls et puis ce n'était pas un voyage très passionnant. J'aimerais mieux que vous me racontiez le vôtre. Où êtes-vous allée ?

– En Angleterre. Mon grand-père tenait à me montrer les côtes de la Cornouailles. Cela doit paraître bien mince à un grand voyageur tel que vous l'êtes ?

– Détrompez-vous ! C'est ce que j'appelle un voyage intelligent. Jusqu'où êtes-vous allée ?

– Jusqu'à Tintagel. Grand-père m'a conduite au château du roi Mark mais le temps s'est gâté et nous n'avons pas pu aborder. Oh ! c'était tellement beau !...

– Eh bien, vous y retournerez.

– Je le voudrais tant ! Mais Grand-père dit qu'il faut y aller seulement avec quelqu'un que l'on aime...

Elle rougit brusquement et se tut. Emportée par l'enthousiasme, elle allait dire à ce beau jeune homme qui la regardait si doucement que c'était avec lui qu'elle aimerait revoir ce roc des âges légendaires... Il y eut un petit silence puis Francis murmura sans la quitter des yeux :

– C'est une idée charmante et je suis bien certain que vous n'aurez aucune peine à réaliser ce rêve.

– Vous croyez ? C'est tellement difficile d'aimer quelqu'un, à part Grand-père, bien sûr...

– Vous l'aimez beaucoup ?

– Depuis peu de temps, mais oui, je l'aime. Je croyais n'avoir qu'un « Cher Grand-Papa » à qui, trois ou quatre fois par an, je faisais la révérence avant de m'asseoir à sa table et je me suis découvert un vrai grand-père qui a partagé avec moi ses joies les plus vraies. Vous n'imaginez pas ce que cela peut être lorsqu'on est aussi solitaire que je le suis.

– Solitaire, vous ?

– Que puis-je dire d'autre ? Je n'intéresse pas ma mère qui me trouve laide et empruntée et qui n'aime pas sortir avec moi car elle me juge trop jeune. Elle compte demander à Grand-père de retarder d'un an mon entrée dans le monde parce qu'elle me croit incapable d'y tenir ma place... C'est peut-être vrai, d'ailleurs, car je n'aime pas beaucoup ce que l'on appelle la haute société.

– Vous n'y êtes pas encore entrée. Comment pouvez-vous la juger ?

– Oh !... Ce n'est qu'une impression.

– Essayiez-vous de la connaître mieux quand vous observiez les fêtes de Mrs. Hugues-Hallets ?

– Oui, je crois. Elle me fascine, et j'aimerais bien, moi aussi, être belle et fêtée mais je n'ai aucune chance d'y réussir jamais.

– Qu'est-ce qui vous fait croire cela ?

– J'ai des yeux pour voir. Et j'ai aussi un miroir dans ma chambre. Sur l'*Askja*, par contre, il n'y en a pas.

– La beauté n'est pas tout ce qui compte en ce monde. Il y a aussi la gentillesse, le charme, l'amabilité. Je connais cent femmes qui, sans être de foudroyantes beautés, savent retenir auprès d'elles un époux, des amis...

Le retour tumultueux de sa mère dispensa Mélanie de répondre. La nervosité d'Albine était visible tout autant que la rougeur légère de ses yeux. Elle avait pleuré très certainement et Mélanie aurait beaucoup donné pour savoir ce qui s'était dit dans le salon de musique où Mme de Genlis apprenait le clavecin et la trompette à ses élèves. Mais Albine se contenta d'ordonner à sa fille de remercier son grand-père pour avoir pris soin d'elle et de le saluer comme il convenait.

– Dorénavant, tu iras déjeuner tous les jeudis avenue des Champs-Élysées, dit-elle en triturant un fragile éventail de nacre qui ne lui avait fait aucun mal, et dès demain nous irons ensemble chez Paquin, rue de la Paix, pour commander la robe de ton premier bal...

– C'est vrai ? exulta Mélanie. Je vais vraiment avoir un bal pour mes seize ans ?

– Pourquoi ne l'aurais-tu pas ? fit Grand-père qui rejoignait le grand salon. On te l'a toujours promis, n'est-ce pas ?

– Oui... mais...

– Il n'y a aucune raison de changer quoi que ce soit. Il aura lieu le 27 octobre, jour de ta naissance, chez moi. A ce propos, Albine, pourquoi choisir Paquin ? Pour Mélanie, je préférerais Doucet. Je lui trouve... plus de grâce.

– Père ! s'indigna Albine visiblement heureuse de se retrouver sur un terrain où elle excellait. Comment pouvez-vous savoir ce qui convient le mieux à une jeune fille ? Pourquoi, dans ce cas, ne pas l'emmener chez Charvet, votre tailleur ?

– Quoi que vous en pensiez, il m'arrive tout de même de m'intéresser à ce que portent mes contemporaines... et je préférerais Doucet !

– Vous m'accorderez néanmoins quelques talents en cette matière ? Mme Lucille, de chez Paquin, saura à merveille ce qui peut convenir à cette petite.

La nervosité d'Albine augmentait et Grand-père préféra rompre les chiens. Quelques instants plus tard, après les avoir embrassés sa mère et lui, sans oublier de saluer Francis qui lui décocha un sourire éblouissant, Mélanie retrouvait sa chambre où Fräulein s'occupait déjà à défaire les bagages avec l'aide d'une femme de chambre. C'était le jour de sortie de Léonie et une autre camériste la remplaçait. Le décor, cependant familier, sembla différent à la jeune fille. Peut-être parce qu'elle le voyait à travers un regard qui n'était plus le même. Les tentures de soie bleue – l'appartement avait été préparé jadis pour le garçon qu'espérait Albine et, dans sa déception, elle n'avait pas jugé bon de changer de couleur – étaient toujours les mêmes et Mélanie qui, tant de fois, y avait abrité ses rêves, eut plaisir à les revoir mais, après les chatoiements de la mer, ce nattier paisible semblait terne et un peu trop bourgeois. Elle eût aimé des tons changeants et l'exubérance de grandes plantes vertes évocatrices de pays lointains aux couleurs aventureuses... Surtout elle tombait de sommeil car la journée avait été longue et le train éprouvant. Aussi Mélanie, à peine son lit retrouvé, se roula en boule à la manière d'un chat et sans même songer à se déshabiller s'endormit comme une masse, la tête dans ses bras, avec l'espoir qu'au détour d'un joli rêve elle retrouverait Francis. De toute façon, elle allait certainement le voir souvent puisque selon toute apparence il était devenu un habitué de la maison. Et cette seule idée était pour elle la meilleure raison de voir désormais la vie sous la lumière tendre d'un matin d'été.

Ce en quoi elle se trompait du tout au tout.

D'abord, la visite chez Paquin se révéla singulièrement décevante. Dans les salons dorés du n° 5 de la rue de la Paix où, dix ans plus tôt, le banquier Isidore Paquin et sa femme s'étaient lancés dans la couture, elle vit glisser vers elle une grande femme en forme de S vêtue de soie noire et bruissante d'où dépassaient de longs pieds pointus, et qui semblait coiffée d'un nid de cigogne. En dépit de sa ligne sinueuse due à un corset particulièrement efficace, cette dame ressemblait à un cheval mais à un cheval qui aurait parlé en multipliant les accents circonflexes. Elle et Albine firent assaut de politesses puis, sans s'occuper le moins du monde de Mélanie, entreprirent d'examiner quelques modèles « très jeune fille, chère Mâdâme ».

La conférence, à dire vrai, ne dura pas longtemps. Sans s'inquiéter le moins du monde des goûts de sa fille, Albine choisit un costume tailleur vert foncé soutaché de noir, une robe d'après-midi en velours brun garni de taffetas de même couleur en repoussant fermement la dentelle blanche qui en eût adouci la rigueur, et enfin, pour le fameux bal, une robe de soie blanche surchargée d'entre-deux de dentelle Renaissance [1], de pompons et de petits nœuds que Mélanie jugea affreuse. Elle ne cacha d'ailleurs pas sa déception car la robe en question, dépourvue de tout décolleté, avait un col de guipure baleinée montant jusqu'aux lobes des oreilles et les manches s'arrêtaient au coude :

– Ce n'est pas une robe de bal : c'est une robe pour prononcer des vœux dans la chapelle d'un couvent. En plus elle est trop compliquée. J'aurais tellement aimé une robe de tulle blanc avec des volants...

– A seize ans on n'a pas encore droit au décolleté, fit Mme Lucille, doctorale. Cette robe est très élégante et met en valeur votre taille qui est fine. Elle est exactement ce qu'il vous faut ! Madame votre mère a beaucoup de goût et vous êtes très gâtée, il me semble.

Ce n'était pas l'avis de Mélanie, persuadée que sa

1. Une dentelle faite de minces lacets de soie sur fond de tulle.

mère ne respectait pas les consignes de son beau-père. Elle avait choisi le moins cher car elle était d'une extrême économie pour les vêtements de sa fille alors que sa propre garde-robe regorgeait de toilettes toutes plus flatteuses les unes que les autres. Mélanie en eut d'ailleurs la preuve lorsque Albine tomba en extase devant une ravissante toilette de bal rose dragée, toute givrée de petites perles de cristal et retenue aux épaules par de minces rubans assortis. Connaissant bien sa cliente, Mme Lucille lui affirma que ce modèle avait été dessiné tout exprès pour elle, et Albine, jouant la confusion, n'hésita pas une seconde à acheter cette robe fastueuse qui à elle seule valait autant que les trois choisies pour sa fille.

Ulcérée, celle-ci se promit d'en toucher un mot à son grand-père chez qui elle devait déjeuner le lendemain puisque ce serait jeudi mais, pour ce premier repas, elle tomba plutôt mal. Grand-père était de si mauvaise humeur qu'elle se crut revenue aux temps austères de « Cher Grand-Papa ». En outre, il avait invité son fondé de pouvoir afin sans doute d'avoir quelqu'un de sérieux avec qui causer. Néanmoins Mélanie s'intéressa à ce que l'on disait. La colère de Desprez-Martel avait pour origine la mort « accidentelle » de l'écrivain Émile Zola, asphyxié par l'oxyde de carbone d'une cheminée dans la nuit du 29 au 30 septembre précédent. L'enterrement avait eu lieu ce dernier dimanche au milieu d'une foule énorme :

– Un accident ! hurlait Grand-père. Je suis bien certain, moi, qu'on l'a assassiné. C'est grâce à lui si le capitaine Dreyfus a été rappelé de l'île du Diable et certains ont décidé de le lui faire payer !

– Est-ce de cela que vous a parlé le président Loubet, mardi soir ? dit Dherblay en se servant de salade russe.

– Nous avons effleuré le sujet. Le Président n'est pas loin de penser comme moi, je crois. N'est-ce pas lui qui a eu le courage de rappeler Dreyfus ? Non, il voulait me parler de nos intérêts en Russie...

– On dirait que son voyage là-bas a été une réussite ?

– Il en est enchanté. Songez qu'il a eu l'honneur tout à fait exceptionnel de passer les troupes en revue aux côtés de la Tzarine dans sa calèche tandis que le Tzar se tenait à cheval près de la portière. Néanmoins, il a la tête assez solide pour comprendre que c'est en fait la France et non lui qui était ainsi distinguée. Mais il ne cache pas qu'il avait grand besoin de voir nos affaires russes en si bon chemin car notre beau pays ne lui apporte guère de joies.

– Le ministère Combes ?

– Bien sûr. Depuis qu'en juin dernier les Radicaux sont venus aux affaires en sa personne, il ne cesse de frapper durement les écoles congréganistes qui n'ont pas jugé bon de demander à la république l'autorisation de s'installer, laquelle, d'ailleurs, les refuse automatiquement. Elles sont fermées et il est question de soumettre au même sort toutes les écoles chrétiennes. Cela fait beaucoup de remous dans le pays et, quant à la Bretagne, elle est déjà presque en insurrection. Beau travail !

– Les Radicaux pensent que l'école doit être uniquement laïque et républicaine, les autres gardant des ferments de royalisme.

– Ce serait idiot et antidémocratique. Je ne suis pas moi-même un catholique fervent mais ma chère femme l'était et le Président est exactement dans la même situation, à cette différence près que Mme Loubet, elle, est bien vivante... et très pieuse. Une chose est certaine : le « petit père Combes », comme on l'appelle dans les faubourgs, pourrait bien aller trop loin. On dit qu'il songe à fermer tous les couvents, à chasser les moines et les bonnes sœurs.

– Étonnant, n'est-ce pas, pour un homme qui a soutenu jadis sur saint Augustin une thèse de théologie et qui a été élevé au séminaire ?

– Je crois qu'il en a retiré plus de haine que de reconnaissance. En tout cas cette affaire des Congrégations tombe au plus mal quand la mort de Zola vient réveiller l'affaire Dreyfus. J'ai appris que celui-ci est à la fois acclamé et conspué quand il paraît. Si on recommence à s'insulter dans les familles à ce propos, la révolution de Combes risque de partager la France en un peu plus de morceaux encore.

– Avez-vous suggéré quelque chose au Président à ce sujet ?

– Bien sûr. En finir une bonne fois pour toutes avec l'Affaire en réhabilitant Dreyfus et en le réintégrant dans l'armée... et puis envoyer Zola au Panthéon. C'est sa place !

– Et... qu'a-t-il répondu ?

– Que l'idée est bonne et qu'il y songerait.

– Souhaitons qu'il y songe rapidement ! Mais ne croyez-vous pas, Monsieur, ajouta Dherblay avec un sourire inattendu sur ce visage froid, que nous devrions, nous, penser un peu à Mlle Mélanie ? Elle doit s'ennuyer à périr avec nous ?

– Allons donc ! Elle en arrive à un âge où l'on peut commencer à s'intéresser aux affaires de son pays. Surtout quand on est une Desprez-Martel.

– Vous avez sans doute raison, Grand-père, et je trouve cette conversation intéressante, mais j'avoue tout de même que j'ai quelque peine à vous suivre parce que tout ceci me paraît effrayant. Je crois que... je préfère vous entendre parler de la mer.

– Chaque chose en son temps ! Pour aujourd'hui, excuse-moi, petite, car je n'ai pas trouvé beaucoup de temps à te consacrer. Je te promets que nos déjeuners à venir seront plus aimables. Tiens, s'il fait beau jeudi prochain, je t'emmènerai déjeuner à Giverny chez mon ami Claude Monet. C'est un endroit enchanteur et l'on ne sait ce que l'on doit admirer le plus de sa peinture ou de son jardin.

– Les deux puisque l'un se retrouve généralement dans l'autre. C'est admirable et je m'avoue entièrement conquis par le maître qui a conçu l'Impressionnisme... approuva le jeune homme.

Ainsi encouragé, Grand-père se lança aussitôt dans l'apologie de ce Monet dont Mélanie entendait parler pour la première fois. Il parlait, parlait sans plus laisser place à la moindre digression. Tellement même que son invitée en vint à se demander si ce flot de paroles n'était pas délibéré pour l'empêcher d'aborder des sujets plus familiaux. D'ailleurs, la présence de ce Dherblay renforçait cette impression. Grand-père entendait maintenir la conversation sur des sujets tout à fait extérieurs à ses démêlés avec sa belle-fille. Ce dont, justement, Mélanie brûlait de l'entendre parler...

Quand il ne trouva plus rien à dire sur le grand peintre, le déjeuner tirait à sa fin et Grand-père se découvrit très, très pressé. On expédia le dessert et le café qui fut servi en même temps et à table, contrairement au cérémonial habituel. Dherblay fut privé de cigare et Mélanie resta sur sa déception. Son grand-père n'avait pas remarqué sa nouvelle coiffure : au lieu d'être tirés et serrés dans leur natte raide, les cheveux de Mélanie étaient coiffés plus souples sur le front et descendaient à présent sur son cou en longues et brillantes anglaises que Léonie passait un temps fou à rouler sur un petit bâton de buis...

Avec un rien de mélancolie elle se demanda si elle retrouverait un jour son merveilleux compagnon des côtes de Cornouailles. Celui d'aujourd'hui ressemblait fâcheusement à Cher Grand-Papa et elle l'aimait infiniment mieux avec son vieux chandail et sa grosse vareuse bleue qu'avec son faux-col à coins cassés, sa superbe cravate de soie épaisse piquée d'une perle grise et ce veston noir coupé par un trop bon tailleur pour être pittoresque.

Nantie du baiser qu'il posa sur son front et d'une petite tape amicale sur sa joue, Mélanie descendit le grand escalier aux torchères de bronze en compagnie de M. Dherblay car, comble de félicité! Grand-père avait demandé à celui-ci de la raccompagner rue Saint-Dominique au lieu de la confier à son vieux cocher comme à l'aller.

– Puisque vous allez à la Chambre des Députés porter ce mémoire au président Deschanel, cela ne vous détournera guère.

– Bien volontiers. Et, à propos de Deschanel, savez-vous qu'Henri Rochefort l'a baptisé « Ripolin » ?

– Ripolin ?

– A cause de son côté « tiré à quatre épingles ». Il donne un peu l'impression d'être fraîchement repeint!

Grand-père se mit à rire :

– C'est assez drôle et plutôt méchant naturellement. Mais vous n'auriez pas dû me parler de ce journaliste odieux dont les critiques venimeuses sont responsables en grande partie du peu de succès des dernières œuvres de Zola. Vous allez me remettre en colère!

C'était fait, apparemment, car il claqua la porte de la salle à manger derrière les deux jeunes gens sans laisser ce soin à l'un des valets de pied.

Mélanie, pour sa part, aurait volontiers refusé

l'escorte qu'on lui imposait : si ce n'eût été trop mal élevé. Elle était elle aussi de fort mauvaise humeur en prenant place dans l'élégant coupé vert et noir que conduisait un jeune cocher coiffé d'un haut-de-forme à cocarde. On y respirait cependant une agréable odeur de tabac fin et de lavande anglaise, mais cette circonstance parut tout de suite moins agréable à la jeune fille quand elle comprit que la source de ces effluves raffinés provenait de son voisin et non des coussins de la voiture. Elle soupira en pensant qu'il faudrait, tout à l'heure, dire merci. Le bon ton exigeait même qu'elle entretînt la conversation si peu que ce soit si on lui adressait la parole mais le hasard voulut qu'elle eût à en prendre l'initiative.

Comme le coupé venait de franchir le portail et s'engageait dans les Champs-Élysées, une voiture électrique, peinte en rose et rutilante de cuivres, surgit de l'hôtel voisin. Ce genre de véhicule était une rareté mais ce qui arracha une exclamation de surprise à Mélanie fut l'aspect tout à fait inhabituel du machiniste : assise auprès d'un valet de pied impassible et doré sur tranche, une sémillante jeune femme, toute vêtue et empanachée de rose, conduisait l'engin avec l'assurance d'une habituée. Les passants se retournant sur elle, ses doigts gantés de suède rose distribuèrent à la ronde les baisers de sa bouche souriante.

– Comme elle est jolie ! s'exclama Mélanie éblouie. Une étrangère sans doute car je ne l'ai encore jamais vue.

– Bien que votre mère reçoive beaucoup, je serais étonné que vous ayez rencontré cette jeune personne dans son salon, ricana son compagnon.

– Pourquoi pas ? Elle est très élégante...

– Un peu trop même, et ce n'est pas une question de

vêtements. Cette personne appartient à une catégorie de femmes dont une jeune fille telle que vous ne devrait même pas soupçonner l'existence.

– Vous voulez dire que c'est une cocotte ? demanda Mélanie avec un naturel qui confondit son voisin.

– Qui vous a appris ce mot-là ? Une jeune fille ne devrait même pas l'avoir entendu. Quant à sa signification...

Il avait l'air tellement scandalisé que Mélanie éclata de rire, découvrant avec délices que ce pouvait être très amusant de le faire tomber de ses hauteurs solennelles. Dûment renseignée par son amie Johanna qui se voulait une autorité en matière de vie parisienne, elle trouvait tout de suite la conversation bien plus divertissante :

– Si vous me dites comment cette jolie dame s'appelle, je vous dirai ce que c'est qu'une cocotte !

– Vous voulez connaître son nom ? Mais pour quoi faire ?

– Pour savoir si j'ai raison. Dites toujours !... à moins que vous l'ignoriez ?

– Non. Elle s'appelle Émilienne d'Alençon... mais votre grand-père m'arracherait les oreilles avec ses dents s'il savait de quoi nous sommes en train de parler.

– Il aurait tort. S'il me considère d'âge à m'intéresser à la politique, je ne suis pas trop jeune pour comprendre de quoi Paris est composé. Je vous dirai donc – afin de remplir ma promesse – qu'une cocotte est une dame qui, en général, vit avec un monsieur sans être mariée, qui en reçoit beaucoup de cadeaux, surtout des bijoux, et quand le monsieur se marie ou qu'il n'a plus d'argent elle en cherche un autre. Voilà ! Quant à Mlle Emilienne d'Alençon...

– Vous n'allez tout de même pas me dire que vous la connaissez ?

– Bien sûr que non. Pourquoi vous aurais-je demandé son nom ? Mais elle est connue. Elle chante, je crois ?

Olivier Dherblay tira son mouchoir et s'essuya le front. Cette gamine débitait des énormités avec un regard d'ange et ne semblait même pas s'en douter.

– Je crois, oui... mais d'où, diable, tirez-vous tout cela ? D'après votre grand-père on vous a élevée avec une certaine sévérité et vous êtes très... protégée.

– En effet. Je n'ai qu'une amie mais il arrive que l'on parle dans les cours de récréation des écoles les plus huppées. Quant à moi, j'ai un oncle qui est très lancé dans le monde où l'on s'amuse et il m'est arrivé d'écouter à la porte du salon. C'était très divertissant... surtout lorsqu'il était question du prince de Galles et de Mlle Émilienne d'Alençon... ou d'autres. Maman riait beaucoup. Il est vrai que je ne saisissais pas toujours très bien pourquoi... Mais, je crois que nous arrivons ?

Le concierge, en effet, venait d'ouvrir le portail devant la voiture et Paulin apparaissait sur le perron. Mélanie se tourna vers son compagnon et lui décocha un rayonnant sourire :

– Merci de m'avoir accompagnée, Monsieur Dherblay. J'espère que vous me garderez le secret ?

– Je me vois mal rapportant notre conversation à votre grand-père mais... voulez-vous répondre à une question ?

– Pourquoi pas ?

– Vous aviez très envie de me choquer, n'est-ce pas ?

– Qu'est-ce qui peut vous faire croire cela ?

– Je n'ai pas l'impression de vous être très sympathique.

– Je ne vous connais pas assez... mais il est vrai que j'ai eu envie de savoir si vous étiez aussi ennuyeux que vous en aviez l'air...

Il sauta à terre et ôta son chapeau en lui tendant la main pour l'aider à descendre. Impossible de lire sur ce visage flegmatique si l'insolence de Mélanie l'avait touché. Lorsqu'elle mit pied à terre, il se contenta de demander :

– Et que concluez-vous ?

– Que... le chemin ne m'a pas paru long du tout. Au revoir, Monsieur Dherblay.

– Au revoir, Mademoiselle Mélanie.

Celle-ci était extrêmement satisfaite d'elle-même en regagnant sa chambre puis la salle d'études – en fait un petit salon sobrement agencé autour d'un bureau – où elle savait trouver Fräulein... Elle y était, en effet, brodant avec application son jeté de table. N'ayant pas envie de parler, Mélanie prit un livre et s'installa près d'elle.

Les jours qui suivirent lui parurent affreusement ternes car, la famille ayant décidé qu'elle n'avait plus besoin des cours de Mlle Désir, elle se sentit un peu désœuvrée. Son amie Johanna von Rellnitz n'était pas encore rentrée d'Autriche et, comme elle le lui annonçait dans une lettre, ne serait pas de retour avant la fin du mois « afin d'assister au bal de tes seize ans ». Albine sortait continuellement, toujours sans sa fille. Celle-ci se trouva réduite à la seule compagnie de Fräulein et à celle, accessoire, de Mme Lucille quand elle allait essayer ses robes chez Paquin. Enfin, comble de détresse, le déjeuner du jeudi qui aurait dû mener Mélanie à Giverny se trouva brusquement annulé par suite d'un voyage impromptu de Grand-père en Hollande... et, de toute la semaine, Francis ne se présenta pas chez les dames Desprez-Martel.

Cette absence surprenante éveilla l'inquiétude de Mélanie. Elle eut beau se dire qu'il avait sans doute rejoint quelque château forestier pour la chasse, elle ne pouvait s'empêcher d'associer cette absence à l'entretien qui avait eu lieu entre son grand-père et sa mère et d'où celle-ci était sortie les yeux rougis.

Le Ciel eut sans doute pitié de la pauvre abandonnée car, un beau matin, l'oncle Hubert débarqua sans tambour ni trompette en annonçant qu'il s'invitait à déjeuner, et tout de suite la maison fut beaucoup plus gaie : ayant quitté Paris depuis plus de trois mois, il rapportait un plein sac d'histoires amusantes.

Grâce à la fortune dont il avait hérité de sa mère et surtout à celle de sa marraine, une vieille fille avare qui lui offrait à Noël une boîte de chocolats et une pièce de un franc mais qui lui avait légué des millions à la stupeur générale, Hubert Desprez-Martel préférait de beaucoup la vie libre et joyeuse d'un célibataire riche, aimable, sportif et généreux, aux joies austères de la Bourse où il s'était bien juré de ne jamais mettre les pieds.

Toujours à la pointe du progrès, il s'était lancé, au début de juillet et au volant de sa De Dion-Bouton, dans la grande course automobile Paris-Vienne qu'il avait d'ailleurs achevée par le train, sa voiture ayant rendu l'âme en plein milieu de la Forêt-Noire. Laissant alors son mécanicien s'arranger du cadavre comme il l'entendrait, Hubert s'était hâté de gagner Vienne afin de ne pas manquer, le 15 juillet, l'arrivée du vainqueur, Marcel Renault, au volant de sa quatre cylindres du même nom, et la grande soirée qui avait fêté l'événement.

Après maints détours, il ne faisait que toucher terre à Paris avant d'accepter une ou deux des nombreuses invitations pour la chasse qui l'attendaient dans son agréable appartement de la rue Jean-Goujon. On priait volontiers, en effet, ce célibataire aimable, distingué, amusant, riche et, de plus, excellent fusil. Néanmoins, avant de partir, Hubert tenait essentiellement à convaincre les frères Renault de lui vendre l'une de leurs voitures à quatre cylindres. Il tenait aussi à embrasser sa nièce à laquelle il portait une véritable affection qu'il lui témoignait en rapportant toujours, de ses voyages, quelque chose pour elle : des poupées en général ou de jolis objets. Cette fois, ce fut un charmant collier-de-chien en perles fines, or et corail rose accompagné du bracelet assorti qui fit se crisper d'envie la jolie bouche d'Albine.

– C'est trop joli pour une gamine, voyons !

– Pourquoi ? Elle aura un jour les bijoux de sa grand-mère qui sont bien autre chose mais, en attendant, le temps des poupées me paraît révolu et je crois le moment venu de parer un peu la jolie fille qu'elle est en train de devenir.

– Vous croyez ? murmura Mélanie.

– Est-ce que tu en douterais ? Tu n'es pas tout à fait terminée mais tu as des cheveux superbes, et je suis heureux de constater que tu te coiffes enfin de façon plus agréable ! D'autre part, tu as les plus beaux yeux du monde sans compter que ta petite figure n'est pas déplaisante du tout !

– Ne lui farcissez pas la tête, je vous en prie, Hubert ! minauda Albine. C'est encore une fillette et ce bijou si ravissant est un peu... prématuré.

– J'espère tout de même qu'elle le portera pour le bal de ses seize ans. Je sais qu'une mère ne voit pas grandir sa fille mais il est temps, je crois, ma chère Albine, que vous vous rendiez à l'évidence : à quel âge vous êtes-vous mariée ?

– J'avais seize ans, vous le savez bien, fit-elle nerveusement.

– Donc j'ai raison ! Et nous allons veiller à ton épanouissement, ma jolie, ajouta-t-il en se tournant vers sa nièce.

Décidément, Mélanie aimait beaucoup son oncle Hubert et elle fut transportée de joie quand il lui proposa de l'emmener, le lendemain matin, faire une promenade à bicyclette au bois de Boulogne.

Cette bicyclette dont la pratique devenait à la mode, il la lui avait offerte peu avant les vacances et lui avait appris à s'en servir, mais, comme il était parti peu après pour son raid sur Vienne, Mélanie n'en avait guère usé que pour de mélancoliques tours de jardin. Sa mère ne lui avait pas permis d'emporter à Dinard son petit cheval de fer sous le prétexte qu'il n'y aurait personne pour l'accompagner et qu'elle jugeait cet exercice infiniment disgracieux. Elle était elle-même trop peureuse pour se risquer sur cette machine et ne lui montrait tant d'animosité que parce qu'elle déplorait secrètement de ne pouvoir porter ces amusantes culottes bouffantes dont s'habillaient jeunes filles et jeunes femmes et qui leur permettaient de montrer leurs jambes.

Le lendemain, donc, revêtue du costume en question qu'elle devait bien entendu à la générosité d'Hubert, Mélanie pédalait joyeusement aux côtés de son oncle dans l'allée des Acacias. La promenade était charmante et le temps délicieux. Un soleil encore tiède frisait les frondaisons dont le vert tendre jaunissait doucement et, sur le grand lac, les canards et les cygnes voguaient avec dignité, les uns suivis d'une nichée encore inexpérimentée, les autres dans leur blancheur souveraine. Mélanie goûtait pleinement le plaisir de filer rapidement sur l'allée sablée, le corps bien droit et le canotier enfoncé jusqu'aux yeux. L'oncle Hubert roulait un peu en retrait pour protéger sa nièce des rencontres peu souhaitables mais il prenait grand soin de sa direction car, bien souvent, il lui fallait soulever son chapeau pour saluer une cavalière ou une autre cycliste de ses amies.

Il y avait assez peu de monde dans la grande allée qui, l'après-midi, s'encombrerait d'équipages élégants, de calèches où des femmes ravissantes étaleraient l'extravagance de leurs chapeaux emplumés, leurs fourrures précieuses piquées de fleurs rares et la grâce un peu mystérieuse de leurs visages voilés de tulle ou de mousseline légère sous lesquels luisaient doucement les sautoirs d'or entrecoupés de perles, de turquoises et d'émaux translucides ; les diamants et autres pierres étincelantes étaient réservés à la soirée. Seuls quelques cavaliers, en tenue à l'anglaise, venus pour le plaisir du galop, et d'autres amateurs de bicyclette croisaient les deux promeneurs, mais bien rares étaient ceux qui les dépassaient car Mélanie se donnait tout entière à ce sport qu'elle aimait.

Soudain, elle ralentit et même freina si brusquement qu'Hubert, occupé à suivre des yeux une charmante silhouette, faillit lui tomber dessus :

– Qu'est-ce qui t'arrive ? Pourquoi t'arrêtes-tu ?

De sa main gantée de suède blanc elle désigna un landau qui venait de tourner dans une allée transversale suivi d'un cavalier qu'elle aurait reconnu entre mille :

– Cette voiture c'est celle de ma mère, celle dont elle se sert pour ses courses matinales. Quand elle en fait !...

– Tu en es sûre ?

– Voyons, mon oncle, je connais tout de même les voitures de la maison. Quant à ce cavalier...

– Tu le connais aussi ?

– Oui. C'est le marquis de Varennes !

– Le beau Francis ? Eh bien, pour une sauvageonne tu me parais très au fait des notabilités parisiennes ! D'où le connais-tu ?

– De Dinard. C'est un ami de notre voisine Mrs. Hugues-Hallets... et il est devenu celui de ma mère.

– Vraiment ?

Hubert ne riait plus et même un pli de contrariété se dessinait sous sa moustache blonde et légère comme de la soie floche. Un moment, lui et sa nièce suivirent du regard l'attelage et le cheval qui s'effaçaient peu à peu derrière le rideau toujours plus dense des arbres. Puis le regard du jeune homme revint au visage de sa compagne et, le voyant tendu, presque crispé, il fronça les sourcils mais ne fit aucune remarque. Il devina qu'il y avait là un petit drame auquel il était tout à fait étranger. Pour voir ce que Mélanie allait dire, il s'écria avec une gaieté qu'un connaisseur eût jugée un peu fausse :

– Eh bien, enfourchons nos montures et courons-leur après, pour leur faire une surprise !

– Non, fit-elle sans cesser de fixer l'endroit où l'attelage et son suiveur avaient disparu. Je crois que j'aimerais mieux rentrer à la maison.

– Déjà ? Et ce chocolat que nous devions prendre à la Grande Cascade ?

– Ce sera pour une autre fois. Ne m'en veuillez pas, oncle Hubert, mais je préfère vraiment que nous retournions.

– Comme tu voudras...

Le retour fut silencieux. Chacun restait enfermé dans ses pensées. Sans trop savoir vraiment pourquoi, Mélanie se sentait tout à coup pleine de chagrin : si innocente qu'elle la supposât, la conduite de sa mère depuis la première visite de Francis à la villa « Morgane » ne pouvait avoir pour elle qu'une seule signification : Albine et le beau marquis de Varennes s'aimaient et d'autant plus qu'ils en arrivaient à se cacher. Sans doute pour se soustraire à la colère de Grand-père. Tout était clair à présent et bien qu'elle sût n'avoir aucun droit, même minime, sur le jeune homme, Mélanie souffrait tellement qu'elle décida, à son tour, d'avoir un entretien avec Albine.

Aussi, à peine rentrée à la maison, elle alla s'installer dans le boudoir de la jeune femme où Lucie, l'une des filles de service, était en train d'allumer du feu dans la cheminée de marbre turquin.

Mélanie n'aimait pas cette petite pièce vouée tout entière à la beauté de sa mère. Son nouveau parfum « Duchesse de Parme » y régnait en maître sur les nombreux miroirs, les fauteuils capitonnés et les rideaux d'épais velours du même bleu que la cheminée dont la teinte foncée faisait ressortir une charmante chaise longue lilas clair, les grands bouquets de roses disposés sur plusieurs meubles et, bien entendu, la blondeur de la maîtresse de maison lorsqu'elle s'y détendait dans les robes nuageuses et les soies évanescentes qu'elle aimait à porter dans l'intimité. Cette fois, la jeune fille eut la bizarre impression qu'elle se trouvait dans le repaire d'une ennemie et sa résolution s'en trouva confortée. En dépit de l'étonnement timide de la jeune Lucie et des objurgations inquiètes de Fräulein, elle refusa de vider les lieux avec une détermination qui les impressionna.

Il lui fallut attendre une grande heure avant que Mme Desprez-Martel, en petit tailleur de drap gris nuage sous une étole et un manchon de vison naturel piqués chacun d'un bouquet de violettes de Parme, ne fît une apparition, réussie comme d'habitude, dans le froufrou de ses jupons soyeux. Avec amertume Mélanie se demanda si l'âge aurait prise un jour sur ce joli visage, sur ce teint de pêche et sur ces cheveux dorés toujours si artistement coiffés... Pourtant, à mieux la regarder, elle crut s'apercevoir que, sous le tulle épais de la voilette, Albine semblait pâle. Ses traits un peu tirés décelaient-ils un souci ?

On avait dû l'avertir de la présence de sa fille car elle ne montra aucune surprise. Seulement de la colère.

– Que fais-tu là, Mélanie ? Je n'aime pas que tu t'installes chez moi. Fais-moi le plaisir de rentrer dans ta chambre et laisse-moi me reposer ! Je me sens un peu lasse...

– C'est votre promenade au Bois qui vous a fatiguée ? demanda la jeune fille sans bouger. Ou bien est-ce cet entretien que vous avez eu avec M. de Varennes ? Entretien si secret qu'il vous fallait les profondeurs du Bois.

– Comment sais-tu cela ? Tu m'espionnes à présent ?

– Nullement. Oncle Hubert et moi nous promenions à bicyclette dans l'allée des Acacias quand j'ai reconnu votre petit landau. Le marquis vous suivait à cheval et nous vous avons vus disparaître.

– Et alors ? En quoi mes actes te regardent-ils ? Et pourquoi n'aurais-je pas le droit de me promener avec un ami ?... Je t'ai déjà dit de t'en aller !

– Pas avant que vous n'ayez répondu à une question.

– Des questions ? De toi à moi ? fit Albine avec un dédain qui souffleta Mélanie.

Celle-ci se raidit puis lança :

– Une seule ! Qu'y a-t-il au juste entre vous et M. de Varennes ?

La gifle assenée avec fureur lui fit mal car le chaton d'une des bagues lui griffa légèrement la joue mais ne l'atteignit pas moralement, bien au contraire. Cette soudaine violence était une preuve de faiblesse qu'elle traduisit aussitôt :

– Ce n'est pas une réponse, sinon la preuve que je

vous ai touchée. Est-ce si difficile, ajouta-t-elle douloureusement, comme si chacun des mots créait l'évidence, d'avouer que vous aimez le marquis et... qu'il vous aime ?

Tournant le dos à sa fille, Albine fit toute une affaire d'enlever les longues épingles à tête de perle qui retenaient sa toque et la déposa devant elle, sur une console. Elle laissa traîner un instant le silence comme si elle cherchait ses mots et voulait retarder l'instant de les prononcer. Puis, finalement, elle se retourna et fit face à sa fille en s'adossant à la tablette de marbre.

– Tu es folle !... Si tu veux tout savoir, c'est de toi que nous avons parlé... loin des oreilles indiscrètes.

– De moi ? exhala Mélanie abasourdie. Mais pourquoi tant de secret ?

– Parce qu'il s'agit d'une chose un peu délicate. Francis... je veux dire M. de Varennes, s'inquiète de savoir comment ton grand-père recevrait sa... demande en mariage. Il désire t'épouser.

Puis, comme si elle venait de fournir un effort inouï, elle s'enfuit dans sa chambre dont la porte claqua derrière elle avec violence.

CHAPITRE IV

PERLES ROSES ET NUAGE NOIR...

En se retrouvant, le jeudi suivant, dans la voiture qui l'emmenait chez son grand-père, Mélanie éprouvait l'impression étrange d'avoir vieilli de dix ans. Cela tenait surtout à la mission tout à fait inhabituelle dont l'inconscience de sa mère, sa lâcheté aussi, l'avaient investie.

Après avoir jeté au visage de sa fille la demande en mariage de Francis comme elle lui eût déclaré la guerre, Albine s'était enfermée chez elle durant vingt-quatre heures sans accepter de recevoir qui que ce soit, et ce fut seulement le surlendemain que Mélanie la retrouva devant le thé du petit déjeuner.

Enveloppée de crêpe de Chine et de marabouts mauves, Albine avait le teint plombé et les yeux battus. Elle ne répondit pas au bonjour de Mélanie mais lui versa une tasse de thé avant d'allumer une cigarette, geste tout à fait inhabituel à cette heure du jour. Sa main tremblait d'ailleurs en approchant la flamme du mince rouleau de tabac. Puis, sans transition, elle demanda :

– As-tu réfléchi à ce que je t'ai dit ? Que penses-tu de cette demande en mariage ?

– Dois-je vraiment en penser quelque chose ? Il est rare que, dans notre monde, on demande à une fille son opinion. C'est à vous et à mon grand-père de faire connaître votre décision.

– Nous n'en sommes pas là. Ce que je veux savoir c'est si tu as... envie de l'épouser ?

En face de ce regard un peu égaré qui scrutait son visage, la jeune fille se sentit soudain mal à l'aise. L'appétit coupé, elle repoussa la tartine qu'elle venait de beurrer et toussota pour s'éclaircir la voix avec la sensation qu'elle n'arriverait plus jamais à émettre un son. Néanmoins elle s'entendit répondre :

– Comment savoir si l'on a envie d'épouser quelqu'un que l'on connaît à peine ? Je...

– Cela suffit pour aimer et je suis sûre que c'est le cas, sinon tu n'aurais jamais eu l'insolence de m'interroger comme tu l'as fait l'autre jour... Allons ! réponds ! L'aimes-tu ?

L'agressivité du ton fouetta le sang de Mélanie qui rougit mais se redressa pour mieux faire face à ce combat inattendu.

– Avant de vous répondre je voudrais savoir quelque chose : pourquoi M. de Varennes désire-t-il m'épouser ? Parce qu'il m'aime ou bien parce que je suis riche ?

– Tu n'es pas riche mais tu le seras un jour et beaucoup si ton grand-père le veut bien. Tu... plais au marquis. C'est inattendu car il est difficile mais c'est ainsi. A présent, reste à convaincre ton grand-père si tu désires devenir marquise de Varennes !... Un bien beau nom, songes-y ! Un joli titre aussi...

– Cela m'est tout à fait égal.

Les mots étaient partis tout seuls et, devant le sourire moqueur qu'elle aperçut derrière la fumée légère, elle les regretta. Ce qu'elle pensait, c'était que Francis n'avait pas besoin de ces hochets de vanité. Se fût-il appelé Dupont qu'il l'eût séduite tout autant mais

Albine possédait plus de pénétration que ne l'imaginait sa fille et elle avait compris :

– Eh bien, s'écria-t-elle avec un rire légèrement forcé, voilà qui est pour le mieux du monde et vous allez former tous les deux un vrai couple d'amoureux !

– Je vous en prie, Mère ! M. de Varennes n'a pas encore dit qu'il m'aimait. Et je ne l'épouserai pas s'il en va autrement.

– Il le dira, sois sans crainte, mais avant qu'il n'aille faire sa demande officielle, il convient de savoir comment elle sera reçue.

– Vous pensez qu'il n'a pas beaucoup de chances ? Pourtant Grand-père ne le connaît pas...

– Disons que les choses sont mal engagées. C'est pourquoi il faut que ce soit toi qui obtiennes son approbation.

– Moi ?... Mais n'est-ce pas votre rôle ? Vous êtes ma mère et c'est à vous qu'il appartient...

– Je le sais aussi bien que toi, seulement, dans le cas présent, toi seule peux convaincre ton grand-père d'accepter Francis. Et si tu l'aimes, tu sauras trouver les mots.

– Je ne vous comprends pas, Mère, soupira Mélanie. Il me semblait que vous aviez un... penchant pour lui et, à présent, voilà que vous voulez devenir sa belle-mère ?

L'involontaire ironie du mot fit rougir Albine qui corrigea cela d'un petit rire nerveux.

– Pourquoi pas ? après tout. Je désire seulement qu'il entre dans notre famille. C'est demain jeudi : parleras-tu ?

– Est-ce tellement pressé ? fit Mélanie un peu effrayée par le côté formidable de l'aventure. Parler ainsi, sans même connaître les vrais sentiments de Francis ? Il serait tellement plus facile de plaider leur cause à tous deux s'il le lui demandait lui-même.

– C'est très pressé ! insista Albine. Il faut que tu saches que beaucoup de femmes tournent autour du marquis. Une surtout : une Américaine qui ne demande qu'à se l'annexer au cas où il essuierait un refus. Tu sais, Mélanie, les hommes sont tout à fait comme des enfants. Les déceptions peuvent les pousser à d'étranges revirements.

– Vous voulez dire que s'il n'est pas accepté immédiatement il épouserait cette femme ? Et il prétend m'aimer ?

– Mais non il ne l'épouserait pas, cependant si ton grand-père le repoussait trop brutalement, peut-être la laisserait-il l'emmener à New York comme elle l'en presse. C'est un homme fier, Mélanie, et ce n'est pas n'importe qui. Il pourrait prétendre à la main d'une princesse... et c'est toi qu'il a choisie. Cela mérite peut-être quelques efforts, tu ne crois pas ?

– Si, approuva Mélanie. Je parlerai à Grand-père.

Mais, à présent que le moment fatidique approchait, Mélanie se sentait un peu moins vaillante. D'abord il faisait un temps affreux et la pluie assenait aux vitres de la voiture de grandes claques rageuses aussi peu réconfortantes que possible. Petite consolation : son tailleur vert lui allait mieux qu'elle ne le pensait. En veine de générosité, Albine lui avait fait la surprise d'un grand manteau assorti garni de petit-gris et d'une toque de même fourrure qui faisait ressortir la couleur chatoyante de ses cheveux. On avait livré le tout le matin même et Mélanie inaugurait.

Tout commença bien. Le vieux Timothée semblait d'excellente humeur bien que le mauvais temps eût repoussé aux calendes grecques le déjeuner à la campagne. Il complimenta sa petite-fille sur son nouvel aspect, lui déclara qu'elle était « mignonne à croquer » et même lui offrit cérémonieusement le bras pour la conduire à table comme il eût fait pour une dame. Mieux encore, il commanda à Soames, son vieux maître d'hôtel, de servir du vin de Champagne pour célébrer l'événement.

A diverses occasions déjà, depuis l'âge de dix ans, Mélanie avait eu le droit de tremper ses lèvres dans le joyeux liquide mais sans jamais en recevoir plus d'un dé à coudre. Cette fois, Soames lui en remplit une flûte et, quand elle y goûta, elle se sentit envahie d'un plaisir tout nouveau. Jusque-là, elle n'avait guère prêté attention à la saveur de ce breuvage de fête. Les quelques gouttes octroyées représentaient une sorte de distinction, une manière de faire comme les grands, mais cette fois ce fut différent. C'était délicieux et il lui sembla que les bulles fraîches stimulaient son courage et mettaient leur gaieté dans sa tête. Après tout, elle allait parler mariage ! Aucune raison d'aborder la question avec une mine d'enterrement.

Abandonnant momentanément son vol-au-vent à peine entamé, Mélanie reprit son verre et l'éleva légèrement :

– C'est gentil à vous, Grand-père, d'avoir voulu boire à ma transformation et je vous en remercie, mais nous pouvons peut-être en profiter pour boire aussi à mon bonheur... c'est-à-dire si vous le permettez ?

– Ton bonheur ? Que t'arrive-t-il donc, petite ?

– Mère m'a appris hier que l'on me demandait en mariage.

– En mariage ? Déjà ?... Elle sait pourtant que je ne souhaite pas que l'on te parle de cela avant deux ou trois ans. Et, en ce cas, je ne comprends pas pourquoi elle ne m'a pas informé le premier ? De qui s'agit-il ?

La voix n'avait rien d'encourageant mais, cette fois,

Mélanie refusa de se laisser impressionner... et but encore une goutte de champagne.

– De... du marquis de Varennes.

Le bruit du couvert de vermeil reposé brusquement sur la précieuse assiette de la Compagnie des Indes sonna comme le premier battement du tocsin. Il n'y en eut pas d'autre et Mélanie n'eut même pas le temps d'ajouter la moindre parole ni même de regarder la figure de son grand-père. Déjà il s'était levé, repoussait son siège et quittait la table à grandes enjambées. L'un des deux valets de pied eut tout juste le temps d'ouvrir la porte devant lui.

Interdite, Mélanie leva sur Soames un regard inquiet.

– Où pensez-vous qu'il aille, Soames ?

– Je suggère... le téléphone, Mademoiselle Mélanie.

– Ah !

Le silence parut à la jeune fille celui-là même du tombeau. Visiblement Grand-père était furieux et, à cette heure, entreprenait peut-être déjà de piétiner les timides pousses de ses espérances.

– Encore un peu de champagne ? proposa Soames qui, devant l'œil dubitatif de Mélanie, ajouta en souriant : A condition de n'en pas abuser, c'est excellent pour le moral.

– La question est de savoir si je n'en abuse pas ?

– Certainement pas, si toutefois Mademoiselle consent à terminer son vol-au-vent. Elle se sentira ainsi plus sûre d'elle-même.

– Merci, Soames.

Ainsi encouragée, elle termina posément le contenu de son assiette et accepta même de reprendre un peu du plat qui était parfumé de truffes et absolument délicieux. Elle eut raison car, lorsque Grand-père rentra à la même allure de tempête, il ne s'assit pas et, considérant ce qu'on lui avait servi, s'écria :

– Enlevez-moi ça, Soames ! Et faites servir le café dans le jardin d'hiver.

– Monsieur ne veut pas manger ?

– Non. Je n'ai plus faim...

– Est-ce une raison pour que Mlle Mélanie soit privée de dessert et même de rôti ? Que Monsieur me permette de lui suggérer d'achever ici son repas... en toute intimité. Je servirai moi-même !

Sur un signe discret, les valets disparurent emportant les couverts usagés. Desprez-Martel regarda son vieux maître d'hôtel qui, avec une immense dignité, en disposait de nouveaux en attendant que le plat suivant fît son apparition. Il apprécia sans doute cette concession qu'il lui faisait en servant lui-même mais cela marquait aussi le privilège d'un ancien serviteur pouvant, à bon droit, se considérer comme de la famille. Alors, il reprit sa place à table mais ne regarda pas sa petite-fille. Ses yeux chargés de nuées d'orage plongeaient dans le surtout de vermeil d'où jaillissaient harmonieusement de petits iris foncés mêlés à des roses pâles et à un superbe feuillage roux. Sans cesser de le fixer, il prit son verre qu'il vida d'un trait, puis alors seulement tourna son regard vers Mélanie.

– Ta mère prétend que tu aimes cet homme. Est-ce vrai ?

– Oui... Pardonnez-moi si...

– Ne t'excuse pas ! Nul n'est maître de son cœur. Je ne te cache pas que j'avais formé pour toi d'autres projets et que ce jeune marquis, si beau que soit son nom, ne me séduit pas vraiment.

– Cela vient peut-être de ce que vous ne le connaissez pas, Grand-père.

– Toi non plus, il me semble ? Certes, à première vue, c'est un parti sortable car avec lui tu évoluerais dans la haute société. En outre, ta mère prétend qu'il n'est pas sans fortune mais toi, et je crois bien te connaître à présent, tu es quelqu'un de simple et je te vois mal transformée en grande mondaine comme ta mère. Ce serait d'ailleurs un peu dommage. Enfin, ce qui me gêne c'est cette hâte ! S'il t'aime vraiment il peut attendre un an ou deux ? Ou bien es-tu si pressée toi-même ?

– Ne croyez pas cela, Grand-père ! Je l'aime de tout mon cœur, bien sûr, mais il me semble que nous pourrions avoir des fiançailles de quelques mois...

– Je le crois moi aussi.

– Alors... vous n'êtes pas vraiment hostile à ce mariage ?

– Je te dirai cela quand j'aurai eu, avec ton prétendant, un entretien sérieux. Tu diras à ta mère qu'il m'écrive.

Lorsque Mélanie l'eut quitté, le vieux Timothée resta un long moment debout, les mains dans les poches, devant l'une des fenêtres du salon à regarder le portail par où sa voiture venait de disparaître, emmenant sa petite-fille. La colère qui l'avait jeté tout à l'heure sur le téléphone pour attaquer Albine sans perdre une seconde se dissipait lentement mais elle avait du mal à lâcher prise. Il venait de découvrir qui était au juste sa belle-fille. Il l'avait toujours considérée jusque-là comme une tête sans cervelle, une jolie femme frivole, coquette, égoïste et peu intelligente, mais il n'avait jamais mesuré sa ruse. Elle avait presque des larmes dans la voix, tout à l'heure, pour défendre « le grand amour » de sa petite Mélanie et la tendresse spontanée que l'enfant avait su inspirer à un garçon qui, cependant, pouvait choisir entre beaucoup d'autres partis brillants. Pourtant ce même homme était son amant – lui, Desprez-Martel, en avait la certitude – et un amant qu'elle aimait sans doute autant qu'elle en était capable. Alors pourquoi vouloir qu'il épouse Mélanie ? Pour empêcher que, suivant l'exemple de Boni de Castellane, il partît pour l'Amérique y chercher une « consolante » héritière ? En ce cas ce serait pour être certaine de le garder auprès d'elle ? Et de quelle déception l'enfant n'aurait-elle pas à souffrir ?

Heureusement, il était là pour veiller au grain, et l'imprudent qui osait prétendre devenir son petit-gendre et par la même occasion l'héritier de la majeure partie de sa fortune allait devoir montrer patte plus que blanche : immaculée !

A son retour rue Saint-Dominique, Mélanie fut à peine surprise d'y trouver Francis. Elle avait reconnu, dans la cour, son élégant équipage, ce qui lui avait permis de se préparer à le rencontrer. Il l'attendait en compagnie d'Albine dans le petit salon où une belle harpe du siècle précédent servait, à sa coquette mère, de prétexte à des attitudes pleines de grâce. Bien qu'elle ne fût pas musicienne, il lui arrivait d'en effleurer les cordes sous les cris charmés de ses admirateurs, et elle aimait alors à évoquer Mme de Genlis dont le fantôme devait bien se trouver encore quelque part dans la maison ou, mieux encore, Mme Récamier qui avait habité le quartier.

Ce jour-là, néanmoins, Albine n'avait pas envie de prendre des poses. Assise auprès de la cheminée sur un petit fauteuil bas, elle s'entretenait à mi-voix avec le marquis adossé au pilastre de marbre blanc mais, quand la jeune fille entra, elle se leva et vint vers elle tandis que le jeune homme rectifiait machinalement ce que son attitude pouvait avoir de trop nonchalant.

Sans se soucier de sa mère, Mélanie alla droit vers lui :

– Mon grand-père souhaiterait, Monsieur, vous rencontrer un jour prochain. Il désire que vous lui écriviez pour prendre rendez-vous.

– Ne puis-je lui téléphoner ? Ce serait plus rapide.

– C'est un homme d'un autre âge où le téléphone n'existait pas. Je crois qu'il lui trouve quelque chose de trop impersonnel et même de trop familier. Aussi a-t-il dit : écrire. Et moi je ne saurais vous dire autre chose.

– C'est inconcevable ! s'écria Albine de ce ton plein d'accents circonflexes qu'elle prenait volontiers dans les grandes occasions. Pourquoi tout compliquer ? Notre ami, lui aussi, est un homme occupé et je ne comprends pas...

Avec une gentillesse qui fit fondre le cœur de Mélanie, Francis prit la main de sa future belle-mère, y posa un baiser léger puis demanda avec assez de fermeté pour que l'on n'eût pas envie de lui refuser :

– Accordez-moi, chère amie, la grâce de quelques instants d'entretien avec votre fille. Il est grand temps, je crois, que nous parlions un peu tous les deux avant que je ne rentre écrire cette lettre qui me semble au fond tout à fait naturelle. Il est vrai que le téléphone, s'il est fort commode, est une habitude peu respectueuse.

Visiblement, Albine n'avait aucune envie de s'éloigner. Au lieu de gagner la porte, elle se découvrit un urgent besoin de redresser, dans un vase, de grands chrysanthèmes japonais d'un joyeux jaune citron qui n'en avaient aucun besoin.

– Je vous en prie ! insista Francis devant cette évidente mauvaise volonté. Ce qui lui valut un sourire enjôleur :

– N'en prenez-vous pas un peu à votre aise avec les convenances, cher ami ? Il me semble que pour une première entrevue la présence d'une mère est nécessaire. Mélanie est si jeune...

– Vous auriez entièrement raison si cette entrevue, comme vous dites, était la première mais je vous rappelle que nous avons fait connaissance un soir d'orage, il y aura bientôt deux mois, dans le jardin de Mrs. Hugues-Hallets et que, si je portais pour la circonstance un habit fort correct, Mademoiselle votre fille était en chemise de nuit, ayant laissé le châle de la cuisinière accroché à l'arbre d'où elle tombait. Nous sommes donc de vieilles connaissances...

Mélanie ne put s'empêcher de rire tandis que le jeune homme poussait doucement sa mère vers la porte. Elle éprouvait soudain une grande joie de ce tête-à-tête qu'il réclamait avec tant de fermeté, un tête-à-tête qui allait être le prélude à beaucoup d'autres, et elle commençait à penser que ce serait sans doute délicieux de passer sa vie entière avec un compagnon si charmant mais aussi très amusant...

Lorsque Albine eut enfin disparu, il revint prendre Mélanie par la main, la fit asseoir sur le siège abandonné par sa mère et, attirant un coussin, s'assit en tailleur à ses pieds sans se soucier de déranger le pli impeccable de son pantalon :

– Causons à présent! fit-il en levant vers elle son regard sombre tout pétillant de gaieté. Et d'abord, dites-moi vite si j'ai quelque chance d'être agréé par Monsieur Desprez-Martel ? La dernière et la seule fois que nous nous sommes rencontrés, je n'ai pas eu l'impression de lui avoir été fort sympathique.

– Grand-père ne trouve jamais personne sympathique à première vue. Moi-même, j'ai cru pendant longtemps lui être tout à fait indifférente. C'est à vous de gagner sa sympathie si... si vous souhaitez réellement... devenir mon époux. Je vous avoue, ajouta-t-elle en rougissant, que j'ai grand-peine à y croire.

– Pourquoi ? Est-il si difficile pour vous d'admettre... que je vous trouve charmante et que, contrairement à toutes celles que l'on a voulu me faire épouser jusqu'à présent, j'ai acquis l'assurance de ne jamais m'ennuyer avec vous ?

– Parce que j'ai failli vous assommer un soir de bal ?

– Pourquoi pas ? Admettez au moins que ce n'est pas là une rencontre conventionnelle ! J'en ai gardé un souvenir infiniment doux.

Sa voix était en elle-même une caresse. Pourtant Mélanie eut le courage de lutter contre le charme de cet entretien devant le feu. Reculant jusqu'au fond de son siège pour mieux établir la distance entre eux deux, elle déclara :

– J'ai peine à vous croire.

– Je n'ai aucune raison de vous mentir.

– Oh si, vous en avez une, et une belle ! Une raison rousse que, du haut de mon arbre, je vous ai vu embrasser...

Un petit silence marqua la surprise du jeune homme mais il se reprit vite et se mit à rire :

– Quels bons yeux vous avez ! C'est sans importance. Embrasser une femme n'est pas fatalement le signe d'une grande passion. On appelle cela flirter.

– Flirter ?

– Oui, un vieux mot français qui voulait dire conter fleurette, que les Anglais nous ont pris et qu'ils nous renvoient sous une forme plus britannique. Mais la signification est toujours la même : on danse ensemble, on marivaude un peu, et on s'embrasse parce que le vin de Champagne vous a mis en gaieté. Et voilà tout ! Cela n'empêche pas de tomber peu après sous le charme d'une autre jolie rousse furieuse et trempée donc beaucoup plus pittoresque.

A son tour, Mélanie se mit à rire. Plus elle parlait

avec Francis et plus elle le trouvait charmant. Plus elle le trouvait beau aussi et, en pensant qu'elle allait peut-être passer toute son existence en sa compagnie, elle eut un frisson joyeux qui n'échappa d'ailleurs pas au jeune homme bien qu'il fît erreur sur la provenance.

– Vous avez froid ? Voulez-vous que je sonne pour qu'on vous apporte un vêtement... quelque chose de chaud ?

Il s'inquiétait déjà pour elle. Comme c'était délicieux ! Elle lui sourit de tout son cœur :

– N'en faites rien, je n'ai pas froid...

Pour s'en assurer sans doute, il lui prit les deux mains et les garda dans les siennes qui étaient merveilleusement chaudes et douces. Quittant le ton badin et plantant ses yeux caressants dans ceux de la jeune fille, il demanda, presque bas :

– Si votre grand-père m'agrée... puis-je espérer que votre cœur me sera favorable ?

– Croyez-vous que j'aurais accepté de lui faire part de votre demande... s'il en allait autrement ?

– Vous me rendez très heureux, Mélanie, et j'espère que votre bonheur sera égal au mien.

– Je l'espère aussi mais je voudrais tout de même vous poser deux questions.

Elle eut l'impression qu'il se rembrunissait un peu mais ce fut très fugitif.

– Posez ! fit-il avec bonne humeur.

– Vous ne vous fâcherez pas ?

– C'est selon ! Je ne suis pas toujours facile à vivre et il est plus que probable que nous aurons une ou deux petites disputes mais pour l'instant je me sens très bienveillant.

– Je voudrais savoir où vous avez emmené ma mère quand vous avez quitté Dinard ?

– Elle ne vous l'a pas dit ?

– Elle m'a dit qu'elle allait à Biarritz avec des amis et sur le yacht de lord Clarendon pour assister à une fête donnée au bénéfice des malheureux sinistrés de la Martinique. Or, quand nous avons quitté Dinard sur l'*Askja* avec mon grand-père, le premier yacht que nous avons rencontré était justement celui de lord Clarendon qui rentrait à Saint-Servan. Quant à la fête, elle avait été donnée depuis longtemps !

Cette fois, Francis éclata d'un rire si joyeux que Mélanie se sentit tout de suite plus légère.

– Mais quelle idée d'avoir déguisé la vérité à ce point ? Votre mère craignait-elle d'être compromise en acceptant ce voyage ?

– Je ne sais pas. Où êtes-vous allés ?

– A Biarritz ou tout au moins près de Biarritz, au château du marquis d'Arcangues qui recevait des princes espagnols. Et il n'était pas question de yacht mais bien de la voiture de mon ami le comte d'Aranda : une toute nouvelle voiture allemande qui porte un nom de femme, Mercedes Benz, la fille du constructeur...

– Maman a horreur des voitures à essence.

– Eh bien, je peux vous assurer qu'elle a beaucoup aimé celle-là. Une superbe machine, d'ailleurs, aussi confortable qu'on peut l'espérer avec ce genre d'engin. Nous avons fait une très agréable traversée de la France aller et retour.

– Seuls ?

– Mais non, voyons ! Aranda avait sa sœur Isabel et nous étions quatre. Une autre voiture suivait derrière avec les bagages. Vous voyez qu'il n'y avait pas de quoi fouetter un chat. Passons à présent à votre seconde question ?

– Maman m'a dit que vous souhaitiez être marié

rapidement. Elle a dû le dire à Grand-père et c'est cela, je crois, qui lui a déplu...

– Vous devriez trouver cette hâte flatteuse ? Je vois que vous n'éprouvez pas la même ?

– J'avoue que je préférerais un certain délai. Nous nous connaissons si peu... et puis on dit que le temps des fiançailles est le plus délicieux qui soit.

– Infiniment moins que celui de la lune de miel si j'en crois certaines confidences de mes amis...

– C'est possible mais il y a autre chose : ma mère prétend que, si l'on ne vous accorde pas ma main, vous êtes décidé à partir pour l'Amérique et...

– En Amérique, en Afrique, au fond de la Chine ou n'importe où, s'écria-il soudain très grave. Et, serrant plus fort les mains fragiles sur lesquelles, comme s'il ne pouvait plus se maîtriser, il posa un long baiser, il ajouta, beaucoup plus bas : si je ne peux vous obtenir, je quitterai la France pour n'y revenir que dans très longtemps car je ne supporte pas l'idée de vous perdre...

Se relevant prestement, il prit le menton de Mélanie et posa sur ses lèvres un baiser d'une infinie douceur puis, reculant de trois pas, il s'inclina :

– Je vous aime, murmura-t-il. Ne l'oubliez pas !

Durant de longues minutes Mélanie demeura étendue, immobile au fond du petit fauteuil bas, les yeux fermés pour mieux savourer l'instant merveilleux qu'elle venait de vivre, pour mieux l'imprimer au fond de sa mémoire. Son rêve le plus fou se faisait réalité : elle allait épouser celui qu'elle s'était mise à aimer contre toute logique et contre toute raison... et il venait de l'embrasser ! Plus grand bonheur se pouvait-il concevoir ?

Incapable de supporter les questions de sa mère ou même son regard inquisiteur, elle quitta le petit salon en courant et remonta l'escalier sans ralentir l'allure. Elle avait l'impression d'être portée par un nuage scintillant qui, la porte de sa chambre franchie, la propulsa sur son lit, riant et pleurant tout à la fois, pour y attendre que les battements de son cœur consentent à se calmer. Ce qu'ils firent assez vite lorsqu'une circonstance, que, dans sa joie, Mélanie avait un peu perdue de vue, refit surface dans sa mémoire : comment les choses allaient-elles se passer entre Grand-père et Francis ? Si le terrible vieil homme allait... oh, non ! Ce n'était pas possible ! Grand-père ne pouvait pas lui faire cela !

Sachant qu'elle ne fermerait pas l'œil tant qu'elle n'aurait pas au moins tenté quelque chose pour défendre son bonheur, elle sauta à bas de son lit, courut au petit secrétaire installé devant l'une des fenêtres de sa chambre, prit une feuille de papier, une plume, de l'encre et une enveloppe puis, après avoir réfléchi un instant, écrivit tout d'une traite :

« Cher Grand-père, " Il " va vous demander audience. Je vous en supplie, ne lui dites pas " non " afin de ne pas rendre trop malheureuse votre petite Mélanie qui vous aime tellement ! »

Elle plia le billet sans le relire, le glissa dans l'enveloppe qu'elle ferma, l'adressa « à Monsieur Timothée Desprez-Martel en son hôtel avenue des Champs-Élysées » et enfin sonna Léonie pour lui demander d'envoyer sur l'heure un valet de pied porter ce message à son grand-père. Après quoi, ne sachant plus que faire, elle alla trouver Fräulein pour se plaindre d'un violent mal de tête et lui dire qu'elle souhaitait se coucher tout de suite :

– Sans dîner ? s'inquiéta celle-ci, pour qui sauter un repas représentait le signe avant-coureur d'une maladie grave, sauf lorsqu'elle était aux prises avec le mal de mer.

– On mange toujours trop chez Grand-père ! Je serais incapable d'avaler quoi que ce soit.

– Alors couchez-vous ! Je vous apporterai une tisane de verveine.

Mais lorsqu'elle entra chez son élève avec un petit plateau où fumait un bol grand comme un abreuvoir, elle trouva Mélanie endormie et souriant dans son sommeil à des rêves qui n'avaient certainement rien à voir avec les affres de la migraine.

Pour se payer de sa peine, Fräulein, qui n'aimait pas laisser perdre la nourriture, rentra chez elle, ajouta trois grosses cuillerées de miel à la verveine et, se carrant dans son fauteuil, entreprit de la déguster en poussant quelques soupirs attendris car elle pensait que le jour était peut-être proche où elle pourrait épouser enfin son glorieux fiancé et, le soir venu, au coin du feu de leur salon, lui apporter des tisanes comme celle-là, en y ajoutant un doigt de schnaps pour les rendre encore plus réconfortantes...

Quatre jours plus tard, Albine était invitée par son beau-père à se rendre auprès de lui pour recevoir, ensemble, la demande officielle du marquis de Varennes qui leur serait présentée par son seul parent mâle encore vivant, le vieux vicomte de Resson. Timothée Desprez-Martel avait consenti au mariage sous une condition formelle : les fiançailles seraient célébrées rapidement mais le mariage n'aurait lieu qu'un an après.

– Un an ? fit Mélanie. Est-ce que ce n'est pas un peu long ? Il me semblait que cinq ou six mois ?...

– Ton grand-père ne veut pas entendre parler d'une date plus rapprochée, expliqua Albine. C'est déjà une chance qu'il ait accepté ! Je m'attendais à un refus pur et simple.

– Pas moi, sourit Mélanie, mais j'espère que je serai bientôt fiancée.

– Dans trois semaines. Au lieu du bal prévu pour ton anniversaire, tu te contenteras de la petite cérémonie habituelle mais, huit jours après, il y aura ta soirée de fiançailles !

La déception fut vite effacée. Ces fiançailles un peu longuettes n'étaient pas vraiment pour déplaire à Mélanie. Elle verrait Francis tous les jours selon la tradition et ce serait une vraie joie de faire, en sa compagnie quoique, bien sûr, en présence de sa mère, ou de son grand-père – ce qui serait fort étonnant ! –, ou encore de l'oncle Hubert, l'apprentissage de cette vie de la haute société où son mariage allait la faire entrer, cette aristocratie de vieille souche dans laquelle sa mère elle-même n'avait pas toujours accès. Non qu'en digne fille de son père elle fût entichée de titres, mais celui de marquise avait un parfum particulier : celui d'un XVIIIe siècle exquis et raffiné, celui des robes Watteau, des grands « paniers » soyeux de la Reine-bergère, de la poudre à la Maréchale. Et comme cette grâce s'attachait au nom de son fiancé, ce serait tout simplement merveilleux !

Ce le fut déjà de raconter son bonheur à son amie Johanna enfin reparue après avoir assisté chez les Kinsky au premier grand bal de la saison viennoise où son carnet de bal avait été trop petit pour contenir les noms de tous ceux qui souhaitaient danser avec elle. Mais si Mélanie avait pensé apprendre la nouvelle à son amie, elle se trompait car Johanna, tout juste débarquée de l'Orient-Express, était déjà au courant :

– Tu ne te rends pas compte, s'écria-t-elle. C'est l'événement du jour : la noblesse acquiert une nouvelle grande fortune et quand on connaît les idées de ton grand-père, on s'étonne avec quelque raison... d'autant que tu épouses l'un des hommes les plus séduisants qui soient !

– Oh, j'imagine très bien ! soupira Mélanie un peu amère. On s'étonne surtout parce que je suis loin d'être assez belle pour lui.

– Ne sois pas stupide ! Tu as changé, tu sais ? Et moi je te trouve tout à fait charmante...

– Je te remercie mais cela n'empêchera pas les mauvaises langues de dire que l'on m'épouse pour ma dot.

– Pas vraiment car on connaît M. Desprez-Martel et sa réputation de redoutable homme d'affaires. On peut lui faire confiance pour que ton contrat soit rédigé de façon qu'il soit impossible à ton époux de te ruiner, en admettant qu'il en ait jamais l'intention et, de toute façon, le beau Francis en a pour un an à faire la preuve de son amour. S'il a accepté c'est déjà un bon point. Tu te rends compte ? Un an de bouquets quotidiens ! Et pas achetés au marché ! Si tu y ajoutes la bague de fiançailles, les menus cadeaux et la corbeille de mariage, il y a déjà de quoi faire un joli trou dans ses finances !

Mélanie se mit à rire :

– Tu sais que je plains celui qui demandera ta main ? Tu comptes comme un vieil usurier. Ce n'est pas pour recevoir tant de cadeaux que je me marie. C'est parce que j'aime Francis.

– Sans doute, sans doute, mais ce n'est tout de même pas désagréable à recevoir, non ? Pour moi, le temps des fiançailles est ce qu'il y a de plus merveilleux. Alors profites-en bien !

Mélanie ne demandait que cela.

Le mercredi 5 novembre, l'oncle Hubert emmena la future fiancée et sa mère avenue des Champs-Élysées dans le magnifique landau attelé de deux irlandais à la robe lustrée et harnachés à l'anglaise que l'on sortait pour les grandes circonstances. Un dîner intime devait y réunir les futurs époux et leur famille immédiate (ce qui ne faisait pas beaucoup de monde) avant la soirée fatidique où se presserait une bonne partie du Tout-Paris. L'hôtel Desprez-Martel était illuminé depuis les soupiraux du sous-sol jusqu'aux girouettes sur ses toits et une double file de valets de pied en perruque poudrée et habits à la française – velours vert galonné d'argent et culotte de panne blanche –, formait une haie d'honneur jusqu'à l'étage des salons. Éberluée, Mélanie n'arrivait pas à reconnaître la pompeuse demeure, un brin sinistre, où elle avait passé tant d'heures ennuyeuses. Une multitude de candélabres éclairaient a giorno l'enfilade des pièces de réception dont les meubles raides avaient été dépouillés de leurs housses grises à cordons blancs. Partout des fleurs blanches et, sur toute la longueur du grand salon, un somptueux buffet s'étirait interminablement, embaumé par les corbeilles de fleurs et ennuagé de tulle. Une multitude de petites chaises dorées, louées chez Catillon, remplaçaient les solennels fauteuils Louis XIV qui tenaient habituellement compagnie à des chaises gothiques, nées sous Napoléon III et bourrées de sinistres coussins de tapisserie, qui meublaient habituellement la pièce maîtresse de l'hôtel. Tout cela accueillerait tout à l'heure les invités du bal mais, en attendant, Soames dirigea « ces dames » vers le jardin d'hiver où le vieux Timothée, en habit, les attendait.

Albine rayonnait littéralement dans la ravissante robe perlée qu'elle avait achetée chez Paquin. Deux crosses de paradis rose la coiffaient superbement. Elle précédait sa fille vêtue de cette fameuse robe blanche que celle-ci n'aimait pas et faisait penser à quelque conquérant traînant sur son char une jeune captive. Elle triomphait même si visiblement que Mélanie en vint à se demander si cette fête était donnée en son honneur ou en celui de sa mère.

Apparemment, Grand-père se posa la même question car lorsque sa belle-fille s'écarta pour laisser la fiancée l'embrasser il fronça les sourcils :

– Ne me dites pas, fit-il sèchement, que cette robe est celle que vous avez, « sur mon ordre », fait faire à ma petite-fille pour le bal de ses seize ans ?

– Mais, Père, c'est une robe ravissante ! Le tout dernier modèle de la maison Paquin et tout à fait ce qu'il convient pour les fiançailles d'une jeune vierge...

– Cela conviendrait peut-être si on l'étendait sur un autel pour lui couper la gorge. Je gage d'ailleurs que cette très jolie chose que vous portez a été achetée le même jour ?

– Père ! bêla Albine devenue ponceau. Je suis une jeune femme et j'ai le droit de m'habiller selon mon âge !

– Vous avez tous les droits, sauf quand c'est moi qui paie. Cette robe s'est trompée d'épaules mais nous allons arranger cela. Viens avec moi, Mélanie !

Traînant la jeune fille après lui, le vieil homme, après avoir ordonné que « Mme Duruy » vienne le rejoindre à la lingerie, gagna à vive allure le troisième étage où ladite Mme Duruy l'attendait déjà.

Sous le simple patronyme d'Ernestine, celle-ci avait été la femme de chambre privée de Chère Bonne-Maman. Elle avait passé presque toute sa vie auprès d'elle mais, depuis sa mort, elle avait monté en grade : Grand-père l'avait débarrassée de ses tabliers de mousseline amidonnée en lui confiant les clefs des armoires et le gouvernement du personnel féminin de la maison. Depuis ce jour, Ernestine était devenue Mme Duruy et elle occupait, efficace et discrète, un rang approximativement égal à celui de Soames. Ce fut devant elle que Grand-père vint planter Mélanie :

– Regardez-moi ça et dites-moi, bien sincèrement, de quoi cette enfant a l'air ?

– Certainement pas de la fiancée dont tout Paris parlera demain. Ou alors pas dans le sens que nous espérons. Ceci est une toilette pour une prise de voile dans quelque couvent... mais je crois que cela peut s'arranger car cette robe est bien coupée. Le malheur c'est qu'on en a trop fait !

– Une demi-heure vous suffirait ?

– Avec un peu d'aide ? je crois !

– Parfait ! Pendant ce temps je vais chercher quelque chose pour rehausser tout cela !

Un instant plus tard, Mélanie, enveloppée d'un peignoir de bain, regardait, depuis le haut tabouret de repasseuse où on l'avait assise, Mme Duruy et une escouade de femmes de chambre mettre sa robe en pièces ou peu s'en fallait. Bientôt, sous les ciseaux agiles, tous les ornements superflus jonchèrent le parquet. Le décolleté carré, modeste cependant, fut débarrassé de la guimpe baleinée qui étirait jusqu'aux oreilles une dentelle épaisse et amidonnée. Après quoi Mélanie fut invitée à passer le produit ainsi obtenu. La robe de soie blanche était méconnaissable. Plus de pompons, plus de petits nœuds, plus de bouillonnés. Seuls les entre-deux de dentelle demeuraient parce qu'on ne pouvait vraiment pas se passer d'eux. Serré à la taille par un large ruban de satin, l'ensemble était d'une simplicité qui convenait à Mélanie mais, cette fois, c'était tout de même un peu trop simple...

Mme Duruy contemplait son œuvre d'un œil critique lorsque Grand-père reparut armé d'un grand écrin de cuir bleu. Derrière lui trottait une soubrette portant dans une corbeille un petit bouquet de roses pâles qu'elle épingla à la taille de la jeune fille.

– Ferme les yeux ! ordonna Grand-père.

Sur son cou, Mélanie sentit glisser des choses douces

et un peu froides cependant que des chuchotements s'élevaient autour d'elle et que des mains légères s'activaient dans ses cheveux. Elle entendit aussi Mme Duruy rire doucement :

– Cela change tout, en vérité !

Incapable de se contenir plus longtemps, Mélanie ouvrit les yeux et ne se reconnut pas. Cinq rangs de perles roses d'une nuance exquise piquetées de petits diamants enserraient son long cou mince et semblaient donner naissance aux sautoirs qu'un bouquet des mêmes précieux joyaux retenait à la ceinture en se mêlant aux fleurs. Dans ses cheveux soyeux que l'on avait relevés, un autre fil de perles et de menus diamants jouaient à cache-cache. L'effet était saisissant et les yeux de Mélanie se mirent à briller comme deux étoiles :

– Est-ce que ce sont... les fameuses perles de Grand-mère, celles dont Mère...

– ... brûle de se parer depuis longtemps mais elles ne lui appartiendront jamais. C'est à toi que je les donne : elles seront mon cadeau de fiançailles. Tu auras les autres bijoux quand tu te marieras.

Très émue et très heureuse à la pensée que Francis allait peut-être enfin la trouver belle, Mélanie embrassa le vieil homme qui arrondit son bras pour le lui offrir :

– Tu es jolie comme un cœur ! déclara-t-il avec fierté. Allons voir à présent ce que ta mère va en penser, ajouta-t-il avec un petit rire traduisant bien le plaisir qu'il se promettait.

Il fut comblé au-delà de ses espérances. Le rayonnement frivole d'Albine s'éteignit comme une chandelle que l'on souffle, et durant tout le dîner elle ne fit entendre que deux ou trois paroles. Ses yeux ne quittaient son assiette que pour se poser avec une sombre avidité qu'elle ne parvenait pas à déguiser sur la gorge de sa fille, et elle ne prit aucune part à la conversation dont se chargèrent volontiers l'oncle Hubert et, surtout, les cousins du fiancé, le vicomte et la vicomtesse de Resson qui se tenaient tellement au fait de ce qui se passait autour d'eux qu'ils auraient pu, à eux deux, fournir la matière pour un journal. Lui, long visage maigre enrichi d'une moustache blanche à la François-Joseph et d'un monocle dont le mince ruban de soie noire lui barrait une joue, était un ancien diplomate. Passionné, bien sûr, par la politique, il discourut sur les tout récents accords, secrets en principe, qui venaient d'être signés entre la France et l'Italie pour une neutralité réciproque au Maroc et en Tripolitaine. Elle, petite femme mince aux cheveux argentés admirablement coiffés, était enrobée de Chantilly noire et offrait, sur une poitrine outrageusement remontée par le corset, une batterie d'émeraudes assez belles pour avoir retenu un instant l'attention d'Albine. Sa spécialité à elle c'étaient les potins mondains, les remous que suscitait la prochaine inauguration de la statue de Balzac – « On dit que Rodin l'a sculpté tout nu ! N'est-ce pas une horreur » –, la dernière brouille conjugale entre Boni de Castellane et son « petit pruneau américain », le grand bal paré chez les Fauchier-Magnan et surtout le duel qui avait opposé la veille même le marquis de Dion, député royaliste, à son collègue socialiste M. Gérault-Richard, qui s'en tirait avec une égratignure au bras droit. Incorrigible bavarde, elle tenta bien de revenir sur l'éclatant divorce qui avait eu lieu au printemps dernier entre le prince Albert de Monaco et sa seconde épouse Alice Heine, d'origine américaine et veuve du duc de Richelieu, mais, Hubert lui ayant fait remarquer en riant que ce n'était peut-être pas une bonne idée de parler divorce à un dîner de fiançailles, elle lui donna raison avec une parfaite bonne humeur et embraya aussitôt sur les dernières excentricités de Mme Sarah Bernhardt.

L'oncle Hubert lui donnait la réplique avec sa verve habituelle, Grand-père étant surtout l'interlocuteur privilégié de son époux et, s'il arrivait à Olivier Dherblay, très élégant dans un habit admirablement coupé, de glisser dans la conversation un mot, une remarque qui en faisaient un compagnon de table agréable, Fräulein, que Grand-père avait tenu à inviter, se tenait parfaitement coite dans sa robe de satin bleu azur semée, bien entendu, de myosotis, sa fleur d'élection. Par contre, elle ne perdait pas un coup de fourchette.

Francis non plus ne disait rien. Il avait complimenté Mélanie sur sa grâce et son éclat mais, depuis, il gardait le silence, écoutant les autres et tournant la tête de temps en temps pour sourire à sa fiancée. Des sourires qui faisaient battre un peu plus vite le cœur de la jeune fille.

Lorsqu'elle vit que le dessert se composait de riz à l'impératrice et de pêches cardinal, Mme de Resson éclata de rire :

– Songeriez-vous, cher Monsieur Desprez-Martel, à lancer un défi à notre affreux gouvernement ? Le trône et l'Église réunis sur votre table ? L'abominable Combes en ferait une jaunisse !

– Si je pensais arriver à un tel résultat, Madame, soyez certaine que je vous priverais de dessert et enverrais immédiatement ces deux plats à la présidence du Conseil ! La peste étouffe ce bonhomme qui fait passer de si mauvaises nuits à notre président Loubet ! Boirons-nous à cet étouffement ?

– Volontiers mais pas tout de suite. Le premier toast n'appartient-il pas au fiancé ? Cher Francis, je crois qu'il est temps ?

Le jeune homme se leva aussitôt et tira de sa poche un

petit écrin blanc qu'il ouvrit en se tournant vers Mélanie devenue soudain aussi rose que ses perles :

– Voulez-vous, avec la permission de vos parents ici présents, m'accorder, chère Mélanie, le grand bonheur de vous offrir cet anneau de fiançailles qui fut celui de ma mère et que je vous demande de porter à l'avenir et en gage de la promesse qui doit nous unir ?

La jeune fille leva vers lui un regard embué et lui offrit en tremblant légèrement sa main gauche à l'annuaire de laquelle il glissa une bague ancienne qui se composait uniquement d'un diamant navette aux reflets légèrement rosés avant de poser, sur le bout des doigts minces, un baiser léger. Chacun alors se leva et, à la demande du vieux Timothée, on but avec ensemble à ces fiançailles qui semblaient porter en elles toutes les garanties de bonheur. Puis l'on gagna les salons où les invités du bal n'allaient pas tarder à faire leur apparition.

Tard dans la nuit, on dansa sur les parquets miroitants où se rencontraient pour une fois les trois mondes les plus fermés de la société parisienne : l'aristocratie, la finance et la haute magistrature. Les femmes étaient toutes belles et superbement parées, les hommes d'une extrême élégance et quelques-uns des plus beaux joyaux du monde scintillaient sous l'éclairage flatteur des centaines de bougies chargeant les grands lustres à cristaux (Grand-père haïssait l'éclairage électrique dont il disait que la brutalité ajoutait dix ans à n'importe quel visage).

Tout en tournoyant dans les bras de Francis au rythme tendre d'une valse anglaise, Mélanie, en regardant étinceler sa petite main sur l'épaule de son cavalier, pensait qu'elle n'oublierait jamais cette soirée, même si elle devait vivre cent ans. Elle se demandait si elle n'était pas en train de rêver et n'osait pas fermer les yeux pour mieux goûter le charme de la musique, par crainte de se réveiller dans son petit lit au son des ronflements légers de Fräulein qui souffrait de végétations. N'était-ce pas incroyable, d'ailleurs ? Car, enfin, à bien compter, il n'y avait que deux mois, deux malheureux petits mois qu'elle tombait d'un arbre dégoulinant d'eau presque sur la tête de cet homme si beau qui la regardait en souriant.

– Je gage, murmura-t-il en la rapprochant un peu plus de lui, que vous pensez à la soirée de Mrs. Hugues-Hallets ?

– C'est vrai, reconnut Mélanie, et je regrette tellement qu'elle n'ait pu venir ce soir.

– Elle ne quitte jamais Dinard pour son appartement du Ritz avant que l'hiver ne soit là officiellement. Mais je suis certain qu'elle se réjouit avec vous. Car vous êtes heureuse, n'est-ce pas ?

– Je le suis si vous l'êtes vous-même.

– Vous n'en doutez pas, j'espère ?

Et, resserrant autour d'elle l'étreinte de son bras, il l'entraîna dans un tourbillon qui doublait le rythme de la danse et déchaîna autour d'eux quelques applaudissements amusés. La tête tournait un peu à la jeune fille. Elle ne put s'empêcher de penser qu'elle eût bien préféré l'entendre murmurer quelques mots doux à son oreille au lieu de le voir se livrer à cette manifestation de virtuosité. Et puis pourquoi donc avait-il dit « elle se réjouit avec vous » ? Est-ce que « avec nous » n'eût pas été plus normal ?

Elle chassa très vite ces pensées en se les reprochant. Si elle se mettait à analyser toutes les paroles de Francis, ses fiançailles deviendraient un enfer et son mariage un fiasco. Ne valait-il pas mieux faire confiance au jugement de Johanna qui, tout à l'heure, lui avait dit en l'embrassant :

– Quelle chance tu as ! Il n'y a pas à Paris une jeune fille qui ne t'envie ! Et, ce soir, tu as l'air d'une princesse.

Une princesse ? Ce bal n'était-il pas plutôt celui de Cendrillon et Grand-père n'avait-il pas assumé, ce soir, le rôle de la fée-marraine ?

L'impression fut encore plus nette quand, en rentrant à la maison, Albine Desprez-Martel née Pauchon de la Creuse dit à sa fille, dès le vestibule et avant même que les manteaux eussent été enlevés :

– Tu ne peux pas garder ces perles chez toi. Tu vas me les confier pour que je les mette dans mon coffre ! Cette parure est beaucoup trop précieuse pour être laissée entre les mains d'une enfant.

Il devait y avoir longtemps qu'elle mitonnait cette phrase car elle la lança avec une hâte qui sentait le soulagement. Mais Mélanie n'était pas disposée à se laisser dépouiller :

– Non, Mère ! Si Grand-père m'a laissée partir avec mes perles c'est parce qu'il me croit capable de les garder...

– Allons donc ! Il pensait très certainement que tu me les remettrais.

– Grand-père ne se contente pas de penser : il sait très bien s'exprimer. Et je garde mes perles. Je sais très bien où je vais les ranger.

– C'est de l'enfantillage, Mélanie ! Un joyau pareil...

– Il est inutile d'insister. Ou alors, pourquoi ne me demandez-vous pas de vous confier aussi ma bague de fiançailles ? Elle est précieuse, également, et historique : c'est le roi Louis XV qui l'a offerte à une aïeule de Francis et toutes les marquises de Varennes l'ont portée depuis. Permettez-moi à présent de me retirer car je suis un peu fatiguée. Je vous souhaite une bonne nuit !

En montant le large escalier suivie de Fräulein,

Mélanie eut la vision de sa mère, debout au milieu du hall, la sortie de bal qu'elle avait laissé glisser négligemment, enroulée autour de ses pieds. Elle suivait sa fille des yeux et ces yeux flambaient d'une colère difficilement contenue.

Le lendemain, la maison Lachaume, rue Royale, livrait à Mélanie son premier bouquet de fiancée, une ravissante composition romantique – roses pompons et myosotis – entourée d'une dentelle de papier blanc et nouée d'un ruban rose qui arracha un soupir nostalgique à la sensible Fräulein. Mélanie le plaça sur son petit bureau après l'avoir embrassé au moins dix fois. Pouvait-on vraiment être plus heureuse ?

Huit jours plus tard, Timothée Desprez-Martel, qui se rendait à Zürich pour affaires, disparaissait sans laisser de traces. La douane suisse, au passage de la frontière, put seulement constater que son spleeping était vide, dans un ordre parfait... et qu'il restait introuvable. Durant les semaines qui suivirent, les efforts conjugués des polices française et helvétique s'avérèrent inopérants bien que le déjà célèbre savant, Alphonse Bertillon, l'homme de l'anthropométrie criminelle et des empreintes digitales, eût passé le compartiment au peigne fin.

Les journaux s'en donnèrent à cœur joie cependant que les salons bouillonnaient dans l'attente quotidienne du *Figaro,* du *Gaulois,* de *l'Intransigeant,* du *Matin*, de *La Croix,* du *Soleil* et surtout, mais discrètement, du *Petit Parisien* dont les échotiers et reporters faisaient preuve d'une brillante imagination. On racontait que le financier avait été envoyé secrètement par le président Loubet pour négocier un emprunt auprès des banques suisses. Aussi reparlait-on des anarchistes – on en avait même mis deux ou trois à l'ombre –, des nihilistes russes –

Dieu sait pourquoi –, des socialistes sans plus de raison, sans compter quelques sociétés secrètes étrangères hostiles à la France en tête desquelles on imaginait très bien quelques silencieux Chinois envoyés par la vieille impératrice Ts'eu-hi, toujours avide de vengeance. Et pourquoi donc pas l'inquiétante et sinistre Mafia ?

De tout cela, Mélanie ne sut rien parce que, devant le désespoir qui s'empara d'elle, les siens veillèrent à ce qu'elle fût tenue à l'écart de ce fatras de sottises. L'enfant faisait pitié, en effet : enfermée dans sa chambre où elle ne supportait que Fräulein, elle restait, durant des heures, assise devant sa fenêtre, sur une petite chaise basse et les yeux grands ouverts, les coudes aux genoux et la figure sur ses poings fermés, elle laissait couler ses larmes sans rien dire, sans un sanglot. La nuit elle ne dormait pas et, au matin, on retrouvait son oreiller et ses cheveux tout mouillés.

Épouvantée devant cette prostration – Mélanie refusait de se nourrir – et craignant peut-être qu'elle eût décidé de se laisser mourir, Fräulein demanda un médecin. Celui-ci prescrivit un sédatif pour obliger l'adolescente à dormir et une nourriture légère mais substantielle : du lait de poule, du miel, des jus de fruits que la dévouée gouvernante lui faisait avaler cuillerée par cuillerée, comme si elle était un bébé. Puis elle essaya de lui parler et, à son tour, pleura de joie quand Mélanie non seulement l'écouta mais se jeta dans ses bras pour sangloter éperdument. Cette crise passée, en effet, l'enfant parut renaître peu à peu. Elle posa des questions.

On lui apprit que les recherches continuaient, que son oncle Hubert avait couru en Suisse pour essayer de trouver une piste, mais il n'était pas l'homme des longues traques et des efforts soutenus et revint sans avoir rien trouvé. Quant à Francis, bien des jours s'écoulèrent avant qu'il pût voir sa fiancée parce que celle-ci savait qu'il ne pouvait lui apporter une véritable consolation. Ce grand-père découvert bien tard tenait une trop grande place dans le cœur affamé de tendresse de sa petite-fille pour qu'un autre amour pût effacer la blessure. Tout au plus en apaiser un peu la brûlure...

Albine et son futur gendre décidèrent alors qu'il fallait brusquer les choses et, quatre mois plus tard, en dépit des protestations d'Olivier Dherblay qui s'obstinait à croire son patron encore en vie et tenait à ce que ses volontés fussent respectées, ils déclarèrent qu'il fallait célébrer le mariage, dans l'intérêt même de Mélanie.

L'idée était de Francis et il n'avait guère eu de peine à la souffler à Mme Desprez-Martel. Cette femme dont la tête légère était celle d'un oiseau ne supportait pas l'idée d'une famille tronquée de tout élément masculin, Hubert ne comptant pas vraiment. Elle et sa fille avaient besoin d'un homme capable de les soutenir et de veiller sur elles. C'est ce qu'elle vint, un soir, expliquer à Mélanie.

Celle-ci hésita et pleura encore, car elle avait l'impression de renier le disparu en passant outre à ses volontés mais elle admit finalement qu'espérer un retour appartenait au domaine de l'impossible. Jamais elle ne reverrait son grand-père !... Alors, en dépit des objurgations d'Olivier Dherblay qui, durant deux longues heures, s'efforça de la convaincre d'attendre encore un peu, elle finit par se ranger à l'avis de sa mère. Pourquoi donc écouterait-elle les conseils d'un simple employé, même supérieur, quand son cœur lui disait que seul Francis pouvait lui rendre un peu de l'amour dont elle avait tant besoin ?

Deuxième partie

LE TRAIN

CHAPITRE V

L'EMBARQUEMENT POUR CYTHÈRE

Mélanie descendit de voiture avec autant de précautions que si le sol eût été verglacé. Ce qui aurait mieux valu d'ailleurs car elle se serait méfiée, mais comment imaginer que le tapis rouge qui escaladait les marches et plongeait dans les profondeurs scintillantes de l'église recelait un pli sournois auquel s'accrocha le talon pointu de son soulier de satin blanc ? Du même coup son autre pied se prit dans la robe, ce chef-d'œuvre de Paquin dont Mme Lucille n'avait jamais voulu admettre qu'il était trop long :

– Vous porterez de nombreuses robes à traîne, Mademoiselle, lui avait-elle déclaré sévèrement. L'habitude doit commencer avec celle-ci !

Mélanie n'avait rien contre les traînes. Elle s'accommodait même très bien de celle de son amazone mais cela ne changeait rien au fait que la robe était trop longue et, sans la main ferme de l'oncle Hubert qui allait conduire sa nièce à l'autel, c'eût été bel et bien la catastrophe. Le bon effet que celui produit par une mariée pénétrant dans Sainte-Clotilde à plat ventre ! Sans compter qu'il y avait la tiare familiale que l'on avait eu toutes les peines du monde à amarrer sur sa tête car ses cheveux, fins et soyeux, fraîchement lavés d'ailleurs, repoussaient les épingles après avoir crépité sous le peigne. Aussi Mélanie avait-elle l'impression que le petit diadème de diamants surmonté d'un bouquet de fleurs d'oranger donnait quelque peu de la bande mais elle se retint d'y toucher pour ne pas achever la déroute de l'édifice.

Quelqu'un, heureusement, vint à son secours. La main légère de Johanna, première demoiselle d'honneur, repoussa discrètement trois épingles et la coiffure se trouva consolidée. Alors, prenant une profonde inspiration, Mélanie, redressée de toute sa taille, entama le chemin au bout duquel l'autel scintillait de tous ses cierges plantés au milieu d'une profusion de fleurs blanches et d'asparagus dont les senteurs disputaient l'air ambiant à l'odeur de la cire chaude et aux parfums compliqués des femmes.

Aux grandes orgues, le jeune Charles Tournemire qui avait succédé quatre ans plus tôt à Gabriel Pierné faisait déferler les ondes passionnées d'un choral de César Franck sur l'entrée de la mariée mais, en suivant les deux suisses, rouge et or, si imposants avec leurs bicornes emplumés, leurs gros mollets de coton blanc et leurs hallebardes à poignées de velours rouge, celle-ci pensait qu'elle aurait préféré de beaucoup une cérémonie plus simple et plus intime dans quelque chapelle ou dans l'église de Saint-Servan, par exemple, ou même de Dinard où il n'y avait à cette époque de l'année que les gens du pays... et les marins de l'*Askja* et, pour la bénédiction, les mains noueuses d'un vieux curé habituées à relever les casiers à homards ou à pêcher la palourde. Puisque, décidément, on passait outre aux volontés de Grand-père, il eût mieux valu le faire dans un endroit qu'il aimait et avec des gens simples comme témoins. Son esprit, dont on ne savait où il errait, eût sans doute pardonné plus facilement...

Derrière le double rempart de ses paupières à demi baissées et de son voile en point d'Alençon, le regard de Mélanie glissa, effleurant des robes de soie ou de velours, des zibelines, des chinchillas et autres pelages rares, des uniformes chamarrés, des sautoirs de perles, des gants de suède aux couleurs tendres et des poignets où les diamants brillaient sous les dentelles et les mousselines. Elle aperçut sa mère mais ne s'y attarda pas car sa toilette la choquait. Jouant sur le fait que son beau-père avait disparu, Albine, refusant le deuil, était éblouissante dans un fabuleux enroulement de lamé or et de martre que surmontaient des fusées d'aigrette blonde. Elle se donnait décidément beaucoup de mal pour capter toute la lumière et repousser dans les ténèbres extérieures la petite mariée en « robe Louis XVI avec grands paniers en point d'Alençon et toute bardée de bandes d'hermine ». Il ne lui manquait qu'un bandeau de perles retombant sur les yeux pour ressembler à Madame Sarah Bernhardt dans *Théodora* et, si Mélanie n'était guère à son avantage, Albine, elle, frisait le ridicule dans sa volonté têtue d'être la véritable reine de la journée en supplantant cette jeune fille de seize ans, gauche et empruntée dans des atours trop écrasants pour être portés avec grâce.

Depuis l'incompréhensible disparition du vieux Timothée, Mélanie avait perdu le peu de confiance en elle qu'il avait réussi à lui insuffler. Sa mère s'était rapidement arrangée pour la reléguer au second plan, gardant même parfois pour elle les bouquets envoyés par Francis sous prétexte que trop de fleurs dans une chambre généreraient la migraine. Une seule fois Mélanie avait réussi à prendre le pas sur elle car l'équitation était un sport trop rude pour la langoureuse Albine alors que sa fille y excellait, et le seul bon souvenir de ces rapides fiançailles dont Mélanie avait tant espéré resterait cette chasse à Cheverny où son courage et sa brillante tenue en selle lui avaient valu les honneurs du pied et où, pour la première fois depuis des semaines, son fiancé avait eu pour elle un regard qui n'était pas de condescendance amusée. Il avait bien changé, en effet, depuis que le sévère regard du vieux monsieur n'était plus là pour le surveiller. Il envoyait des fleurs, certes, mais il ne venait pas souvent, et quand il apparaissait rue Saint-Dominique c'était, la plupart du temps, pour chercher Albine sous le prétexte de courir ensemble les boutiques afin de préparer la corbeille de mariage. Ou alors, ils s'enfermaient tous deux dans le boudoir pour de longs conciliabules où, apparemment, la fiancée n'avait pas sa place.

Ceci au point qu'un après-midi Rosa, la cuisinière, était sortie de sa cuisine en sous-sol pour grimper jusque chez la jeune fille, profitant d'une absence de la mère :

– Je suis venue vous dire, Mademoiselle Mélanie, qu'il ne faut pas épouser ce beau jeune homme. Ce n'est pas bien de presser le mariage sous prétexte que Monsieur Timothée n'est plus là et je suis bien sûre que vous ne serez pas heureuse.

– Que puis-je faire d'autre qu'accepter, ma bonne Rosa ? Je dois obéissance à ma mère... et puis j'aime mon fiancé.

– C'est bien ça le chiendent ! Et Monsieur Hubert qui est toujours en l'air !...

– Cela ne changerait rien. C'est moi qui ai demandé à mon grand-père de consentir à ce mariage. Et, croyez-moi, Monsieur Francis est beaucoup plus gentil qu'on ne le pense...

– Dites ça à un cheval et il éclatera de rire ! Enfin, si vous y tenez ! Il n'y a plus qu'à espérer que je me trompe !

Mélanie, elle, l'espérait de tout son cœur tandis qu'au bras de l'oncle Hubert elle s'avançait vers cet homme si beau et si merveilleusement élégant qui l'attendait devant l'autel. Il se tenait droit comme une lame d'épée dans son frac noir qui rendait pleine justice à sa silhouette racée, mais sa fiancée aurait juré que ce n'était pas elle qu'il regardait à cet instant où il aurait dû n'avoir d'yeux que pour elle et où leurs mains allaient se joindre pour ne plus se désunir jusqu'à ce que la mort les sépare. Il n'avait même pas l'air très heureux...

Personne, pourtant, ne l'obligeait à être là ! Et soudain Mélanie eut une affreuse envie d'éclater en sanglots, de crier, de piétiner le bouquet de fleurs d'oranger et d'orchidées qui encombrait son bras gauche et de se sauver loin de cette église qui ressemblait tellement à un salon. Mais il était trop tard ! Elle ne pouvait plus reculer. D'ailleurs, depuis la veille, elle était mariée devant la loi à Francis de Varennes... Comme s'il avait soudain conscience de ce qui se passait dans le cœur de sa nièce, Hubert posa sur son bras une main qui se voulait encourageante. Elle leva les yeux et sourit à ce visage aimable où elle venait de lire une inquiétude. D'ailleurs tous deux étaient arrivés devant l'autel et Hubert s'écartait doucement, laissant Mélanie auprès de son fiancé dont le léger parfum de vétiver flotta jusqu'à elle, rappelant l'instant mouvementé mais charmant de leur première rencontre. Ils étaient seuls alors et, soudain, Mélanie sentit le courage lui revenir. Tout à l'heure, après la réception qu'ils allaient quitter discrètement, ils seraient seuls à nouveau dans ce train qui les emporterait vers le soleil de Menton où un ami prêtait aux jeunes mariés sa villa pour leur lune de miel, seuls ensuite au bord de la mer bleue et au milieu d'un pays que l'on disait merveilleux. Ce serait à elle, alors, de faire en sorte que leur mariage soit une réussite et leur apporte à tous deux un grand bonheur. Et ce fut d'un geste ferme qu'au moment de l'échange des anneaux elle tendit sa main pour recevoir le premier maillon d'une chaîne qu'elle voulait très douce.

Célébrée par l'abbé Mugnier que son étonnante culture et son grand talent oratoire avaient fait surnommer « l'Aumônier des Lettres françaises » et qui confessait toute la haute société dont il tirait pour ses pauvres de substantiels secours, la cérémonie fut belle. Mélanie en goûta beaucoup la musique sur les ailes de laquelle il lui semblait que son âme s'élevait... mais elle trouva tout de même que c'était un peu long, surtout lorsqu'il fallut subir l'interminable défilé des félicitations.

La réception qui eut lieu rue Saint-Dominique avec un nombre restreint d'invités – eu égard aux circonstances ! – l'ennuya tout autant parce qu'elle ne connaissait presque personne tant sa mère l'avait tenue à l'écart de sa propre vie. Les hommes lui parurent laids et pompeux. Les femmes, bruissantes de papotages, lançaient derrière elles comme des lassos de grandes écharpes de plumes ou de fourrure et voltigeaient à travers les salons, la voilette retroussée sur le nez, en croquant des fruits glacés ou en buvant du champagne. A moins que, s'installant à plusieurs autour d'un guéridon, elles ne s'attaquent franchement à des nourritures plus substantielles – poulardes en chaud-froid, saumon de la Baltique ou foie gras du Périgord – en passant en revue les derniers événements parisiens. On commentait le procès de la fameuse Thérèse Humbert qui avait escroqué des millions grâce à une fameuse histoire d'héritage et le vol spectaculaire des plus belles émeraudes d'un maharajah venu passer quelques jours dans un palace de la rive droite. Leurs compagnons délaissaient un peu la politique pour discourir sur l'Angleterre où les députés des Communes réclamaient une loi sur l'immigration afin de lutter contre un début d'envahissement qui menaçait les conditions de vie et de travail de la classe ouvrière, mais les unes et les autres se rencontraient pour broder à qui mieux mieux sur le récent départ pour l'Amérique de « Boni » parti tenter de faire entendre raison à une épouse qui avait jugé bon de passer Noël en famille à Rhodes Island sans se soucier de ce qu'en pensait le mari.

– A-t-on idée, aussi, d'épouser un homme dont on sait parfaitement qu'il n'en veut qu'à votre dot ? s'écria la ravissante comtesse de Janzé. Au fond, Boni est bien bon de se donner tant de mal.

– Il ne peut guère faire autrement, répliqua la maîtresse de maison, Anna Gould ; dès avant leurs fiançailles, il lui a bien laissé entendre que, si elle se jugeait malheureuse, elle demanderait le divorce. Alors il veille sur son compte en banque !

– Quelle horreur ! On ne divorce pas quand la chance a fait de vous une Castellane et que vos enfants descendent des comtes de Provence !...

– Oh, ce n'est pas tant le grand nom qui l'intéressait. Elle était follement amoureuse de Boni. Il faut avouer qu'il y a de quoi. Et de toute façon, elle ne sera jamais autre chose que ce qu'elle est : une petite dinde yankee un peu trop dodue et même pas jolie !

D'où elle se trouvait, c'est-à-dire coincée entre les feuilles de laurier d'un académicien et les moires violettes d'un évêque, Mélanie ne perdait pas une syllabe de la cruelle conversation dont sa mère prenait une part active sans plus se soucier de sa fille. Ce fut l'oncle Hubert qui vint la tirer d'embarras :

– Il est temps que tu remontes te changer, lui glissa-t-il à l'oreille. Le train ne vous attendra pas.

– Où est Francis ?

– On l'a installé dans la chambre de ton père avec son valet. Il se prépare. Vous partez dans une petite demi-heure. Tiens, d'ailleurs, voilà Mlle von Rellnitz qui vient te chercher...

Mélanie suivit Johanna avec empressement. C'en était fini des mondanités, Dieu en soit loué, il n'y aurait bientôt plus personne entre Francis et elle !

– Quelle idée de filer ainsi à l'anglaise ! protesta Johanna tout en aidant son amie à sortir de ses falbalas nuptiaux. Ce n'est pas gentil de planter là vos invités !

– C'est une idée de Francis. Les visites de lendemain de noces l'assomment et il pense qu'un jeune couple doit commencer sans tarder sa vie commune. J'avoue que l'idée m'a enchantée. Et puis la Côte d'Azur...

– Je suis de ton avis : c'est assez séduisant. Mais une nuit de noces dans un train. Au fait, est-ce que ta mère t'a parlé ?

– De quoi ?

– Mais... il me semble qu'au jour du mariage de sa fille une mère se doit de... lui apprendre certaines choses.

– Je sais... mais pas elle. Je crois, vois-tu, que je ne l'intéresse pas beaucoup. D'ailleurs nous n'en avons plus le temps.

– Quelqu'un vous accompagne à la gare ?

– Mon oncle Hubert et aussi M. Dherblay mais j'ignore pourquoi.

– C'est une marque d'intérêt naturelle, il me semble ? Depuis la disparition de ton grand-père, c'est lui qui gère sa fortune et s'occupe de ses affaires ?

– En effet. Grâce à Dieu, mon cher grand-père avait prévu, en dehors de son testament déposé chez son notaire et que l'on ne peut ouvrir à moins d'être sûrs de sa mort, un certain nombre de dispositions au cas où il viendrait à disparaître sans que l'on ait de certitude absolue.

Johanna s'effara :

– Ne me dis pas qu'il pensait être enlevé dans un train ou Dieu sait quoi d'autre ?

– Certainement pas. D'après M. Dherblay, il songeait à l'éventualité d'un naufrage à bord de son yacht. Il est arrivé que l'on retrouve, après plusieurs mois, des marins emportés par la mer. Il aimait tellement naviguer ! Moi aussi d'ailleurs...

– Eh bien, conclut la jeune Autrichienne, à toi les flots bleus de la Méditerranée.

Fräulein et Léonie arrivaient à la rescousse des derniers préparatifs. La gouvernante refoulait mal ses larmes à l'idée de quitter son élève sans grand espoir de la revoir jamais, et même la pensée de son propre mariage qui devait suivre de peu son retour au pays n'arrivait pas à la consoler vraiment.

– Vous êtes si cheune ! s'exclama-t-elle, oubliant que Mélanie n'aimait guère l'entendre parler français. On aurait tû suifre les tésirs de fotre grand-père.

– Peut-être et peut-être pas. Ma mère a raison quand elle soutient que nous avons besoin d'un homme dans la maison. Qui peut savoir si ceux qui s'en sont pris à Grand-père ne s'en prendraient pas à nous ?

– C'est ce qu'elle dit ? fit Johanna. Mais quelle idée ! Vous n'avez rien à voir avec les implications politiques et financières de M. Desprez-Martel. En outre, ton oncle Hubert, le grand chasseur, pouvait venir habiter avec vous en attendant le temps révolu.

– Lui et maman dans la même maison ? Lorsqu'il vient passer, par hasard, quelques jours à Dinard, les portes claquent rapidement.

– De toute façon, il va s'écouler quelques semaines avant que ton époux ne vienne étendre sa protection sur cette maison. Outre que vous pourriez avoir une demeure à vous.

– Je reconnais que tout cela n'est pas très logique, mais la logique et ma mère...

– Et puis cela s'accorde avec le « vœu de ton cœur », comme on dit dans les bons romans. Alors pourquoi chercher midi à quatorze heures, n'est-ce pas ?

Léonie aussi était triste. Elle avait espéré, la coutume étant d'emmener sa femme de chambre, accompagner la nouvelle marquise de Varennes dans son voyage mais Francis avait expliqué qu'il était bien inutile de déplacer du personnel, la maison qui les attendait possédant des serviteurs tout à fait qualifiés. Ainsi Mélanie aurait à son service une gentille Niçoise qui connaissait parfaitement son ouvrage.

Pour la consoler, Mélanie l'embrassa en lui assurant que six ou sept semaines seraient vite passées. Ses adieux à Fräulein furent plus chaleureux encore car elle avait été, sur le tard, une compagne agréable. Elle lui fit donner son adresse en promettant de lui écrire souvent, ajoutant même qu'il n'était pas impossible que plus tard elle aille lui faire visite dans son pays :

– Mon époux adore voyager et moi aussi, dit-elle. Il me fera bien visiter l'Allemagne ?

Enfin, à l'appel discret de l'oncle Hubert, ce fut l'instant du départ. Léonie se chargea du sac de voyage et du nécessaire (les malles étaient déjà parties), Mélanie ne conservant que son grand manchon de skuns qui faisait office de réticule et la petite mallette de ses bijoux. Elle en possédait à présent un certain nombre outre ses perles et la parure offerte par son oncle, Francis ayant fait preuve de générosité dans la corbeille de mariage.

La réception battait encore son plein. Apparemment les invités n'avaient pas l'intention de s'en aller tant qu'il resterait quelque chose sur les buffets. Les rires et les bruits de conversations emplissaient la maison et Mélanie se demanda si sa mère allait seulement penser à lui dire au revoir.

Elle vint, néanmoins, escortée d'Hubert, au moment précis où Francis aidait Mélanie à monter en voiture. Une cape de fourrure jetée sur ses épaules, elle embrassa sa fille avec effusion :

– Sois heureuse, ma chérie ! Je n'ai jamais voulu que ton bonheur et j'espère que tu t'en souviendras !

Puis, serrant dans les siennes les mains de son gendre, elle ajouta :

– Prenez-en bien soin, cher Francis. Soyez doux et patient car ce n'est encore qu'une enfant... Allez, à présent, allez avant que je ne me mette à pleurer ! Je sais bien que c'est naturel pour une mère mais je déteste tellement me donner en spectacle !

Dieu sait pourtant qu'elle semblait s'y entendre et Mélanie, nullement impressionnée, hésita un instant entre applaudir et éclater de rire. Il serait grand temps que sa mère cesse de se prendre pour Madame Sarah Bernhardt. Peut-être d'ailleurs Francis pensait-il la même chose car elle crut saisir dans son regard une petite flamme amusée. Il se pencha à la portière qu'un valet venait de refermer :

– Ne me souhaiterez-vous pas aussi d'être heureux... chère Mère ?

– Chère Mère ? fit Albine tout lyrisme éteint et visiblement interloquée.

– Ne suis-je pas votre gendre ? J'ai désormais le droit de vous donner ce nom affectueux. A moins que vous ne préfériez belle-maman ?... Partons, Sébastien ! Nous allons être en retard !

Les chevaux s'élancèrent cependant qu'Olivier Dherblay, assis auprès de l'oncle Hubert en face des jeunes mariés, se hâtait de relever la glace car il ne faisait pas chaud. L'image noir et or d'Albine semblable à quelque statue chryséléphantine encadrée par les pierres du grand porche disparut dans la grisaille de ce jour de mars en même temps que celle, pourpre et or, du valet qui l'avait accompagnée. Cette fois, l'enfance de Mélanie était bien terminée. Il lui restait à entamer sa vie de femme...

Mélanie n'avait jamais vu la gare de Paris-Lyon-Méditerranée, plus connue sous le nom de gare de Lyon, ses incursions vers l'est parisien n'ayant jamais outrepassé Notre-Dame. Elle n'avait même jamais mis les pieds au Jardin des Plantes, si beau cependant mais jugé trop populaire. Ses connaissances en matière d'animaux exotiques n'allaient pas plus loin que le Jardin d'Acclimatation du Bois de Boulogne, rendez-vous des landaus, des nurses et autres nannies de la bonne société, dessiné par Alphand ainsi d'ailleurs que le Bois lui-même pour damer le pion au trop célèbre Hyde Park londonien. Il est vrai que le voisinage des Grandes Serres de la ville de Paris permettait aussi l'étude de la botanique...

Elle considéra donc avec respect l'espèce de palais flambant neuf – il n'avait pas tout à fait quatre ans –, élevé par l'architecte Denis à la gloire des amoureux de la Méditerranée, de la Provence ou même simplement, et entre autres, de la ville de Lyon, seconde capitale française. Bâti de pierre blanche autour de grandes arches cintrées et vitrées mais coupées par une longue verrière, le monument soutenait avec un orgueil quasi florentin une sorte de campanile en forme de tulipe encore en bouton de soixante-quatre mètres de haut, qui, par une horloge géante, affichait l'heure au bénéfice de tous les horizons.

L'ensemble offrait une image de sérénité, mais il en allait tout autrement une fois que l'on s'engouffrait sous les hautes voûtes où s'abritaient les douze lignes de chemin de fer dans une odeur de fumée froide et de charbon, un tohu-bohu d'hommes d'équipe en sarraus bleus, de bagagistes dont les petits chariots aux roues ferrées ronflaient avec un bruit d'apocalypse tandis qu'ils se précipitaient en criant « gare ! » – ce qui était d'un grand à-propos ! – et une cohue talonnée par la crainte de manquer son train.

Une fois traversée cette foule bigarrée de femmes, d'enfants hurleurs, de vieillards, de chiens en laisse, de chats dans des paniers, le tout fleurant l'alcool de menthe Ricqlès, la sueur, la poussière, le pipi de chat ou « l'Edelweiss de la Tsarine » de chez Vaissier qui était fort en honneur dans la petite bourgeoisie, tout changeait, tout s'ouvrait, tout s'apaisait : franchi une discrète barrière de fonctionnaires en képis galonnés, on atteignait le quai au long duquel s'étirait, tel un fauve au repos, la silhouette luxueuse du Méditerranée-Express : longs sleepings de teck blond et de cuivre astiqué luisants comme des coffrets de laque encadrant un wagon-restaurant et cernés de fourgons où l'on empilait les malles et autres gros bagages.

Pas de foule agitée sur ce quai des privilégiés mais des femmes voilettées, empanachées, vêtues de velours ou de drap fin sous des capes, des paletots, des écharpes doublées de fourrures et embaumant l'« Heure bleue » de Guerlain, « Les Quelques fleurs » de Houbigant ou le « Corylopsis du Japon » de chez Piver. Elles s'appuyaient au bras d'hommes habillés à Londres de whipcord ou de corkscrew pour les plus sportifs, de jaquettes sombres avec d'épaisses cravates de soie pour ceux qui savaient qu'un train de luxe n'est rien d'autre au fond qu'un palace sur roues. Certaines voyageaient seules et tendaient une main finement gantée à une personne de connaissance avec qui elles échangeaient quelques mots.

Debout à l'entrée de chacune des voitures-lits, il y avait un homme en uniforme marron à boutons d'argent dont le col droit, haut boutonné, portait le sigle de la Compagnie Internationale des Wagons-Lits. Une casquette plate à visière vernie rappelant un peu celle des officiers de marine le coiffait et il pointait sur un carnet, après les avoir salués courtoisement, les voyageurs qui se présentaient à sa voiture.

Il était, pour l'instant, fort occupé, plusieurs personnes arrivées en même temps se tenant autour de lui.

– C'est notre voiture, soupira Francis avec une pointe d'agacement, mais apparemment nous devons attendre.

Et, sans se soucier de sa jeune épouse, il se mit à parler courses et chevaux avec Hubert en tournant d'ailleurs carrément le dos à Olivier Dherblay dont la présence semblait lui déplaire. Celui-ci s'approcha de Mélanie.

– Je suis heureux de pouvoir vous parler un instant, Madame, fit-il à voix contenue. J'ai essayé vainement pendant la réception mais il était normal que vous fussiez très accaparée.

– Vous avez à me dire quelque chose d'important ?

– Cela peut l'être et d'ailleurs tient en peu de mots : la demeure de votre grand-père doit rester en son état actuel avec tout son personnel en place. Je tiens à ce que vous sachiez qu'elle est à votre entière disposition... au cas où vous souhaiteriez l'habiter.

– C'est gentil de me l'apprendre mais je ne suis pas certaine que mon époux s'y plairait beaucoup...

– Aussi n'est-il pas question de lui mais de vous

seule. Monsieur Desprez-Martel a ajouté cette disposition à ses instructions « en cas d'absence prolongée » au lendemain de vos fiançailles.

– Comment a-t-il pu penser que je souhaiterais vivre sans M. de Varennes ?

– Il ne le pensait pas, Madame, mais je vous rappelle que vous ne deviez vous marier qu'après une année révolue. J'ai cru bon cependant de vous faire savoir cela !

S'inclinant froidement, il s'écarta de quelques pas. D'ailleurs Francis cherchait sa femme :

– Venez, ma chère ! Je crois que l'on va enfin s'occuper de nous !... Marquis et marquise de Varennes, ajouta-t-il avec hauteur à l'adresse du « conducteur [1] » ! Nous avons attendu, il me semble !

Celui-ci esquissa un sourire que Mélanie jugea charmant. Il pouvait avoir une trentaine d'années et son visage, strictement rasé, éclairé par des yeux clairs, était ouvert et sympathique :

– Veuillez accepter les excuses de la Compagnie, monsieur le Marquis, mais nous devons impérativement nous occuper de nos voyageurs au fur et à mesure de leur arrivée...

– Sans doute, mais il me semble que vous vous êtes laissé accaparer par ce couple de bourgeois âgés plus qu'il n'aurait convenu ? Comment vous appelez-vous ?

Le ton cassant de son mari choqua Mélanie. Se pouvait-il que son chevalier sans peur et sans reproche pût se montrer désagréable avec les gens appelés à le servir ? Mais le conducteur ne s'en émut pas, il devait en avoir vu d'autres :

– Je m'appelle Bault, monsieur le Marquis, Pierre Bault pour vous servir comme je me suis efforcé de servir ce couple âgé, le prince et la princesse Pignatelli à qui,

1. C'est le nom porté par le fonctionnaire chargé d'une voiture-lits.

outre qu'ils sont arrivés peu avant vous, je devais, il me semble, l'hommage du respect ? Si madame la Marquise veut bien monter, son compartiment porte le numéro 15.

– Et le mien ? demanda Francis.

– Le 14 ! Le porteur va monter vos bagages... et si vous voulez bien m'excuser ?

En effet, une nouvelle et fracassante arrivée venait d'attirer son attention : escortée de cinq ou six messieurs élégants mais d'un certain âge et suivie d'une femme de chambre pliant sous le poids d'une mallette et d'une infinité de châles et de couvertures, une femme de type espagnol et d'une extraordinaire beauté s'avançait les bras chargés d'une gerbe de roses d'un rouge sanglant. Entre les replis fastueux d'une belle quantité de renards noirs et le bord du grand chapeau, noir lui aussi mais chargé de plumes d'autruche pourpres, son visage pâle, dont la bouche sensuellement ourlée était du même rouge que ses fleurs, semblait dévoré par deux yeux immenses, d'un noir de jais. Elle ne souriait pas à sa cour d'admirateurs et semblait même les traiter avec une certaine désinvolture, laissant peser sur choses et gens un regard de souverain dédain.

Des chuchotements s'élevaient sur son passage et Mélanie, arrêtée dans son mouvement de monter en voiture, en saisit un ou deux :

– C'est Lolita Fernandez, la nouvelle danseuse des Folies-Bergère !... Quelle allure elle a !... Une vraie panthère !... On dit qu'Otéro la trouve gênante !

Comme la nouvelle venue piquait droit sur Pierre Bault, Francis, avec une hâte soudaine, pressa Mélanie :

– Allons, montez, ma chère, sinon cette femme va nous marcher sur les pieds !

Embrassant hâtivement son oncle, la nouvelle marquise tendit une main à Olivier Dherblay en le remerciant des soins qu'il prenait des biens de son grand-père, puis se laissa mener dans le couloir vitré et couvert d'une épaisse moquette sur lequel ouvraient les portes des compartiments.

– Voilà le vôtre, dit Francis en ouvrant devant sa femme un battant d'acajou timbré d'un chiffre de cuivre brillant. Je suis votre voisin immédiat et j'espère que vous n'aurez pas peur.

– Vous devriez savoir qu'il est difficile de me faire peur, répliqua-t-elle un peu nerveusement. – Puis elle ne put s'empêcher d'ajouter – : Je croyais que ces sleepings étaient à deux places en première classe ?

– Vous avez tout à fait raison. Néanmoins, je pense qu'il serait peu agréable pour vous de commencer dans un train notre vie intime surtout après une journée harassante. Demain soir nous pourrons jouir d'un cadre véritablement enchanteur et ce sera beaucoup mieux.

Comme d'habitude lorsqu'il lui souriait, Mélanie se sentit fondre et lui rendit son sourire.

– Je pense, en effet, que ce sera mieux...

– Bien. A présent je vais vous laisser prendre un peu de repos puis je viendrai vous chercher pour dîner au wagon-restaurant. Vous verrez, c'est très agréable et la cuisine est excellente.

– Quelle chance ! Je n'ai presque rien mangé depuis ce matin et j'avoue que je meurs de faim.

– Moi aussi. Et j'aime qu'une jolie femme ait de l'appétit.

Le couloir s'emplissait des échos d'une voix rauque et franchement agressive où roulaient tous les cailloux du Guadalquivir. Mlle Lolita, qui avait entraîné le conducteur du sleeping dans son tourbillon, entendait choisir son compartiment. Aussi Pierre Bault avait-il fort à faire pour lui expliquer, sans manquer à la courtoisie et sans se départir de son calme, que c'était tout à fait impossible, toutes les autres cabines étant déjà attribuées et occupées.

– Yé né veux pas être sour les roues. Ça va trépigner toute la nouit et yé né pourrai pas dormir. Faites quelque chose !

– Malheureusement je ne peux rien pour vous, Madame... à moins qu'un voyageur ne consente à faire un échange ?

– Échange ? Très bien, l'échange ! Faites ça !

Avec un bel ensemble, toutes les portes d'acajou se fermèrent. Francis en fit autant après avoir tiré Mélanie en arrière mais se disposa à ressortir :

– Vous n'allez pas lui proposer votre chambre, au moins ? s'écria Mélanie alarmée à la pensée d'avoir pour voisine cette tempête noir et rouge.

– Vous êtes folle ? Bien sûr que non, mais je vais voir si je peux aider ce malheureux à s'en tirer. Il a l'air tellement godiche !

– Ce n'est pas du tout l'effet qu'il m'a produit et je le crois très capable de s'en sortir tout seul ! Écoutez plutôt !

Le tapage se calmait en effet. On n'entendait plus qu'un bruit normal de conversation avec, parfois, une parole plus haute qui ressemblait au miaulement d'une chatte en colère mais, quand Francis rouvrit la porte, il n'y avait plus personne dans le couloir que le conducteur qui allait reprendre son poste au bas des marches de fer. Il le suivit pour saluer une dernière fois ceux qui les avaient accompagnés et qui, stoïques, attendaient dans le courant d'air du quai le départ du train. Il les engagea vivement à rentrer. Le jour qui avait été gris depuis le matin se chargeait de brouillard au point que, déjà, dans la gare, des lampes s'allumaient. Hubert et Dherblay acceptèrent et, après un dernier salut à Mélanie qui leur sourit derrière la vitre de sa fenêtre, ils s'éloignèrent d'un pas accordé. Il n'y avait plus grand monde sur le quai et cependant Pierre Bault ne bougeait pas.

– Le train part dans cinq minutes, fit observer Varennes. Il y a des voyageurs en retard ?

– Un seul et cela m'étonne car il est toujours l'exactitude même... D'ailleurs, le voilà !

Un homme, en effet, accourait de toute la vitesse de ses longues jambes, maintenant son chapeau enfoncé sur sa tête, un paletot jeté sur une épaule et un sac de cuir à la main. Il était temps : les employés refermaient les portières et, déjà, le long coup de sifflet du chef de gare se faisait entendre aussitôt suivi du grincement des essieux. Remonté sur le marchepied, le contrôleur se pencha pour assurer l'équilibre du nouveau venu qui sautait en voltige :

– Juste à temps cette fois, Monsieur Laurens !

– Vous savez très bien, mon cher Pierre, que je ne manque jamais un train ! Mais j'avoue que, cette fois, c'était à un cheveu ! Mon compartiment ?

– Toujours le même : le numéro 7 !

– Alors ne m'accompagnez pas : je connais le chemin !

Et, traînant son sac après lui, il s'engouffra dans le couloir cependant que le train, lâchant des jets de vapeur, s'ébranlait. Avec un coup d'œil de dédain pour le complet de tweed beige fatigué, le chapeau de même tissu au bord légèrement gondolé, la cravate de laine tricotée et les brodequins de cuir marron du nouveau venu, Francis, en route pour son propre compartiment, se tourna vers le conducteur qui le suivait :

– Drôle de personnage ! Qui est-ce ?

– Un peintre, monsieur le Marquis... et un habitué.

– Cela prouve qu'il y a des peintres qui réussissent. Puis-je savoir son nom ?

– Il n'en fait pas mystère. Il se nomme Antoine Laurens.

– Connais pas! Faites-moi donc apporter une fine à l'eau, s'il vous plaît! Rien de plus éprouvant que le jour du mariage!

– Tout de suite. Madame la Marquise ne souhaite pas se rafraîchir elle aussi?

– Allez le lui demander mais cela m'étonnerait. Madame la Marquise a surtout faim et elle attend le dîner avec impatience!

– Je veillerai avec le maître d'hôtel à ce que sa table lui convienne...

Avec une lenteur majestueuse, le Méditerranée-Express commence à glisser sur son double fil d'acier. C'est comme le début d'une valse où, après un appel des cuivres, les cordes entraînent l'orchestre sur un rythme à peine souligné en sourdine par des timbales. Le chant qu'elles entament va en s'amplifiant cependant que la cadence des percussions se fait plus ample. Lente d'abord, la valse s'envole comme une clameur de victoire. Le train entame la longue course qui, en quinze heures, va le mener jusqu'aux jardins ensoleillés de la Riviera.

Assise auprès d'une fenêtre encadrée de cuivre, Mélanie regarde défiler les quais, les voies, les aiguillages comme si c'était son premier voyage en chemin de fer. Quittant les lumières de la gare, le train longe, de haut, un quartier pauvre où des lampes à pétrole commencent à s'allumer derrière des brise-bise souvent gris. Le soir tombe et le brouillard, aggravé par la fumée que crache la grosse locomotive, accuse la tristesse de ces rues mal éclairées qui suent la misère, la vraie, celle que Mlle Desprez-Martel ne connaît que par ouï-dire. Ce qu'elle en sait tient dans la piécette qu'à la sortie de la grand-messe de Sainte-Clotilde sa mère lui remettait pour la donner à un mendiant, toujours le même. Mais ce soir, ce qu'elle a vu la gêne car, pour la première fois, elle sent qu'elle fait partie des privilégiés. Pour ne plus voir, elle ferme les yeux et se laisse emporter par la fatigue de cette journée harassante. Lorsque Francis vint la chercher pour l'emmener dîner, il eut quelque peine à la réveiller. Quand elle parvint à les ouvrir, ses yeux embués de sommeil le firent sourire :

– Eh bien ? Je croyais que vous mouriez de faim...

– C'est toujours vrai. Accordez-moi un instant et je vous suis.

Le wagon-restaurant offrait un confort et même un luxe que lui eût enviés plus d'une maison de bonne réputation. Plafond peint de fleurs et de rinceaux, sièges et rideaux de velours grenat, moquette épaisse reproduisant les fleurs du plafond, nappes damassées, verrerie fine et couverts d'argent sans oublier un piquet de fleurs sur chaque table et l'éclairage adouci par des abat-jour de soie rose pour les petites lampes et par des vasques d'opaline au plafond.

Il y avait déjà beaucoup de monde quand le jeune couple y pénétra mais, guidée par un maître d'hôtel prévenant, Mélanie put gagner une table située près d'une vitre et juste un peu plus fleurie que les autres sans se sentir trop gênée par les regards qui se tournèrent vers elle tandis qu'elle traversait la voiture. Il y avait en effet beaucoup de monde et du plus élégant, à de rares exceptions près. Les chapeaux des dames garnis de tulle, de velours, de fourrure, parfois de pierre fines et surtout de plumes, faisaient assaut d'originalité cependant que leurs parfums se mêlaient sans trop les tuer, heureusement, aux odeurs roboratives venues des cuisines.

Francis serra quelques mains, s'inclina sur d'autres et finalement vint s'asseoir en face de sa femme déjà occupée à consulter le menu qui était fort convenable :

consommé de volaille, sole Colbert, contrefilet Richelieu accompagné d'une macédoine de légumes, poularde rôtie et salade, fromages et tarte aux poires... Voyant se dilater les narines de sa jeune épouse, il se mit à rire :

– Pensez-vous avoir assez d'appétit pour tout cela ?

– Bien sûr ! J'ai vraiment très faim ! Et puis... je voudrais boire du vin de Champagne.

– Il me semble que cela s'impose, ce soir !

Lorsqu'on les eut servis, ils burent gaiement à leur bonheur et, durant tout le repas, gardèrent le ton aimable et souriant du badinage. Francis raconta quelques-uns de ses nombreux voyages et Mélanie l'écoutait avec plaisir.

– Comptez-vous voyager encore beaucoup ? demanda-t-elle en picorant sa salade.

– Je l'espère bien. Partir est, selon moi, une des joies de l'existence. C'est toujours une porte ouverte sur l'inconnu que l'on découvre à cet instant.

– C'est tout à fait ce que je pense. Mais à présent vous m'emmènerez, j'espère ?

– Cela va sans dire !

Mais aussitôt il parla d'autre chose et Mélanie ne remarqua pas l'imperceptible hésitation qu'il avait mise à lui répondre. Revigorée par son repas, elle s'intéressait aux autres dîneurs. Elle constata l'absence de la danseuse espagnole tout en pensant qu'elle comptait sans doute dîner au second service à moins qu'elle n'en exigeât un pour elle toute seule. En revanche, elle remarqua le peintre, peut-être parce que son vieux costume beige tranchait outrageusement sur les costumes sombres, les cols glacés et les cravates de soie piquées d'une perle ou parfois même d'un diamant, mais cette différence de tenue ne semblait pas le troubler le moins du monde : un journal plié et appuyé à la petite lampe de sa table, il lisait tranquillement sans pour autant perdre une bouchée. Néanmoins, Mélanie nota les attentions du maître d'hôtel pour ce personnage insolite et l'espèce de respect avec lequel il tint à lui verser lui-même les premières gouttes d'une bouteille qu'un serveur avait apportée religieusement couchée dans un panier d'osier.

L'inconnu releva la tête alors pour goûter le vin et échanger quelques mots avec l'hôte du wagon, et Mélanie pensa qu'elle n'avait jamais vu un homme aussi extraordinaire. Il n'était pas beau et d'ailleurs comment aurait-il pu l'être avec ce nez fort – aux narines sensibles cependant ! –, cette grande bouche dont le sourire semblait se complaire dans une douce ironie, ces yeux sans couleur définie mais vifs et joyeux et cette peau tannée, creusée de petites rides, qui contrastait si fort avec d'épais cheveux d'un blond foncé tirant un peu sur le roux, ou bien était-ce le reflet rose de l'abat-jour ? Se penchant vers son mari, elle murmura :

– Il y a là un homme extraordinaire. Vous qui connaissez la Terre entière, vous devriez savoir qui il est ? Il ne ressemble à personne.

– On ressemble toujours à quelqu'un, plus ou moins..., dit Francis en se détournant légèrement pour suivre la direction de son regard. Ah, je vois ! C'est ce rustre qui vous intéresse ? Je n'arrive pas à comprendre comment on l'accepte ici dans cette tenue.

– Non seulement on l'accepte mais il semble même avoir ses habitudes si j'en juge à l'attitude du maître d'hôtel. Et, si je comprends bien, vous le connaissez ?

– Ne mélangeons pas tout ! Je ne le connais pas mais je sais qui il est. Vous devriez saisir la nuance.

– Soyez sûr que je la saisis tout à fait. Eh bien, qui est-il ?

– Un quelconque barbouilleur. Enfin, ce qu'il est

convenu d'appeler un peintre. Tout ce que j'en sais est qu'il s'appelle Antoine Laurens mais ne m'en demandez pas plus ! C'est tout ce que le conducteur a consenti à m'en dire quand il a pris, tout à l'heure, le train au vol.

– Mon grand-père connaissait et appréciait les peintres actuels mais il ne m'a jamais parlé de celui-là. Est-il connu ?

– Comment voulez-vous que je le sache, ma pauvre enfant ? Je ne fréquente pas du tout cette race-là, un ramassis de gens qui meurent de faim à ma connaissance. Cela n'a pas l'air d'être le cas de celui-là et on ne peut que l'en féliciter. Voulez-vous du café ?

– Non... non merci !

Le dîner s'achevait et les exigences du deuxième service empêchaient que l'on s'attardât à table. Mélanie et Francis regagnèrent leur voiture mais, quand la jeune femme passa auprès de lui, le peintre leva brusquement les yeux et les planta droit dans les siens en même temps qu'il ébauchait un sourire. Elle se sentit rougir et accéléra le pas. Quelle insolence d'oser la dévisager ainsi ! Et surtout avec cette expression amusée ! Était-elle donc ridicule, ou gauche ? C'était, de toute façon, plutôt désagréable... Francis, occupé à échanger quelques mots avec un homme à monocle, n'avait rien vu. Il allait peut-être se décider à présenter le personnage à sa femme quand il s'aperçut qu'elle avait disparu.

– Eh bien, où courez-vous si vite ! fit-il quand il l'eut rejointe. Je comptais vous présenter le baron Snoy.

– Ce sera pour une autre fois. J'ai eu mon compte de présentations et de saluts pour la journée...

Adossée à la paroi de son compartiment, elle regardait droit devant elle une vitre derrière laquelle on ne voyait strictement rien. Le train, depuis un moment déjà, s'enfonçait dans la nuit et l'éclairage intérieur du wagon empêchait de distinguer la campagne. C'était son reflet et celui de Francis qu'elle observait et auprès de sa longue silhouette, elle se jugea inélégante. Sa mère, décidément, semblait tenir à ce qu'elle parût le double de son âge et ce tailleur beige garni de skuns qu'Albine avait choisi pour le voyage de noces l'engonçait et lui donnait l'air d'une petite vieille. Elle ne parvenait pas à comprendre comment une maison qui habillait si bien sa mère pouvait accepter que l'on choisît pour une jeune femme de seize ans des modèles pour bourgeoise enrichie de quarante ! En outre, poussée par son bel appétit, Mélanie avait trop mangé et elle étouffait un peu dans son corset, cet instrument de torture dans lequel, chez les couturiers, on vous fourrait de force dès l'instant où l'on était destinée à devenir une dame. Elle était si mince et sa taille si fine qu'elle aurait pu s'en passer. D'habitude cet outil de torture ne la gênait pas trop mais ce n'était visiblement pas fait pour supporter des repas trop copieux. Il fallait s'en débarrasser au plus vite...

– Eh bien, soupira-t-elle, je crois qu'il est temps d'aller dormir et, puisque me voici arrivée, je vous souhaite une bonne nuit !

Elle lui tendit sa main, ce qui le fit sourire.

– Ne m'embrasserez-vous pas ? Cela se fait entre époux.

A nouveau elle rougit un peu car elle avait pensé que, les effusions nuptiales étant remises au lendemain, ce signe d'intimité ne s'imposait pas. Mais s'il y tenait... Se haussant un peu, elle posa sur la joue de son mari un baiser léger :

– Voilà ! Bonsoir Francis !

– C'est tout ?

Interloquée, elle le regarda avec des yeux ronds : que voulait-il de plus ? Depuis qu'ils s'étaient fiancés, il avait coutume de poser un baiser sur son front tandis qu'elle effleurait de ses lèvres sa joue bien rasée chaque fois qu'ils se disaient bonjour ou au revoir. Il n'avait jamais essayé de l'embrasser comme elle l'avait vu faire à Dinard avec la belle rousse et elle se voyait mal lui sautant au cou et l'embrassant à bouche-que-veux-tu :

– Je ne comprends pas ce que vous voulez dire ?

– Vraiment ?

– Vraiment !

– Alors, je vous expliquerai demain soir comment il convient qu'une jeune épousée se comporte avec son mari. Le lieu est vraiment trop mal choisi pour une leçon de choses...

Il prit sa main, posa sur le poignet un baiser un peu appuyé, puis, s'inclinant avec grâce :

– Je vous souhaite une bonne nuit, chère marquise !

De sa main libre, il ouvrit la porte du compartiment, laissa passer Mélanie puis, avant de refermer :

– Si vous avez besoin de la moindre des choses...

– Oui ?

– N'hésitez pas à appeler le conducteur. Il est là pour vous servir en tout ce que vous pourriez désirer. A demain, chère Mélanie. Cet homme vous dira à quelle heure il faudra vous réveiller pour que nous puissions, aux environs de Marseille, prendre ensemble notre petit déjeuner.

La porte se referma sur son sourire et Mélanie se retrouva seule dans le compartiment qu'elle n'avait pas vraiment regardé au moment du départ. Avec ses velours frappés, ses gainages de cuir, ses miroirs, ses rideaux alourdis de passementeries, ses bois précieux et ses tulipes de cristal qui renfermaient l'éclairage au gaz, il ressemblait à l'intérieur d'un coffret à bijoux. Grâce au chauffage à la vapeur il y régnait une douce chaleur. La jeune femme remarqua néanmoins que la banquette était transformée en un lit confortable sur lequel une main d'artiste avait disposé sa chemise de nuit.

Elle regarda cette pièce de lingerie avec une certaine rancune. Pour une fois, on l'avait laissée la choisir elle-même en vue de cette nuit qui devait être la plus importante de sa vie. C'était une chose ravissante et diaphane, faite d'un fin linon blanc garni de dentelles de Valenciennes soulignées de minces rubans de satin bleu pâle jouant à cache-cache à travers des trou-trous. Dommage de s'en servir pour dormir seule dans une couchette pas tout à fait aussi grande qu'un lit de moniale! Aussi Mélanie replia-t-elle soigneusement la chemise qu'elle rangea dans son nécessaire. Pour le peu d'heures qu'elle avait à passer dans ce train, sa chemise de jour et un jupon seraient amplement suffisants.

Elle commençait à se déshabiller quand elle pensa soudain que c'était idiot d'aller se coucher si tôt car, en fait, elle n'avait pas du tout sommeil. Que faire alors ?

Explorant les bagages à main que Léonie lui avait préparés, elle constata qu'ils ne contenaient pas le moindre livre ni la plus insignifiante revue. Comment, en effet, la brave femme aurait-elle pu imaginer que sa jeune maîtresse passerait sa nuit de noces dans la solitude ? On ne pouvait vraiment pas l'incriminer.

L'idée vint alors à Mélanie d'appeler son époux à son secours. Comme tout homme évolué digne de ce nom, Francis avait dû bourrer son sac de journaux. Il en aurait bien un à lui prêter...

Remettant les chaussures qu'elle avait déjà retirées ainsi que la veste de son tailleur, elle s'assura dans une glace que sa coiffure n'avait pas trop souffert quand elle avait ôté son chapeau et ouvrit doucement sa porte en espérant que personne ne se trouverait dans le couloir.

Or, au moment précis où elle poussait le battant d'acajou, celui du compartiment voisin s'ouvrait d'un mouvement égal. Apparemment Francis allait sortir. Alors Mélanie, pour qu'il ne s'imaginât pas qu'elle souhaitait l'épier, referma sa porte. Sans doute le jeune homme manquait-il de cigares et allait-il en chercher au wagon-restaurant ? A moins qu'il n'eût envie de rejoindre, pour un dernier verre, l'un de ces personnages qu'il avait rencontrés ? Mais elle ne le vit pas passer devant l'embrasure de la porte qu'elle maintenait légèrement entrouverte. Au contraire, lorsqu'elle risqua de nouveau un regard, elle aperçut son mari, au bout du couloir, devant le dernier compartiment. Un coup d'œil rapide pour s'assurer que personne n'arrivait et, sans même frapper, Francis entra chez la danseuse espagnole. La porte, en s'ouvrant, libéra un éclat de voix.

– Chérrri !... Te voilà tout de même !

Mélanie n'entendit plus rien car le panneau d'acajou amortissait bien les bruits mais c'était, hélas, plus que suffisant !...

Les jambes fauchées, elle revint s'asseoir sur sa couchette pour essayer de mettre un peu d'ordre dans les idées qui se bousculaient dans sa tête. L'une s'imposait, insupportable : cette femme appelait son époux « Chéri » et, de toute évidence, elle l'attendait. C'était à cause de cela qu'elle n'avait pas paru au wagon-restaurant... Quant à Francis, débarrassé d'une épouse qu'il croyait endormie, il profitait pour la rejoindre de ce que le second service avait en partie vidé le sleeping. Elle ne pouvait être que sa maîtresse et une maîtresse qu'il devait aimer follement pour avoir osé, au soir même de ses noces, la faire voyager non seulement dans le même train mais dans le même wagon ! Quel beau présent à faire à une femme que lui offrir sa nuit nuptiale en hommage ?

En retraçant, sur le fond de sa mémoire, le beau visage de la danseuse, sa silhouette souple et la foule des hommes qui l'entouraient à la gare, Mélanie pensa qu'elle était incapable de lutter contre une telle rivale mais cette humilité ne rendait sa blessure que plus cuisante. Francis s'était moqué d'elle en disant qu'il l'aimait. Seule, sa fortune l'intéressait...

Une colère soudaine la remit debout. Il n'était pas possible qu'elle se laisse ridiculiser de la sorte. Il fallait faire quelque chose! Quoi? Elle ne le savait pas très bien, mais Francis devait sortir de ce compartiment. Alors, aussi vite que le permettait le balancement du train, elle courut vers cette porte mais, au moment où elle allait l'atteindre, un serveur apparut à l'autre extrémité du wagon portant sur un plateau un seau à champagne et des flûtes de cristal.

Comme il venait vers elle, Mélanie alla jusqu'au bout de la voiture et se tapit dans le renfoncement de la portière. Si l'homme gagnait le sleeping suivant, elle ferait semblant de regarder au-dehors mais il s'arrêta devant la porte de la danseuse, frappa et, en ayant reçu la permission, entra sans refermer derrière lui. Mélanie entendit :

– Du champagne! Tu y as pensé!... Oh, mon amour, cette nuit va être la plus belle de notre vie. Et tellement excitante!

– Folle que tu es! Nous en aurons d'autres.

– Ce ne sera pas pareil! Celle-là est... unique!

Lorsque le serveur s'éloigna, Mélanie demeura accrochée à cette paroi de bois derrière laquelle l'homme qui, le matin même, jurait de l'aimer jusqu'à la mort caressait une autre femme. Sa colère tomba d'un seul coup laissant place à une immense fatigue, et ce fut en se cramponnant à la barre de cuivre des fenêtres qu'elle réussit à retourner vers ce qui devenait un refuge. Mais alors, le conducteur revenu s'asseoir sur le siège qui lui était réservé au bout du couloir l'aperçut et se précipita :

– Qu'avez-vous, Madame ? Vous tenez à peine sur vos jambes ! Vous êtes souffrante ?

– Non... non, ce n'est rien ! Un peu de fatigue.

– Vous êtes toute blanche ! Il faut vous coucher ! Je vais appeler votre mari.

Il allait frapper à la porte de Francis mais elle le retint en le suppliant de n'en rien faire. C'était stupide de déranger M. de Varennes, fatigué lui aussi, alors qu'un peu de sommeil...

Avec beaucoup de douceur et de sollicitude, Pierre Bault la guida jusqu'à son lit où il la fit asseoir.

– Décidément vous êtes trop pâle. Laissez-moi appeler un médecin. Je sais qu'il y en a un dans la voiture voisine.

– Non, non ! C'est inutile. Cette petite faiblesse va passer très vite. Je me sens surtout très lasse.

– Je vais au moins vous chercher quelque chose de chaud. Vos mains sont glacées... Et vous tremblez.

– Je veux bien. C'est vrai que j'ai froid...

Il la fit s'étendre sur la couchette, l'enveloppa d'une couverture, baissa la lumière et sortit en refermant la porte. Mais aussitôt Mélanie l'entendit frapper chez Francis et eut un sourire amer. Ce serait bien étonnant s'il obtenait une réponse. Là où il était, le beau marquis de Varennes ne risquait pas de l'entendre. Le bruit cessa bientôt d'ailleurs.

Alors, Mélanie se sentit soudain envahie par toutes les forces du désespoir et de la solitude... Que faisait-elle dans ce train de luxe ? Vers quoi se laissait-elle entraîner par un homme capable d'emmener sa maîtresse en voyage de noces et que pouvait-elle attendre encore de lui ? De l'indifférence ? Des mensonges ? Un abandon de plus en plus cruel ? Tout ce qui l'entourait, le cadre luxueux et douillet, le roulement cadencé du train lancé à pleine vitesse lui firent l'effet d'autant de pièges auxquels il fallait échapper à tout prix ! Ce qu'elle voulait à présent, c'était se sauver, s'en aller loin. Assez pour être sûre de ne plus jamais revoir ce Francis trop séduisant dont elle s'était entichée de façon si absurde ; c'était quitter ce train menteur !

Rejetant sa couverture, elle sortit de nouveau. Le couloir était vide, éclairé faiblement par les lumières en veilleuse. Il fallait en profiter pour s'en aller. Ce devait être possible car le train ralentissait. Peut-être allait-il s'arrêter comme tout à l'heure dans cette gare dont elle n'avait même pas vu le nom étant toute au charme du moment présent ?

Elle atteignit la portière et s'y agrippa, pensant qu'il fallait profiter de cette vitesse réduite pour sauter en bas. L'idée qu'elle commettait une imprudence, qu'elle risquait de se blesser ou même de se tuer ne l'arrêta pas car elle était au-delà de tout raisonnement sensé, poussée hors d'elle-même par cette brûlure intolérable que lui infligeait la trahison de Francis. Elle allait descendre ! Le vent de la course la porterait un peu et la déposerait n'importe où, dans une prairie ou dans un bois, mais là où personne ne la retrouverait, et ce serait une bonne chose puisque personne ne l'aimait.

La pensée de son grand-père l'effleura. Lui aussi était descendu d'un train au cœur de la nuit et on ne l'avait pas retrouvé. Peut-être qu'elle allait le rejoindre, qu'il était tout près ? Elle ouvrit la portière...

Un vent violent lui fouetta le visage, dénoua ses cheveux. Elle sentit la fraîcheur d'une pluie fine mêlée à l'odeur de la campagne mouillée et à celle de la fumée. Devant elle, la nuit se ouatait de nuages gris et, là-bas, une petite lumière qui ressemblait à une étoile avait l'air de lui faire signe. Des larmes jaillirent inondant son visage :

– Je viens, Grand-père, sanglota-t-elle, je viens !

Ses deux mains lâchèrent ensemble les barres d'appui. Elle entendit vaguement un juron et un bruit de vaisselle cassée mais, à l'instant où elle s'élançait, elle se sentit retenue, ceinturée fermement, ramenée en arrière tandis qu'avec un claquement la portière se refermait. Et puis il y eut une impression d'étouffement – ce maudit corset sans doute qu'elle n'avait pas pris le temps d'enlever ! – et Mélanie, perdant toute conscience de l'endroit où elle se trouvait, s'évanouit pour la première fois de sa vie.

La conscience lui revint très lentement avec une délicieuse sensation de délivrance qui lui fit penser qu'elle devait être morte. Néanmoins, du fond de ses brumes si moelleuses, elle percevait des sons qui n'avaient pas grand-chose à voir avec les chœurs célestes. Cela ressemblait à des voix d'hommes... De deux hommes qui dialoguaient.

– On peut dire que tu es arrivé à temps, Pierre ! Tu crois qu'elle a voulu se tuer ?

– Que pouvait-elle faire d'autre devant cette portière ouverte ?

– Tu as bien failli partir avec elle. Quand je suis sorti en entendant ton plateau qui dégringolait, j'ai cru qu'elle allait t'entraîner.

– Si vous n'aviez pas fermé la portière, Monsieur Antoine, cela n'avait rien d'impossible. Elle est plus forte qu'on ne le dirait. Pauvre petite ! Si jeune et en être déjà là ! Vous savez qu'elle s'est mariée aujourd'hui ?

– Je sais. C'est la petite Desprez-Martel ! J'ai vu son mariage dans le journal. Mais où est le mari ?

– C'est là le problème. Il a choisi de passer la nuit avec Lolita, la danseuse des Folies-Bergère...

– Qu'est-ce que tu dis ? Il passe sa nuit de noces avec une autre ? Et dans le même train ?

– A quatre compartiments. Ne me demandez pas ce que j'en pense, je n'ai pas le droit de porter de jugement sur les voyageurs qui me sont confiés par la Compagnie. Mais je vous avoue que j'ai tout de même envie de le prévenir...

– Ne faites pas cela !

Galvanisée par ce que ces mots impliquaient, Mélanie venait de surgir brusquement de ses agréables brumes et se dressait à présent assise sur la couchette où on l'avait étendue.

– Je vous en supplie ! pria-t-elle. Ne prévenez pas M. de Varennes. Je ne veux pas le voir. Je ne veux plus jamais le voir !

– C'est pour ça que vous vouliez vous jeter par la portière ?

Sans vraie surprise, elle vit que son second interlocuteur était le peintre Antoine Laurens. Assis à l'extrême bord du lit étroit, la tête un peu penchée sur le côté, il la regardait avec une attention qui excluait toute idée de vulgaire curiosité. Il y avait même de l'amitié dans ses yeux d'un bleu foncé pailleté de petits points brillants.

– Je ne voulais pas me jeter sur la voie, dit-elle calmement. Je voulais seulement descendre...

– Descendre d'un train roulant à soixante-cinq kilomètres à l'heure ? s'exclama le conducteur. Mais c'est impossible !

Mélanie lui dédia un regard d'une parfaite ingénuité.

– Vous croyez ? Cela paraissait si facile... Il me semblait qu'il n'y avait qu'à se laisser porter par le vent et être déposé... où il lui plairait.

Le peintre éclata de rire et Mélanie pensa qu'elle

n'avait jamais entendu un rire aussi gai... sauf peut-être celui de Grand-père dans ses meilleurs moments.

– Vous ne descendez pas, j'imagine, de l'illustre famille Garnerin qui, vers la fin du XVIIIe siècle, a mis le parachute si fort à la mode ? Ni de Léonard de Vinci, je pense ? Et vous n'aviez même pas pris votre parapluie ?

– Je crois, soupira la jeune fille, que je ne savais plus très bien ce que je faisais mais, je vous en supplie, n'allez pas raconter cela au marquis. Quelle est la prochaine station ?

– Lyon, dit Pierre Bault. Nous n'allons pas tarder à y arriver. Est-ce que vous voulez descendre là ?

– Là ou ailleurs... Ce que je ne veux plus, à aucun prix, c'est me retrouver en face de ce... de ce monsieur. Et si je pouvais ne plus jamais en entendre parler, ce serait encore la meilleure chose.

– La chose me paraît difficile puisque vous êtes mariés, dit Laurens. En outre, êtes-vous certaine... de ne plus l'aimer ?

– C'est justement parce que je n'en suis pas certaine que je ne veux plus le voir. En face de lui, je deviens stupide.

– C'est ce que disent toutes les jeunes filles amoureuses, constata le peintre, mais, avec le temps, l'effet s'estompe...

– Vous en êtes sûr ?

– Je n'ai jamais été une jeune fille mais il y a des précédents. Tenez, buvez donc cela ! Vous êtes un peu trop pâle pour mon goût...

Il avait sorti une bouteille de voyage plate et un gobelet d'argent dans lequel il versa quelques gouttes d'un excellent cognac dont le parfum vint chatouiller les narines de Mélanie. Elle but de confiance, s'étrangla, toussa, reçut sur le dos une claque à assommer un bœuf et finalement en redemanda « un tout petit peu ». Cependant Pierre Bault la regardait, perplexe :

– Il n'y a aucun inconvénient à ce que vous descendiez à Lyon mais, outre qu'il est très tard, je voudrais savoir si vous y avez des amis, des parents ?

– Non, fit Mélanie presque gaiement. C'est indispensable ?

– Cela vaudrait mieux et... si vous voulez bien m'excuser de poser une telle question, avez-vous seulement de l'argent ?

– Oh non. Rien qu'un peu de monnaie...

– Ça se complique ! fit Laurens en riant. Mais il y a peut-être une solution...

– Vous allez m'en prêter ? Je vous promets que je vous le ferai rendre dès mon retour à Paris par M. Dherblay, le fondé de pouvoir de mon grand-père.

– Et que ferez-vous à Paris ? Votre... époux n'aura aucune peine à vous retrouver. Si vous tenez tellement à l'éviter, il vaudrait mieux trouver autre chose ?

– Mais quoi ? Je n'ai pas beaucoup d'autres solutions... ah si, j'oubliais ! j'ai des bijoux.

– Le contraire m'étonnerait mais je vous vois mal aux prises avec le premier usurier venu.

– Il faudrait vous décider, coupa le conducteur. Nous arrivons à Lyon.

Le train, en effet, avait ralenti suffisamment pour laisser espérer un prochain arrêt. Un instant, les trois personnages se regardèrent en silence, réfléchissant visiblement chacun de son côté. Soudain, s'adressant au peintre, Mélanie demanda :

– Vous allez à Nice ?

– Non. Je descends à Avignon. Pourquoi ?

– Parce que c'est peut-être la solution. Laissez-moi vous accompagner et si je vends un bracelet ou deux pour m'accorder le temps de voir venir, eh bien, vous m'aiderez à ne pas trop me faire voler ?

– Vous me feriez confiance ?

– Oui... Et puis personne ne viendra me chercher à Avignon. D'ailleurs ça doit être plein de couvents...

– Il y a longtemps que les papes n'y sont plus, vous savez, et si c'est un couvent que vous cherchez vous n'en trouverez pas plus là qu'ailleurs.

– J'aimerais autant pas. Je n'ai pas la vocation.

– Alors, s'impatienta Pierre Bault, qu'est-ce que vous décidez ?

Antoine Laurens prit les opérations en main :

– Laisse-nous ! Va t'occuper de ton train mais prends soin d'aller fermer le compartiment de... madame de Varennes.

– J'aimerais mieux que vous m'appeliez Mélanie. J'ai de moins en moins envie de porter ce nom-là. Je sais bien qu'un divorce est une chose terrible mais...

– Nous n'en sommes pas encore là ! D'ailleurs, dans votre cas, ce serait plutôt l'annulation en cour de Rome.

– C'est mieux ?

– Beaucoup mieux mais c'est plus long donc plus cher ! A présent reposez-vous un peu. Je vais dans le couloir voir ce qui se passe.

Il s'éclipsa sans attendre la réponse. C'est alors que Mélanie dont le cognac troublait quelque peu les idées s'aperçut de deux faits inouïs, impensables pour une ancienne élève de Mlle Adeline Désir et de Fräulein : le lit sur lequel on l'avait couchée n'était pas le sien et des mains, fort probablement masculines, avaient ouvert son corsage et dégrafé non seulement sa jupe mais aussi son corset. Des mains qui étaient celles de parfaits inconnus ! Néanmoins, elle se sentait tellement à l'aise ainsi dévêtue qu'elle remit à plus tard l'examen de ce problème.

La fatigue de cette interminable journée l'accablait à présent. Alors, saisissant un plaid à carreaux posé sur un coin de la banquette – apparemment le peintre n'avait pas voulu que l'on fît son lit –, elle s'y enroula puis, se recouchant, elle s'endormit dès que sa tête eut touché l'oreiller.

CHAPITRE VI

UN PARFUM D'AVENTURE...

Après avoir consulté sa montre, Antoine Laurens replia son journal, le glissa dans son sac de voyage, referma celui-ci puis décida qu'il était temps de réveiller Mélanie. Ne fût-ce que pour savoir si elle se trouvait toujours dans les mêmes dispositions d'esprit. Or, au lieu de se pencher sur elle, il s'assit au pied de la couchette pour s'accorder un instant de réflexion. Ce qu'il appelait sa « voix intérieure » venait en effet de se manifester.

« Tu ne crois pas que tu ferais mieux de la laisser dormir ? Tu vas te fourrer dans une histoire impossible si tu emmènes cette gamine avec toi. »

Comme beaucoup de solitaires, Antoine dialoguait souvent avec lui-même. Il trouvait un plaisir subtil à examiner par ce truchement ses décisions, ses pensées, ses impulsions et à se porter ainsi, à lui-même, une contradiction souvent bénéfique. C'était aussi une façon de lutter à forces égales contre certains désirs, certaines envies. En un mot, il lui arrivait de parler tout seul, en marmottant comme il venait de le faire, mais le plus souvent sans émettre un son.

« Tu connais Pierre depuis longtemps, se disait-il. C'est un homme plein de cœur, intelligent et courageux : il saura bien s'en occuper... »

A cet instant, Mélanie bougea sur sa couchette, rejetant un peu la couverture et tournant vers lui son visage innocent et détendu par un sommeil confiant. Antoine eut honte d'avoir, même une seconde, songé à l'abandonner. Pauvre petite ! Si jeune et déjà aux prises avec ce que le mariage offrait de plus sordide : la course à l'argent. Et, par-dessus le marché, trompée quelques heures après la bénédiction nuptiale, les serments et le reste avec une batteuse de tréteaux exotique ! Un homme digne de ce nom se devait à lui-même de l'aider... Et puis n'était-elle pas charmante ? Affreusement mal habillée mais charmante, et Antoine se découvrit soudain l'âme de Pygmalion. De cet être inachevé pouvait sortir une femme exquise...

Évidemment, enlever une jeune épousée était chose grave qui pouvait, dans la suite des temps, amener Antoine sur le pré, par un petit matin frileux, avec entre lui et le mari la longueur de deux épées ou bien la gueule noire d'un pistolet de duel. Ce qui serait d'ailleurs un moindre mal car il se défendait bien aux armes à feu si, dans l'autre alternative, il n'avait aucun point commun avec d'Artagnan...

Il en était là de ses cogitations quand la porte s'ouvrit doucement pour laisser passer la tête du conducteur qui fronça les sourcils à la vue de Mélanie toujours endormie.

– Pas encore debout ? Vous savez que nous serons en gare dans deux minutes, Monsieur Antoine. Êtes-vous toujours décidé à l'emmener ?

– Plus que jamais ! affirma Antoine en se levant. Seulement, il faudrait que tu ailles chercher ses bagages à main.

– Je m'en suis occupé. Ils sont là, près de moi.

Au bruit de leurs voix, Mélanie venait de s'éveiller et regardait les deux hommes avec de grands yeux inquiets.

– Si vous voulez toujours descendre avec moi en Avignon, mettez vite un peu d'ordre dans votre toilette, conseilla Antoine. Et tant pis pour le corset. On n'a pas le temps. Roulez-le et glissez-le sous votre bras.

Elle ne se le fit pas dire deux fois. Tandis qu'elle se rhabillait tant bien que mal, ses anges gardiens mettaient la dernière main à leur stratégie. Il fallait, en effet, prévoir le moment où l'on viendrait poser des questions au responsable du wagon-lits. Aussi, la position de celui-ci devait-elle tenir en peu de mots : il n'avait rien vu de suspect à Lyon ou à Avignon où M. Laurens était descendu comme d'habitude. Seule solution : faire descendre Mélanie à contre-voie, ce qui était sans danger, le Méditerranée-Express étant le seul à s'arrêter en Avignon à cette heure. Puis elle s'écarterait des voies jusqu'à ce que le train fût parti. Après quoi elle gagnerait, inaperçue, certaine barrière qui se trouvait à droite de la gare et où Antoine viendrait la chercher après avoir remis, le plus naturellement du monde, son billet au préposé.

– Au fond, dit Pierre, on pourra aussi bien supposer qu'elle est descendue à Lyon. Mais, ajouta-t-il par acquit de conscience, et en s'adressant à la jeune fille, vous êtes sûre de vouloir partir ?

– Tout à fait sûre. La seule pensée de revoir M. de Varennes me fait horreur. J'espère, cependant, que vous n'aurez pas d'ennuis à cause de moi ?

– Soyez tranquille, assura le conducteur en souriant. Je ne risque rien car je ne peux surveiller les agissements de chaque voyageur. En outre, je sais qu'avec M. Laurens vous ne risquerez rien vous non plus.

– Merci !... Merci de tout mon cœur. Je n'oublierai jamais ce que vous faites pour moi aujourd'hui !

Et, avant qu'il eût pu faire le moindre geste, Mélanie l'embrassait sur les deux joues – deux gros baisers sonores de petite fille! –, puis elle alla prendre place près de la portière par où elle allait descendre tandis qu'Antoine s'installait de l'autre côté du wagon. Pour ne pas encombrer Mélanie, il s'était chargé de son sac et de son nécessaire, lui laissant seulement sa boîte à bijoux.

Il était juste temps : le Méditerranée-Express entrait en gare d'Avignon en lâchant sa fumée comme dans un grand soupir de soulagement. Puis les freins grincèrent et enfin le convoi s'immobilisa au milieu d'un profond silence. Tout le monde dormait derrière les rideaux tirés des sleepings et il n'y avait personne sur le quai sinon, vers le fourgon arrière, un homme qui balançait une lanterne. Aidée de Pierre, Mélanie se glissa sur le ballast tandis qu'Antoine faisait toute une affaire de descendre sur le quai. Elle l'entendit lancer au conducteur un au revoir jovial et même tonitruant auquel celui-ci répondit par un : A bientôt, Monsieur Laurens!

En prenant bien soin de ne pas buter sur les rails, Mélanie gagna l'endroit qu'on lui avait indiqué et marcha le long d'une haie de fusains jusqu'à un passage sur voies qui rejoignait la barrière du rendez-vous. Après quoi elle attendit le départ du train.

Le cœur lui battait bien un peu en se lançant dans cette aventure, mais elle n'éprouvait rien de ce qu'elle avait craint et surtout pas de peur en quittant ce train où elle laissait Francis. Elle avait hâte, au contraire, de mettre la plus grande distance possible entre elle et l'homme qui s'était moqué d'elle si cruellement... Néanmoins, au moment où retentit le coup de sifflet du chef de gare, elle éprouva une petite émotion. Les wagons à contre-jour lui cachaient les reflets lumineux de la salle d'attente, du hall et de la consigne. D'autre part, elle se savait parfaitement dissimulée par le grand manteau qui occultait son tailleur clair. Elle n'était ici qu'une ombre parmi les ombres, peut-être même un peu plus foncée, et elle resta là sans bouger, attendant que le train eût disparu avant de se mettre en marche vers ce nouveau destin qu'il lui offrait.

Les rares portières ouvertes claquèrent et, lentement, les longues voitures de teck verni s'enfoncèrent l'une après l'autre dans les ténèbres. Enfin ce fut le fourgon et la lanterne rouge qui brillait en haut de sa paroi. Mélanie attendit encore un instant puis se mit en marche vers la barrière.

Lorsqu'elle l'atteignit, Antoine était là qui s'apprêtait d'ailleurs à sauter par-dessus. En l'apercevant, il eut un soupir de soulagement.

– Je ne vous voyais pas et je commençais à m'inquiéter.

– Pourquoi ? J'ai attendu que le train soit bien parti pour traverser les voies. J'avais un peu peur...

– De quoi ? De l'arrivée d'un autre train ?

– Non... Peut-être que celui-là ne veuille me retenir à toute force.

– Quelle idée ! Ce n'est qu'un hôtel sur roues et les hôtels ne retiennent pas les voyageurs. Surtout ceux qui sont très luxueux parce qu'ils n'ont pas d'âme...

En dépit de sa longue jupe, Mélanie franchit aisément la barrière qu'un cadenas maintenait fermée et n'eut pas besoin de la main que lui tendait son compagnon.

– Il n'y a pas encore si longtemps que je grimpais aux arbres, lui répondit-elle comme il la complimentait de son agilité.

– Vous pourrez vous entretenir chez moi. Il y en a de très beaux...

Une voiture automobile jaune et noir attendait un peu plus loin. Un homme coiffé d'une vaste casquette d'où dépassaient des cheveux touffus se tenait debout à côté mais il faisait trop sombre pour que, à l'exception d'une imposante moustache, on pût distinguer ses traits.

– Vous le verrez mieux quand il fera plus clair, expliqua Antoine. C'est Prudent qui est à la fois mon mécanicien, mon intendant et le mari de ma cuisinière. Montez vite ! Nous avons une bonne trentaine de kilomètres à parcourir.

– Est-ce que vous ne me conduisez pas dans un hôtel comme c'était convenu ? Et ensuite chez un usurier ?

– Pourquoi pas chez un receleur tant que vous y êtes ? Ma petite demoiselle, si vous ne voulez pas que l'on vous retrouve de sitôt, ce n'est pas dans un hôtel qu'il faut aller. D'ici à trois jours tous ceux d'Avignon et des alentours seront fouillés. Chez moi vous n'aurez rien à craindre et vous pourrez décider dans le calme de ce que vous voulez faire. C'est en pleine campagne.

– Vous êtes marié ?

– Il est un peu tard pour poser la question mais, rassurez-vous, je n'ai jamais eu envie de prendre femme. Ce qui ne veut pas dire qu'il n'y en a pas chez moi. Victoire, la femme de Prudent, saura prendre soin de vous. Nous y allons ? Quelque chose me dit que le temps pourrait changer et j'aimerais bien retrouver mes pantoufles !

Mélanie pensa aussitôt que cette histoire de pantoufles ôtait beaucoup au romanesque de son enlèvement par un peintre qui devait avoir du talent si l'on en jugeait à sa façon de vivre, mais après tout ce n'en était peut-être pas vraiment un. D'ailleurs, si les choses tournaient mal, ce monsieur Laurens n'aurait sans doute rien de plus pressé que de la remettre dans un autre train mais en direction de Paris cette fois. De toute façon, elle allait gagner ainsi quelques jours de tranquillité qui lui permettraient de décider elle-même de son avenir.

– Étendez-vous sur la banquette arrière, conseilla Antoine, et je vais mettre sur vous une couverture. Comme cela on ne vous apercevra même pas.

Il glissa son sac de nuit sous sa tête pour lui servir d'oreiller, l'installa aussi confortablement que possible puis se mit au volant tandis que Prudent s'attelait à la manivelle. La voiture trépida un peu et enfin démarra dans une majestueuse pétarade. Un peu déçue Mélanie dut se résigner à ne voir d'Avignon qu'un ciel d'un beau bleu profond où couraient des nuages. L'air était frais mais n'avait aucun point commun avec l'aigre bise qui l'avait fait frissonner au moment où elle sortait de la maison pour se rendre à l'église. Ici il y avait une pointe de douceur et aussi une senteur de lilas. La pensée qu'elle s'était mariée le matin même lui traversa l'esprit et lui parut absurde. Il lui semblait que cet événement se perdait déjà dans le temps et dans l'espace mais, comme elle avait encore sommeil, elle remonta la couverture jusqu'à ses oreilles et se rendormit sur l'agréable regret de ne pouvoir contempler la figure de Francis lorsqu'il s'apercevrait qu'elle avait disparu.

Elle ne dormit pas longtemps. Les cahots de la route et surtout la lumière lui firent ouvrir les yeux. Ne voyant que le dos des deux hommes assis devant elle et les premières flèches d'un joyeux soleil levant, elle demanda si elle pouvait se redresser et, en ayant reçu la permission, elle s'installa bien au fond du siège de cuir et regarda autour d'elle. Ce qu'elle découvrit lui arracha un cri d'admiration :

– Comme c'est beau ! s'écria-t-elle, ce qui lui valut un regard approbateur de Prudent.

Antoine, absorbé par la conduite de son véhicule, se contenta de hurler dans le vent :

– Heureux que cela vous plaise !

– Je serais difficile si je pensais autrement.

La terre, d'une belle couleur ocrée, dans laquelle le chemin était taillé, contrastait avec l'azur profond du ciel et le vert sombre des bois de pins que de grands cèdres bleus éclairaient par endroits. Un village aux toits d'un rose tendre avait l'air de dégringoler d'un petit nuage blanc où s'accrochait la ferronnerie compliquée de son église. Deux grosses tours rondes dont le temps avait usé les créneaux semblaient là pour le retenir sur sa pente cependant qu'autour de lui des vignes et des oliviers menaient leur pacifique assaut. Plus loin, c'était le moutonnement doux de petites montagnes bleues déchirées de grands rochers blancs.

Soudain, le village disparut, avalé par une route bordée de platanes plongeant vers un creux verdoyant où paressait un ruisseau que l'on passa sur un pont romain avant de remonter vers son aval. On l'abandonna ensuite pour un sentier fait de terre et de cailloux tout juste assez large pour le passage de la voiture et, soudain, après un tournant, une grosse maison forte apparut sur une hauteur. Faite de cette pierre safranée qui accrochait si bien le soleil, elle arrivait même, tant elle était chaleureuse, à donner un air d'amabilité à la vieille tour crénelée, respectable vestige du XIIIe siècle, qui avait l'air de regarder avec arrogance par-dessus son épaule de rocher le petit ravin tapissé de ronciers, de myrtes et d'arbousiers.

– C'est là que nous allons! cria Antoine entre deux cahots. Je vous présente Château-Saint-Sauveur!

– C'est votre maison?

– Oui, mais rassurez-vous, la face qui regarde le hameau, de l'autre côté, est beaucoup plus souriante...

– Ce côté-là me convient tout à fait. On dirait le château de la Belle au bois dormant...

– Pourquoi pas? fit Antoine en riant. Néanmoins

vous n'y trouverez aucune belle endormie, et seul le rôle de la bonne fée pourrait convenir à ma chère Victoire.

Mélanie pensa alors avec un rien d'inquiétude que cette Victoire, pour jouer convenablement son rôle de fée, devait être d'une foudroyante beauté, ce qui paraissait inimaginable quand on regardait son époux. En pleine lumière Prudent, avec ses touffes de cheveux gris et sa moustache qui semblait faite tout exprès pour souligner un gros nez rouge, n'avait vraiment rien, mais là rien du tout, du prince charmant!...

Quand on atteignit le plateau, Mélanie découvrit en effet une charmante demeure. Les vieux murs avaient été percés de fenêtres à petits carreaux qui faisaient une belle enfilade de chaque côté d'une haute porte cintrée. Seule, à la hauteur du toit en tuile romaine, une échauguette à mâchicoulis dominait la porte et rappelait que cette agréable demeure avait été une maison forte. Mais on l'oubliait vite pour admirer les grandes jardinières à guirlandes de vieille terre cuite qui alignaient tout au long de la façade un bataillon d'orangers et de lauriers. Sur les côtés de la maison, de grands pins parasols courbés par le mistral semblaient saluer le retour du maître.

Le bruit de l'automobile avait déjà attiré sur les marches du perron deux jeunes filles tellement semblables que Mélanie eut l'impression de voir double. Elles levaient les bras en l'air en signe de joie et souriaient de toutes leurs dents blanches. Leurs jupes rouges froncées sous des tabliers et des fichus fleuris dansaient autour de leurs chevilles habillées de coton blanc, et sous leurs bonnets blancs à volants de dentelle leurs figures rondes avaient la couleur et le velouté de jeunes pêches de vigne. D'un même élan elles se précipitèrent vers Antoine mais s'arrêtèrent net à la vue de cette jeune femme ébouriffée qu'il aidait à descendre de voiture :

– Voilà Mireille et Magali, les petites-filles de Victoire et Prudent. Celle qui porte à son fichu un nœud de velours vert est Magali. Je n'ai jamais trouvé d'autre moyen de les reconnaître... Les filles, ajouta-t-il en tapotant les joues des deux sœurs, cette jeune dame est une parente éloignée que j'ai retrouvée par hasard à un moment où elle avait grand besoin de secours. Elle vient ici pour se reposer et pour avoir la paix. Autrement dit, je ne veux pas entendre de bavardages à son sujet. Compris ?

– Oui, monsieur Antoine ! firent les jumelles d'une même voix avant d'ajouter, toujours en chœur : Le bonjour, demoiselle ! Nous allons prendre bien soin de vous car vous avez l'air très fatiguée...

– Pas à ce point-là ! sourit Mélanie.

– C'est que vous êtes si pâle... dit Mireille.

– Qu'on dirait bien que vous revenez de maladie, compléta Magali en s'emparant des minces bagages de la « parente éloignée ».

Par la suite Mélanie devait constater que, lorsqu'elles ne s'exprimaient pas en chœur, les deux sœurs se partageaient les phrases : l'une commençait et l'autre achevait. Elles étaient devenues très fortes à cet exercice qui faisait d'elles une sorte de prolongement moderne du chœur antique. Cependant, devant la voiture, Prudent avait soulevé sa casquette et se grattait la tête :

– Faudrait peut-être que je retourne en Avignon pour prendre les malles de la demoiselle, fit-il d'un ton de regret, en homme qui n'a guère envie de faire un nouveau voyage, parce que m'est avis qu'on les a oubliées...

– Sacrebleu, c'est vrai, s'exclama Antoine en regardant Mélanie avec angoisse. Vos malles sont restées dans le fourgon. J'avoue n'y avoir pas pensé...

– Moi si... mais ça m'est égal ! Je n'aime pas du tout

les vêtements que ma mère m'a fait faire pour mon mariage. Ils iraient beaucoup mieux à une vieille dame...

– Le fait est! approuva son hôte. Hier, au wagon-restaurant, je me demandais pourquoi vous vous habilliez si vieux, bien que cela sente le bon faiseur.

– Et vous n'avez pas vu ma robe de mariée! C'est le résultat d'un complot entre ma mère et une certaine Lucille. Je crois qu'elles ont décidé que je ne devais à aucun prix être séduisante... De toute façon, je ne pourrais pas mettre ces horreurs : avant de quitter la gare j'ai jeté mon corset dans les buissons...

Antoine se mit à rire :

– Certaines jettent leur bonnet par-dessus les moulins. Avec vous c'est le corset dans les buissons! Une excellente chose d'ailleurs : c'est l'objet le plus disgracieux que j'aie jamais vu!

– Alors je peux rentrer la voiture? fit Prudent ravi.

– Oui et nous allons en faire autant! conclut Antoine. Victoire doit se demander ce que nous faisons.

Prenant Mélanie par la main, il l'entraîna dans la maison au pas de charge et, sans lui laisser seulement le temps d'examiner les lieux, la précipita dans la plus grande cuisine qu'elle eût jamais vue. Là s'affairait une personne qui, si elle ne ressemblait en rien à la Belle au bois dormant, n'en avait pas moins l'air sortie tout droit d'un livre de contes anciens. Grande et de formes amples, elle portait l'élégant costume des femmes d'Arles : longue robe noire dont la ligne se trouvait un peu perturbée par les rebondissements de son corps, fichu d'une blancheur idéale dont l'ouverture encadrait une belle croix d'or pendue juste sous le cou par un ruban de velours noir. Sur son gros chignon strié de mèches blanches s'érigeait comme un point d'orgue le petit tronc de cône blanc ceint d'un nouet de mousseline neigeuse qui confère aux Arlésiennes une allure quasi royale.

Dans l'immense pièce voûtée qui captait la lumière du feu et du soleil par toutes ses casseroles de cuivre, Victoire remuait quelque chose dans un pot à l'aide d'une longue cuillère en bois qui se donnait des airs de baguette magique. Avec son profil accusé venu peut-être du fond des âges par le truchement de quelque barbaresque migrateur, elle eût évoqué assez bien une sorcière dans son antre si justement les objets qui l'environnaient n'avaient été si pleinement réconfortants.

Pas de cornues autour de la magicienne, pas de poudres suspectes, pas de vipères ou de crapauds baignant dans des liquides inquiétants mais, sur de longues étagères solidement arrimées aux murs blanchis à la chaux, une théorie de grands pots de grès dont les étiquettes de faïence fleurie tenues par des chaînettes annonçaient des confits, de la graisse d'oie, des foies de canard, de l'huile d'olive, de noix ou de pépins de raisin. Et, leur faisant face, des bocaux de verre pansus où se conservaient les tomates, les pâtissons, les champignons, les aubergines, les courgettes, les citrons confits et toute la gamme des légumes de printemps et des fruits de l'été ou de l'automne. De superbes jambons étaient pendus aux poutres brunes, séparés par des chapelets de saucisses, d'aulx, d'oignons, d'échalotes ou de piments, cependant qu'accrochées à un cercle de futaille des grappes de raisins muscat de la récolte précédente achevaient de sécher.

Il y avait aussi une grande armoire dont le bois couleur de châtaigne, ciré et astiqué depuis des siècles, faisait luire comme du satin des guirlandes de fleurs et de fruits que l'habileté du sculpteur avait fait surgir des profondeurs d'un hêtre. Et puis une immense table de chêne, longue et étroite, des chaises de paille et même deux vieux fauteuils sculptés. Une panetière ajourée comme un drap de noces était pendue entre des planches garnies les unes d'anciens moules de cuivre et d'étain évoquant les gaufres, les madeleines, les savarins et les brioches, les autres de terrines en faïence coloriée avec leurs couvercles qui figuraient les lièvres, lapins, canards, oies et faisans dont elles étaient destinées à contenir les chairs savoureuses. Enfin, sur le manteau de l'énorme cheminée brillaient, autour d'une jolie Vierge de vieux Moustiers, de charmants pots à épices décorés de roses bleues. Une délicieuse odeur de pain chaud et de caramel flottait sur tout cela.

A l'entrée bruyante d'Antoine, Victoire tourna la tête et le considéra par-dessus les fines lunettes d'acier qui chaussaient son grand nez. Son sourire chaleureux engloba Mélanie dont la présence ne parut pas la surprendre le moins du monde.

– Asseyez-vous tous les deux, fit-elle tranquillement. Les petites vont vous servir. Moi je ne peux pas quitter, pour le moment, mes confitures de tomates vertes. La bienvenue, demoiselle ! J'espère que vous vous plairez ici. En me levant, j'ai mis des draps à la chambre bleue.

Antoine alla l'embrasser sur les deux joues non sans bousculer un peu le fragile édifice de mousseline. Elle le repoussa avec bonne humeur mais il était évident qu'elle l'aimait de tout son cœur.

– Comment pouviez-vous savoir que j'allais venir, objecta Mélanie...

– Je le savais...

– Victoire sait toujours tout d'avance ! soupira le peintre, en tirant une chaise pour l'offrir à son invitée. Elle fait des rêves ou alors elle voit des choses dans un verre d'eau. D'ailleurs, vous pouvez constater qu'il y a une tasse pour vous...

– Mais, monsieur Prudent ?

– N'apprécie pas les raffinements du petit déjeuner à l'anglaise ou à la française. Ce qu'il lui faut c'est un quignon de pain frotté d'ail, une grosse tranche de jambon et un petit coup de vin blanc...

Mélanie savoura le café odorant comme d'ailleurs la brioche chaude, le beurre frais enveloppé d'une feuille de vigne et les délicieuses confitures de mandarines, de cédrats et de fraises qui l'accompagnaient. Entre le feu qui flambait dans la cheminée et cette table si accueillante elle en venait à oublier le côté étrange, voire absurde, de cette aventure dans laquelle son indignation l'avait jetée. Hier encore elle n'avait jamais aperçu cet homme à la carrure rassurante dont les yeux bleus lui souriaient d'un air encourageant par-dessus le bouquet de mimosa qui moussait sur la nappe. Elle n'avait seulement jamais entendu son nom, ce qui était étonnant étant donné la passion de Grand-père pour la peinture. Et voilà qu'au bout d'une nuit insensée elle se retrouvait au cœur même de son intimité, dans sa maison et au milieu de ses familiers ! Mieux encore, elle se sentait à l'aise parmi eux, plus proche de ces étrangers qu'elle ne l'avait jamais été de sa mère ou de ce qui pouvait rester de sa famille à présent que Grand-père n'était plus...

Autour d'elle, on parlait de choses et d'autres. Antoine prenait des nouvelles du pays et aussi des plantations de son domaine. Il plaisantait avec les jumelles tout excitées parce qu'il leur avait annoncé des petits cadeaux parisiens, mais personne ne lui posait, à elle, la moindre question. On lui souriait, on la servait, on faisait en sorte qu'elle se sente bien, mais visiblement ces femmes attendaient que le maître leur apprît ce qu'elles devaient savoir à son sujet et ne se seraient pas permis de se montrer curieuses. Ce qui était tout de même bien surprenant. Il fallait que cet Antoine Laurens fût d'une qualité exceptionnelle pour maîtriser ainsi la langue des femmes, surtout quand il s'agissait de jeunes bavardes étourdies comme les jumelles.

Le repas terminé, le peintre tira de sa poche une grosse pipe brune et l'alluma après s'être assuré que son invitée n'en craignait pas la fumée.

– Allez donc prendre possession de votre chambre et vous reposer un peu ! dit-il en se levant pour aider Mélanie à en faire autant. Après déjeuner, je vous ferai visiter la maison et le jardin. Et comme vous aurez sans doute envie de vous changer, on va prendre vos mesures, si toutefois cela ne vous ennuie pas de vous habiller à la mode du pays... en attendant mieux.

La chambre bleue devait son nom à la vieille perse ornée de camées et d'arabesques qui l'habillait entièrement à l'exception de la voûte ronde d'où tombait comme un pendule irisé un grand lustre de Venise en verre bleu, blanc et or. Elle tendait aussi les meubles Directoire laqués d'un joli gris pâle relevé de filets bleus. Un immense tapis aux mêmes couleurs couvrait presque toute la superficie de la pièce, ne laissant qu'entrevoir le carrelage d'un beau rouge profond qui composait le sol. Un grand bouquet de pivoines couleur de rubis s'épanouissait sur la console placée entre les deux fenêtres, devant un miroir ancien dont le mercure terni dessinait d'étranges formes. Le mince bagage de la rescapée était placé sur deux sièges, mais la mallette aux bijoux reposait sur une coiffeuse Louis XVI auprès d'oiseaux en pâte tendre et de flacons faits de cette rare porcelaine de Vincennes dont chacun sait qu'elle a donné naissance aux merveilles de Sèvres. Un feu clair brûlait dans la cheminée de pierre, rendu nécessaire par le vent froid venu des montagnes qui commençait sa course à travers la Provence, faisant chanter les haies de roseaux qui protégeaient les cultures et courbant les ifs noirs et les grands pins chevelus.

Sur le lit, la chemise nuptiale s'étalait, ravissante et dérisoire, auprès du déshabillé assorti. Cela servait tout juste à rendre plus flagrant le dénuement actuel de Mélanie par contraste avec le luxe qu'elle avait volontairement abandonné, et elle leur jeta un regard lourd de rancune car en vérité elle les avait assez vus. Aussi, roulant ensemble les deux pièces de lingerie, elle les jeta dans un coin sous l'œil éberlué des jumelles.

– Vous n'aimez pas cela, demoiselle ? fit Magali.

– C'est pourtant bien joli ! compléta Mireille.

– Alors prenez-les, je vous les donne, soupira Mélanie. Si en échange vous pouviez me trouver quelque chose pour dormir ?

D'un même élan, les deux filles fondirent sur les objets dédaignés et s'envolèrent vers la porte en clamant d'une même voix :

– Tout de suite, demoiselle ! Et merci beaucoup !

Un moment plus tard, enrichie d'un peignoir en pilou fleuri et d'une paire de chaussons de feutre un peu trop grands pour elle, Mélanie, enveloppée d'une chemise de toile brodée d'une tulipe au point de croix, s'enfonçait avec béatitude, tous volets fermés, dans les moelleuses profondeurs d'un matelas de laine douce et d'un sommeil réparateur. Elle s'y trouva même si bien qu'elle se réveilla seulement le soir venu quand Victoire vint lui porter sur un plateau une épaisse soupe aux légumes fleurant bon le beurre frais, du jambon, du fromage de chèvre et de la compote de poires qu'elle dévora avec enthousiasme. Après quoi elle se laissa retomber dans ses oreillers :

– Est-ce que vous croyez que je peux me rendormir ? demanda-t-elle. Mon... mon cousin ne trouvera pas que j'exagère ?

– Si vous vous en sentez, ne vous gênez pas ! Monsieur Antoine s'est enfermé dans son atelier et il va sûrement y passer la nuit. Rassurez-vous, il a un divan. Et que vous restiez couchée ça nous arrange : demain vous aurez de quoi vous habiller.

– Oh !... j'ai bien peur de vous causer beaucoup de dérangement, madame Victoire...

Sous leurs noirs sourcils, les yeux de celle-ci s'arrondirent, ce qui permit à Mélanie de constater avec étonnement qu'ils étaient de la couleur exacte de ces myosotis sur lesquels Fräulein soupirait si souvent.

– Qué dérangement ? fit-elle en riant. La maison est assez grande pour loger deux douzaines de personnes sans que ça gêne. Au temps du père de Monsieur Antoine, fallait voir tout le beau monde qui venait ici ! Mais à présent...

– Il n'aime pas recevoir ?

– Lui ? C'est un ours... un ours gentil bien sûr, mais vous devez le connaître puisque vous cousinez ?

– Eh bien... pas tellement ! Nous... ne nous sommes pas souvent rencontrés...

– Peut-être même que vous ne l'aviez jamais vu parce qu'il faut dire que vous êtes bien jeunette ! Allez, demoiselle, ne vous mettez pas la cervelle à l'envers ! Il n'a pas grand-chose de caché pour moi, notre Antoine, et il m'a dit ce que je devais savoir...

– Il a dit...

– Chut !... Ce qu'il fait, il le fait bien et, croyez-en la vieille Victoire, s'il vous a menée ici c'est parce que ça lui faisait plaisir. Autant que vous le sachiez : depuis la mort de sa pauvre mère il y aura vingt-trois ans à la Saint-Grégoire, aucune femme ou fille, cousine ou pas, en dehors de moi et des petites, n'a couché dans cette maison. Si vous y êtes, c'est qu'il vous en a jugée digne !

A présent, je vous souhaite la bonne nuit, demoiselle Mélanie... et aussi la bienvenue chez nous !

Bien après minuit Mélanie s'éveilla. Le feu dans la cheminée n'était plus que braises mais il donnait encore un peu de lumière. Assez pour qu'en s'éveillant dans une chambre inconnue la jeune fille retrouvât tout de suite le fil de ses idées. Elle resta un long moment étendue dans ce lit qui fleurait bon la lavande, essayant d'apprendre les bruits nocturnes de cette maison inconnue, mais elle était tout à fait silencieuse. Pas un craquement de bois, pas un trottinement de souris, rien qui pût inquiéter l'imagination, rien qui pût troubler la paix profonde dans laquelle choses et gens reposaient !

Mélanie se leva et alla vers une fenêtre dont elle repoussa les volets. La douce nuit provençale l'enveloppa comme un manteau. Le vent s'était calmé, la laissant sereine et claire avec les myriades d'étoiles qui la faisaient scintillante. Elle s'étendait sur la campagne où les cyprès tentaient vainement de l'assombrir. L'air nocturne était d'une pureté de cristal. Il portait, mêlé au parfum des herbes de la montagne, une vague odeur d'étable. Celle-ci devait être toute proche car on entendit bêler une brebis. Une chouette lui répondit avec calme, comme pour l'apaiser.

Mélanie aussi se sentait apaisée. La cruelle déception qui l'avait basculée dans une sorte de folie mortelle, même cela s'estompait comme un mauvais rêve... Tout avait disparu et elle se tenait à présent au bord d'un monde nouveau bien différent de ce qu'elle espérait trouver au bout du double fil tendu des rails. Equilibriste maladroite, elle en était tombée et se serait brisée si des mains chaleureuses ne l'avaient saisie. A présent, elle sentait autour d'elle les pierres de Château-Saint-Sauveur amicales et rassurantes comme un refuge.

Cependant, elle gardait assez de bon sens pour comprendre que son chemin ne pouvait pas s'arrêter là, même si, à cette minute, elle ne désirait rien de mieux. Elle n'en avait pas fini avec Francis de Varennes et ce n'était ici qu'une halte bienfaisante qui lui permettait de reprendre souffle, de faire le point comme en mer les capitaines de navires. D'autres batailles viendraient pour lesquelles il lui fallait se préparer afin d'en sortir victorieuse et, si possible, par elle-même, car elle se jugeait émancipée par le mariage et entendait diriger seule, désormais, le cours de sa vie. Néanmoins, les bons conseils seraient toujours les bienvenus et il serait doux, à l'avenir, de savoir que, dans ce coin perdu de Provence, il y aurait pour elle un refuge... si toutefois Antoine Laurens voulait bien lui donner son amitié. C'est ainsi, tout au moins, qu'elle interprétait la bienvenue de Victoire et il y avait là plus qu'une phrase de courtoisie.

Elle en eut la certitude dans les jours qui suivirent. Visiblement, l'épouse de Prudent le bien nommé l'avait habillée à ses couleurs. Dès le lendemain de son arrivée, Mélanie, les cheveux sur les épaules en cotillon court et châle fleuri, était intégrée à la maisonnée comme si elle en avait toujours fait partie. Elle eut son rond de serviette en olivier gravé d'un M. par Prudent, sa place à la droite d'Antoine dans la grande cuisine – tout le monde y mangeait à Château-Saint-Sauveur, la salle à manger décorée de toiles peintes du XVIIe siècle et de sévères meubles Renaissance jouant les musées beaucoup plus que les pièces utilitaires – et elle put diriger ses pas où bon lui semblait sans que personne lui en demandât compte. Antoine encore moins que quiconque.

Ce même jour, celui-ci lui avait fait faire le tour du propriétaire en compagnie de deux personnalités marquantes de la maisonnée qui se trouvaient absentes au moment de son entrée au château : le chien Percy et la chatte Polly. Haut sur pattes, la mine bourrue mais pénétré du souci des bonnes manières, Percy, setter anglais à la robe blanche tachée d'orangé, était juste le contraire de Polly issue de croisements fort subtils qui l'avaient dotée d'une fourrure rousse raffinée de « gants » blancs et d'une petite plaque assortie entre les oreilles.

Durant les absences d'Antoine qu'il adorait, Percy entretenait de courtoises relations avec tous les chiens du voisinage mais plus particulièrement avec Saturnin, le braque de l'abbé Bélugue, curé du hameau voisin, avec lequel il braconnait sans vergogne sur le domaine forestier du département, à moins qu'il ne s'agît de conter fleurette à quelque belle dont, avec un vif souci de préserver leur touchante amitié, les deux compères respectaient toujours le choix, celui qui n'était pas élu poussant l'altruisme jusqu'à veiller à ce que son compagnon ne fût pas dérangé. Quant à Polly, la bien-aimée de Victoire, c'était une sentimentale qui se plaisait, par nuit claire, à grimper tout en haut de la vieille tour pour y rêver à l'élu de son cœur, un siamois aux yeux obliques et au mystérieux sourire qui l'avait initiée aux frissons exotiques durant les quelques semaines passées par sa maîtresse dans un château voisin. Depuis, elle l'attendait, ignorant que son prince oriental avait réintégré, depuis belle lurette, le faubourg Saint-Germain dans un panier d'osier capitonné de velours émeraude avec poignée en cuir de Russie. Tous deux étaient unis par une fraternelle affection et réservèrent à la nouvelle venue un accueil flatteur qui amusa Antoine :

– J'aimerais faire un tableau de vous trois, dit-il à Mélanie. Il y a entre leur pelage et vos cheveux une harmonie de couleurs intéressante...

– Cela vous demanderait trop de temps et je n'ai aucune raison de m'installer ici. Souvenez-vous que je vous demandais...

– Un hôtel, je sais ! Vous vous ennuyez déjà ou est-ce que la maison ne vous plaît pas ?

– Comment pourrait-elle ne pas me plaire ? Mais...

– Alors pas de « mais » ! Venez que nous vous fassions visiter...

Tous ensemble, ils parcoururent le domaine avec gravité. Antoine montra le jardin, le potager, les vignes que surplombait le hameau puis la serre et enfin la maison elle-même où tout en haut, sur une terrasse qu'il avait fait aménager entre le couronnement de la tour et la demeure principale, s'ouvrait son atelier, grande pièce austère où, en dehors d'un vaste matériel de peintre, on ne trouvait qu'un divan bosselé de coussins, d'anciennes amphores remontées des profondeurs de la mer et des fragments de sculptures : un chapiteau romain, le buste d'une vierge gothique et quelques membres épars qui avaient dû voir le jour au soleil de la Grèce. Mais, au grand désappointement de Mélanie, Antoine ne lui montra aucune de ses œuvres. Certaines toiles dont on ne voyait que l'armature de bois étaient rangées à terre, face contre le mur, et celle qui occupait le grand chevalet de châtaignier était recouverte d'une pièce de lin verte.

– Je vous les montrerai plus tard, dit-il en l'entraînant sur la terrasse... quand je serai certain que vous êtes vraiment mon amie.

– Après le service que vous m'avez rendu, doutez-vous vraiment que je le sois ? Vous m'avez amenée ici, dans cette maison où, pour ce que j'en sais, vous ne laissez jamais entrer une femme ?

– C'est peut-être parce que vous n'en êtes pas une. Pas encore tout au moins...

– Je le serais si... l'on ne m'avait dédaignée.

– Non, vous ne le seriez pas davantage. Ce que je veux dire c'est que vous n'êtes encore qu'une ébauche... prometteuse, j'en conviens, mais une ébauche tout de même. Vous n'êtes pas achevée, pas armée... et c'est pour cela que vous êtes ici...

– Je vous ai fait pitié, n'est-ce pas ? murmura-t-elle blessée. Je ne me rendais pas compte que j'étais à ce point misérable...

– Oubliez un peu votre orgueil et regardez la vérité en face ! Vous alliez vous tuer, même s'il vous plaît de parer ce geste d'un poétique environnement. Se laisser emporter par le vent ? Ou vous ignorez tout des lois de la physique ou vous êtes idiote ! Et je sais que vous n'êtes pas idiote. Cela dit, j'aimerais que nous soyons vraiment amis.

– Je ne demande pas mieux. C'est vous qui, peut-être, n'avez pas l'amitié facile ?

– N'en doutez pas ! Peu de gens peuvent se vanter d'avoir part à mon estime ou de m'être simplement sympathiques.

Il s'éloigna jusqu'à la balustrade de pierre pour vider sa pipe dans un pot de géraniums et la remplir de nouveau. Mélanie le rejoignit :

– Pourtant cet homme... ce conducteur des sleepings.

– Il vous a dit son nom. Donnez-le-lui !

– Ce Pierre Bault. Il est votre ami puisque vous l'avez tutoyé devant moi. N'est-ce pas un peu étonnant ?

Antoine se retourna tout d'une pièce et scruta le jeune visage qui se levait vers lui. Ses yeux étaient aussi durs, à présent, que des billes de lapis-lazuli.

– Je ne vois pas en quoi ? A moins que vous ne soyez de ces sottes pour qui un homme n'a de valeur qu'en fonction du costume qui l'habille ? J'avoue que vous me décevriez... J'ai souvent demandé à Pierre de me rendre la pareille mais il a peur de se tromper.

– Si vous êtes décidé à prendre en mal chacune de mes paroles, il vaudrait mieux que vous me rameniez à Avignon. Je ne vous critiquais en rien, je m'étonnais seulement... Ce en quoi j'ai tort, d'ailleurs, car il faut bien admettre que, dans cette nuit insensée que nous avons vécue tous les trois, rien n'était normal... Alors pourquoi donc ne serait-il pas pour vous un ami d'enfance.

– Ce n'est pas un ami d'enfance. Il n'a pas l'accent méridional...

– Vous non plus, il me semble.

Antoine se mit à rire, ce qui détendit tout de suite l'atmosphère. Glissant son bras sous celui de Mélanie, il la ramena dans l'atelier. Percy couché sur le seuil se leva pour leur faire place et les suivit avec révérence mais Polly, blottie sur le divan, ne consentit pas à se pousser quand Antoine y fit asseoir sa protégée.

– J'ai beaucoup voyagé et lui aussi. On y enrichit son âme mais on y perd souvent l'accent le plus tenace. Si vous voulez tout savoir, je connais Pierre depuis quatre ans et c'est un peu à cause de moi qu'il est entré à la Compagnie des Wagons-lits. C'est un homme intelligent, cultivé et courtois. En outre il parle plusieurs langues... dont le chinois!

– Le chinois! Où l'avez-vous donc connu?

– En Chine, justement. Moi je voyageais pour mon plaisir et pour trouver des sujets d'inspiration un peu neufs. Quant à Pierre il était interprète à la Légation de France, à Pékin. Nous nous sommes rencontrés pendant le fameux siège de juin-juillet 1900 lorsqu'une poignée de soldats et de diplomates tenait tête aux Boxers, à la plus grande partie de la ville et de la région sans compter le gouvernement de cette vieille diablesse de Ts'eu-hi qui jouait le jeu le plus hypocrite que j'aie jamais vu.

Mélanie ouvrit de grands yeux. Elle n'avait guère entendu parler des Chinois chez Mlle Désir sinon pour apprendre que leurs enfants étaient affreusement malheureux et que l'on avait quelque chance de leur venir en aide en récoltant les feuilles de papier d'argent enveloppant les tablettes de chocolat du goûter. Elle n'avait jamais très bien compris par quel miracle l'œuvre missionnaire de la Sainte-Enfance [1] pouvait, avec ces petits bouts de papier brillant, empêcher les affreux parents chinois de jeter aux cochons leurs enfants excédentaires – les filles surtout ! – et même les prendre en charge pour en faire de petits chrétiens. Néanmoins, elle donnait non seulement ce qu'on lui demandait mais encore la tablette emballée, le chocolat lui paraissant un don plus profitable, pour des enfants, que son enveloppe. Elle était très surprise, d'ailleurs, d'apprendre qu'il y eût, dans ce pays barbare, des diplomates comme, par exemple, le père de Johanna, et elle souhaitait en savoir davantage.

– Je n'ai jamais entendu parler de ce « fameux siège », fit-elle, honteuse tout de même d'être si peu savante. Il est vrai que, dans ma famille, personne n'a jamais fait partie d'une ambassade ou d'une légation...

Antoine la contempla un instant avant de répondre :

– Vous croyez ? Votre grand-père, néanmoins, a beaucoup fait pour le Quai d'Orsay sans posséder le moindre titre. La puissance de l'argent, quand elle est employée à bon escient, permet de rendre bien des services à la patrie. Je me suis même demandé si ce rôle, un peu occulte, qu'il jouait n'est pas responsable de sa disparition ?...

– Ce que vous dites me rappelle que les journaux ont fait allusion à... une société secrète chinoise.

– Les journaux ont écrit beaucoup d'âneries.

1. Fondée en 1843 par l'évêque de Nancy, Mgr de Forbin-Janson.

M. Desprez-Martel n'avait certainement rien à faire avec les problèmes chinois et la vieille impératrice Ts'eu-hi n'a jamais dû entendre parler de lui. Il s'intéressait beaucoup plus à l'Afrique noire et au Maroc, d'après ce que j'en sais. Ainsi qu'à la Russie... Mais nous n'allons pas parler politique ! Ce n'est pas de votre âge.

– Et surtout, soupira Mélanie confuse, je ne suis pas certaine de m'y intéresser vraiment. En revanche, j'aimerais que vous me racontiez ce qui s'est passé à Pékin et comment vous avez connu Pierre Bault ?

– Quand on se bat côte à côte on devient vite amis. C'est ce que nous avons fait tous les deux durant des jours et des jours à l'ambassade d'Angleterre...

– Pourquoi d'Angleterre ? Il n'y avait pas d'ambassade française ?

– Que si ! Et une belle ! Aux mains d'un grand diplomate, M. Stephen Pichon, qui est actuellement notre Résident général à Tunis. Cela n'a pas empêché notre ambassade d'être à moitié détruite par les bombes, comme d'autres d'ailleurs, et c'est ainsi que tout le monde s'est retrouvé chez les Anglais... Mais je vous raconterai cela plus tard. Voilà la cloche du déjeuner et, quand Victoire fait un soufflé au fromage, elle devient intraitable si on a le malheur d'arriver en retard. On a juste le temps de descendre et de se laver les mains.

Le soufflé était aérien et crémeux à souhait, pourtant Antoine l'avala sans paraître y attacher plus d'importance que s'il se fût agi d'un quelconque ragoût. Visiblement, il suivait une idée fixe et demanda deux ou trois fois si les journaux n'étaient pas arrivés. Naturellement, Mélanie ne réussit pas à le ramener sur le sujet qui lui plaisait tant : la lutte héroïque de quelques centaines d'Européens contre la moitié de la Chine. Et quand elle tenta d'y revenir, Antoine la rabroua sans ménagement.

– Plus tard, si vous voulez bien ! Ce genre d'histoire n'a pas sa place au milieu des plaisirs de la table.

Mélanie se le tint pour dit et n'insista pas. Elle découvrait d'ailleurs qu'il était agréable de saisir l'instant et elle se sentait bien auprès de cette grande table couverte de lin candide, en face de ce feu flambant qui mettait de si belles lueurs roses sur les visages des convives. Les yeux des jumelles brillaient comme les braises du foyer. Prudent qui devait dormir avec sa casquette mangeait avec la régularité d'une horloge, le nez dans son assiette, ne le relevant que pour en introduire le bout dans sa grande tulipe de cristal où un vin couleur d'aurore semblait renaître au fur et à mesure qu'il disparaissait.

Quand Magali posa sur la table la cafetière d'argent, un gamin surgi de la porte donnant sur le potager comme un diable de sa boîte brailla : « Salut la société ! » et précipita entre les tasses, vides pour la plupart fort heureusement, un paquet de journaux sur lequel Antoine fondit comme l'aigle sur sa proie avant de s'enfuir en direction de son atelier.

Après un instant de surprise, Mélanie le suivit et non sans une légère hésitation poussa la porte. Le peintre, assis sur son divan, était environné de journaux dépliés et de bandes arrachées. Il y avait là les plus importants des quotidiens nationaux. *Le Petit Parisien* était dans les mains d'Antoine quand il leva sur la jeune fille un regard chargé d'orage :

– Rien ! soupira-t-il. Pas un mot ! Pas une ligne ! Il semble que personne ne se soit aperçu de votre disparition !

– Vous êtes sûr ? Je m'attendais à je ne sais quelle histoire invraisemblable, surtout si peu de temps après la disparition de Grand-père... et dans un train ?

– Moi aussi ! Pourtant, il faut bien se rendre à l'évidence : personne ne semble s'intéresser à vous. Et quand on connaît les journalistes comme je les connais, c'est proprement effarant ! Même *le Petit Parisien* qui fait du roman à longueur d'année semble ignorer qu'une jeune femme de la meilleure société a quitté le Méditerranée-Express sans tambour ni trompette ! Normalement votre... mari devrait passer son temps arc-bouté contre sa porte pour empêcher la presse d'envahir son appartement.

– C'est aussi ce que je pensais et cette idée me gênait un peu car ce n'est pas très amusant de jouer les héroïnes de romans-feuilletons. Il n'y a vraiment rien ?

– Voyez vous-même ! C'est inimaginable...

S'agenouillant sur le tapis, Mélanie prit un journal puis un autre. On annonçait que l'on venait de voter aux États-Unis une nouvelle loi sur l'émigration établissant une taxe et précisant qu'en aucun cas le pays ne serait accessible aux anarchistes européens. Il était question aussi de la construction d'un chemin de fer entre Constantinople et Bagdad mais c'était bien la seule nouvelle ferroviaire ! Et quand on se souvenait du débordement d'encre d'imprimerie qu'avait suscité la disparition de Grand-père, c'était assez incroyable.

– Il doit bien y avoir une raison ? soupira-t-elle.

– Si vous en voyez une, faites-la-moi donc partager ?

– Je ne sais pas... et je vais peut-être dire une bêtise. Sûrement même, mais peut-être que M. de Varennes ne s'est pas aperçu de mon départ.

– Je ne vois pas du tout comment il aurait pu ne pas le remarquer. Vous croyez qu'il ne s'est réveillé qu'à Menton ? Le conducteur ne le lui aurait pas permis.

– Nous ne savons pas où allait la danseuse. Il est peut-être descendu avec elle, à Nice ou à Monte-Carlo ?

– En vous laissant continuer toute seule ? Ma chère

enfant, nous nageons là en pleine folie. C'est sans doute un mufle mais à ce point-là... Cela me paraît beaucoup.

– Alors je ne sais plus que penser...

– Oh, moi non plus, mais nous n'allons pas en rester là ! Lisez tout cela si ça vous amuse, moi je sors !

– Où allez-vous ?... Je peux peut-être vous accompagner ?

– Ce serait bien la dernière chose à faire ! Je vais à la poste d'Avignon téléphoner à Pierre Bault. A cette heure il doit être rentré chez lui...

– Il a le téléphone ?

– Pourquoi pas ? Ce n'est pas le seul apanage des gens riches et il est fonctionnaire de l'État ! Il faut que nous sachions ce qui s'est passé quand le train est arrivé en gare de Menton.

Et, laissant Mélanie se demander comment il pouvait être si bien documenté sur les habitudes et les horaires d'un employé des Chemins de fer, Antoine Laurens s'éclipsa dans un grand fracas de portes claquées.

CHAPITRE VII

ÉTRANGE COMPORTEMENT!...

Ce qu'Antoine, à son retour d'Avignon, apprit à Mélanie et à Victoire, réunies sous le manteau de la cheminée, était proprement invraisemblable. Il s'en rendait tellement compte qu'il attendit qu'on lui eût servi la soupe – il était tard et les jumelles avaient déjà gagné leur chambre tandis que Prudent, à la basse-cour, « fermait » les poules – pour commencer son récit. Et même il avala trois ou quatre cuillerées qui illuminèrent son visage fatigué d'une roseur de bien-être, puis il tendit son verre à Mélanie pour qu'elle l'emplît d'un vin épais des Baronnies qu'il affectionnait. Il le vida, le tendit à nouveau mais avant d'y revenir retourna à son assiette qu'il vida jusqu'à faïence nette avant de se laisser aller contre le dossier de son fauteuil. Et même là, il prit encore un temps avant de déclarer à la jeune fille qui bouillait de curiosité :

– Eh bien, ma belle, je me demande si on ne vous a pas rendu un grand service, Pierre et moi, en vous faisant quitter ce train sans en avertir personne.

– Inutile de vous poser cette question! Vous m'avez rendu un grand service...

– Je n'en étais pas certain mais à présent j'en suis sûr. Écoutez plutôt! Mais, je vous en prie, ne m'interrompez pas pour que je ne perde pas le fil de mon histoire !

– Promis !

– Alors, voilà ce que m'a raconté Pierre. Je ne vous cache pas qu'il n'en est pas encore revenu.

Il s'était passé ceci : vers le lever du jour, entre Avignon et Marseille, le conducteur qui faisait semblant de dormir aperçut, sous le bord baissé de sa casquette, le marquis de Varennes qui regagnait son compartiment sans faire le moindre bruit, après quoi il ne se passa plus rien dans le sleeping jusqu'aux approches du petit déjeuner où il devait réveiller les voyageurs selon l'ordre que leur fantaisie lui avait indiqué.

Sachant fort bien qu'il n'y avait plus personne chez la jeune marquise, il attendit qu'une bonne moitié du wagon se fût rendue au wagon-restaurant pour aller frapper chez Francis. Celui-ci n'avait pas dû beaucoup dormir car il réagit de façon plutôt grossière :

– Fichez-moi la paix ! Je n'ai pas demandé à être réveillé.

– Je sais, Monsieur, mais je crois tout de même urgent de vous parler.

– De quoi

– Il s'agit d'une chose que je ne saurais crier à travers la porte.

Avec mauvaise humeur, Francis ouvrit, montrant un visage aux traits tirés, à la bouche amère et aux cheveux en désordre, ce qui n'étonna pas beaucoup Pierre : il s'était fait servir trois bouteilles de champagne durant la nuit.

– Eh bien, que voulez-vous

– Je désire vous apprendre que madame la Marquise ne se trouve plus dans son compartiment

– Ah !

Constatant que le voyageur ne semblait pas autrement surpris, Pierre attribua cette absence de réaction au vin ingurgité mais soudain, Varennes parut se réveiller :

– La belle affaire ! Elle est en train de prendre son petit déjeuner...

– Seule ? Et avec ses bagages ? Ce serait pour le moins surprenant mais je peux assurer qu'elle n'y est pas. Je suis allé voir.

– Vous dites qu'elle a pris ses bagages ?

– Sauf ceux qui sont au fourgon, bien sûr. Il ne reste rien chez elle...

Un mari normal eût été affolé ou, tout au moins, très inquiet. Or, il n'en fut rien. Au contraire, le conducteur aurait juré qu'il avait vu un imperceptible sourire sous la moustache du marquis mais l'éclair vif qui traversa ses yeux las ne relevait pas de l'imagination. Et, tout de suite après, il se livra à une scène par trop bizarre pour ne pas sentir la comédie à plein nez : se laissant retomber sur sa couchette, il se prit la tête à deux mains :

– Mon Dieu ! gémit-il, elle a recommencé !

– Recommencé ? Mais quoi ?

– Elle s'est enfuie, bien sûr !... Vous êtes certain de ne pas l'avoir vue descendre du train... à Lyon ? Ou à Avignon ?

– Mais... non.

– C'est effrayant !

Et Varennes, s'assurant que sa porte était bien fermée et que personne ne stationnait devant, confia à cet homme qu'il avait si mal traité jusque-là ce qu'il appelait « le cauchemar » de sa vie. Selon lui Mélanie, depuis la disparition de son grand-père qu'elle avait fort mal supportée, était sujette à des fugues. Quand on la conduisait quelque part, elle s'arrangeait pour échapper à la surveillance des siens afin d'aller vagabonder dans la campagne sous le prétexte qu'elle voulait à tout prix retrouver « Cher Grand-Papa »...

– Étant donné qu'elle m'aime profondément, ajouta-t-il, sa pauvre mère et moi avons pensé que le mariage pourrait avoir sur son état une influence bénéfique mais, en la conduisant à Menton, sous couleur de passer notre lune de miel dans la propriété d'un ami, je pensais la faire examiner par un psychiatre de mes amis qui opère des cures vraiment miraculeuses...

En dépit de la promesse qu'elle venait de faire, Mélanie ne put retenir un cri d'indignation :

– Un psychiatre ? Il m'emmenait chez un psychiatre ? Autrement dit dans une maison de fous ?... Mais qu'est-ce que c'est que cet homme que j'ai épousé ?

Elle leva sur ses compagnons un regard plein d'épouvante puis éclata en sanglots. Immédiatement Victoire se leva et vint entourer ses épaules d'un bras protecteur :

– Je savais que c'était une bonne chose qu'on vous amène ici, demoiselle, mais je ne pensais pas que c'était à ce point... Pleurez un peu, cela vous fera du bien ! Je vais vous donner quelque chose qui vous remettra.

D'autorité, elle prit le bras d'Antoine et le mit à la place du sien tandis qu'elle allait ouvrir la grande armoire pour en tirer un flacon enveloppé d'un tressage d'osier. Antoine fit d'abord la grimace mais n'osa pas ôter son bras, comprenant bien que cette pauvre petite qui n'avait pas versé une larme depuis leur rencontre avait besoin de lâcher les vannes. Même, soudain attendri, il se pencha un peu plus, essuya ses lèvres graissées par les rillettes qu'il venait d'attaquer au moment de l'explosion de Mélanie, et posa un baiser sur ses cheveux soyeux qu'elle relevait seulement d'un ruban vert. Cependant Victoire emplissait un petit verre d'une belle liqueur ambrée qu'elle porta aux lèvres de la jeune fille.

– Buvez ça! intima-t-elle. Vous vous sentirez mieux. C'est de l'élixir du mont Ventoux, une vieille recette des bergers.

– J'en prendrais bien aussi une goutte, fit Antoine.

– Finissez d'abord vos rillettes, cela vous donnerait mal au cœur.

Ainsi réconfortée, Mélanie se calmait peu à peu. Elle but tout le contenu du verre puis s'efforça de sourire à ses compagnons :

– Merci, dit-elle. Je ne sais vraiment pas ce que j'aurais pu devenir sans vous ?

Antoine recouvrit de sa grande patte la petite main posée sur la table et qui tremblait encore un peu :

– Mais vous nous avez! fit-il gravement tandis que Polly sautait soudain sur les cuisses de Mélanie et que Percy venait avec une grande dignité compatissante poser une patte sur ses genoux... Vous vous sentez assez forte pour entendre la suite ? Ce n'est plus très long.

– Il le faut bien. De toute façon je ne pourrai rien entendre de plus pénible.

– Sans aucun doute mais ce ne sera pas moins étonnant... Naturellement, Pierre a tout de suite dit à ce... pauvre homme qu'il allait prévenir les autorités mais, à sa grande surprise, on l'en a empêché. On l'a même supplié de n'en rien faire car cela pourrait déclencher une catastrophe : « Mettre la police aux trousses de cette pauvre enfant pourrait la pousser aux dernières extrémités. Laissez-moi la rechercher moi-même! Je suis presque certain qu'elle est descendue à Lyon. Il y a dans cette ville une vieille parente qu'elle aime beaucoup et je gagerais qu'elle est allée se réfugier auprès d'elle. » Bault a objecté qu'il ne voyait pas pourquoi une heureuse jeune mariée aurait tout à coup décidé d'abandonner son époux au début de son voyage de noces...

Alors, on lui a expliqué qu'il vous arrivait d'être prise d'une sorte de panique, un besoin incontrôlable de vous enfuir en oubliant tout.

– En ce cas pourquoi m'a-t-il laissée seule ? On ne m'a même pas permis d'emmener ma femme de chambre sous prétexte que nous trouverions sur place tout le personnel désirable.

– Je me demande, remarqua Victoire, si vous deviez vraiment aller jusqu'à Menton ?... Ce beau monsieur n'avait-il pas décidé de vous faire enlever pendant le voyage ? Cela expliquerait ce soin qu'il a pris de vous laisser dormir seule cette nuit-là ?

L'idée était intéressante et jetait un curieux éclairage sur le comportement de Francis. Antoine se rangea très vite à l'opinion de la vieille femme et Mélanie le rejoignit mais elle voulait en savoir davantage.

– Que vous a-t-on dit de plus ? Comment s'est terminée la conversation avec le conducteur ?

– Après s'être fait beaucoup prier, Pierre a consenti à ne rien révéler pour le moment puisqu'on lui assurait que c'était pour votre bien. Il avait, évidemment, les meilleures raisons pour cela et, en gare de Menton, il a laissé le marquis descendre comme si de rien n'était mais en regrettant vivement de ne pouvoir le suivre.

– Est-ce qu'en cours de route M. Bault a remarqué un voyageur qu'il n'avait pas encore vu ? Est-ce que quelqu'un est monté, à Lyon par exemple ?

– Il n'a rien vu mais il est toujours possible de monter à contre-voie et peut-être dans une autre voiture. Cette espèce d'énigme l'intrigue et l'agace par ailleurs. Il se peut aussi qu'un des voyageurs partis de Paris soit notre homme et qu'en trouvant votre sleeping vide, puisque vous étiez chez moi, il ait jugé plus prudent de ne pas insister ?

– Ce ne sont que des hypothèses. Comment apprendre la vérité ?

– On peut déjà essayer de savoir ce qui vous attendait au bout du voyage. Connaissez-vous l'adresse de la maison où vous deviez passer votre lune de miel ?

– Non. On... a voulu m'en faire la surprise. Tout ce que j'en sais est qu'il s'agissait d'une villa du Cap-Martin. J'ai entendu M. de Varennes le dire à ma mère...

– Ce n'est déjà pas si mal ! Victoire, tu diras à Prudent de me préparer la voiture pour demain matin sept heures. Je vais là-bas.

– Pour quoi faire ?

– Me renseigner. Tu sais bien que je suis curieux comme un vieux chat.

– Je crains que vous ne perdiez votre temps, fit Mélanie. Nous n'allions peut-être pas du tout au Cap-Martin...

– Je connais bien le Cap. Ce sera facile de vérifier. Pour l'instant, allons plutôt nous coucher !

Tandis que Victoire fermait la maison, Antoine et Mélanie montèrent côte à côte le large escalier de pierre blanche. La flamme de leurs chandelles – il n'y avait pas l'électricité et Victoire tenait le gaz pour un invention du Diable – leur dessinait de grandes ombres où s'effaçaient les personnages d'une vieille tapisserie pendue dans la cage d'escalier. Soudain, Antoine constata que la bougie de Mélanie tremblait. Doucement il glissa son bras sous celui de la jeune fille et sentit qu'en effet elle frissonnait.

– Mélanie, chuchota-t-il en se penchant vers elle, il ne faut pas avoir peur. Vous êtes en sécurité ici et je peux vous jurer de faire tout au monde pour vous défendre et vous protéger.

Une bouffée de soudaine tendresse l'envahissait pour

ce petit personnage encore refermé sur les mystères de l'adolescence et dont il découvrait le charme et la fragilité en dépit de ce grand courage dont elle faisait montre. Il savait pourtant que les pensées des hommes sont à la merci d'infimes circonstances – par exemple un tendre reflet de lumière sur un jeune visage auréolé de cheveux mordorés – mais il découvrait en lui-même d'étranges remous, des impulsions bizarres.

Pensant qu'elle allait se mettre à pleurer, il faillit la prendre dans ses bras. Or, les yeux étincelants qu'elle tourna vers lui étaient, à sa grande surprise, parfaitement secs.

– Je n'ai pas peur, affirma-t-elle. Si je tremble, c'est de rage et de dégoût. Quand je pense que j'aimais cet homme et que j'ai voulu l'épouser alors que mon grand-père y était opposé ! Je lui ai même écrit pour le supplier de ne pas me réduire au désespoir en refusant ma main à Francis ! Quelle idiote ! Comment ai-je pu être aussi stupide !

– Nous le sommes tous à un moment ou à un autre. Pourquoi croyez-vous que je tienne à rester célibataire ?... Tout simplement parce que j'ai appris à me méfier de ce qu'on appelle l'amour et, à présent je me sens tout à fait serein... Évidemment, j'ai vingt-cinq ans de plus que vous, ce qui change la manière de voir...

– Tant que cela ?

La phrase était partie toute seule. Elle la regretta aussitôt et tenta d'en corriger l'effet :

– Je voulais dire qu'à vous voir, on ne peut imaginer que vous...

– Soyez si vieux ? compléta Antoine en éclatant de rire. Ne vous excusez pas : c'est tout naturel à seize ans. Un homme de quarante ans ne peut être qu'un vieux monsieur...

– Ne me faites pas dire ce que je n'ai pas dit ! fit-elle mécontente. Comment pourriez-vous être un vieux monsieur ?

Comment aurait-il pu l'être, en effet, avec cette figure dont les traits accusés ne manquaient ni de puissance ni de charme, ces yeux bleu sombre profondément enfoncés dans l'orbite comme pour s'y abriter et cette bouche mince au pli moqueur ? Elle apprécia aussi la silhouette qu'en dépit des vêtements fatigués mais confortables on devinait athlétique et qui ne devait pas s'encombrer d'un pouce de graisse. Non, en vérité, il n'avait rien d'un vieil homme cet Antoine tombé dans sa vie pour y jouer les anges gardiens.

– Un homme n'est vieux que s'il le veut bien, je crois, ajouta-t-elle. Même mon grand-père ne l'était pas vraiment et il devait avoir entre trente et quarante ans de plus que vous. D'ailleurs... si j'avais donné tant de confiance à M. de Varennes c'est parce qu'il n'était pas un jouvenceau. Il a tout de même le double de mon âge...

Ils étaient arrivés devant la porte de Mélanie et Antoine retint dans la sienne la main qu'elle lui tendait :

– Voulez-vous me permettre une question indiscrète ?

– Bien sûr...

– Êtes-vous capable d'analyser vos sentiments envers ce M. de Varennes.

– Pourquoi ?

– J'ai besoin de le savoir... et faites-moi la grâce de penser qu'en vous demandant cela je n'obéis pas à une vulgaire curiosité. S'il reste dans votre cœur une parcelle de tendresse pour ce personnage, il faut me le dire.

– Pourquoi ? répéta Mélanie plus bas, si bas même que le mot fut à peine audible :

– Parce que je veux bien risquer de mourir pour vous mais je ne veux pas être le dindon de la farce !

– Mourir pour moi ?...

Le bougeoir s'échappa des mains de la jeune fille et roula sur le tapis. Antoine écrasa la flamme d'un coup de talon et l'odeur de laine brûlée les enveloppa. Antoine y était allergique et il éternua plusieurs fois, ce qui atténua beaucoup l'élément dramatique de la phrase. Il allait d'ailleurs la corriger, ne voulant pas que l'imagination de sa protégée s'emballât là-dessus, mais il n'ajouta rien : le regard presque violet de Mélanie venait de s'illuminer. Des milliers d'étoiles y scintillaient et Antoine comprit qu'avec trois mots tout bêtes il venait d'ouvrir devant elle les portes du rêve...Quelle femme, en effet, n'a souhaité être une héroïne romantique pour laquelle les hommes se battent ?... Tout de même et parce que cela lui paraissait indigne d'elle, il faillit parler quand sa voix intérieure le fit taire...

« Laisse-la tranquille ! Tu vas dire des pauvretés... »

C'est vrai qu'elle semblait heureuse, tout à coup. Elle regardait cet homme enveloppé d'un halo doré qui parlait de mourir pour elle... Alors, elle vint à lui, comme l'alouette attirée par le miroir. Elle vint même tout contre lui et, se haussant sur la pointe des pieds, elle posa ses lèvres sur les siennes. Ce ne fut qu'un instant fugitif, le temps d'un battement d'aile de papillon, quelque chose de léger, de tendre et d'infiniment précieux. Antoine eut l'impression qu'une fleur venait de se poser sur sa bouche y laissant une fraîcheur d'aube et un parfum d'herbe mouillée. Ce baiser fut si délicieux qu'il ferma les yeux pour en retenir la saveur.

– Mélanie ! murmura-t-il et ses mains s'étendirent pour saisir, pour étreindre, mais ne rencontrèrent que le vide. Il comprit alors qu'il n'y avait plus rien devant lui sinon l'obscurité du long couloir. Puis il entendit la porte se refermer doucement, tout doucement, comme si le moindre bruit risquait de rompre ce lien fragile, ce fil de la vierge qui venait de se tisser entre eux.

Il ne devina pas que Mélanie, collée de la nuque aux talons au battant refermé, dut rester là un long moment, dans l'ombre rose des flammes de la cheminée, pour que les battements désordonnés de son cœur finissent par se calmer. Dans cet émoi, Francis n'avait aucune part. L'ignominie de sa conduite l'avait chassé du cœur de la jeune fille comme un coup de vent un peu violent s'engouffrant dans une porte ouverte chasse les balayures du seuil, et elle avait honte à présent d'avoir paré cet homme de tant de vertus et d'y avoir accroché ses rêves. Même la vague jalousie que lui inspirait naguère encore sa mère avec ses yeux mourants et ses décolletés hypocrites était emportée par ce vent-là. Sans doute Albine n'avait-elle aucune part dans le complot cynique où sa fille avait manqué se perdre mais bien des incidents, sans épaisseur à première vue, revenaient à sa mémoire et l'ancraient dans l'idée que sa mère avait souhaité, voulu, préparé ce mariage autant et plus que l'innocente qui en était l'enjeu. Peut-être parce qu'elle aimait Francis elle aussi mais avec cette tragique excuse d'une femme qui se sait proche du déclin et pour qui cet amour a d'autant plus de prix qu'il est peut-être le dernier...

Pourtant, à mesure que coulaient les minutes, l'émoi de Mélanie ne s'apaisait pas, bien au contraire. Elle découvrait en elle des appels étranges, des désirs inconnus et délicieux comme l'approche même de la nuit nuptiale n'en avait pas suscité en elle. Un besoin de se donner et d'être prise, de se fondre dans la chaleur d'un autre corps...Mais celui qu'elle voyait s'approcher d'elle sur l'écran noir de son imagination, ce n'était plus Francis... Il n'avait pas encore de visage ni de corps d'ailleurs car, en dépit de quelques visites au musée du Louvre, Mélanie était incapable d'imaginer ce que pouvait être la nature d'un homme. Celui de son rêve n'avait que de grandes mains brunies sur lesquelles frisaient des poils décolorés par le soleil et des poches sous les yeux mais ces yeux avaient le bleu de la mer profonde...

Lentement, comme si elle était au pouvoir d'une hypnose, Mélanie quitta enfin sa porte et marcha vers le grand miroir taché qui érigeait son cadre d'or roussi entre les fenêtres aux rideaux tirés. Elle vit son image y apparaître, floue et imprécise d'abord puis plus nette à mesure qu'elle approchait. Le grand vase chinois d'où jaillissaient les fleurs la gêna. Elle le prit dans ses bras et le posa à terre puis elle resta là un moment, immobile, en face de cette image lumineuse qui semblait venir de l'au-delà. Alors, presque sans bouger et surtout sans quitter des yeux le regard du reflet, elle commença à ôter ses vêtements un à un jusqu'à ce que le dernier chût à ses pieds. Puis elle dénoua ses cheveux et, alors seulement, cessa de se mirer dans cet autre regard pour contempler son corps...

Le miroir lui renvoyait une mince forme pâle qui semblait surgir de quelque profondeur marine tant elle était diffuse avec des reflets de nacre verte. Et puis soudain, un éclat de feu, le brusque réveil d'une bûche qui s'enflamme, fit vivre la chair, dessina tendrement les jeunes seins sur la forme parfaite desquels, comme sur ceux d'Aspasie, on aurait pu mouler une coupe grecque, la courbe encore frêle mais si douce des épaules et la blancheur soyeuse du ventre érigée sur le double fuseau des longues jambes, avec, au point de rencontre, comme un joyau flou, un friselis d'or...

Un léger bruit la fit tressaillir. Antoine venait de quitter sa chambre, sans doute pour gagner son atelier. Elle savait qu'il s'y réfugiait quand il avait peine à trouver le sommeil. Alors elle décida de l'y rejoindre.

Comme si une force intérieure la poussait hors du chemin sage de son enfance, elle se détourna de ce miroir qui venait de lui révéler sa propre beauté et sans prendre la peine de ramasser un peignoir, ou de chausser des pantoufles, elle marcha vers la porte, l'ouvrit et sortit dans la petite galerie où donnaient les chambres. Elle savait qu'elle n'avait pas à craindre de rencontre car Victoire et Prudent dormaient au rez-de-chaussée dans une grande pièce côté jardin et qui se trouvait auprès du fruitier.

Nue comme Ève au premier matin du monde et sans rien sentir du froid des dalles, elle marcha vers l'escalier qui menait à la terrasse, passant devant de vieux portraits de femmes aux têtes poudrées que son audace effarait et d'hommes en perruques dont le regard mort s'animait d'une lueur mais elle ne les voyait pas, ne pensant qu'à celui auprès duquel tout l'appelait, à la chaleur de ces mains qui allaient se poser sur elle. L'idée ne lui venait même pas qu'il pût refuser le don qu'elle voulait lui faire car elle savait qu'il serait sans second et que si, cette nuit, Antoine refusait son offrande, il n'y aurait plus que le vent et l'eau du torrent pour la recevoir...

Elle avait décidé, ce soir, de jouer sa vie à pile ou face : ou bien un homme qui lui plaisait, un homme de valeur, ferait d'elle une femme ou bien elle ne serait plus car elle ne se sentait plus le courage d'aborder le labyrinthe ténébreux des desseins de Varennes avec pour seules armes sa jeunesse et son inexpérience... et la certitude de ne pouvoir séduire personne.

Quand elle fut devant la porte de l'atelier, elle l'ouvrit sans hésiter mais sans le moindre bruit. Antoine, assis sur son divan éclairé par un chandelier de fer, semblait rêver. Pourtant, par instants, il ajoutait un trait, une ombre au dessin qu'il tenait sur ses genoux. Et puis lentement, très lentement, Mélanie sortit de l'ombre et apparut dans la lumière. Bouleversé, croyant voguer en plein songe, le peintre se leva, lentement lui aussi. Le papier et le fusain lui échappèrent et tombèrent sur le tapis. Les yeux agrandis, émerveillés, il regardait s'avancer cette déesse d'or surgie de la mer des ténèbres. Il lui sembla que la Vénus de Botticelli venait soudain de s'animer pour venir à lui... Il lui sembla aussi que c'était la réponse à bien des questions nées au fond de son cœur depuis qu'il avait rencontré une jeune mariée en détresse et à cet appel violent, à cette attirance qui s'était emparée de lui tout à l'heure quand la porte d'une chambre s'était refermée sur une lumière qu'il brûlait de saisir. Il avait eu soudain l'impression d'être retranché du monde des vivants et sa propre chambre lui avait été insupportable. Qu'y faire durant la longue insomnie que lui préparait son cœur battant trop vite ? Alors, il s'en était échappé pour venir ici et tenter de retracer ce visage nouveau qu'il avait entrevu.

Et voilà qu'elle venait au-devant de son désir, nue, offerte de tout son être et lui il était là, en face d'elle, torturé à la fois par l'envie de l'étreindre et une soudaine humilité. Qu'avait-il fait pour mériter ce don divin que dans son innocence elle voulait lui faire ? Avait-il vraiment le droit de cueillir cette fleur encore fermée ?...

Mélanie s'était arrêtée à quelques pas d'Antoine, n'osant plus bouger et à peine respirer. Tout son être devenait une interrogation passionnée... Dans un instant peut-être, elle allait se détourner, s'enfuir...

« Qu'est-ce que tu attends, imbécile ? » souffla son autre lui-même.

Antoine, alors, ouvrit les bras et oublia des scrupules tout à fait hors de saison...

Il était déjà tard, le lendemain soir, quand le peintre arrêta sa Panhard-et-Levassor devant le Grand Hôtel qui, à la pointe du Cap-Martin, entre Monaco et Menton, étendait la blancheur de ses bâtiments à clochetons que le crépuscule habillait d'une belle couleur de violettes de Parme. En dépit de la houppelande en peau de chèvre, du chapeau de tweed enfoncé jusqu'aux sourcils et des grosses lunettes qui opéraient la jonction entre les deux, le voiturier n'eut aucune peine à reconnaître l'arrivant :

– Monsieur Laurens ! C'est un vrai plaisir ! J'espère que Monsieur a fait bon voyage ?

– Excellent, Émile, excellent... mais si cela ne vous ennuyait pas de conduire ma voiture au garage après en avoir extrait ma valise, vous me rendriez un grand service. Je tombe de sommeil.

Secouant la poussière comme un chien sa fourrure mouillée et tapant des pieds, Antoine pénétra sous le péristyle de marbre puis à l'intérieur de l'hôtel où le portier lui réserva un accueil des plus aimables avant d'ajouter :

– Si vous désirez voir Sa Majesté, je crois qu'elle est encore là pour une bonne quinzaine. Le temps qui règne actuellement sur l'Angleterre ne l'encourage guère à regagner Chislehurst.

– Cela veut dire que j'ai de la chance. Sa santé est bonne ?

– Je crois pouvoir affirmer qu'elle est excellente. Ce matin encore elle faisait sa promenade par le chemin de la douane en compagnie de M. Pietri, de Mlle de Bassano et de Mlle de Castelbajac et j'ai eu personnellement l'honneur de la saluer.

– J'espère avoir le même honneur, demain. Mais dites-moi, Legrand, n'avez-vous pas entendu parler d'un couple de jeunes mariés qui devait passer sa lune de miel au Cap...

– Le marquis et la marquise de Varennes, je pense ?

– En effet. Les avez-vous aperçus ?

L'homme aux clefs d'or eut un sourire qui corrigea le léger reproche de sa réponse :

– Pas encore, monsieur Laurens. On ne choisit pas une villa enfermée dans les arbres et les fleurs pour se répandre à peine arrivés dans le monde cosmopolite d'un hôtel.

– Ils sont donc là ?

– Mais... je pense. Le cuisinier de la villa Torre Clementina dont le caviar ne correspondait pas aux goûts de M. le marquis, est venu hier soir demander à notre chef de lui prêter de l'iranien.

– La villa Torre Clementina ? Qu'est-ce que c'est ?

La question offusqua Legrand qui considéra Laurens d'un air inquiet :

– Je croyais que vous connaissiez mieux le Cap, monsieur Laurens ! La villa de Mme Stern, cette grande maison byzantine truffée de mosaïques d'or, de statues, de vases et j'en passe, qui est voisine d'ailleurs de celle de Sa Majesté l'Impératrice.

– Ah je vois ! fit Antoine qui se demandait comment il avait pu oublier cette incroyable maison. Et c'est là qu'ils sont ?

– Mais oui. Mme Stern a bien voulu la prêter à M. de Varennes pour sa lune de miel. Il est question que les jeunes époux restent là un mois avant de partir pour l'Italie...

– Eh bien ! Je crois qu'il va me falloir renoncer à mon projet. Je souhaitais rencontrer Varennes mais je pense qu'une visite serait mal venue ?

– Tout à fait, si je peux me permettre ! Un jeune couple souhaite surtout la solitude. Il est même étonnant que vous ayez su sa présence ici.

– Nous sommes de vieux amis. ... Merci Legrand, il y a toujours plaisir à causer avec vous ! A présent, je vais demander que l'on me monte à dîner et je me couche !

– Passez une bonne nuit, monsieur Laurens ! Je vous envoie tout de suite un garçon du restaurant avec la carte.

Un moment plus tard, accoudé à son balcon qui surplombait les grands pins parasols penchés et tordus dont s'habillait la pointe extrême du Cap-Martin, Antoine regardait s'éteindre dans la mer le dernier reflet du jour. Ce qu'il venait d'apprendre le confondait. Comment M. « et » Mme de Varennes pouvaient-ils se trouver à quelques pas de lui alors qu'il était mieux placé que quiconque pour savoir où était en réalité la détentrice légale du nom ? Cela ne pouvait signifier qu'une chose : Varennes avait concocté l'enlèvement de sa femme par un comparse sur le parcours du Méditerranée-Express et, en outre, il avait prévu une autre comparse pour jouer à la villa Torre Clementina le rôle de sa jeune épouse. Dans ces conditions, la lune de miel allait, très certainement, s'étirer sur quelques mois et se compléter peut-être d'un voyage en pays lointains. Il y avait de fortes chances pour qu'on ne revît pas les Varennes à Paris avant longtemps...

– Demain, décida Antoine à haute voix, demain, je penserai à tout cela ! Pour ce soir, je suis trop fatigué...

Néanmoins, il ne put empêcher son esprit de retourner vers Mélanie, vers Mélanie qu'il n'avait, en vérité, pas quittée de la journée. A chaque instant, dans le soleil qui inondait la route blanche, il croyait la revoir telle qu'elle lui était apparue dans cette nuit miraculeuse où elle s'était donnée à lui : nimbée d'or, affolante et exquise dans la perfection de sa beauté encore inviolée. Quand il l'avait faite femme, elle n'avait eu qu'un tout petit gémissement mais ses yeux s'étaient ouverts, immenses et sombres comme ce ciel qui, à présent, rejoignait la mer dans un bleu infini et profond, et elle avait souri en resserrant ses bras autour de lui pour que leur union fût encore plus complète... Plus tard, elle avait soupiré de bonheur en s'endormant la tête sur la poitrine d'Antoine que ses cheveux inondaient.

Un peu avant le jour, il l'avait enveloppée doucement dans la vieille couverture garance, teinte et tissée à la main, qui recouvrait le divan et il l'avait emportée jusqu'à sa chambre où il l'avait couchée avec des gestes qui étaient encore des caresses. La fraîcheur des draps réveilla vaguement la jeune femme. Sans ouvrir les yeux, elle lui tendit sa bouche pour un dernier baiser puis elle replongea dans un sommeil qui devait être bienheureux si l'on en jugeait au sourire que ses lèvres esquissaient. Une heure plus tard, rincé à grande eau bien froide et lesté de plusieurs tasses de café, Antoine roulait vers la Durance dans un petit matin frisquet avec la délicieuse sensation d'avoir retrouvé ses vingt ans. Il se sentait même si bien que, tout au long du chemin, il éluda les questions que son double, pointilleux et ami de la tranquillité, tentait de soulever. Il était, en effet, beaucoup trop heureux pour chercher à en savoir le pourquoi.

Arrivé à destination et décidé à chasser les soucis pour vivre l'instant présent, Antoine, après avoir bien rempli son regard de la splendeur du paysage, se fit couler un bain puis dévora une langouste grillée arrosée d'un joyeux vin de Chablis, après quoi, sans même quitter son peignoir en tissu éponge, il alla se jeter sur son lit, bras en croix et jambes écartées, pour y sombrer aussitôt dans le sommeil sans rêves d'un animal harassé.

Séparée de l'hôtel par son parc et par le vaste terrain boisé sur lequel on l'avait construite, la villa Cyrnos avait l'air de voguer sur le flot vert d'une épaisse végétation méditerranéenne. Avec sa grande terrasse et son élégant bâtiment blanc à un seul étage et pavillon en retour, elle s'y posait comme une couronne légère. Derrière elle, on apercevait la masse rouge du Rocher de Monaco mais en face il n'y avait que la mer infinie et, très loin, la Corse que l'on pouvait deviner par temps clair et dont la maison tirait son nom.

Cette villa datait d'une dizaine d'années à peine. On l'avait construite sur un immense terrain appartenant à la duchesse d'Aoste, née princesse Laetitia Bonaparte, d'après les croquis d'une très grande dame qui avait choisi d'y passer ses hivers : l'impératrice Eugénie, veuve de Napoléon III. Fille de l'Espagne brûlée de soleil elle espérait de ce doux climat un peu d'apaisement pour d'inguérissables blessures : la mort de son époux et, surtout, celle de son fils, le jeune prince impérial, tué au Zoulouland en combattant avec les troupes anglaises.

Elle avait exigé que ses jardins, traversés de grandes allées, corrigent à peine la nature et laissent aux pins parasols, aux lauriers, aux myrtes, aux bougainvilliers et à toutes les plantes sauvages le loisir de vivre en paix.

– Je n'aime pas tous ces palmiers dont les jardiniers sont si fiers, disait-elle volontiers.

C'est la porte rustique de ce jardin qu'Antoine poussa le lendemain matin, en habitué qui sait n'avoir rien à redouter de l'accueil. Et, en effet, le vieux majordome qui vint à sa rencontre le salua en souriant :

– Monsieur Laurens!... Sa Majesté va être très heureuse de vous voir.

– J'espère surtout ne pas la déranger. J'aurais dû la prévenir, bien sûr, mais le temps m'a manqué.

– Ne vous excusez pas ! Je vais avertir M. Pietri, son secrétaire. Sa Majesté est justement en train de dicter son courrier, dit-il en ouvrant devant le visiteur la porte d'un petit salon qui le plongea instantanément dans ce qui avait été, aux beaux jours de l'Empire, le décor des Tuileries, de Saint-Cloud ou de Compiègne : rideaux de velours rouge, fauteuils tendus de reps à lourds capitons, glands et pompons de riche passementerie, chaises et petits meubles d'ébène incrustée de feuilles et de fleurs de nacre ou d'ivoire et, sur un chevalet, un portrait de l'enfant disparu qu'Antoine connaissait bien pour l'avoir peint lui-même d'après une photographie. Mais, au lieu du secrétaire annoncé, il vit surgir une dame âgée – elle avait alors soixante-dix-huit ans ! – dont de plus jeunes eussent envié la vitalité.

Toute de noir vêtue, avec une grande jupe rappelant les crinolines d'autrefois mais resserrée à la taille, sur un corsage à manches amples, par une large ceinture de cuir, celle qui avait été l'une des plus belles souveraines de France tendit à son visiteur une main étroite et longue, encore parfaite, sur laquelle il s'inclina avec respect.

– Cher Antoine ! s'écria-t-elle d'une voix qui laissait rouler encore une pointe d'accent espagnol. Mais c'est une joie de vous voir ! Et tellement inattendue !

– J'en demande bien pardon à Votre Majesté mais j'ai saisi une occasion qui s'offrait de venir lui présenter mes devoirs... et un peu d'aide pour ses protégés.

– Oh !... Savez-vous que vous êtes un ange du Seigneur, Antoine Laurens, et je ne sais trop...

– Ce que je sais bien, moi, c'est que l'Impératrice est infiniment bonne et généreuse, qu'elle ne cesse d'ouvrir sa bourse pour secourir ceux de ses anciens serviteurs réduits à la gêne ou même à la misère. Et tant que je pourrai, Madame, prendre ma petite part des efforts de Votre Majesté, je le ferai avec joie.

Comme si c'eût été une chose sans importance, il déposa, sur le coin d'un petit bureau incrusté d'écaille et de cuivre dans le style de Boulle, une bourse de soie brune qui semblait assez lourde. Mais déjà Eugénie, les deux mains tendues, venait à lui et, l'obligeant à se courber, déposait un baiser sur son front. Avec un peu d'émotion, Antoine vit qu'une larme brillait dans les yeux dont les pleurs versés n'avaient pas réussi à éteindre tout à fait la teinte bleue.

– Merci, mon ami! Merci pour eux!... A présent, voulez-vous que nous fassions une petite promenade en attendant l'heure du déjeuner? Car, bien sûr, je vous garde! Nous serons entre nous : à peine une dizaine de personnes...

– Madame, Madame! Votre Majesté me comble mais qu'elle considère que je ne suis guère habillé pour m'asseoir à sa table.

Elle éclata alors d'un rire « espagnol » :

– Et moi? Est-ce que je m'habille? Nous ne sommes plus aux Tuileries, hélas! et vous savez que j'ai toujours aimé me vêtir simplement. Pauline! cria-t-elle, ma chère Pauline! Voulez-vous m'apporter mes gants, mon manteau et mon chapeau?

Mlle de Bassano apparut presque instantanément avec les objets demandés, accepta d'un sourire le salut d'Antoine et aida la vieille souveraine à endosser une sorte de cache-poussière noir, à coiffer un chapeau de paille de même couleur. Puis elle lui tendit finalement une paire de gants de chevreau blanc et des lunettes aux verres fumés. Mais Eugénie refusa la canne à béquille qu'on lui offrait :

– Notre ami Laurens est jeune et solide ! Son bras fera bien l'affaire. A propos, Pauline, il déjeunera avec nous.

– Je suis désolé d'encombrer ainsi, Mademoiselle, dit Antoine mais Sa Majesté a insisté...

– On ne doit pas être désolé de lui faire plaisir, Monsieur, et je puis vous assurer que ce plaisir est réel.

Côte à côte Antoine et l'Impératrice descendirent au jardin. Décidément d'excellente humeur, Eugénie demanda :

– De quel côté voulez-vous que nous allions ?

– Mais... où il plaira à Votre Majesté...

– Ta, ta ta ! C'est toujours moi qui décide. Être conduite par vous fera une agréable diversion.

– Eh bien... j'aimerais aller du côté de la villa Torre Clementina qui est voisine de Cyrnos à ce que j'ai entendu dire ?

Eugénie abaissa ses lunettes sur le bout de son nez pour considérer son compagnon par-dessus la monture. Il vit alors que ses yeux se mettaient à pétiller.

– Quelle drôle d'idée ? Est-ce qu'il y aurait là un mystère ? ajouta-t-elle en baissant la voix jusqu'au registre de la conspiration.

– Cela se pourrait, Madame. En fait, les occupants de cette maison constituent cette « occasion » dont je parlais il y a un instant.

– Je ne vous ai jamais connu aussi curieux, Antoine. Est-ce que vous savez qu'il s'agit d'un couple de jeunes mariés dont je n'ai d'ailleurs pas retenu le nom...

– Le marquis de Varennes, Madame.

– C'est cela ! Un nom peu agréable à entendre pour une oreille royale mais je ne saurais vous en dire plus. Des nobles de vieille souche sans doute et qui n'ont que dédain pour les Bonaparte. Ils n'ont pas jugé bon de faire déposer leur carte chez moi ! Cela se fait, même en voyage de noces. Mais dites-moi un peu pourquoi vous vous intéressez à ces gens ? Ce marquis vous aurait-il volé votre belle amie ?

– Eh bien... ce serait plutôt le contraire et...

– Comment ? Vous lui avez volé...

– Ce n'est pas tout à fait vrai mais si, tout en marchant, Votre Majesté veut bien m'accorder une oreille attentive, je crois pouvoir l'assurer qu'elle va entendre une histoire peu ordinaire.

– Dites, alors, dites vite ! J'adore les histoires un peu étranges et, malheureusement, depuis plus de trente ans que ce cher M. Mérimée nous a quittés, on ne m'en raconte plus guère. Il en savait de si belles !... Chaque année je me rends au cimetière de Cannes pour déposer quelques fleurs sur sa tombe. Mais venez ! Il y a un endroit d'où l'on voit parfaitement la terrasse de cette maison. Vous me raconterez une fois là-bas.

Et elle entraîna Antoine à vive allure vers les confins de son domaine, l'obligeant presque à courir tant elle marchait vite.

– Madame ! protesta celui-ci, Votre Majesté va se fatiguer...

– Sornettes ! C'est vous qui allez être fatigué. Moi j'ai toujours aimé marcher vite. Il n'y avait guère que cette pauvre Élisabeth d'Autriche pour me tenir tête quand elle était ici. Nous avons fait ensemble des promenades à laisser tout le monde sur place. Mais je crois qu'elle était pire que moi. Il est vrai qu'elle était si mince, je dirais même si maigre ! Elle ne mangeait rien...

– Votre Majesté y pense quelquefois ? demanda Antoine surpris car c'était la première fois qu'Eugénie de Montijo évoquait pour lui le séjour que « l'Impératrice errante » avait fait au Grand Hôtel du Cap quatre ans avant d'être assassinée par l'anarchiste Luccheni.

– Le moins souvent possible et je ne sais pas pourquoi je vous en parle aujourd'hui. Nous n'avions en commun que le sort tragique de nos fils et je ne vous cache pas que quand je voyais apparaître sa longue silhouettte noire, j'en avais un peu peur. Il me semblait, ajouta-t-elle en se signant vivement, voir venir l'ange de la mort...

Cette crainte rétrospective était réelle : sur son bras Antoine sentit se crisper un peu la main gantée de blanc. La tragique Sissi des dernières années, sans cesse en chemin, sans cesse courant les mers ou les routes d'Europe comme un oiseau affolé, ne pouvait que frapper l'Espagnole superstitieuse. D'autant que jadis, lorsque l'une et l'autre se trouvaient au sommet de leur gloire, aucune sympathie n'avait uni les deux impératrices, l'Autrichienne ayant quelque tendance à dédaigner la Française en oubliant, un peu vite, que porteuse de sang royal celle-ci était quatre fois Grande d'Espagne ce qui la mettait largement sur un pied d'égalité avec une Wittelsbach. Mais surtout, c'était leur extrême beauté qui séparait Sissi d'Eugénie et peut-être aussi un peu de jalousie pour l'amitié profonde, sincère, qui liait à l'impératrice des Français une Hongroise : la princesse Pauline de Metternich, ambassadrice d'Autriche.

Tout cela était loin, à présent, mais, devinant que le fantôme d'Élisabeth venait de replonger sa compagne dans cet autrefois prestigieux, Antoine garda le silence, se contentant de guider attentivement ses pas jusqu'à ce qu'ils les mènent à une manière de bosquet arrangé en salon de jardin d'où l'on apercevait la terrasse et les fabuleux parterres de la maison voisine.

– Nous y voilà! soupira l'Impératrice en prenant place dans un fauteuil de rotin. Asseyez-vous près de moi et racontez! ajouta-t-elle en tapotant le siège voisin.

– Avec la permission de Votre Majesté, je lui

demande un instant, fit Antoine en sortant de ses vastes poches une paire de jumelles. Il me semble bien qu'il y a quelqu'un sur la terrasse.

En effet, sa vue perçante lui avait déjà permis de remarquer une silhouette d'homme vêtue de tissu clair et coiffée d'un souple panama qui lisait un journal en fumant un cigare. La puissance des lentilles grossissantes lui montra nettement le beau visage arrogant de Francis et, sur le journal, une main soignée ornée d'une sardoine gravée. Pour un homme dont la jeune femme venait de disparaître d'une façon pour le moins mystérieuse, il semblait être en pleine quiétude.

– Est-ce que je peux voir aussi ? demanda l'Impératrice dont les petits pieds commençaient à battre une impatiente mesure.

Antoine lui passa les jumelles qu'elle régla à sa vue en voyageuse avertie.

– C'est lui ? fit-elle

– Oui, Madame. C'est bien le marquis de Varennes. Un homme séduisant, comme Votre Majesté peut voir.

– Il l'est, en effet... et même un peu trop à mon goût ! Je n'aime pas cette perfection qui donne une insupportable confiance en soi...

– Votre Majesté n'avait-elle pas reçu du ciel toutes les perfections de la beauté et du charme ?

– Aussi avais-je une trop grande confiance en moi et j'ai fait bien des sottises... Ah, voilà la femme, j'imagine ? Mais quelle drôle d'idée de porter chez soi un voile à son chapeau !... Tenez, Antoine, voyez plutôt ! Je vous sens impatient et, dans un instant, vous pourriez m'arracher les jumelles des mains.

Elle avait tout à fait raison. Antoine, les oculaires rivés à ses orbites, dévora des yeux la femme qui venait d'apparaître et s'asseyait auprès de son « époux ». Elle était à peu près de la taille de Mélanie et sans doute portait-elle une de ses robes car Antoine jugea peu flatteuse et nettement vieillissante la toilette de foulard aubergine garnie de bouillonnés assortis ainsi que d'une guimpe et « d'engageantes » en dentelle noire. Un grand chapeau de paille garni de larges pensées de velours la coiffait et, avec l'aide d'un voile de mousseline blanche, cachait complètement son visage et ses cheveux. Néanmoins, sous cette mousseline, Antoine détecta le reflet de cheveux roux.

– Incroyable de s'habiller comme cela ! Quel âge a-t-elle ?

– La vraie marquise de Varennes à seize ans, Madame... mais ce n'est pas elle que vous apercevez ici. Celle-ci doit être une actrice chargée de jouer son rôle.

– Comment pouvez-vous en être aussi sûr ? fit Eugénie stupéfaite.

– Parce que la vraie marquise est chez moi. J'avais bien dit à Votre Majesté que j'avais une histoire extraordinaire à lui raconter.

– Alors, dépêchez-vous un peu, mon garçon ! Sinon vous n'aurez jamais le temps avant la cloche du déjeuner et vous ne souhaitez pas, je pense, en parler devant les autres ?

– Surtout pas ! Tout ceci est pour les seules oreilles de Votre Majesté car je crains qu'il ne s'agisse d'une affaire grave et qui pourrait mettre en danger une innocente si le monde en connaissait les détails.

– Passons aux faits, comme disent les procureurs ! Vous savez depuis longtemps, cher Antoine, que je sais garder un secret.

Alors, en oubliant bien sûr sa dernière et merveilleuse nuit à Château-Saint-Sauveur, Antoine raconta tout. Lorsqu'il eut achevé, un peu inquiet tout de même de l'effet produit, Eugénie lui sourit :

– Je ne vous imaginais pas si romantique, Antoine. Et, bien entendu, vous aimez cette jeune fille ?

– En vérité, je n'en sais rien mais une chose est certaine : je veux la sauver, la protéger...

– J'en suis tout à fait persuadée ! Et je dirai même plus : s'il vous arrivait d'être un peu... encombré de votre bonne action, sachez que je la recevrai volontiers, ici ou en Angleterre.

– Vraiment ? Votre Majesté serait assez bonne ?...

– Ne vous emmêlez pas dans les formules de cour, mon ami ! Pour que vous dépensiez tant de dévouement au service de cette jeune fille, il faut qu'elle soit tout à fait digne d'affection... Tenez, voilà la cloche qui appelle au déjeuner ! Prêtez-moi à nouveau votre bras ! Et parlons, s'il vous plaît, de choses sans intérêt.

De toute la journée, la vieille souveraine refusa de se séparer d'Antoine. Elle exigea qu'il allât chercher sa voiture pour l'accompagner à Monte-Carlo où elle désirait faire quelques emplettes en compagnie de Mlle de Bassano.

– Pour une fois qu'une de ces automobiles à essence passe à ma portée j'entends en profiter, dit-elle en riant. Tout le monde, autour de moi, semble penser que seules les calèches attelées à la Daumont sont dignes de moi. Cela m'agace d'autant plus qu'en général on les appelle à présent des victorias !

– Et Votre Majesté n'aimait pas la reine d'Angleterre ?

– Dieu ait son âme, la pauvre chère ! Mais elle était tellement ennuyeuse !...

Tandis qu'avec ses passagères il remontait vers la corniche, Antoine vit soudain venir en sens inverse l'un de ces attelages dont le nom déplaisait si fort à l'Impératrice. Sur les coussins, il y avait deux personnes qu'il n'eut aucune peine à reconnaître : c'étaient Varennes et sa pseudo-femme, toujours étroitement voilée, et qui revenaient sans doute d'une promenade.

Mais si le peintre pensait passer inaperçu, il se trompait. Les croisant, le marquis ne pouvait se dispenser de saluer une voiture dans laquelle se trouvait l'ex-souveraine. Il se découvrit et, ce faisant, son regard accrocha tout naturellement le visage du chauffeur. Il rougit alors si fort qu'Antoine comprit qu'on l'avait reconnu et, sur le moment, il en fut contrarié. Puis, à y réfléchir, il pensa que cela n'avait aucune importance au fond car Varennes était sans doute à mille lieues d'imaginer qu'il venait de jouer un rôle important dans sa propre vie et le voir en si noble compagnie ne pouvait que lui inspirer une certaine considération pour un modeste barbouilleur.

La nuit tombait déjà quand Antoine regagna son hôtel après avoir courtoisement refusé de dîner à la villa Cyrnos. L'Impératrice attendait ses neveux, le duc et la duchesse d'Albe, ainsi que son jeune ami Lucien Daudet, un habitué de la maison dont elle appréciait la beauté de « prince persan », l'esprit vif et l'extrême élégance [1].

Le peintre qui n'avait pas emporté la moindre tenue de soirée n'éprouvait aucun désir d'être confronté à cette parfaite gravure de mode et, surtout, il souhaitait beaucoup se retrouver seul.

Comme la veille, il se fit monter un repas, puis passa un long moment assis sur son balcon à fumer sa pipe en regardant la mer nocturne. De son observatoire, il ne pouvait voir la villa byzantine où s'abritait le faux couple mais son esprit y demeurait attaché. Qui pouvait bien

1. Il s'agit du fils d'Alphonse Daudet.

être cette femme introduite dans le personnage et même dans les vêtements de Mélanie ? Une maîtresse, peut-être ? Une complice à coup sûr. La conduite de l'inquiétant marquis était jusqu'à présent assez claire : durant le voyage en train quelqu'un devait enlever sa jeune épouse, soi-disant atteinte de folie ambulatoire, pour l'enfermer dans quelque clinique psychiatrique ou peut-être même... mais Antoine se refusait à envisager le pire. Varennes croyait sans doute que son plan diabolique avait réussi et, n'attendant pas de nouvelles qui eussent été dangereuses, il continuait tranquillement à jouer le rôle qu'il s'était attribué. Il avait dû rejoindre la femme dans un endroit convenu à l'avance, peut-être même à la gare de Menton, et depuis tous deux se livraient aux joies d'une discrète lune de miel à l'abri d'une luxuriante végétation. Mais que se passerait-il ensuite quand viendrait le temps de regagner Paris ? Tôt ou tard il faudrait bien rentrer et si Varennes espérait – ce qui était clair comme eau de source – faire main basse sur la fortune de sa femme, il faudrait bien qu'il la fasse reparaître un jour ou l'autre ?

La seule idée qui égayait un peu Antoine en train de barboter au milieu de ce cloaque était d'imaginer le beau Francis à l'instant où il apprendrait que Mélanie lui avait glissé entre les griffes et que son ou ses hommes avaient fait chou blanc. Ce serait intéressant d'observer ses réactions... mais peut-être qu'alors la pauvre jeune femme serait en grand, en très grand danger car ce genre d'homme allait toujours jusqu'au bout de ses plans.

Née de cette crainte, une envie violente de retrouver Mélanie, de la savoir près de lui, sous sa protection, s'empara soudain d'Antoine. Sautant sur ses pieds, il sonna le garçon d'étage et en l'attendant refit son sac :

– Dites que l'on prépare ma note et que l'on sorte ma voiture après avoir fait le plein d'essence ! ordonna-t-il.

CHAPITRE VIII

LA NOUVELLE D'ITALIE...

En dépit des précautions prises par Antoine à l'aube de son départ, la vieille Victoire sut tout de suite ce qui s'était passé dans la nuit entre lui et sa protégée. Jamais, en effet, elle ne lui avait connu, au réveil, ce regard pétillant et cette espèce de joie triomphante. D'habitude, et jusqu'à l'absorption de sa première tasse de café, la paupière était lourde et le verbe rare. Mais elle entendait en avoir le cœur net.

Aussi, à peine la Panhard-et-Levassor eut-elle disparu dans un nuage de poussière que, sans leur laisser le temps d'entamer le ménage, elle envoya les jumelles au village porter à l'abbé Bélugue quelques bouteilles de « vin de messe » et un assortiment de pots de confitures dont il n'avait pas un urgent besoin. Prudent, qui donnait tous ses soins à ses planches de melons, ne risquait pas de la gêner et ce fut en la seule compagnie de Percy et de Polly qu'elle monta à l'étage.

Un coup d'œil dans la chambre de Mélanie lui montra celle-ci profondément endormie et sans doute encore loin de se réveiller. Puis elle passa chez Antoine, vit le lit défait mais elle possédait un œil suffisamment averti pour comprendre qu'il n'y avait pas dormi : draps et couvertures étaient à peine dérangés. Son regard interrogateur rencontra celui de Percy, dignement assis sur la descente de lit. Il émit un léger jappement et se dirigea vers la porte.

– Tu dois avoir raison : allons voir l'atelier ! soupira Victoire.

Là, elle vit que les chandelles étaient usées jusqu'au bout mais que le feu couvait encore, preuve qu'il avait été entretenu. Le chien flairait le divan dont on avait réparé le désordre avec une maladresse certaine. D'ailleurs, dans sa hâte et peut-être aussi à cause de la lumière faible, Antoine n'avait pas pris garde à ce que sa gouvernante remarqua tout de suite : quelques petites taches brunes sur le rouge sombre de la vieille couverture. Elle les toucha une à une d'un doigt qui tremblait un peu :

– Le sang d'une vierge ! souffla-t-elle avec une sorte de respect religieux. Cela change tout...

Elle s'assit sur le tabouret de peintre. Sentant alors qu'elle voulait réfléchir, la chatte sauta sur ses genoux et Percy se coucha à ses pieds. Les deux animaux devinaient qu'il s'agissait là d'un moment important et qu'il fallait assurer Victoire de leur soutien et de leur amicale compréhension. Ils n'étaient pas très sûrs qu'elle soit heureuse car son visage était bien grave mais, ce que Victoire éprouvait, c'était simplement une grande joie.

Ainsi c'était elle l'élue ? Une petite Mélanie recueillie par charité comme un chat perdu et qui, à première vue tout au moins, ne possédait pas la foudroyante beauté capable de retenir un œil d'artiste. Une masse soyeuse de cheveux à reflets roux et d'immenses yeux de biche aux abois ne constituaient qu'un capital insuffisant pour attacher un homme épris de perfection et habitué à la rencontrer chez ses modèles. Que s'était-il donc passé durant cette nuit pour qu'il en vienne à accomplir le geste qui ne se répare pas ? Il fallait qu'il y eût, entre lui et Mélanie, une sorte de magie que Victoire n'avait pas su voir mais qu'elle était, à présent, bien décidée à découvrir et à mettre en valeur pour que cette nuit d'amour soit suivie de beaucoup d'autres et pour que l'enfant choisie devienne celle qu'on ne laisse plus s'éloigner.

Durant des années, Victoire avait espéré qu'un jour Antoine lui amènerait une jeune châtelaine capable de lui donner de beaux enfants et de s'attacher à la maison mais, en vérité, il ne semblait guère doué pour le mariage. Aussitôt après la mort de sa mère – son plus grand chagrin ! – il s'était attaqué à la peinture avec passion, ne quittant son atelier que pour de longues promenades au jardin ou pour rencontrer, à Aix, un marchand de tableaux. Celui-ci en vendit quelques-uns et même on parla un peu d'Antoine Laurens dans les journaux. Pas assez néanmoins pour assurer de grosses rentrées d'argent capables de faire revivre Château-Saint-Sauveur dont une petite partie seulement était exploitée. La fortune familiale avait fondu autour des tables de jeu dont le père d'Antoine était un habitué. Ni l'un ni l'autre ne connaissait grand-chose à l'agriculture et Prudent n'avait que ses deux bras.

Et puis, un beau jour, un homme vint, accueilli comme un ami par le jeune châtelain bien que Victoire ne l'eût jamais vu. Il resta vingt-quatre heures puis repartit en compagnie d'Antoine. Tout ce que Victoire sut de lui était son nom : colonel Guérard.

A dater de cette visite, le peintre s'absenta beaucoup. Il fit de longs voyages en Europe, en Amérique, en Asie et même en Chine où il manqua se faire tuer. Il rapportait des dessins, des toiles et surtout de l'argent, beaucoup d'argent grâce auquel Prudent, promu intendant et chef de cultures, fit des merveilles. La maison reçut les réparations dont elle avait besoin et le domaine se mit à produire en abondance des fruits, du vin, du miel, des amandes dont on vendait environ la moitié mais dont, surtout, on faisait profiter les gens du village et même ceux des environs à qui la vie ne souriait pas autant que le soleil. Cependant et malgré sa curiosité toujours en éveil, jamais Victoire ne réussit à découvrir la source de cette prospérité nouvelle qui permit même à Antoine un petit appartement à Paris, dans le quartier du Marais. Elle n'y mit d'ailleurs jamais les pieds. Paris ne l'intéressait pas.

– Ça doit venir de la barbouille, déclara, un jour où il consentit à s'exprimer, le sage Prudent que la curiosité ne dévorait pas du moment où tout allait bien sur sa terre. Y m'a dit qu'y f'sait des portraits chez des gens de la haute et qu'ça rapporte bien. T'as pas besoin d'en savoir plus, Victoire.

L'explication pouvait être la bonne après tout... Par contre, ce qu'elle ne pouvait admettre c'était la conduite d'Antoine avec les femmes. Il avait des aventures, beaucoup même, car, sur ce chapitre, il se confessait volontiers à sa vieille gouvernante mais jamais il ne parlait mariage et, surtout, il n'avait jamais accueilli chez lui la moindre fille d'Ève. Jusqu'à l'arrivée de Mélanie, bien sûr.

Celle-ci, non seulement il l'avait ramenée lui-même mais il l'avait faite sienne et le cœur de Victoire était plein de joie. Qui pouvait dire si cette nuit d'amour ne porterait pas fruit ? Et ce fruit serait comme un cadeau du Ciel même si celui-ci n'y était pas pour grand-chose. Comment croire, en effet, à une intervention divine ? L'histoire de la réfugiée, Victoire en savait ce qu'Antoine lui avait appris. La pauvre était mariée à un homme sans foi ni loi mais qui, ayant tout de même sur elle tous les droits, pouvait parfaitement faire arrêter le peintre pour enlèvement, après quoi il aurait tout le loisir de mener la malheureuse enfant jusqu'au tréfonds du désespoir et de la misère.

Cette éventualité dramatique, Victoire se jurait bien qu'elle ne se produirait pas. Elle sentait soudain sourdre en elle une force invincible pour défendre ce bonheur qui venait enfin d'éclore sous le vieux toit de tuiles romaines. Se penchant soudain, elle prit Polly dans ses bras et tendit une main pour caresser la tête de Percy.

– Les petitous, si vous voulez m'en croire, il nous est né une jeune maîtresse et nous ferons tout pour nous la garder. Elle a tout ce qu'il faut pour que la famille continue avec elle et un enfantelet serait ce qui pourrait nous arriver de mieux. Seulement elle n'est pas libre !... La loi et même l'Église sont contre nous. Alors il va falloir ouvrir l'œil. Qu'est-ce que vous en pensez ?

Le plus grand bien certainement car dans les prunelles dorées de la chatte et dans celles, d'un brun si doux, du setter il y avait toute la tendresse du monde. Victoire les récompensa d'une caresse :

– Le plus difficile, soupira-t-elle, ça va être que le Toine sache se la garder. Et ça, ce n'est pas encore écrit !

En attendant, elle se leva, alla ôter la couverture qu'elle descendit à la cuisine. Là, elle la mit dans une grande bassine puis alla tirer de l'eau bien froide au puits de la cour. Sachant que l'eau chaude ne pourrait que cuire le sang, elle fit une pâte avec de l'amidon, en enduisit les taches puis reporta le tout dans l'atelier qu'elle prit soin de fermer à double tour avant de mettre la clef dans sa poche. Demain, elle reviendrait avec une bonne brosse et toute trace du sacrifice d'une virginité disparaîtrait, sauf dans sa mémoire. Après quoi, plus tranquille, elle redescendit préparer pour Mélanie un copieux petit déjeuner puis, jugeant qu'il valait mieux ne pas la laisser dormir plus longtemps, elle alla la réveiller. Il était préférable qu'elle fût debout quand Mireille et Magali rentreraient.

Entrant dans la chambre, elle resta un long moment debout au pied du lit regardant dormir la jeune femme et se félicitant d'avoir envoyé les jumelles au loin. Sa nudité, sa chemise de nuit restée pliée sur le pied du lit, étaient en soi plus qu'explicites. Dans son sommeil, elle avait rejeté draps et couvertures et, couchée à plat ventre, offrait à un clair rayon de soleil filtrant entre les rideaux la ligne pure de son corps dont les bras levés enserraient l'oreiller comme ils avaient dû enserrer l'amant de cette nuit. Et telle était la beauté de ce corps juvénile que la vieille femme en demeura confondue, éblouie comme l'avait été Antoine lui-même. Entre le dessin pur du dos et le doux renflement des hanches et des fesses rondes, la taille se creusait tendrement, faite pour être étreinte. Les cheveux fous brillaient sur le long cou qu'ils couvraient, descendant plus bas que les omoplates. Et que ces longues jambes nerveuses avaient de grâce!... Il était facile de deviner ce qu'avait pu ressentir Antoine en découvrant tant de perfection.

Gênée tout à coup comme si elle avait surpris le secret des caresses échangées, Victoire sortit sur la pointe des pieds, referma la porte puis, après avoir toussé pour s'éclaircir la voix, frappa vigoureusement à ladite porte :

– Demoiselle Mélanie! cria-t-elle. Je crois que vous avez oublié l'heure ?

Il fallut réitérer par deux fois avant qu'une voix ensommeillée lui répondît :

– Est-il si tard ?... Je viens!.. Je viens tout de suite!

Quelques minutes plus tard, vêtue du charmant costume de paysanne provençale qu'elle portait depuis son arrivée, Mélanie arrivait en courant dans la cuisine et Victoire, cette fois encore, demeura confondue : ce n'était plus la même. Elle irradiait la lumière par tous les traits de son visage auréolé d'or roux. Les cernes mauves de ses yeux les grandissaient encore et ses lèvres gonflées avaient ce rose meurtri que laissent les baisers. N'importe quel homme, en face de cette triomphante jeunesse, se fût agenouillé en tendant les bras mais, de cette transformation, Mélanie n'avait aucunement conscience.

– Est-il si tard ? demanda-t-elle.

– Il est dix heures. N'avez-vous pas faim ?

– Oh si ! Je meurs de faim ! Et votre café embaume...

– Je vous l'apporte tout de suite. Le reste est servi et vous n'avez qu'à vous asseoir... Puis, tandis qu'elle versait le café dans le bol à lisière dorée : Vous n'avez pas entendu partir Monsieur Antoine ?

A ce seul nom, la jeune femme devint ponceau et cessa un instant de mordre dans la tartine qu'elle avait copieusement beurrée et recouverte de confiture.

– Non... non, je le regrette car j'aurais aimé lui dire au revoir...

Il y eut un silence soudain qui suspendit les gestes et presque les respirations des deux femmes. Puis, brusquement, Mélanie darda sur Victoire un regard étincelant :

– A vous je peux tout dire. D'ailleurs, je n'ai pas honte de ce qui s'est passé : cette nuit, je suis allée le rejoindre dans son atelier et je me suis donnée à lui !

– Je sais ! dit Victoire doucement.

Cette fois, le silence pesa la dose de stupeur de Mélanie :

– Vous savez ? Mais comment ?

– Des petits détails... mais surtout son extraordinaire bonne humeur au petit matin alors qu'il est toujours si grognon tant qu'il n'a pas bu son café. Enfin vous! Vous ressemblez tellement à une femme heureuse!

– C'est parce que je le suis. Je ne sais pas pourquoi d'ailleurs...

– Est-ce que vous n'aimez pas Monsieur Antoine?

– Ce matin, il me semble que si, mais hier je n'en avais pas la moindre idée. Bien sûr, j'étais attirée par lui mais je crois qu'en faisant ce que j'ai fait je voulais... oh, que c'est difficile à expliquer! Je voulais...

– Vous prouver à vous-même que vous pouvez séduire un homme si vous le voulez?...

– Oui... oui, c'est ça! Il fallait que quelqu'un me prenne dans ses bras. Et s'il n'avait pas voulu de moi, eh bien...

– Taisez-vous! Les mots sont trop évocateurs et la chose est affreuse! C'eût été stupide d'ailleurs... Vous êtes si jeune!

– Sans doute mais depuis que j'ai perdu mon grand-père plus personne ne m'a montré d'affection. Alors j'ai voulu voir... Est-ce que vous n'allez pas me prendre pour une mauvaise fille? ajouta Mélanie avec une soudaine angoisse que le rire de Victoire chassa aussitôt.

– Pauvrette! Vous en êtes bien loin! A présent, je voudrais vous poser une question : qu'allez-vous faire quand il va revenir?

– Je n'y ai pas encore pensé mais je serai heureuse de son retour... et je ferai ce qu'il voudra.

– Surtout pas!

Assenée vigoureusement la courte phrase sidéra Mélanie. Victoire jouit un instant de sa stupeur, puis prenant un bol, se versa une bonne ration de café après en avoir rajouté dans celui de la jeune femme et, pour finir, s'assit en face d'elle :

– Ah bon ? fit celle-ci. Et pourquoi ?

– Pourquoi ? Pauvre Sainte Vierge ! Que vous êtes innocente !... Mais parce qu'il était tellement joyeux ce matin qu'à son retour il n'aura qu'une envie, c'est de recommencer...

– Moi aussi j'en aurai envie, admit Mélanie.

– Le contraire m'étonnerait. Seulement, je crois que vous devriez essayer de savoir ce que vous voulez : si c'est quelques jours de plaisir, alors allez-y ! Jetez-vous dans ses bras et usez votre aventure jusqu'au bout ! En revanche, si vous voulez le garder...

– Pourquoi, murmura Mélanie après un instant de réflexion, pourquoi est-ce que ce... plaisir ne déboucherait pas sur un véritable amour ?

– Parce qu'à de rares exceptions près il ne faut pas aller trop vite et c'est déjà beaucoup que vous soyez allée à lui. Mais si vous posez la question c'est déjà une bonne chose. Cela prouve que vous avez envie d'aimer et d'être aimée.

– Bien sûr. Qui ne le souhaiterait ? Surtout par un homme tel que lui !

– Alors écoutez-moi ! Votre Antoine qui est toujours un peu le mien a quarante ans et vous en avez seize.

– Je suis bien plus vieille que cela si l'on additionne mes déceptions : fille ridiculisée par sa mère, mariée à un homme qu'elle aimait et qui n'a su que se moquer d'elle et...

– Ne ressassez plus tout ça et regardez devant vous ! Or, devant vous, il y a Antoine qui a connu beaucoup de femmes mais que vous enchantez parce que vous êtes toute jeune et toute fraîche. Il vous aimera peut-être passionnément... mais pour cela, il faut lui tenir un peu la dragée haute et vous faire désirer, sinon vous risquez de rejoindre le bataillon de toutes les autres qui ne sont plus que des fleurs séchées dans un herbier qu'il n'ouvre pas souvent. En outre, vous devez songer à votre situation présente et regarder la vérité en face : vous vous êtes enfuie la nuit de vos noces avec un parfait inconnu... je sais, vous aviez pour cela les meilleures raison du monde mais que deviendront ces raisons si vous vous retrouvez enceinte ?

– Vous croyez que c'est possible ?

Ce fut au tour de Victoire d'être stupéfaite :

– Doux Jésus ! Mais qu'est-ce que votre mère vous a appris ? Est-ce que vous croyez encore que les enfants viennent dans les choux et dans les roses ?

– Ma mère ne m'a rien appris du tout, souffla Mélanie en baissant le nez. Même au soir de mes noces elle ne m'a rien dit...

– Alors les choux, les roses... la cigogne ?

– Tout de même pas ! J'ai déjà vu naître un poulain et l'on m'a dit qu'il n'y avait pas de grande différence entre une femme et une jument. Un coup de chance d'ailleurs, sinon j'ignorerais tout...

– Vous savez le principal. Votre jument avait passé de doux moments avec un bel étalon. Ce que vous venez de faire avec Monsieur Antoine...

– C'était merveilleux ! soupira Mélanie avec un sourire rayonnant. Et je crois que j'aimerais avoir un enfant de lui.

– Le moins qu'on puisse dire est que ce n'est pas le moment. Réfléchissez, petite sotte ! Bien que vous soyez mariée, votre mariage n'a pas été consommé. Donc vous avez des chances de le faire casser devant la loi et qui plus est d'obtenir l'annulation en cour de Rome. Soyez enceinte et vous pouvez dire adieu à tout cela !

L'éclairage que Victoire jetait sur sa belle nuit d'amour était un rien brutal mais Mélanie en comprit le bien-fondé. Si elle voulait garder Antoine – et en vérité elle ne souhaitait rien de mieux – il fallait évidemment prendre de grandes précautions. Une perspective peu attrayante ! A moins que...

– Pourquoi me donnez-vous ces conseils ? demanda-t-elle soudain. Est-ce que cela veut dire qu'en dépit du fait que je sois seulement une sotte un peu trop jeune vous aimeriez qu'Antoine et moi ?...

Le visage un peu sévère de Victoire s'illumina soudain comme si un feu venait de s'allumer en elle :

– Vous restiez ensemble pour toujours ? Ah oui je le voudrais ! Qu'il y ait ici une jeune dame... et puis des petits et ce fou cesserait peut-être de courir le monde comme il le fait depuis tant d'années ! Je commence à me faire vieille, demoiselle Mélanie, et je voudrais que cette maison continue à vivre quand je n'y serai plus.

Doucement, Mélanie quitta sa place et sans bruit s'approcha, lui glissa les bras autour du cou et l'embrassa :

– S'il ne tient qu'à moi, votre rêve se réalisera !

– Alors suivez mon conseil et si le Toine vient gratter à votre porte, n'ouvrez pas !

Mélanie promit. C'était facile dès l'instant où son séducteur avait disparu dans un nuage comme un génie de conte oriental même s'il s'agissait d'un nuage de poussière. Mais qu'en serait-il lorsqu'il serait là, tout proche, tout chaud et tout vibrant ? Ce serait sûrement beaucoup plus difficile d'autant que, déjà, la maison sans lui paraissait vide ! Peut-être parce que les portes ne claquaient plus et que les jumelles riaient moins cependant que Polly et Percy faisaient de plus longues stations devant la cheminée de la cuisine. Quant à Victoire, elle semblait perdue dans ses pensées. Seul Prudent demeurait égal à lui-même, c'est-à-dire silencieux comme un trappiste. La présence ou l'absence du maître n'y changeaient jamais rien.

Les longs moments de réflexion de Victoire débouchaient toujours sur Mélanie à qui elle dispensait alors d'étranges conseils de beauté. C'est ainsi que, pour lutter contre ses taches de rousseur, elle lui proposa tour à tour du jus de citron avec du sel, une mixture faite de jus de cresson et de miel, de l'oignon écrasé dans du vinaigre en ajoutant que, dès la parution des premières fraises, elle les lui réserverait pour qu'elle s'en fît des masques. Mélanie rit beaucoup, protesta qu'elle préférait de beaucoup manger les fraises mais essaya tout de même le citron salé. D'autant que son mentor lui offrit en même temps un petit pot d'une sorte de crème à l'odeur douce dont elle refusa d'ailleurs de lui donner la composition mais en assurant qu'elle en tirerait le plus beau teint du monde.

– Vous n'êtes pas raisonnable, remarqua Mélanie au soir de cette grande conversation qu'elles avaient eue ensemble. Vous voulez que je sois belle mais aussi que je ferme ma porte. Est-ce logique ?

– Je crois, oui. Prenez un âne ! Plus les carottes que vous lui donnerez seront fraîches et tendres et plus il en mangera... jusqu'à indigestion. Mais s'il voit les mêmes carottes à sa portée sans pouvoir y toucher, il fera n'importe quoi pour se les approprier.

– Pauvre âne ! Il risque de devenir fou...

– On n'ira pas jusque-là mais on verra à lui en donner... modérément pour qu'il n'en perde pas le goût !

Cette philosophie maraîchère amusa beaucoup Mélanie et lui fit passer un moment. La lecture des journaux lui en fit passer un autre, plus exaspérant. On avait beaucoup remarqué, au dernier bal de lady Decies, l'extrême élégance de Mme Desprez-Martel dans une robe de brocart bleu et or signée Paquin avec une longue traîne ourlée de martre. Très entourée, elle avait été la reine incontestable de cette belle soirée...

Le journal vola à l'autre bout de la petite pièce qui servait de bibliothèque et où Mélanie aimait à s'installer pour lire tout ce qui lui tombait sous la main avec la volupté de quelqu'un dont les lectures ont toujours été très surveillées. C'était la première fois qu'elle s'intéressait à une chronique mondaine mais celle-là eut le don d'exciter sa colère. Elle n'imaginait que trop sa mère, bienheureusement débarrassée d'une fille qu'elle s'était toujours efforcée, sinon de cacher, du moins de maintenir dans une enfance factice et hors de saison. Elle devait rayonner à présent et se griser longuement des compliments de ses nombreux admirateurs. Et sans doute n'accordait-elle même pas une pensée à celle qu'elle devait considérer comme sortie de sa vie ? La seule chose que Mélanie s'interdisait d'imaginer c'était que sa mère eût pu tremper dans l'ignoble combinaison montée par Francis. Par contre une question lui venait tout naturellement à l'esprit, maintenant qu'elle connaissait l'amour : Albine avait-elle eu des amants ? Peut-être même en avait-elle encore. A moins qu'elle n'eût choisi de rester fidèle à Francis car, en se remémorant certaine attitudes, certaines paroles, certains regards, Mélanie en arrivait à la certitude que, dès avant ses fiançailles, sa mère était la maîtresse de Varennes...

Elle n'en éprouva pas de chagrin. Depuis qu'Antoine était entré dans sa vie, ces gens avaient perdu le pouvoir de lui faire du mal. Elle souhaitait seulement les oublier et marcher d'un pas ferme dans ce chemin nouveau qu'un génie ferroviaire venait d'ouvrir devant elle. Un chemin qu'elle entendait suivre jusqu'au bout, même s'il fallait faire de temps en temps du saut d'obstacles.

Elle attendit donc le retour d'Antoine d'un cœur tranquille mais disposé au combat. En fait, ce qu'elle éprouvait c'était ce mélange d'espoir, de patience et de pugnacité qui caractérise le chasseur à l'affût.

Ce que Mélanie n'imaginait pas c'est qu'Antoine, de son côté, prenait lui aussi des décisions de sagesse.

La superbe envolée romantique dont il avait été victime et qui l'avait poussé à enfourcher ses chevaux-vapeur à la nuit close s'était arrêtée net vers les deux heures du matin et à quelques kilomètres de Draguignan sous une pluie torrentielle qui avait noyé son moteur et presque transpercé sa peau de bique.

Par chance, un bâtiment s'élevait non loin du lieu où il était tombé en panne. Trempé, sacrant et maugréant, il avait réussi à pousser l'automobile jusqu'à cette maison et à l'abriter sous une espèce d'auvent, après quoi il avait cherché à se mettre lui-même à couvert, tapant à coups redoublés sur une porte solide qui avait fini par s'ouvrir de mauvaise grâce bien qu'il s'agît d'une de ces auberges de grands chemins comme il en pousse un peu partout dans les lieux déserts. Celle-là aurait pu servir de décor à la fameuse *Auberge des Adrets* qui, au siècle précédent, avait fait la gloire de Frédéric Lemaître tant l'atmosphère y évoquait le coupe-gorge. En fait ce n'était qu'une brave petite hôtellerie tenue par un vieux couple terrifié chez qui Antoine trouva une soupe chaude, un grog à réveiller un mort et un lit propre où il dormit comme une souche sous un édredon qui ressemblait à une énorme fraise. Le lendemain, le soleil était revenu, la Panhard-et-Levassor avait séché et le café qu'on offrit à Antoine avec d'épaisses tartines d'un succulent miel de lavande lui rendit quelque optimisme. Il paya royalement et sut même trouver de ces mots qui vous conquièrent les cœurs pour l'éternité mais, tandis que sa voiture grimpait en toussotant un peu vers Salernes, il s'aperçut que tout lyrisme l'avait abandonné. Fermant sa mémoire et son cœur aux souvenirs trop grisants, il pensa qu'il s'était conduit comme un imbécile fieffé et que ses amours avec l'adorable Mélanie, s'il les poursuivait, pouvaient le conduire à de fort désagréables impasses.

– C'est trop facile de l'aimer, pensait-il. Qui pouvait supposer que cette gamine, mal nippée en dépit de sa fortune, possédât un corps digne de servir de modèle à Psyché ? Quand je l'ai vue venir, ravissante et nue, il m'a semblé que mon sang prenait feu. Mais il ne faut pas que cela se reproduise.

« Facile à dire ! protesta sa voix intérieure. Combien de temps penses-tu pouvoir tenir en face de la tentation ? En amour c'est le premier pas qui compte et quand ce pas est engagé dans une voie délicieuse, comment y renoncer ?... »

La meilleure solution était sans doute de penser aux conséquences possibles. Que deviendrait Mélanie si elle se retrouvait enceinte ? Cette seule pensée angoissait Antoine qui, jusqu'à présent, ne s'était jamais soucié des suites potentielles de ses amours fugaces. Il était peut-être l'heureux père d'un futur lord anglais, d'un marchand de frites belge et d'un ou deux petits Chinois mais aucune de ses maîtresses n'était vierge. Aucune, non plus, n'avait comme Mélanie touché les profondeurs de son cœur et il s'avouait qu'avoir d'elle un enfant l'eût comblé de bonheur. Un petit être qui gonflerait doucement ce ventre doux comme du satin et qu'un matin de soleil ferait éclore comme un camélia rose, quel joli rêve !... Beaucoup trop dangereux dans les circonstances actuelles ! Le diable seul savait quelle arme redoutable Varennes saurait faire de cet enfant.

Un coup de tonnerre coupa court aux pensées d'Antoine et, comme de nouvelles averses suivirent, il eut besoin de toute son attention pour mener son véhicule sur une route qui ne manquait ni de cassis ni de nids-de-poule. Aussi, quand il aperçut enfin les murailles rousses de Château-Saint-Sauveur, était-il à nouveau fatigué et de fort mauvaise humeur. Peut-être parce que approchait le moment où il allait devoir se comporter d'une façon qui ne lui plaisait pas du tout... De quoi aurait-il l'air avec ses scrupules et sa morale ? D'un vieux Joseph timoré et précautionneux en face d'une adorable Putiphar ?

Mais quand, sautant du petit perron dans un envol de jupons blancs et de cheveux fous, Mélanie courut vers lui pour l'embrasser, il ne put que refermer ses bras autour d'elle, comme il eût fait d'un grand bouquet de fleurs, et en respirer le parfum. Elle embaumait l'herbe coupée, le sous-bois après la pluie, le foin frais, le miel et la marjolaine. Et que ses lèvres étaient donc douces !

Pourtant il eut à peine le temps de les effleurer. Déjà Mélanie, comme si une crainte soudaine lui était venue, se détachait de lui. Il pensa alors qu'il n'avait même pas songé à se raser. Néanmoins elle riait de toutes ses petites dents blanches !

– Que c'est bon de vous revoir ! dit-elle.

– Mais moins de m'embrasser, n'est-ce pas ? Je pique !

– Oui, un peu, mais c'est sans importance !

A leur tour les jumelles dansaient leur ballet de l'accueil et Prudent s'approchait pour prendre soin de la voiture... Regagnant la maison bras dessus, bras dessous avec Mélanie, Antoine pensa que c'était bon de rentrer chez soi.

En dépit de la route fatigante, on s'attarda à trois

autour de la cheminée comme la veille du départ pour le Cap Martin. Les pieds sur les chenets, Antoine, entre deux bouffées de tabac anglais, raconta ce qu'il avait appris ainsi que ce qu'il avait vu. Mélanie fut à peine surprise que son ami entretînt des relations avec une impératrice déchue puisque apparemment il connaissait la terre entière. Elle trouva même cela plutôt amusant mais la mine de Victoire demeurait sombre :

– Ainsi, il y a auprès de lui une femme qui joue votre rôle ? dit-elle à Mélanie. C'est à peine croyable !

– Si je ne l'avais vue moi-même, j'aurais peut-être du mal à le croire, soupira Antoine. Même taille, même silhouette et des cheveux plutôt roux d'après ce que son épaisse voilette blanche m'a laissé apercevoir.

– Il a donc une complice ?

– Pourquoi pas une maîtresse ? fit Mélanie tranquillement. Le soir où je l'ai rencontré, je l'avais vu embrasser une jeune femme rousse. C'est peut-être elle ?

– Vous semblez prendre la chose avec philosophie ? remarqua Antoine tout de même un peu surpris. Cela ne vous fait rien ?

La jeune femme l'enveloppa de son beau regard paisible et sourit :

– Il y a quelques jours j'aurais été très malheureuse mais à présent... non. Non, cela m'émeut à peine. Je crois que si un amour tombe de trop haut il doit pouvoir se briser net. Le mien s'est cassé lorsque j'ai su que mon voyage de noces n'était en fait qu'un piège. Vous ne voudriez pas que j'aime encore cet homme-là ?...

– C'est ce qui pouvait vous arriver de mieux ! fit Victoire. Mais ce que je ne comprends pas, moi, c'est comment ce monsieur entend mener sa vie par la suite ? Un très long voyage, oui, pourtant il faudra bien qu'il en revienne un jour. Au moins pour l'argent !

– Au cours d'un voyage lointain, un accident peut toujours se produire ?

– Vous voulez dire que cette personne pourrait... disparaître ? demanda Mélanie. C'est impossible ! Quelle femme accepterait de se prêter à une telle comédie en sachant ce qui l'attend à la fin ?

– On peut toujours disparaître officiellement, témoin votre cas puisqu'il vous croit enfermée dans une maison de fous. Mais j'imagine Varennes tout à fait capable de supprimer sa complice qui, bien sûr, ne serait pas au courant de ses intentions...

– Et la danseuse espagnole ? Que devient-elle dans tout cela ?

– Vous m'en demandez trop, ma chère Mélanie ! Il est probable qu'elle n'a pas grand-chose à voir avec les machinations du marquis. Je dirai même qu'elle a dû trouver très amusant qu'il passe sa nuit de noces avec elle et à deux pas de votre compartiment. Elle est de ces femmes qui cherchent le plaisir, l'argent aussi, bien entendu, mais rien d'autre. A présent, si vous voulez bien me le permettre, je vais me coucher. Je suis mort de fatigue... Vous conduirai-je à votre chambre ?

– Non merci. Je vais rester encore un peu avec Victoire. Je suis bien avec elle et puis elle m'apprend à tricoter. Dormez bien !

Tout à l'heure, elle n'avait pu se retenir de se jeter à son cou mais, cette fois, elle lui tendait en souriant une main bien ouverte, pour un shake-hand à l'anglaise. Vaguement désappointé, Antoine y posa un baiser avant de la laisser retomber. Puis il se dirigea vers l'escalier, Percy sur ses talons.

Dans ce lit qu'il prétendait appeler de tous ses vœux, il resta un bon moment éveillé, les mains croisées sur son estomac à se demander s'il était aussi inoubliable qu'il le croyait ou bien si Mélanie se moquait de lui ?... Il n'avait même pas la ressource d'allumer sa pipe ou une cigarette car Victoire lui interdisait de fumer au lit et elle possédait un flair de chien de chasse... Et cette maudite scène de l'atelier qui ne cessait de se jouer dans sa mémoire en réveillant un désir dont il n'avait que faire !

Il examina l'idée de boire un verre, la trouva bonne et alla chercher, dans un cabinet de marqueterie, un flacon d'armagnac qu'il se mit en devoir de vider méthodiquement, après quoi il se laissa tomber comme une pierre dans le doux sommeil de l'oubli.

Un oubli qui ne se prolongea pas au-delà de l'arrivée d'un télégramme ainsi conçu : « Tiens à vous apprendre que personnages intéressants partis pour Italie lendemain de votre visite. Lettre suit. Affections. E. »

Le message en question ayant été posté à Monaco, Antoine pensa que M. Pietri, le fidèle secrétaire, avait dû s'en charger. Il était suffisamment explicite pour que la lettre ne fût rien d'autre qu'un aimable surcroît d'amitié. On pouvait l'attendre sans impatience.

– Vous pensez qu'il vous a reconnu ? demanda Mélanie quand il lui montra le papier bleu.

– Sans aucun doute et cette rencontre lui a fait peur. Il a pu supposer que je séjournais à la villa Cyrnos et il a préféré prendre le large.

– Qu'allons-nous faire ?

– Rien. Il doit ignorer toujours que son mauvais coup est manqué. Je trouve un peu bizarre que ses complices n'aient pas réussi à le prévenir mais il est parfois difficile de se rendre maître des circonstances. Le mieux, pour vous, est de ne pas bouger pour le moment. A moins que vous ne souhaitiez vivement retourner à Paris ?

– Oh non !

La spontanéité du ton fit sourire Antoine. Laissant les

femmes à leurs occupations, il s'en alla aider Prudent à laver la voiture qui en avait le plus grand besoin.

Les jours qui suivirent se déroulèrent dans un calme qui donna à réfléchir à Victoire. Mélanie et Antoine semblaient se fuir et, même quand les repas les réunissaient, se regardaient le moins possible. Aucune explication n'eut lieu entre eux. Ils adoptèrent un ton de camaraderie légère qui ne laissait pas place au souvenir mais on aurait dit qu'à présent leur nuit d'amour creusait un fossé entre eux. Ce n'était pas ce que voulait Victoire et elle essaya de s'en expliquer avec Mélanie mais celle-ci lui glissa entre les doigts comme une anguille, se contentant de soupirer :

– Je crois que nous nous sommes fait des illusions l'une et l'autre. L'amour n'était pour rien dans ce qui est arrivé...

Interroger Antoine posait encore plus de problèmes car Victoire n'était pas censée tout savoir. D'ailleurs, il se débrouillait très bien pour échapper à toute tentative d'aparté, ce qui avait le don d'agacer prodigieusement la vieille femme. D'autant que Mélanie semblait devenir chaque jour plus belle, et Antoine qui passait ses journées à courir la campagne ou à s'enfermer dans son atelier n'avait pas l'air de s'en apercevoir. Mélanie se promenait, elle aussi, mais en compagnie du chien et de la chatte, ou bien avec les jumelles qui s'étaient prises pour elle d'une amitié unanime. Le reste du temps, elle lisait dans la bibliothèque ou encore donnait un coup de main à Victoire qui prenait plaisir à lui apprendre la cuisine.

Celle-ci décida, à un moment où elle se trouvait seule, de grimper au grenier pour extraire du fond secret d'un vieux bureau un antique bouquin de recettes et de philtres qu'elle avait déniché un jour en faisant le ménage. Comme elle n'en avait pas l'emploi à cette époque, elle s'était contentée d'y jeter un coup d'œil curieux mais cette fois, elle pensait que le cahier jauni pouvait peut-être l'aider dans la tâche qu'elle s'était donnée car il contenait, elle s'en souvenait bien, deux ou trois bonnes recettes pour exciter le désir et même – mais elle y croyait moins – pour provoquer l'amour. Elle en releva soigneusement trois, ce qui était beaucoup.

Elle essaya la première qui lui paraissait la plus facile à réaliser – les testicules de lièvre et le foie de colombe n'ayant jamais eu place dans son garde-manger – et qui se composait, entre autres herbes, de gui de chêne et d'armoise. Le grimoire disait bien que, pour un meilleur résultat, il était recommandé de tresser une couronne d'armoise et de la placer sur la tête du patient pour l'envoyer danser autour des feux de la Saint-Jean mais, ne voyant pas comment elle pourrait convaincre Antoine de se couronner d'herbe pour aller gambader dans la prairie et la Saint-Jean étant encore lointaine, Victoire se contenta de mêler la mixture à une bonne soupe à l'ail qu'il mangea avec gloutonnerie en la déclarant meilleure que d'habitude.

Hélas, non seulement le « patient » ne se jeta pas sur Mélanie toutes affaires cessantes mais il eut une colique qui le tint debout une bonne partie de la nuit. Repentante, Victoire lui donna du laudanum et révisa ses idées sur la sorcellerie. Sans y renoncer d'ailleurs mais en pensant qu'il lui fallait approfondir le sujet. Elle n'en eut pas le temps car, deux jours après cet essai malheureux, la tragédie se forçait un chemin jusqu'à ce havre de paix qu'était Château-Saint-Sauveur.

La douceur du temps s'y prêtant, on avait pris le café dehors sur une petite terrasse qui dominait le vallon. Le courrier et les journaux venaient d'arriver. Mélanie qui n'attendait rien, et pour cause, suivait distraitement le vol d'un papillon blanc tandis qu'Antoine, après avoir dépouillé le premier, entreprenait la lecture des seconds. Une lecture qui ne dura guère car, soudain, il poussa une exclamation de surprise :

– Par tous les saints du paradis, Mélanie, regardez ça !

Il lui tendait un exemplaire du *Figaro* qu'il venait de plier de façon que l'article en question lui sautât aux yeux.

Le titre, en caractères gras, s'étalait sur trois colonnes : « Drame sur le lac de Côme. Une jeune femme de l'aristocratie française trouve la mort au cours d'une promenade en barque... »

Ce qui suivait était épouvantable. Le marquis et la marquise de Varennes, en voyage de noces à Bellagio où ils séjournaient à la Villa Serbelloni, dépendance du Grand Hôtel, avaient souhaité faire au clair de lune un tour dans le petit bateau qu'ils avaient loué pour la durée de leur séjour. Que s'était-il passé au juste ? fausse manœuvre du marquis, coup de vent inattendu ou bien rencontre d'un rocher ? Toujours est-il que la barque avait chaviré, précipitant à l'eau ses deux occupants. Le marquis, sportsman accompli cependant, n'avait pu secourir sa jeune femme et il avait rencontré d'ailleurs les plus grandes difficultés à se sauver lui-même. L'alerte donnée, des secours s'étaient organisés aussitôt mais il avait été impossible de retrouver le corps de la marquise... Le journal concluait en offrant ses condoléances à la famille Desprez-Martel déjà si cruellement éprouvée par la disparition de son chef, le grand financier Timothée Desprez-Martel, et en ajoutant que sous la direction du jeune époux désespéré, les recherches continuaient sur le lac de Côme dans l'espoir de recueillir au moins la dépouille mortelle de cette jeune mariée de seize ans...

Le journal échappa des mains de Mélanie devenue soudain aussi blanche que la nappe. Elle leva sur Antoine des yeux épouvantés.

– Il l'a tuée !... Mon Dieu ! Il a tué sa complice.

– Vous le pensez aussi ? gronda le peintre. C'était d'ailleurs ce à quoi il fallait s'attendre parce que c'est la suite logique de cette affreuse affaire.

– Mais pourquoi ? Ne devais-je pas, si les choses s'étaient déroulées selon les plans de cet homme, être conduite dans une clinique psychiatrique après mon enlèvement du train ?

– C'est du moins ce que ce misérable a dit à Pierre Bault. En fait, ceux qui devaient s'emparer de vous avaient sans doute pour consigne de vous tuer et de faire disparaître votre corps pendant que Varennes jouerait les époux amoureux auprès d'une maîtresse dont il a dû faire sa complice. Mais il fallait qu'elle aussi disparût. Il est probable que notre rencontre, en le poussant à gagner l'Italie plus tôt qu'il ne le pensait, a précipité ce dénouement prévu à l'avance.

– Vous voulez dire que cette femme était vouée à la mort comme moi-même ? Que Francis n'a pas reculé devant un double crime ?

– En cette matière c'est le premier pas qui coûte. Encore ne devait-il pas tuer lui-même. A présent le voilà libre et, comme il est votre héritier légal, c'est à lui que reviendra toute la fortune Desprez-Martel. Un joli coup !

– Joli ? Oh, Antoine ! fit Mélanie choquée.

– Si l'on s'en tient à l'échelle de perfection des crimes, sans aucun doute. J'ajoute qu'il est très probable que l'on ne retrouvera jamais votre corps. Il a dû faire ce qu'il faut pour cela...

– A moins qu'il n'ait pas tué du tout ! dit Victoire qui venait de lire à son tour. Cette femme, qui sait, il l'aime peut-être ? Pourquoi ne l'aurait-il pas débarquée sur un autre point du lac en lui donnant rendez-vous dans quelques semaines et sous sa véritable apparence ? Quand les remous causés par cette disparition seront calmés, le couple pourra vivre au grand jour et dans le luxe.

– Tu pourrais bien avoir raison, approuva Antoine qui l'avait écoutée avec attention. Après tout et si profond que soit ce lac de montagne, un corps peut toujours remonter à la surface, même bien lesté... Au fond, cette solution me paraît à présent mieux adaptée à la mentalité du personnage. Il ne doit pas aimer se salir les mains. Et puis, il tient peut-être à cette femme ?

Mélanie, soudain, éclata en sanglots et s'enfuit vers la maison. Elle venait de voir se dresser devant elle le couple que formaient Francis et la belle rousse sur la terrasse de Mrs. Hugues-Hallets. Elle avait contemplé, non un flirt passager, mais deux amants passionnés et c'était très certainement cette ravissante créature qui, masquée, avait joué son rôle. Une corvée, certes, mais combien allégée par l'amour de Francis et la perspective de partager plus tard avec lui l'une des plus grandes fortunes françaises...

Assise dans la cuisine sur la pierre de l'âtre et les genoux remontés jusqu'au menton, Mélanie resta là un moment. Elle ne pleurait plus et souhaitait seulement s'intégrer à cette pierre blanche qui la soutenait pour ne plus rien ressentir. Puis, la conscience d'une présence lui fit relever la tête qu'elle avait posée sur ses bras croisés. Son regard remonta les longues jambes et le torse d'Antoine jusqu'au visage sombre qu'il penchait sur elle :

– Vous l'aimez toujours, n'est-ce pas ? fit-il d'une voix curieusement détimbrée.

– Qui ? Francis ?... Oh non !

– Alors pourquoi ces larmes ?

– Si vous croyez que c'est drôle d'apprendre sa propre

mort ?... Non, je ne l'aime plus et ça j'en suis sûre. Je crois que... je pleurais sur moi-même. Je ne tenais déjà pas beaucoup de place et voilà que l'on m'a supprimée! Et comme personne ne tient à moi... Je me demande même si ma mère me pleure en ce moment ? Elle doit plutôt chercher à se composer un deuil aussi seyant que possible ?

Antoine se laissa glisser à côté de Mélanie dont il entoura les épaules d'un bras pour attirer sa tête contre lui :

– Moi je tiens à vous! dit-il gravement. Et si, depuis mon retour, je vous ai fuie, c'est parce que je craignais trop de vous faire tort en me laissant aller à vous aimer. Notre nuit a été... merveilleuse...

– Pour moi aussi... souffla Mélanie qui ajouta après une toute légère hésitation : Cela n'a plus d'importance à présent que je n'existe plus. Je n'ai même plus de nom...

La note douloureuse qui vibrait dans ces mots désenchantés fit réagir Antoine. Se laissant glisser à genoux devant Mélanie, il la saisit aux épaules et la secoua sans trop de douceur :

– Vous n'imaginez pas que nous allons laisser les choses en l'état ? Permettre à ce misérable de s'adjuger votre fortune et de mettre en danger ce qu'il reste de votre famille ? Car ne vous y trompez pas : il veut tout. Votre mère et sa frivolité incurable ne pèseront pas lourd. Pour ce qui est de votre oncle, je le vois très bien victime d'un accident quelconque lui aussi. N'y a-t-il plus rien pour eux dans votre cœur ?

– Pas grand-chose, je le crains, pour ma mère. En revanche, j'aime bien mon oncle Hubert... Mais peut-être qu'il ne leur fera rien. Quant à moi, je me sens bien ici. Après tout pourquoi ne pas me laisser oublier ?

– Et faire dire quelques messes pour le repos de votre

âme par l'abbé Bélugue ? Mélanie, Mélanie, réveillez-vous ! Rien n'est plus dangereux qu'une idée morbide si on la laisse se développer car rien n'est plus séduisant, à certains moments, que la tentation de la mort ! Croyez moi !

– Cette tentation, vous l'avez déjà ressentie ? Vous ?

– Oui.

– Comme c'est étrange !... Mais, bien sûr, vous ne m'en direz pas plus ?

– Non. Êtes-vous disposée à suivre mes conseils ?

– C'est selon ! Que dois-je faire ?

– Rien. Pour le moment tout au moins. Moi, ce soir, je prendrai le train de nuit pour Paris. J'ai là-bas un ami journaliste, un peu fou mais d'une discrétion à toute épreuve dans les cas graves et, de plus, fouineur comme pas un. Je vais lui demander d'aller explorer les rives du lac de Côme pour voir si, d'aventure, une belle rousse n'aurait pas surgi quelque part, en pleine nuit. Vous, naturellement, vous restez ici.

– Alors c'est non ! coupa Mélanie. Si vous allez à Paris j'y vais aussi. Il est temps que je m'occupe de mes propres affaires et d'ailleurs est-ce que je ne représente pas la meilleure façon de confondre Francis ? Quand je serai en face de lui, il faudra bien qu'il me reconnaisse ! Ce pourrait même être un spectacle assez amusant ?

– Je ne crois pas. Même en face de l'évidence, un homme comme lui n'avouera jamais rien. D'ailleurs, vous n'en avez peut-être pas conscience mais vous avez changé depuis que vous êtes ici. Il vous accusera d'imposture...

– Et ma mère ? Croyez-vous qu'elle ne me reconnaîtra pas ?

Antoine hésita un instant devant ce qu'il allait dire puis se décida :

– C'est un risque que je préfère ne pas vous voir courir pour le moment car vous ignorez jusqu'à quel point elle tient à cet homme.

Puis, voyant se crisper le visage de Mélanie, il se fit tout de suite plus tendre :

– Je sais que je vous fais du mal mais je veux vous en éviter davantage. Croyez-moi, mon petit cœur ! il vaut beaucoup mieux que j'aille reconnaître le terrain, voir votre oncle puisque vous êtes sûre de lui...

– Encore faudrait-il qu'il soit à Paris ? Il est toujours sur les chemins pour des chasses, pour le sport. Lui aussi est un voyageur impénitent...

– Mais à moins qu'il ne soit parti pour le Tibet il apprendra la nouvelle et il reviendra assister à la cérémonie que l'on célébrera très certainement pour le repos de votre âme. S'il est là je le verrai et, de toute façon, Lartigue et moi sommes très capables de préparer pour Varennes le piège solide dont il a besoin.

– Mais si oncle Hubert est là, je n'ai aucune raison de ne pas rentrer ?

– S'il est là, vous venez de le dire vous-même. En outre, la déception et la colère sont capables de pousser le marquis à toutes les extrémités. Je ne veux pas que vous soyez en danger. Alors laissez-moi préparer le terrain pour vous ! Ensuite, je vous appellerai. Et vous n'aurez plus à craindre d'être une femme sans identité, vous redeviendrez très vite Mélanie Desprez-Martel car, votre pseudo-mari en prison, vous serez rapidement divorcée et l'annulation suivra. Je vous en prie, Mélanie, laissez-moi faire !

Les mains d'Antoine serraient les épaules de la jeune femme comme pour mieux faire pénétrer en elle sa conviction. Elles lui faisaient un peu mal mais elles étaient chaudes et rassurantes et Mélanie retrouva un petit sourire :

– J'aimais mieux le nom que vous m'avez donné il y a un instant...

– Lequel ?

– Vous le savez très bien. Mélanie, décidément, c'est un peu sec.

Alors les mains d'Antoine se desserrèrent, glissèrent le long du dos jusqu'à la taille qu'elles étreignirent tandis qu'incapable de résister à l'attrait de cette jolie bouche, il s'en emparait avec une ardeur qui traduisait assez bien ce qu'avaient pu être ses dernières nuits. Mélanie eut un soupir de bonheur et se blottit étroitement contre lui avec l'impression délicieuse que, depuis toujours, cette place lui avait été réservée.

Victoire qui rapportait le plateau à café s'arrêta au seuil de la cuisine et les larmes lui vinrent au yeux : elle voyait enfin ce dont elle avait rêvé depuis tant d'années. Elle recula un peu pour être sûre de ne pas être aperçue, ce qui lui permit de stopper la charge de Magali et de Mireille qui rentraient en trombe pour faire la vaisselle. Elle mit d'abord un doigt sur sa bouche puis leur intima l'ordre d'aller au fruitier lui chercher un plein panier de poires d'hiver.

Comprenant qu'il se passait quelque chose d'extraordinaire, les jumelles partirent sur la pointe des pieds, étouffant des rires dont elles ne savaient pas la raison et Victoire resta là, retenant son souffle par crainte de troubler ce miracle : un instant d'amour vrai, une minute d'éternité.

A la tombée de la nuit, Antoine, conduit par Prudent, partit pour Avignon où le rapide Marseille-Paris passerait vers dix heures du soir. Il ne dit pas un mot tant que dura le petit voyage. Son esprit restait auprès de Mélanie, telle qu'il allait en garder le souvenir : debout dans le grand rectangle lumineux de la porte et agitant la main dans un geste d'adieu... A cet instant, la tentation d'ordonner à Prudent d'arrêter et de remettre la voiture au garage avait été affreuse. Ce serait si simple de garder ce fabuleux cadeau du destin ! Un mot, un geste et il pourrait courir vers elle, l'emporter dans ses bras jusqu'à la vieille couverture garance qui garderait à jamais l'empreinte de sa chair nacrée et l'aimer, l'aimer jusqu'à en perdre le souffle, jusqu'à en mourir. Et voilà que, comme un imbécile d'honnête homme, il allait travailler à la rendre aux siens, à une vie où il savait bien qu'il n'aurait pas sa place. Il allait travailler à la perdre alors que tout en lui l'appelait, la désirait...

Il se força à continuer sa route, s'accordant seulement la joie de penser que là-bas, Mélanie le suivait en esprit et que, peut-être, elle l'aimait un peu ? Ou bien ce qu'elle ressentait pour lui n'était-il que l'éblouissement d'un corps soudain éveillé au plaisir, la tendresse que toute femme garde à un savant initiateur si d'aventure elle en rencontre un ? Il eût été si heureux d'apprendre qu'elle éprouvait la même déchirure que lui !...

Mais Mélanie ne souffrait pas. Elle était même infiniment heureuse. Le souvenir du baiser d'Antoine était là pour lui tenir chaud et repousser dans les ténèbres dont elle n'aurait jamais dû sortir la dramatique nouvelle d'Italie apportée tout à l'heure par le journal jusqu'à ce château des garrigues où il faisait si bon aimer Antoine...

Le lendemain dans l'après-midi, Mélanie, assise par terre au milieu de l'atelier, explorait, avec le petit frisson délicieux du fruit défendu, les œuvres d'Antoine. Il y avait des toiles étranges, aux couleurs fulgurantes, d'un symbolisme trop compliqué pour elle, quelques portraits mais qui représentaient surtout des paysans. Des vieux à la peau tellement plissée de rides qu'elle paraissait feuilletée mais dont les yeux brillaient comme des escarboucles. Deux ou trois portraits de femmes, trop belles pour que la jalouse ne les jugeât pas détestables et vouées à la décrépitude dans un proche avenir. Et puis des dessins, des tas de dessins représentant les habitants de la maison, chat et chien compris, mais un carton, caché sous le divan, lui réservait une surprise car il était bourré à craquer d'esquisses, de sanguines et de pastels dont l'unique modèle était elle-même : son visage d'abord et puis toute sa personne, debout, assise, courant vers un horizon invisible. Quelques feuilles, soigneusement enveloppées de papier, la firent même rougir jusqu'aux oreilles car elle s'y vit nue, étendue sur le divan rouge qui faisait chanter son corps sur lequel le pastel s'était attardé avec une complaisance un peu gênante quoique flatteuse. Et Mélanie, n'ayant jamais posé pour le peintre, resta un moment à se demander comment il avait pu la rendre si vivante et si voluptueuse.

Le bruit d'une voiture s'arrêtant devant la maison la fit sursauter. Elle se hâta de remettre tout en place, pensant que peut-être Antoine avait changé d'avis et revenait, puis elle se calma. Fallait-il qu'elle se sentît en faute pour avoir oublié que ce devait être Prudent retour d'Avignon où son maître lui avait conseillé de passer la nuit et de faire quelques emplettes !... Néanmoins, elle jugea plus sage de quitter l'atelier et en sortit sur la pointe des pieds. Mais l'occupant de l'automobile ne devait pas être l'époux de Victoire car Mélanie entendit des voix dont l'une lui était inconnue. Et c'est seulement quand elle fut en haut de l'escalier qu'elle aperçut le visiteur et le reconnut en dépit du sobre costume de ville qu'il portait en place de son uniforme : c'était Pierre Bault, cet étrange conducteur de wagons-lits qu'Antoine tutoyait. Et Victoire causait avec lui comme si elle le connaissait depuis longtemps.

Évidemment, depuis deux mois la vie de Mélanie avait suivi des chemins assez étranges pour qu'elle ne s'étonnât plus de grand-chose mais cette arrivée soudaine était tout de même bizarre. Elle hésita toutefois à se montrer. Et puis soudain Bault éleva la voix et elle entendit :

– Il est parti pour Paris ?... C'était ce que je craignais, mais quelle folie ! Sans le savoir il est allé se jeter dans la gueule du loup !

Mélanie, alors, descendit l'escalier en courant :

– Vous ne voulez pas m'en dire un peu plus ? demanda-t-elle.

Son intrusion ne parut pas surprendre l'homme du train. Il la salua et s'efforça de lui sourire mais ne réussit qu'une sorte de grimace :

– Je crains que ce ne soit difficile, madame...

– Il me semble que j'ai le droit de savoir. C'est pour moi qu'il est allé à Paris et vous dites qu'il va y être en danger ?

– C'est à craindre. Aussi, quand, hier, j'ai lu le journal, je me suis douté qu'il allait se précipiter pour vous aider à sortir de cet imbroglio et je me suis fait remplacer sur le train pour venir jusqu'ici le supplier de ne pas bouger. Malheureusement j'arrive trop tard mais je peux essayer de le rattraper...

– Vous ne partirez pas sans m'avoir appris de quoi il est question, affirma Mélanie reprise en écho par Victoire :

– Ni sans prendre une tasse de café ! Nous en avons tous besoin. Venez à la cuisine ! De toute façon, vous n'avez pas de train avant quelques heures !

– Pourquoi ne pas télégraphier chez lui, à Paris ? Il y a, je crois, un appartement ? Dites-lui de revenir.

– Parce que cela ne servirait peut-être à rien et qu'il ne me pardonnerait pas d'aiguiller ses ennemis sur Avignon. Jusqu'à présent, cette maison est restée pour lui un havre secret. Pourquoi donc croyez-vous qu'il n'y a pas le téléphone ici ? Il fallait donc que je vienne.

Les raisons de Pierre Bault semblaient un peu spécieuses à Mélanie mais il y avait dans son regard une inquiétude si réelle qu'elle se reprocha ses soupçons. Les relations entre ces deux hommes lui paraissaient si étranges !... De toute façon celui-là lui avait sauvé la vie au moins autant qu'Antoine.

Un moment, tous deux restèrent assis, face à face, de chaque côté de la longue table. Pierre Bault regardait ses mains sans dire un mot et Mélanie n'osait plus briser le silence. Ce fut seulement quand la senteur généreuse du café établit un pont entre eux qu'elle osa dire :

– Je vous en prie ! Expliquez-moi ce qui se passe ! J'aime Antoine et s'il devait, par ma faute, lui arriver... quelque chose, je crois que je ne m'en consolerais pas.

Mais Pierre Bault ne disait toujours rien. Alors Victoire s'en mêla :

– Monsieur Antoine n'est pas bavard, cependant je sais depuis longtemps qu'il mène ce qu'on peut appeler... une double vie. Je sais aussi que vous l'aimez bien. Alors peut-être que nous pourrons vous aider ?...

– Peut-être... en effet !

Il parla. Mélanie apprit ainsi que sous le couvert innocent de la peinture qui lui permettait de voyager un peu partout, Antoine Laurens servait la France dans ce qu'il est convenu d'appeler les services de renseignement. Pas de façon régulière ni continue. Simplement, on lui confiait certaines missions bien précises qui entraient aisément dans le cadre de son existence d'artiste. C'est ainsi que l'hiver précédent, il avait réussi à s'emparer d'un document d'une extrême importance pour l'alliance franco-russe encore trop jeune pour n'être pas fragile.

Détenu par l'un des plus redoutables agents de l'Okhrana [1] qui se doublait de l'un des principaux chefs du terrorisme socialiste allemand, un certain Azeff, ce document avait fait couler pas mal de sang, dont celui d'Antoine qui avait été blessé dans le dernier engagement et aussi celui d'Azeff lui-même laissé pour mort sur un quai d'Anvers.

– Seulement Azeff n'est pas mort, reprit Pierre Bault. Il y a une une semaine environ, il s'est embarqué à Nice sur le Méditerranée-Express à destination de Paris en compagnie de sa maîtresse. Sous un faux nom bien sûr mais je l'ai reconnu, et s'il vient à Paris ce ne peut être que pour une seule raison : abattre l'homme qui s'est mis en travers de son chemin et l'a mené à deux doigts de la mort.

– En ce cas, pourquoi n'avez-vous pas prévenu Antoine ? reprocha Mélanie.

– Parce qu'il n'y avait pas urgence, bien au contraire. Chaque fois qu'il rentre de mission, on laisse s'écouler un certain temps avant de faire de nouveau appel à lui. Un retour à la vie normale, presque anonyme, à la peinture pour laisser les remous se calmer. Je me suis contenté de prévenir... en haut lieu sachant bien que si M. Laurens savait son ennemi revenu il n'aurait rien de plus pressé que lui courir sus. Et on ne veut pas de ça...

– En haut lieu ?

– En haut lieu ! C'est pourquoi j'ai pris peur à la lecture de cet article. Je suis donc accouru pour essayer de le retenir. Il me reste à gagner au plus vite Paris pour le convaincre de rentrer. En espérant qu'il ne sera pas trop tard... Mesdames, je vous remercie beaucoup de votre accueil.

1. Puissante police politique créée au XIXe siècle par le star Nicolas Ier et dont le premier chef fut le comte de Benkendorff.

– Comment êtes-vous venu jusqu'ici ? demanda Mélanie. Il me semble avoir entendu le bruit d'un moteur.

– En effet. J'ai, en Avignon, un ami qui possède une de ces raretés, fit-il avec un léger sourire. Il a bien voulu me la prêter.

– Vous savez conduire ?

– Cela vous étonne d'un simple employé des Wagons-lits ? J'ai appris beaucoup de choses dans ma vie, madame. Je sais même conduire une locomotive.

– Je n'ignore pas que vous êtes quelqu'un d'étonnant mais si vous voulez bien m'attendre quelques instants, je partirai avec vous.

Victoire ne laissa pas au visiteur le temps de protester.

– Vous n'allez pas faire ça ! Monsieur Antoine...

– Monsieur Antoine est en danger par ma faute ! coupa fermement Mélanie. Il est temps que j'aille mettre de l'ordre dans mes propres affaires. Sinon M. Bault n'arrivera jamais à le convaincre de rentrer. Vous voulez bien m'emmener... et payer pour moi un billet de train ? Je vous rembourserai dès que nous serons à Paris et si vous voulez bien mettre un comble à votre amabilité en télégraphiant pour que l'on vienne me chercher à la gare, ma dette sera vite réglée...

– Vous voulez prévenir votre famille ?

– Non. Le fondé de pouvoirs de mon grand-père. Je sais que je peux compter sur lui. J'imagine même qu'il éprouvera, en me revoyant, un certain soulagement...

Et Mélanie s'envola vers les hauteurs pour préparer son mince bagage.

Troisième partie

L'AFFRONTEMENT

CHAPITRE IX

LA MAISON DES CHAMPS-ÉLYSÉES

Le train qui ramena Mélanie ne ressemblait pas vraiment au Méditerranée-Express. Simple convoi de voyageurs, il lui offrit le confort, relatif quand il s'agit d'y passer la nuit, d'un wagon de première classe. Elle y dormit cependant grâce à ce magnifique sommeil de la jeunesse et beaucoup mieux qu'elle ne l'avait fait dans son luxueux sleeping où elle n'avait même pas ouvert les draps. La seule chose qui la gênât fut de porter à nouveau le costume de son voyage de noces et d'avoir, pour ce faire, remis l'odieux corset. Mais elle avait ajouté à son chapeau une épaisse voilette marron qui enveloppait sa tête, dissimulant ses cheveux aussi bien que son visage. Deux personnes seulement – un couple âgé – occupaient le même compartiment et, devant l'évidente volonté d'isolement de cette jeune dame, ils n'essayèrent pas de lui parler. Ils devaient d'ailleurs descendre à Lyon.

Pierre Bault, bien sûr, voyagea dans le même train mais, afin d'être certain qu'on ne les remarquerait pas, il salua Mélanie après l'avoir installée en ajoutant seulement qu'à l'arrivée il veillerait sur elle et s'en occuperait au cas où Olivier Dherblay n'aurait pas reçu ou pas compris son télégramme. Et il se chercha une place ailleurs.

Néanmoins, en dépit de cette protection discrète, Mélanie se sentit un peu désorientée quand, vers neuf heures du matin, elle mit le pied sur le quai de la gare parisienne. Il y avait beaucoup de monde et elle se trouva un peu encombrée de ses bagages. Un porteur se présenta à point nommé et en se retournant, elle aperçut Pierre qui, tout en échangeant quelques mots avec un employé à casquette galonnée, ne la quittait pas des yeux. Elle lui sourit en esquissant un geste de la main et se mit en marche à la suite de l'homme en blouse bleue. A mesure qu'elle avançait en fouillant la foule du regard une inquiétude lui venait : si Dherblay n'avait pas reçu son télégramme ? Il pouvait être absent ? Et si le « petit bleu » n'avait pas été délivré à temps ? Que ferait-elle ?... Une chose était certaine : pour rien au monde elle n'irait chez sa mère.

Et soudain, elle l'aperçut. Il se tenait debout, auprès de la grille d'entrée du quai, les mains au fond des poches d'un grand manteau de drap anglais gris dont le col relevé remontait jusqu'à ses oreilles. Sourcils froncés, il observait le flot vomi par le train, guettant une silhouette, un visage. Lui toujours si froid et si calme semblait inquiet. Alors Mélanie courut vers lui :

– Dieu merci, vous êtes venu ! Vous ne pouvez pas savoir comme je me sens soulagée...

D'un geste presque brutal, il la saisit aux épaules, scrutant le mystère de ce visage voilé :

– C'est vraiment vous ? Ce télégramme a manqué me faire devenir fou car vous êtes bien la seule Mélanie que je connaisse. Et l'on vous disait morte...

Pour toute réponse elle souleva l'épaisse voilette pour qu'il pût voir sa figure. Il eut alors un grand soupir de soulagement et laissa retomber ses mains comme si elles venaient de perdre toute leur force.

– Je ne comprends rien à cette histoire mais que Dieu soit béni ! Soyez-le aussi d'avoir pensé à m'appeler, moi !

Cet homme d'affaires si flegmatique semblait curieusement ému et Mélanie lui sourit. Elle avait foi en la rigueur de sa loyauté mais n'avait jamais imaginé qu'il pût éprouver des émotions.

– J'ai un peu honte de vous avouer que je n'ai aucune confiance en ma mère, fit-elle en rajustant son fragile rempart. Quant à mon oncle, j'ignore où il se trouve. Je me suis souvenue alors de ce que vous m'aviez dit, dans cette même gare : je pouvais venir habiter l'hôtel de grand-père...

– J'y suis passé prévenir Soames avant de venir ici, tout en restant tout de même assez dubitatif. La maison vous attend et je vais vous y conduire. Venez, ne restons pas ici ! Vous avez des bagages ?

– Ils sont aux mains de ce porteur mais je n'ai rien de plus que ce que j'ai emporté sur le Méditerranée-Express.

– Vous aurez très vite tout ce qu'il vous faut. N'oubliez pas que vous êtes riche...

Il la guida vers sa voiture qui attendait dans la cour de la gare et elle poussa un soupir de soulagement en retrouvant le confort moelleux de cet élégant coupé et le parfum de lavande et de tabac anglais qui y régnait. Il faisait froid, en ce dernier jour d'avril. Une pluie fine embrumait Paris, ajoutant encore à la grisaille des bâtiments, et Mélanie se sentit glacée jusqu'à l'âme. Château-Saint-Sauveur, son soleil, ses fleurs et surtout la chaleur de ses habitants lui paraissaient aussi lointains que la Chine.

Olivier Dherblay l'installa avec soin, enroulant même une couverture autour de ses jambes.

– Nous avons depuis huit jours un temps affreux,

comme si l'hiver avait décidé de revenir... Je brûle de vous poser des questions, ajouta-t-il en s'installant auprès d'elle, mais vous devez être lasse.

– Pas vraiment car j'ai assez bien dormi. J'ai surtout très faim !

Dherblay eut l'un de ses rares sourires devant une déclaration que n'importe quelle dame de la bonne société eût déclarée vulgaire. Avoir faim s'apparentait à une maladie qui ne toucherait que les classes les plus misérables du peuple, le déclarer relevait de l'inconvenance.

– Nous allons arranger cela bientôt. Et comme ventre affamé n'a pas d'oreilles, je vous laisse redécouvrir Paris.

A la surprise de la voyageuse et en dépit du mauvais temps la ville avait un air de fête. Cela tenait essentiellement à la floraison de drapeaux français et anglais qui décoraient les bâtiments publics et pendaient en longues banderoles tricolores au long des artères principales. Les tramways et les omnibus portaient tous au front un petit faisceau franco-britannique et l'air sentait le brouillard londonien.

– Pourquoi tous ces drapeaux ? demanda Mélanie. Nous ne sommes pas le 14 juillet ?

– Non, mais le roi d'Angleterre arrive demain en visite officielle et comme les Français, qui l'adoraient quand il était prince de Galles, ne voient plus en lui que le souverain de la perfide Albion à laquelle ils reprochent le coup de Fachoda, le gouvernement espère que cette grande débauche de décorations réchauffera leur enthousiasme. Et attendez de voir les Champs-Élysées ! Ils sont entièrement bleu, blanc et rouge. Mais où étiez-vous donc pour ne pas savoir cela ? ne put-il s'empêcher de demander.

Ce qui fit sourire Mélanie :

– Au paradis... ou presque ! Dans un château de Provence. Mais rassurez-vous ! Dès que je serai nourrie je vous dirai tout. Ou presque, pensa-t-elle, bien décidée à garder pour elle son intimité avec Antoine.

Lorsque Mélanie apparut sur le seuil du grand vestibule, le comportement toujours si typiquement britannique du vieux Soames fondit comme neige au soleil. Il éclata en sanglots :

– Ce n'était donc pas une illusion ? s'écria-t-il. Vous êtes vivante, Mademoiselle Mélanie ? Mais pourquoi nous avoir laissé croire à votre... oh ! Je ne peux même pas prononcer le mot !

– Eh bien, ne le prononcez pas, Soames, fit Dherblay. Elle est en vie et c'est ce qui compte. J'ajoute qu'elle est affamée !

– J'ai tout préparé dans le jardin d'hiver.

Un instant plus tard, après avoir tout de même invité Olivier Dherblay à partager son repas, Mélanie engloutissait tasse sur tasse d'un chocolat à la crème fouettée, épais et onctueux, en y trempant de façon tout à fait commune quatre ou cinq croissants au beurre les plus croustillants et les plus aériens qu'elle eût jamais mangés. Ces merveilles étaient l'œuvre d'Ernestine – Mme Duruy comme on l'appelait depuis qu'elle régnait sur les armoires de la maison. En effet, il avait été impossible, en dépit des supplications d'Olivier, de conserver le chef-cuisinier dont grand-père faisait si grand cas. Cet artiste s'était déclaré incapable de rester inactif à côté de ses fourneaux éteints : « Si je n'œuvre pas, je me dissous », déclara-t-il en rendant sa toque et son tablier avant d'aller endosser ceux qu'on lui offrait à Bruxelles au palais de Laeken. Plusieurs membres du personnel avaient suivi son exemple, parmi les plus jeunes surtout, mais la fidélité de ceux qui restaient s'était alors révélée à toute épreuve et Dherblay n'eut aucune peine à obtenir d'eux un serment d'absolu mutisme touchant le retour tellement miraculeux de Mélanie :

– Si je peux me permettre, déclara Soames parlant au nom du dernier carré, nous étions tous décidés à partir s'il prenait fantaisie au marquis de Varennes de venir s'installer ici. Sa réputation parmi les gens de maison n'est pas des meilleures...

Tandis qu'il retournait vaquer à ses occupations, Mélanie acheva son petit déjeuner, autorisa Olivier à allumer une cigarette si le cœur lui en disait puis, se pelotonnant dans une sorte de siège-guérite en rotin doublé de perse à fleurs, elle entama le récit de son aventure conjugale.

Dherblay l'écouta sans l'interrompre et sans manifester le moindre signe d'émotion. Abrité sous les immenses feuilles d'un aspidistra géant à l'ombre duquel il avait reculé son siège, il bénéficiait d'un demi-jour qui prêtait à son visage immobile la froide rigidité d'une statue aux yeux mi-clos. On aurait dit qu'il cherchait à faire oublier sa présence et Mélanie lui en fut reconnaissante : cette discrétion lui permettait de parler plus librement.

– De toute évidence, M. Laurens m'a sauvé la vie, conclut-elle et, si une information inattendue n'était venue m'apprendre qu'il courait un danger certain en se rendant à Paris pour essayer de m'aider, je ne serais peut-être jamais revenue.

– Laissant un criminel hériter, contre toute justice, d'une fortune à laquelle il n'a aucun droit ? Sans compter le danger que sa rapacité peut faire courir à votre oncle ? En vérité, Madame, je ne reconnais pas la petite-fille de votre grand-père.

Il y avait autre chose que de la colère dans cette voix

qui, à présent, accusait, mais Mélanie fut incapable de démêler ce que cela pouvait être.

– Comment pourriez-vous me reconnaître ? fit-elle avec tristesse. Nous sommes des étrangers l'un pour l'autre. Et vous ne pouvez pas comprendre ce que j'ai vécu dans cette maison où je me sentais le droit d'être moi-même... Ne croyez pas que j'essaie de plaider ma cause, ajouta-t-elle en le voyant esquisser un geste pour l'interrompre. Je vous demande seulement de considérer ceci : depuis la mort de mon père le seul être qui se soit soucié de mon bonheur était mon grand-père. Malheureusement, nous nous sommes rencontrés trop tard et jusqu'à ce voyage en mer accompli ensemble il n'était guère autre chose pour moi qu'une puissance redoutable et redoutée, une sorte de Louis XIV vieillissant devant lequel, à des dates prévues, je devais faire la révérence.

– Je croyais que vous l'aimiez ?

– Je l'ai aimé d'autant plus fort que je l'ai découvert plus tard... trop tard ! A présent... je voudrais pouvoir faire un peu de toilette et...

– C'est trop naturel. Mme Duruy doit avoir préparé pour vous la chambre de votre grand-mère.

Il était enfin sorti de son abri feuillu et lui tendait la main :

– Voulez-vous me pardonner si je vous ai blessée ? Il ne faut voir dans ma brutalité qu'un excès... de dévouement. En outre, je vous l'avoue, j'ai toujours détesté le marquis de Varennes...

La gouvernante reparaissait à cet instant pour annoncer qu'un bain attendait Mélanie. Dherblay s'adressa à elle :

– Voudriez-vous être assez aimable pour prendre les mesures de notre revenante ainsi que ses différentes pointures et me les communiquer.

– J'allais vous en prier, monsieur Olivier. Notre jeune dame n'a vraiment pas grand-chose à se mettre en dehors de quelques bijoux...

– Si vous voulez bien m'accorder votre confiance je vais faire le nécessaire. A présent je vous laisse mais je reviendrai ce soir...

– Dînerez-vous avec moi ?

– Je vous remercie mais pas ce soir. D'ailleurs, je viendrai, je pense, avec quelqu'un qui pourra nous être d'une grande utilité. Par chance, Varennes est encore en Italie où il « dirige » toujours les recherches mais il reviendra bientôt.

– Et mon oncle ? Je voudrais tellement le voir !

– Il est malheureusement en Égypte. Je me suis efforcé de le prévenir par des télégrammes envoyés à divers hôtels... A ce soir !

La chambre de Chère Bonne-Maman qui était demeurée farouchement attachée au style de sa jeunesse aurait beaucoup plu sans doute à l'impératrice Eugénie. Mélanie, pour sa part, s'y sentit un peu perdue et vaguement étouffée quand, son bain pris, elle se retrouva dans cet univers de velours ciselé vieux rose, de tapis multicolores qui se chevauchaient, de fauteuils capitonnés, le tout surchargé de coussins et d'énormes glands en passementerie sur quoi régnait un grand lit d'ébène incrusté de cuivre dans lequel la frêle silhouette d'Élodie Desprez-Martel devait se sentir un peu trop au large quand le corps vigoureux de son époux ne le partageait pas. C'était, de toute évidence, la chambre d'une grande frileuse, jamais assez protégée, mais cela Mélanie le savait, n'ayant jamais vu sa grand-mère que couverte de mantelets et de châles, ces derniers étant d'ailleurs de fabuleux cachemires dont elle possédait une véritable collection.

Ce fut l'un de ceux-ci, d'un beau rouge profond légèrement filé d'or, qu'Ernestine drapa sur les épaules de Mélanie après l'avoir revêtue tant bien que mal d'une robe de soie grise qu'il avait fallu attacher avec des rubans pour lui donner un peu d'aise dans le dos. La jeune femme était en effet beaucoup plus grande et un peu moins maigre que son aïeule. Pour la longueur, l'habile femme s'en était arrangée en laissant dépasser un grand volant de mousseline tuyautée emprunté à une autre toilette.

L'ensemble était plutôt joli mais, en se contemplant dans l'énorme psyché de la pièce aux armoires, Mélanie ne put s'empêcher de se demander s'il lui arriverait un jour de porter des robes non seulement faites pour elle mais à son goût car, bien évidemment, Olivier Dherblay était parti dans l'intention de lui renouveler sa garde-robe. Restait à savoir ce que cela allait donner !

A sa demande, Soames la conduisit dans le bureau de grand-père où se trouvait l'un des deux postes de téléphone, l'autre étant installé dans le vestibule, et comme elle ne s'était encore jamais servie de cet instrument, il lui proposa respectueusement de demander pour elle son numéro. Elle lui tendit alors le petit morceau de papier sur lequel Pierre Bault avait inscrit celui d'Antoine à Paris mais le vieux serviteur eut beau insister, implorer l'invisible dame des P.T.T. de sonner et de sonner encore, il fut impossible d'obtenir la communication.

– Il faut nous rendre à l'évidence, mademoiselle Mélanie : il n'y a personne.

– Nous essaierons encore un peu plus tard, dit-elle, mais comme l'inquiétude que les révélations de Pierre Bault lui avaient mise au cœur se réveillait, elle demanda à Soames de chercher le numéro du journal *Le Matin* et d'y demander M. Lartigue. Hélas, elle n'eut pas plus de succès : le journaliste était absent de Paris.

La pensée qu'il était peut-être déjà parti pour le lac de Côme réconforta un peu Mélanie. Si c'était le cas, il avait vu Antoine, donc celui-ci n'était pas encore tombé sous les coups de son ennemi.

Pour mieux s'en assurer, elle demanda les journaux du jour et même de la veille mais elle eut beau les parcourir en tous sens, elle n'y trouva pas ce qu'elle craignait : l'annonce de la mort d'un peintre connu. On n'y parlait que de l'arrivée prochaine du roi Édouard VII prévue pour le lendemain, 1er mai, à la gare du Bois de Boulogne. Ce qui lui permit de déjeuner de meilleur appétit en tête à tête avec les nymphes de verre du jardin d'hiver, la grande salle à manger lui étant apparue comme nettement au-dessus de ses forces morales. Elle charma sa solitude par la lecture du *Figaro*, calé sur une carafe ainsi qu'elle l'avait vu faire à Antoine les jours de mauvaise humeur quand il ne désirait pas engager la conversation. Elle s'intéressa à une longue description du yacht royal *Victoria and Albert* sur lequel le nouveau souverain anglais venait d'exécuter, depuis le 1er avril, un périple en Méditerranée en compagnie de sa suite habituelle mais non de son ministre des Affaires étrangères auquel il avait préféré lord Harding, « aussi bon diplomate qu'homme du monde accompli ». Elle lut également que le président Loubet et M. Delcassé, l'actuel locataire du Quai d'Orsay, avaient décidé contre vents et marées de jouer sur l'ancienne popularité d'Édouard avant le couronnement pour jeter avec lui les premières bases d'une « entente cordiale » jusque-là tout à fait impensable tant que durait l'interminable règne de sa mère.

Olivier Dherblay revint beaucoup plus tôt qu'il ne l'avait annoncé mais, à la surprise de Mélanie, c'était une femme qui l'accompagnait, une femme qui ne manquait ni d'allure ni de majesté. A peine âgée de quarante ans, très brune avec un beau visage pâle, elle portait, sous un paletot court et brodé, une veste rouge ornée de pompons et une robe de soie noire d'une grande simplicité mais d'une coupe admirable. Une masse de cheveux noirs nattés et roulés autour de sa tête la lui tirait un peu en arrière ce qui ajoutait à son air altier. Un simple collier de corail rouge entourait son cou. Quand elle ôta ses gants, des mains blanches et fines apparurent dont l'une portait un magnifique rubis tenu par de minuscules mains d'or.

Tandis que Mélanie se demandait si elle n'était pas la reine d'Espagne, la dame, sans laisser à son compagnon le temps de faire les présentations, déclara d'un ton tout aussi naturel que si elle eût été la souveraine en question :

– Je m'appelle Jeanne Lanvin et j'ai tenu à voir par moi-même à quoi vous ressemblez! Venez dans la lumière que je vous regarde mieux!

Mélanie avait déjà entendu parler de cette encore récente mais déjà célèbre couturière dont le véritable génie créateur lui permettait de choisir ses clientes. Ainsi Albine, en dépit de sa beauté, n'avait jamais réussi à obtenir que Mme Lanvin s'intéressât à elle.

Tandis qu'obéissant à l'ordre reçu elle tournait lentement sur elle-même, très gênée parce que l'artiste avait tout de suite escamoté le cachemire cache-misère, son regard inquiet accrocha celui de Dherblay qui sourit :

– J'ai eu beau dire que vous teniez essentiellement à rester anonyme, ma chère, Mme Lanvin n'a rien voulu savoir quand je lui ai donné vos mesures et demandé quelques robes...

– On n'achète pas des robes comme une botte de carottes. Pas chez moi, tout au moins! déclara la reine d'Espagne. Surtout un homme! D'ailleurs j'aurais sans doute fait jeter celui-ci dehors si je n'avais pour lui de l'amitié. Cela dit : je reconnais qu'il a du goût... mais pas encore assez pour moi. Au surplus, je ne peux créer sur du vide...

– Alors Jeanne? implora le jeune homme. Qu'en pensez-vous?

Elle lui décocha un sourire éblouissant :

– Mais le plus grand bien, mon ami, et je me félicite de vous avoir obligé à me conduire ici. Cette jeune dame – au fait, dois-je dire madame ou mademoiselle?

– Mademoiselle! répondit précipitamment Mélanie.

– Parfait! Cette jeune demoiselle, dis-je, aurait pu poser, en d'autres temps, pour Thomas Gainsborough. Pour être tout à fait ravissante il lui manque seulement d'être bien habillée. Et bien coiffée! Mais je dessinerai une coiffure que sa femme de chambre pourra parfaitement réaliser.

D'une poche de son patelot, elle avait tiré un carnet, un crayon et traçait rapidement deux ou trois esquisses. Après quoi elle sourit aux grands yeux désorientés de sa jeune cliente :

– Dès demain, vous aurez deux ou trois jolies choses! Vous me ramenez, Olivier?

– Bien sûr, chère Jeanne. Et je ne vous remercierai jamais assez d'avoir consenti à vous déplacer. C'est une faveur que je n'oublierai pas...

Ils disparurent aussi vite qu'ils étaient arrivés, laissant Mélanie se réemballer dans son châle. Si passionnante qu'elle fût cette visite ne devait pas être celle qu'on lui avait annoncée car avant de partir Dherblay, en la saluant rapidement, avait déclaré qu'il reviendrait entre six et sept heures.

Mélanie décida de l'attendre dans le cabinet de travail

de Grand-père car elle aimait cette pièce sévère mais confortable où les lambris d'acajou, les cuirs des sièges et la grosse lampe de cuivre posée sur la grande table lui rappelaient l'intérieur de l'*Askja*. Pas de portraits entre les bibliothèques bourrées de livres qui n'avaient pas grand-chose à voir avec la distraction mais une magnifique gravure représentant la goélette *America* et deux marines admirables : l'une de Turner, l'autre d'Eugène Boudin.

Elle s'y pelotonna dans un fauteuil au coin de la cheminée où Soames avait fait allumer un bon feu car le temps était frais. C'est là qu'elle reçut un homme aux cheveux gris et au visage las, vêtu d'un costume noir assez élégant et qu'on lui annonça comme étant le commissaire Langevin de la Sûreté générale.

– En dépit du travail harassant que lui donne l'arrivée prochaine du roi Édouard, dit Olivier, le commissaire a bien voulu nous accorder quelques instants.

– Croyez, monsieur, que je suis sensible à votre visite en de telles circonstances, dit Mélanie. Prenez place je vous prie ! – Elle hésita une seconde car c'était la toute première fois qu'elle assumait un rôle de maîtresse de maison puis ajouta : – Soames, voulez-vous, s'il vous plaît, faire servir à ces messieurs ce qui convient à cette heure. J'avoue l'ignorer complètement, acheva-t-elle dans un sourire.

Langevin allait refuser mais Dherblay insista :

– Un peu de vin de Porto vous fera le plus grand bien, cher ami, et celui de cette maison est admirable.

De fait, assis en face de son hôtesse et un verre de fin cristal en main, le policier parut se détendre et sourit au jeune visage qui le regardait avec inquiétude.

– Merci de votre accueil, madame. A présent, si vous voulez bien répéter pour moi ce que vous avez déjà confié à M. Dherblay ?

Le récit fut d'autant plus rapide que le commissaire en connaissait déjà une partie.

– C'est bien là le plus étrange voyage de noces dont il m'ait été donné d'entendre la relation ! soupira-t-il. – Puis, ayant humé quelques gouttes de porto, il ajouta : – Il est bien certain que le marquis de Varennes devra répondre à quelques questions lorsqu'il reviendra.

– Il n'est vraiment pas encore rentré ? demanda Mélanie.

– Nous le saurions. Une meute de journalistes l'accompagne et ne le lâche pas d'une semelle. Je pense néanmoins que vous le reverrez bientôt. Surtout lorsque l'on saura votre retour.

Mélanie allait émettre une objection mais, la devinant, Dherblay s'en chargea :

– Mlle Desprez-Martel, dit-il en insistant sur le nom, vient seulement d'arriver et elle ne souhaite pas que cela se sache trop vite. Elle désire...

– Se donner le temps de respirer et, surtout, éviter les inconvénients d'une publicité intempestive ? Je le conçois volontiers. Mais lorsque j'attaquerai le marquis il faudra que ce soit avec une bonne raison.

– Bien entendu. Le mieux serait que vous lui annonciez vous-même qu'il est beaucoup moins veuf qu'il ne veut bien le dire. Sa surprise pourrait être intéressante.

– C'est tout à fait mon avis. Évidemment, cela vous oblige à demeurer enfermée ici, mademoiselle. N'allez-vous pas vous sentir un peu seule ?

– Non. Ici, je suis chez mon grand-père, donc chez moi. Je regrette de devoir vous dire que je n'ai pas envie de revoir ma mère. Du moins pour le moment.

– Il le faudra bien pourtant car si le marquis a tué celle qu'il a fait passer pour vous, il cherchera et trouvera tout de suite une échappatoire commode : il criera à l'imposture... Il pourrait même, mon cher ami, vous accuser d'avoir produit un sosie de sa défunte épouse afin de garder la haute main sur sa fortune. Il faudra bien alors, faire appel à la mère...

– Elle n'est pas la seule qui puisse confirmer mon identité, fit Mélanie. Tous les serviteurs de cette maison...

– « Vos » serviteurs ! Leur témoignage n'est pas entièrement fiable.

– Eh bien alors mon oncle Hubert...

– Qui est encore en Égypte et pourrait ne pas être rentré à temps. Mais dites-moi, jeune dame ! Pourquoi donc cette répugnance envers votre mère ? La croiriez-vous capable de vous renier ?

La réponse vint nette, tranchante :

– Oui.

– Ah !... Et pour quelle raison ?

– Parce qu'elle aime M. de Varennes. Entre lui et moi, elle n'hésitera même pas. Il suffira qu'il lui dise que je ne suis qu'une copie...

– D'autant qu'en deux mois vous avez beaucoup changé, remarqua Olivier. Mon cher Langevin, je ne parierais pas sur la loyauté maternelle de Mme Desprez-Martel.

– Vous la connaissez mieux que moi sans doute. Eh bien, je suis tout disposé à vous apporter mon aide... en souvenir de mon vieil ami Timothée. Eh oui, je connaissais bien votre grand-père, ajouta-t-il avec un nouveau sourire, mais je tiens à vous mettre en garde : avec un homme capable d'échafauder un crime aussi astucieux nous allons avoir du mal à en venir à bout. Si nous ne le confondons pas du premier coup, nous aurons du fil à retordre. Le combat ne vous fait pas peur, mademoiselle ?

– Pas plus que la solitude. Ce que je veux c'est que ce mariage soit brisé par la loi et annulé par l'Église. En dehors de cela, M. de Varennes sera parfaitement libre de se chercher une autre héritière.

– A moins que le lac de Côme ne restitue un corps et qu'il ne soit prouvé qu'il a tué une femme, auquel cas il appartiendrait à la justice et aurait beaucoup de peine à éviter l'échafaud...

– Pour en revenir à cette éventuelle imposture, reprit Mélanie, nous pouvons encore faire appel au témoignage des deux hommes qui m'ont sauvée à bord du train. Ils le donneront sans hésiter.

– Je n'en doute pas un instant mais je préférerais que nous n'ayons pas besoin d'eux. Si votre aventure était connue du grand public, le scandale serait énorme, vous le pensez bien puisque vous vous êtes enfuie avec un inconnu la nuit même de vos noces. Dans le monde, voyez-vous, les frasques d'un homme, surtout séduisant, font sourire. Celles d'une femme sont jugées beaucoup plus sévèrement et il faut songer à préserver votre réputation.

– Ma réputation ? s'écria Mélanie enflammée d'une colère soudaine. Autrement dit le qu'en-dira-t-on ? Vous n'imaginez pas à quel point cela m'est égal, monsieur le Commissaire. Mon grand-père – et vous le savez bien puisque vous le connaissiez – ne fréquentait pas ce que l'on appelle « le monde » et je souhaite l'imiter sur ce plan comme sur beaucoup d'autres !

Langevin se pencha et posa une main paternelle sur celles, soudain glacées, de Mélanie :

– Vous êtes très jeune, petite dame, et vous ignorez encore la cruauté qui se cache sous les fleurs, les lumières et les sourires des salons parisiens, et même des salons tout court. Cet homme qui vous a sauvée, ce peintre – assez connu d'ailleurs ! – vous ne souhaitez pas, j'imagine, lui rendre ses bienfaits en malheur ?

– En malheur ? Mais que pourrait-il lui arriver ?

– De perdre sa notoriété. Ou pire encore : de se retrouver un matin, à l'aube, sur quelque discrète pelouse, en face du marquis avec à la main une épée ou un pistolet.

Au cri d'horreur de Mélanie succéda une protestation de Dherblay :

– Ne noircissez pas trop le tableau, Commissaire ! Et n'oubliez pas que la République interdit le duel.

– Mais ne réussit à l'empêcher que si l'un des adversaires prévient secrètement la police et c'est pourquoi j'ai parlé d'une pelouse discrète : celle d'une propriété avec de grands murs ou encore une clairière dans une forêt bien touffue. Cela dit, je n'ai pas voulu vous effrayer, mademoiselle, mais simplement vous faire toucher du doigt les inconvénients que peut présenter votre situation actuelle. A présent, je me retire mais en vous assurant que vous pouvez compter absolument sur mon aide pour les jours à venir.

Langevin se levait, saluait, se dirigeait vers la porte escorté d'Olivier quand, soudain, Mélanie jaillit de son siège et courut vers lui :

– Encore un instant, je vous en prie !

Sa voix tremblait car une espèce de sanglot venait de se coincer dans sa gorge. Le danger imaginaire que le commissaire venait d'évoquer pour Antoine, après l'avoir terrorisée au point de la paralyser, venait de lui rappeler cet autre péril, beaucoup plus présent, qui menaçait son ami. Son émotion n'échappa pas au policier :

– Je suis là pour vous écouter, dit-il avec beaucoup de douceur. Avez-vous oublié quelque chose ?

– Oui... oui, une chose... terrible! Avez-vous déjà entendu parler d'un étranger, un terroriste dont le nom est Azeff?

Les traits de Langevin se figèrent et son regard se fit tout à coup incroyablement dur :

– Plus que je ne le voudrais. Vous le connaissez?

Mélanie devint aussi rouge que son cachemire :

– Non, dit-elle très vite, non bien sûr!... Comment le pourrais-je? Mais... une conversation entendue par hasard... dans le train m'a appris à la fois qu'il s'agit d'un homme dangereux... et qu'il est arrivé à Paris depuis quelques jours. C'est tout ce que je sais...

– Azeff? A Paris? Par tous les diables de l'enfer!

Et sans ajouter un mot de plus, le commissaire Langevin se rua sur la porte qu'il arracha presque dans sa précipitation, manqua renverser Soames et dégringola l'escalier au bas duquel il récupéra au vol son chapeau melon et son paletot mastic. Alors seulement on l'entendit crier :

– Je vous emprunte votre voiture, Dherblay! Je vous la renvoie avant une heure!

Dans la grande pièce lambrissée d'acajou, le silence était total. Seul le feu se faisait entendre. Ce fut le rire d'Olivier Dherblay qui le brisa.

– Diable d'homme! fit-il. C'est gentil à lui de me prévenir!... – puis, avisant un échiquier d'ébène et d'ivoire disposé sur une petite table, il ajouta : – Je crains qu'il ne vous faille me supporter encore un moment. Voulez-vous que nous fassions une partie? Je sais que vous êtes une adversaire respectable.

Il apporta la table près du feu où Mélanie, encore tremblante de la peur qui l'avait secouée, était revenue. Mais avant de s'installer en face de la jeune femme, il alla remplir deux verres à la carafe laissée par Soames et lui en offrit un :

– Buvez ! Je crois que vous en avez besoin.

Il se pencha vers elle et le feu alluma des reflets dans le cristal taillé du verre et dans les yeux d'Olivier dont, pour la première fois, Mélanie découvrait qu'ils étaient de ce bleu un peu dur du lapis-lazuli. La profondeur de l'orbite où ils s'enchâssaient les assombrissait le plus souvent mais lorsqu'une petite flamme de gaieté les animait ils devenaient fascinants. Elle sourit à ces yeux-là, prit le verre et, dédaignant une fois de plus les bonnes manières, elle le vida d'un trait, ce qui le fit rire.

– Quelle jeune béotienne ! Cela se déguste...

La partie dura car tous deux jouaient bien. Entre les coups, ils échangeaient parfois un sourire mais sans dire un mot. Olivier perdit juste au moment où le roulement de sa voiture se faisait entendre dans la cour. Un peu trop vite peut-être. Mélanie pensa qu'il se laissait battre délibérément parce qu'il n'avait sans doute plus de temps à lui consacrer.

Après son départ, elle se sentit curieusement seule. Le début de cette longue journée commencée dans un train lui semblait aussi lointain qu'un souvenir d'enfance. Cela tenait sans doute à ce que tout allait trop vite depuis deux mois. Sa vie, au lieu de s'écouler douce et agréable dans les plaisirs de la lune de miel, s'était emballée comme dans les images de M. Lumière que Fräulein l'avait emmenée voir à l'Exposition universelle de 1900 ; rien n'avait plus l'air vrai. Peut-être parce que l'éclairage des êtres et des choses avait changé. Le prince charmant s'était mué en un bandit de grands chemins tandis qu'Olivier Dherblay, considéré jusqu'alors comme un homme foncièrement ennuyeux, se révélait un ami délicat et presque amusant.

A bien s'interroger, Mélanie dut s'avouer tout de même que celui-ci avait monté dans son estime quand, sur le quai de la gare de Lyon, il lui avait appris qu'en cas de besoin elle pouvait chercher refuge dans l'hôtel Desprez-Martel. Résultat : c'était lui qu'elle avait appelé à son secours et il était venu aussitôt...

Quittant son coin de feu, elle alla poser ses bras sur le haut dossier du fauteuil qui, derrière le grand bureau, marquait la place du vieillard. Elle en caressa le cuir fatigué par des années de labeur :

– Saurai-je jamais ce qui vous est arrivé ? murmura-t-elle. Oh, grand-père !... vous me manquez tellement ! Mais aussi pourquoi ai-je accepté que l'on ne respecte pas vos volontés ? J'en suis bien punie. La maison est si vide, sans vous !

C'était vrai. Encombré de meubles énormes, d'armures, de livres, de plantes et de tableaux, le vieil hôtel semblait mort et ses échos éteints. Il fallait, pour le faire vivre, la voix de tonnerre, la carrure et la vitalité du vieux Timothée...

Soames entra sans bruit pour enlever le plateau et les verres. Ne l'ayant pas entendu venir, Mélanie ne bougea pas et tressaillit lorsqu'il soupira :

– Il est difficile d'imaginer qu'il ne reviendra jamais et qu'un tel homme ait pu disparaître sans laisser plus de traces qu'un oiseau dans l'air ! Pour ma part, je ne peux m'y habituer...

– Moi non plus, Soames. Pourtant, il y a déjà six mois !

Elle prit sur le bureau un morceau de granit qui affectait la forme d'une main. De minuscules coquillages dessinaient comme une petite étoile de mer sur la pierre rugueuse qui rosissait à un endroit et, à un autre, montrait des traces noires comme si elle était passée par le feu. Le vieux serviteur sourit :

– Monsieur tenait beaucoup à ce caillou qu'il avait

trouvé en Bretagne. Il l'appelait la main de Neptune et il aimait y appuyer la sienne quand quelque chose le tracassait. Il disait aussi qu'elle lui donnait de la force. Oui, comme cela !

Mélanie, en effet, imitait tout naturellement le geste. Le granit était froid et rugueux sous ses doigts mais elle eut tout à coup la curieuse impression que sa mélancolie se dissipait et qu'une énergie nouvelle lui venait.

– S'il vous plaît, Soames, voulez-vous redemander le numéro de tout à l'heure ?

– Tout de suite, mademoiselle Mélanie. Ensuite, si vous le souhaitez, je vous servirai votre dîner ici. Le jardin d'hiver est un peu triste la nuit.

Par quatre fois, Mélanie essaya d'atteindre Antoine mais la sonnerie résonnait dans le vide. Elle décida alors que le mieux était d'aller se coucher mais, en quittant le cabinet de travail, elle prit avec elle deux livres reliés de cuir havane frappé d'or qu'elle avait trouvés sur la grande table : la vie du corsaire Robert Surcouf – un vieil ami à elle ! – et celle du bailli de Suffren qui devait être pleine d'intérêt puisque grand-père gardait le volume sous sa main. En effet, s'il existait bien une petite bibliothèque vitrée dans sa nouvelle chambre, son contenu ne la tentait pas. Chère Bonne-Maman affectionnait les ouvrages de piété, tels l'*Imitation de Jésus-Christ*, mais on lui découvrait aussi un faible pour de petits romans aux titres un brin sirupeux comme *Le Sacrifice de Louise*, *Vierge et sacrifiée*, *La Princesse charmante*. Il avait suffi à Mélanie d'y jeter un coup d'œil pour décider qu'ils ne pouvaient convenir à une fille nourrie au lait de M. Fenimore Cooper et de M. Walter Scott et qui, à Château-Saint-Sauveur, avait découvert un génial Anglais nommé Oscar Wilde, sans compter les roboratifs romans d'aventure de M. Paul d'Ivoi...

Le lendemain, les musiques militaires s'emparaient des Champs-Élysées. Puis ce fut le pas des nombreux chevaux de l'escorte officielle qui s'en allait accueillir le roi Édouard VII à la gare du Bois de Boulogne. Il y avait encore plus de drapeaux que la veille mais la foule qui se massait le long des barrières alignées sous les marronniers demeurait bizarrement silencieuse. Pourtant, le temps était superbe, il y avait des fleurs partout et Paris, visiblement, avait fait une grande toilette pour accueillir le souverain le plus gai d'Europe sans beaucoup s'illusionner sur l'accueil de ses habitants. Chapeaux fleuris et canotiers abritaient plus de visages sombres que de sourires et il était même à craindre qu'il y eût quelques sifflets.

Tout cela, hélas, s'arrêtait au portail de l'univers clos où Mélanie restait retranchée et elle en concevait un peu de tristesse parce que ce roi tout neuf était pour elle une ancienne connaissance qui lui avait même envoyé de jolis vases en biscuit de Wedgwood pour son mariage.

Albine, en effet, avait été présentée au prince de Galles par lady Decies et comme celui-ci adorait les jolies femmes, il avait tout de suite admis Mme Desprez-Martel au nombre de ses relations parisiennes et, à plusieurs reprises, était venu prendre le thé rue Saint-Dominique. La première fois – cela datait du temps où son père vivait encore – Mélanie lui avait été présentée. Il lui avait tapoté la joue avec un sourire barbu et l'enfant l'avait trouvé tellement gentil que, par la suite, elle se cachait pour l'apercevoir car on ne la faisait plus venir au salon.

Alors elle aurait bien aimé pouvoir se mêler à la foule pour le regarder passer dans la Daumont présidentielle précédée du piqueur de l'Élysée et environnée par les cuirassiers d'escorte. C'eût été une diversion à ce téléphone obstinément muet.

Une autre diversion vint avec Olivier qui arriva, suivi d'un valet, tous deux chargés d'une infinité de cartons et de boîtes sur lesquelles tremblait un gros bouquet de muguet fleurant la fraîcheur humide d'un sous-bois. Suffoquée de plaisir, Mélanie reçut d'abord les fleurs puis passa un déclicieux moment à nager dans les rubans et les papiers de soie, déballant, avec une joie enfantine, les merveilles que Mme Lanvin avait choisies pour elle : robes, chapeaux, dentelles, écharpes, légers manteaux, chaussures, lingerie, bas et gants, tout était ravissant, tout était d'un goût parfait.

Maniant avec coquetterie une belle ombrelle pointue en taffetas rose et dentelle blanche terminée par une pomme de cristal dont les feuilles étaient d'émail vert, Mélanie exultait. Jamais elle n'avait espéré recevoir d'aussi jolies choses.

– Comment vous remercier ? dit-elle à Olivier. Tout cela m'enchante et surtout cette ombrelle. Est-elle le signe avant-coureur de promenades à venir ?

– Bien sûr. Il n'est pas question de vous séquestrer. Mais simplement de vous garder à l'abri jusqu'à ce que l'on puisse confondre un coupable.

– Est-ce que ce sera long ? C'est dommage de rester enfermée ici. Il fait si beau !

– J'étais certain que vous diriez cela. Mais je peux, peut-être, vous offrir une escapade, une sorte de récréation...

– Laquelle ? Dites vite !

– Voilà ! Ce soir, le roi Édouard se rend à la Comédie-Française pour y applaudir Mme Jeanne Granier dans *L'Autre Danger*, une pièce de Maurice Donnay qu'il a d'ailleurs réclamée à la place de je ne sais quel

Britannicus prévu par le protocole. Seules, les personnalités officielles sont conviées mais demain soir il y aura à l'Opéra une grande soirée de ballets pour la haute société et surtout les amis du roi.

– Eh bien ?

– Je dispose de la loge d'un ami empêché. Voulez-vous venir avec moi ?

– Moi ? A l'Opéra ? Est-ce que ce ne serait pas de la dernière imprudence ?

– Je ne crois pas. Si vous portez ce qu'il y a dans ce carton, fit-il en désignant une grande boîte encore fermée, je défie quiconque, même l'observateur le mieux prévenu, de reconnaître la petite mariée gauche et mal habillée que nous avons accompagnée à Sainte-Clotilde.

– Vous croyez ? Est-ce que vous n'oubliez pas ma mère ?

– Votre mère ? fit Dherblay en riant, mais elle est en deuil puisque l'on vous croit morte. Elle doit être inconsolable d'ailleurs : être empêchée d'aller, dans ses plus beaux atours, faire la révérence devant le roi d'Angleterre ! Vous vous rendez compte ?... Allons, acceptez ce que je vous offre ! Vous serez pour tous une belle inconnue, un joli mystère... N'êtes-vous pas tentée ?

– Qui ne le serait ? Bien que je n'aime guère l'Opéra ! J'ai toujours trouvé ce que l'on y donnait assommant et un peu ridicule, ces énormes femmes et ces ténors dodus qui prétendent incarner des héros de légende ! C'est à tuer les rêves les plus tenaces.

– Cela tient à ce que vous n'aimez pas le bel canto. Voyez-vous, les vrais amateurs n'entendent que des voix sublimes et ne s'attachent pas à l'aspect extérieur. Mais rassurez-vous ! Je vous ai dit qu'il s'agissait d'une soirée de ballets. Le roi est un esthète, comme vous, et il aime assez les danseuses parce qu'elles sont toujours jeunes, mince et souples. Alors ? Nous tentons l'aventure ?

– Avec joie ! Je serai très contente d'apercevoir le roi.

Sous sa plus belle parure, l'Opéra, ce soir-là, ressemblait à l'intérieur d'un immense coffre au trésor. Le grand lustre qui descendait du plafond où Lenepveu avait figé les Heures du Jour et de la Nuit, scintillait de tous ses cristaux et envoyait ses lumières allumer des feux dans les diamants, les émeraudes, les rubis, les saphirs et les perles répandus à profusion sur les têtes, les gorges et les poignets des plus jolies et des plus nobles dames de Paris. Toilettes somptueuses et coiffures raffinées se ciselaient comme autant de joyaux sur le velours pourpre des loges qu'aucun chapeau n'encombrait.

En effet, dans tous les théâtres parisiens, les femmes se rendaient habituellement en grand décolleté mais coiffées d'immenses chapeaux aux fantastiques garnitures qui empêchaient généralement le spectateur assis derrière elles de voir quoi que ce soit du spectacle, obligeant ainsi leurs compagnons à rester debout dans les loges. Et c'était le privilège de l'Opéra, de l'Opéra-Comique et de la Comédie-Française, pour les soirées de gala et celles d'abonnement, de proscrire ces monuments au profit des diadèmes, tiares, couronnes et tous autres joyaux auxquels on ajoutait parfois un bouquet de plumes d'autruche, quelques aigrettes ou crosses de paradis qui obstruaient la vision presque aussi complètement.

Ce soir, quelques parures historiques comptant parmi les plus belles d'Europe étincelaient sur des gorges de fraîcheur diverse. Quant aux hommes, s'ils ne portaient pas quelque uniforme de cérémonie doré et chamarré, ils étaient en habit avec, au revers, un œillet blanc ou un gardénia. Et comme les fauteuils d'orchestre leur étaient réservés, ils formaient une sorte de parterre noir et blanc que relevaient simplement les nuances différentes des visages et des cheveux.

Placé dans cette mâle cohorte entre Robert de Montesquiou et Sacha Magnan, Antoine Laurens admirait en artiste cette salle exceptionnelle que ses compagnons, armés de jumelles, commentaient sans vergogne.

– Superbe chambrée ! fit Montesquiou, long personnage de fière allure et d'esprit mordant qui ressemblait, selon un des ses amis, à « un glaïeul agité par une constante tempête » et dont la maxime favorite était qu'il vaut mieux être détesté qu'inconnu. C'est bien la première fois que je me sens chez moi à une soirée officielle.

– C'est tout à fait charmant ! renchérit Magnan, jeune homme aimable mais qui, une épée à la main, devenait féroce. Tout le Faubourg Saint-Germain est là avec nos Anglais préférés et la haute finance...

– Oui, le roi fait recette. Sans compter qu'il est en train de mener à bien la reconquête de Paris. Vous étiez au Français hier ?

– Non et je ne le regrette guère.

– C'était intéressant néanmoins. S'il y a eu quelques sifflets devant le théâtre où l'on avait entassé la fine fleur de la République et où l'atmosphère était polaire, tout s'est dégelé comme par miracle après le joli compliment du roi à Jeanne Granier : « Mademoiselle, je me rappelle vous avoir applaudie à Londres. Vous y représentiez toute la grâce et tout l'esprit de la France. » Du coup on l'a ovationné.

– Et cela a continué ce matin, à la revue de Vincennes et surtout après le discours de l'Hôtel de Ville. Nos bons Parisiens ont acclamé le cortège qui se rendait à Longchamp pour les courses.

– Là, j'y étais. Le pauvre Édouard, coincé à la tribune officielle entre Mme Loubet et la femme du gouverneur de Paris, soupirait discrètement en regardant la tribune du jockey où nous étions tous entre amis et qui ressemblait à une corbeille de fleurs tant il y avait de jolies femmes.

– Grâce à Dieu, il pourra les voir ce soir. Mais je crois, mon cher, que la palme revient à votre cousine : la comtesse Greffuhle est sublime à son habitude. Quelle grâce ! Quelle incroyable beauté ! Chaque fois que je la vois, j'éprouve le même sentiment d'admiration... N'est-ce pas votre avis, Laurens, vous qui êtes peintre ?

– Tout à fait. Je crois d'ailleurs qu'on l'a comparée à toutes les madones italiennes.

– Elle est encore plus belle ! grogna Montesquiou dont nul n'ignorait qu'il partageait son cœur entre Mme Greffuhle et Sarah Bernhardt. Castellane serait bien avisé s'il demandait à changer de loge. Un tel voisinage est fatal à son Américaine, toute cuirassée de diamants qu'elle soit ce soir. Elle est d'une laideur à laquelle on ne s'habitue pas !

– Boni lui a tout de même fait deux ou trois enfants.

– C'est étonnant ce que les paresseux font de choses fatigantes ! Je suppose, néanmoins, qu'il lui met un oreiller sur la tête et qu'il pense à la fortune du vieux Gould chaque fois qu'il l'honore. Un telle pluie de dollars mérite quelque considération. Le Palais Rose de l'avenue du Bois est une merveille et Boni sans doute l'hôte le plus fastueux d'Europe !

– « Pourvu que ça doure ! » disait la mère de Napoléon. On prétend que Mme de Castellane a très envie de retourner vivre en Amérique.

– Mais que Sagan, le cousin de Boni, s'intéresse à elle de très près ! Il faudra que je conseille à notre ami de lui mettre, sous un prétexte ou sous un autre, quelques pouces de fer dans le ventre. Ce sera plus sûr.

Le bavardage des deux hommes s'interrompit. Montesquiou venait de braquer sa lorgnette sur une loge d'entre-colonnes du deuxième étage.

– Qui donc occupe la loge du beau Constant Say ?

Les jumelles de Magnan rejoignirent l'angle de tir de Montesquiou cependant que leur propriétaire se mettait à rire :

– Je comprends votre question : quelle femme ravissante ! Très jeune d'ailleurs ! Je ne la connais pas du tout.

– Moi non plus mais l'homme, qui est-il ? Je crois l'avoir déjà rencontré...

– Sans aucun doute. C'est Olivier Dherblay qui gère la fortune du vieux Desprez-Martel depuis sa disparition. Un garçon de valeur ! Quant à elle, j'aimerais lui être présenté : elle est exquise !

Le nom avait fait tressaillir Antoine qui ne pensait à rien, se laissant amuser par le bavardage des deux autres. A son tour il braqua une lorgnette sur l'endroit indiqué et manqua la laisser tomber : assise auprès d'un homme grand et mince qui portait l'habit avec une rare distinction, une toute jeune femme consultait le programme.

Tout auréolée d'un tulle point-d'esprit noir qui enveloppait sa tête brillante d'une sorte de fanchon retenu par des rubans bleu pâle, gantée de noir jusqu'au coude, sa robe de même tissu rendait pleine justice à des épaules exquises et à de jeunes seins insolents que soulignait le grand décolleté dont aucun bijou ne venait rompre l'harmonie. Le visage disparaissait par instant sous le lent battement d'un grand éventail de tulle mais il parut curieusement familier à Antoine, encore qu'il refusât d'en croire le témoignage de ses yeux. Se pouvait-il que ce soit Mélanie ?

Antoine ne parvenait pas à comprendre comment sa jolie plante sauvage avait pu se muer en cette envoûtante créature dont la peau semblait plus lumineuse au milieu de tout ce noir. Aucun bijou ne détournait l'attention de sa beauté. Rien, sinon un étroit ruban de satin bleu noué à son poignet par-dessus le gant.

« Ce n'est pas elle, pensa Antoine. Elle lui ressemble mais ce ne peut pas être Mélanie ! »

La voix « en sifflet de locomotive » de Montesquiou brisa la contemplation du peintre dont le cœur battait la chamade.

– En tout cas ce n'est pas une cocotte ! Elle a de la branche et puisque vous connaissez l'homme, je compte sur vous, mon cher Magnan, pour nous faire présenter à l'entracte !

La réponse se perdit dans les premières notes du *God save the King* que l'orchestre attaquait fougueusement. La salle tout entière se leva, puis les femmes plongèrent dans le genre de révérence que leur permettait l'espace réduit dont elles disposaient : le roi Édouard d'Angleterre, empereur des Indes, venait de faire son entrée accompagné du président de la République, de Mme Loubet – née Marie-Marguerite Picard et fille d'un quincaillier de Montélimar ! –, de l'ambassadeur d'Angleterre, de lord Harding, du marquis de Breteuil chez lequel il avait souvent séjourné avant de remplacer Victoria sur le trône et d'une suite aussi brillante que solennelle. Tous les occupants de l'orchestre s'étaient tournés vers la grande loge aménagée au centre du balcon et entièrement décorée de fleurs. Antoine, lui, ne regardait que Mélanie avec un bizarre sentiment de frustration et d'abandon. Il essayait en vain de comprendre ce qui s'était passé pour l'amener là, dans cette loge d'Opéra, moins d'une semaine après sa promesse de ne bouger de Château-Saint-Sauveur sous aucun prétexte. Il se sentit même vieux en se comparant à l'homme qui se penchait vers elle. Sans être beau, le gaillard était bien bâti et possédait ce type de visage que les femmes déclarent « intéressant ».

La Marseillaise suivit l'hymne anglais, après quoi chacun reprit sa place tandis que la salle s'obscurcissait et que devant le rideau rouge et or éclairé en frange par la rampe, le chef d'orchestre entraînait ses musiciens sur l'ouverture du ballet de *Coppélia*.

Antoine n'en vit rien. Coincé entre ses deux compagnons, son chapeau-claque aplati sur ses genoux, il luttait contre l'envie grandissante de s'enfuir à toutes jambes, hésitant seulement sur sa destination finale : grimperait-il jusqu'à cette loge d'entre-colonnes pour en arracher Mélanie après avoir giflé et provoqué en duel son compagnon ou bien, fermant définitivement la porte sur une aventure délicieuse, irait-il retrouver ses pantoufles au parc Monceau dans le charmant appartement de son ami Édouard Blanchard où, délaissant son propre logement de la rue de Thorigny, il avait choisi de descendre en arrivant à Paris. A Paris où il savait qu'en haut lieu on ne souhaitait pas sa présence pour le moment. Il s'était donc contenté, en arrivant, de téléphoner à son valet Anselme pour lui demander de venir le rejoindre avec une valise de vêtements de ville.

Il décida de tenir jusqu'à l'entracte mais c'était difficile ; plus difficile encore de ne pas tourner le dos à la scène pour regarder Mélanie. Comme elle était jolie ce soir, Cendrillon nocturne éclairée par la masse brillante de ses cheveux vénitiens ! Même pour lui qui avait découvert les secrets les plus cachés de sa beauté, la transformation était à peine croyable ! Quel était l'artiste qui, de sa petite Vénus dorée, avait fait surgir cette idéale créature que toutes les jumelles de la salle avaient déjà examinée et qui, au milieu d'une marée de pierreries, triomphait de toutes par le seul éclat de sa gorge sans le moindre ornement ? Était-ce cet homme brun que son visage net et strictement rasé faisait ressembler à un Américain habillé à Londres ? Et quels étaient ses droits sur elle ? Ceux d'un simple ami ou bien ceux d'un amant ? Sur le fond incandescent de sa jalousie, Antoine revit Mélanie telle qu'elle lui était apparue dans le clair-obscur de son atelier, exquise et nue, offrant son corps de nymphe avec une désarmante simplicité. Elle s'était donnée si naturellement que s'il ne l'avait trouvée vierge, il aurait pu croire que ce n'était pas la première fois. Ensuite, il la revit abandonnée entre ses bras...

« Je suis en train de devenir fou ! se dit-il en passant son mouchoir sur son front en sueur. Il serait temps de penser que je suis venu pour Zambelli ! » Il avait un faible, en effet, pour l'étoile dont il suivait les apparitions, surtout dans *Les Deux Pigeons* ou dans *Coppélia* où elle était divine. Par deux fois, il avait soupé chez Maxim's avec celle que l'on surnommait la « libellule de la danse ». Une nuit, même, il s'était laissé prendre à son charme ensorcelant. Trop attachant d'ailleurs et parce qu'il redoutait de se retrouver captif plus qu'il ne voulait, dès le lendemain, il envoyait à la danseuse une centaine de roses accompagnées d'un jonc de rubis et de diamants ainsi que d'une lettre annonçant son départ pour l'Orient, départ dont il avouait volontiers qu'il n'était rien d'autre qu'une fuite.

Carlotta Zambelli était trop fine pour s'y tromper et, comme elle craignait avant tout les attaches, elle ne lui gardait pas rancune, bien au contraire. Ils demeuraient bons amis et lorsqu'à son arrivée à Paris, Anselme avait remis à son maître, avec le courrier, une invitation à la soirée royale, celui-ci avait accepté aussitôt en pensant que ce serait un excellent moyen de prendre quelque distance avec les problèmes que Mélanie lui posait. Et voilà qu'il ne voyait même pas Carlotta ! Elle n'était rien de plus qu'un nuage de tulle blanc voltigeant sur la gracieuse musique de Léo Delibes... Affligeant en vérité !

La fin du premier acte – le ballet en comportait deux – dressa la salle debout sur une vague d'enthousiasme déferlant vers la ballerine. Antoine se leva, lui aussi, mais ce fut pour tourner carrément le dos à la scène à la stupeur de Montesquiou qui n'avait encore jamais vu quelqu'un applaudir dans cette position. Pas longtemps d'ailleurs car les mains d'Antoine retombèrent pour s'accrocher au dossier du fauteuil : la loge d'entre-colonnes était vide. Mélanie et son cavalier avaient disparu.

Que s'était-il donc passé ?

Tout simplement ceci : fidèle à son habitude, Édouard VII, une fois assis, avait parcouru la salle des yeux avec ce joyeux sourire qui lui venait lorsqu'il se savait entouré d'amis. Et soudain, son regard avait découvert Mélanie. Il avait même pris ses jumelles sur le rebord de velours rouge de sa loge pour mieux la détailler et, à plusieurs reprises, alors que le ballet était commencé, il avait abandonné Zambelli pour tourner son attention de ce côté. Mélanie, elle, n'avait rien remarqué mais Dherblay avait frémi intérieurement, devinant trop bien ce qui se passerait à l'entracte : le roi demanderait certainement que la ravissante inconnue lui soit présentée. Qui pourrait-on annoncer alors ? Mlle Desprez-Martel ou la marquise de Varennes ? De toute façon un petit scandale éclaterait qui pouvait être dramatique... Se penchant alors sur sa compagne, il murmura :

– Je suis désolé de vous priver du plaisir que je vous avais promis, Mélanie, mais je crois que je me suis montré imprudent. Il faut que nous partions...

– Pourquoi ?

– Le roi vous a remarquée. Il va demander que l'on vous présente, j'en jurerais et...

Elle avait déjà compris, se levait et reculait vers le fond de la loge pour y prendre le grand « domino » de tulle noir et de satin bleu pâle qui accompagnait sa robe.

Personne ne s'aperçut de leur départ. A l'ouvreuse qui, dans le couloir, s'inquiétait poliment, Olivier dit que sa compagne supportait mal la chaleur et les parfums de la salle. La femme proposa un cordial mais il l'écarta d'un remerciement et d'un billet avant d'entraîner Mélanie vers l'escalier où la garde républicaine en grande tenue s'égrenait stoïquement le long des degrés dans une immobilité quasi britannique.

Et d'autant plus méritoire qu'il s'y passait quelque chose, dans cet escalier : une poignée de gardiens de la paix s'efforçait de maîtriser un de leurs semblables, gros homme au visage bouffi avec lequel le commissaire Langevin venait de se battre. Tout au moins si l'on en croyait le piteux état de son habit de soirée. L'homme devait être d'une force peu commune. Il se débattait encore comme un ours furieux mais en silence car l'écharpe du commissaire le bâillonnait afin qu'aucun bruit ne parvienne dans la salle.

Force resta à la loi et, tandis que ses hommes traînaient leur captif pour le faire sortir par une porte de côté, Langevin, apercevant le couple, fonça dessus comme un taureau dans l'arène.

– Qu'est-ce que vous faites là tous les deux ? Je

croyais que « Mademoiselle » ne devait pas mettre le nez dehors ?

– Pitié, Commissaire ! plaida Olivier. Mélanie s'ennuyait tellement ! Et puis elle avait envie de voir le roi. Et j'ai pensé que personne ne la reconnaîtrait...

– Et puis vous aviez tellement envie de vous montrer avec une aussi jolie femme ! singea le policier. Mais pourquoi partez-vous ?

– Le roi l'a remarquée et je suis persuadé qu'il a dans l'idée de se la faire présenter. C'est pourquoi nous nous enfuyons.

– En ce cas, c'est ce que vous avez de mieux à faire. Filez !

– Un instant, Commissaire ! fit Mélanie. Je voudrais savoir qui est cet homme que vous venez d'arrêter ?

Langevin lui dédia un coup d'œil goguenard :

– Qui voulez-vous que ce soit, ma jolie dame ? Votre cauchemar bien sûr...

– Ce serait ?...

– Azeff, comme de juste. J'étais bien certain que s'il était à Paris ce ne pouvait être que dans l'intention de tuer le roi d'Angleterre. L'Allemagne ne peut pas voir d'un bon œil un rapprochement franco-britannique.

– Je le croyais russe ?

– Il est les deux... ce qui ne va pas me simplifier la tâche ! A présent, sauvez-vous tous les deux.

Et traînant après lui les lambeaux de son habit noir le commissaire Langevin disparut sous l'escalier à la suite de ses hommes tandis que, sortant au bras d'Olivier sur les marches de l'immense perron, Mélanie respirait avec délices l'air frais d'une nuit presque aussi étoilée qu'un ciel de Provence. Antoine n'avait plus rien à craindre. Elle se sentait presque heureuse...

CHAPITRE X

LE PRINCE DU MENSONGE

Le lendemain était un dimanche et Mélanie, soulagée d'un grand poids par l'arrestation du terroriste, s'accorda les joies simples d'une grasse matinée. Si rapide qu'eût été son passage à l'Opéra il lui avait permis d'exorciser ce grand désir qu'elle avait eu d'applaudir le souverain anglais et la rencontre avec le commissaire Langevin valait à elle seule le déplacement.

Olivier Dherblay vint déjeuner mais partit de bonne heure pour assister à la garden-party donnée par l'ambassadeur d'Angleterre à l'issue du grand déjeuner officiel présidé par le roi. Elle n'essaya pas de le retenir, trouvant un plaisir nouveau à profiter seule de « sa » maison qu'elle visita de fond en comble. Elle passa un long moment dans le sanctuaire secret de son grand-père, la galerie de tableaux qu'elle n'avait jamais fait qu'entrevoir et où, cette fois, elle put se promener à son aise sans toujours bien comprendre les toiles qu'elle découvrait car les goûts du vieux Timothée se révélaient parfois d'une hardiesse confondante. Elle ignorait en effet qu'il aimait à se rendre, sous un habit modeste, dans les cafés enfumés de Montmartre ou même dans des ateliers misérables et des estaminets d'une banlieue encore campagnarde qui s'appelait Montparnasse.

Vers la fin du jour, elle écouta l'écho des fanfares et des acclamations populaires qui raccompagnaient le roi à la gare du Bois de Boulogne se briser sur son univers clos pour y mourir. En effet, à mesure que les bruits s'éloignaient, ils laissaient s'installer un grand silence comme si Paris, las d'avoir trop chanté et trop crié, ne souhaitait plus que le sommeil. La capitale se retrouva soudain au rythme feutré d'un dimanche ordinaire. On reprenait souffle avant d'aller manger la soupe familiale et de retourner, le lendemain, au travail. Seuls les journalistes, à leur bureau, rédigeaient dans la fièvre...

Le lundi matin, toute la presse délirait avec ensemble sur l'extraordinaire succès du voyage royal. On célébrait l'enchantement dans lequel Édouard VII, ce « vieil ami de la France », avait plongé les Parisiens déshabitués depuis si longtemps de crier « Vive le Roi » et qui semblaient s'en être donné à cœur joie. Quant à l'hymne anglais, on rappelait, avec un rien de condescendance cocardière, qu'il venait de France, Lulli l'ayant écrit pour que les demoiselles de Saint-Cyr pussent célébrer avec éclat la guérison de Louis XIV après une opération aussi gênante que délicate.

Les reporters s'étendaient longuement sur les différentes manifestations et surtout sur la « très brillante soirée de l'Opéra », mais sans mentionner les exploits discrets du commissaire Langevin. On rappelait aussi que, devant l'importance des foules déplacées, le préfet Lépine avait dû renforcer partout ses cordons de police et, enfin, on annonçait qu'en juillet prochain, le président Loubet, sa femme et M. Delcassé rendraient sa visite au souverain. Désormais l'Entente cordiale prenait corps et cessait d'être une vue diplomatique plutôt fumeuse.

En résumé, le bonheur était général, sauf peut-être chez la comtesse de Castellane qui, à l'Opéra justement, avait perdu l'un des trois colliers de diamants qui la paraient. Elle assurait d'ailleurs qu'on le lui avait volé et *le Petit Parisien*, jamais à court d'idées, rapprochait ce vol, si vol il y avait, de celui qui, deux mois plus tôt, privait un maharajah de ses plus belles émeraudes, et aussi d'un autre, survenu un an plus tôt dans une noble demeure du Faubourg Saint-Germain au cours d'un grand mariage : cinq rangs de perles subtilisés sur la grande table où étaient exposés les cadeaux.

Ce matin-là, sachant qu'Olivier avait à faire à la Bourse, Mélanie, son petit déjeuner achevé, décida de partir en expédition et d'aller visiter cette maison de la rue de Thorigny qui ne répondait jamais au téléphone. Elle demanda donc à Soames de faire atteler le petit coupé. Mais là, elle se heurta à une résistance inattendue :

– J'ai reçu des instructions sévères, mademoiselle Mélanie ! Vous ne devez sortir en aucun cas, surtout seule.

– Je n'ai pas l'intention de conduire la voiture ! Jacquemin le cocher sera là. Et je n'ai qu'une toute petite course à faire. Voulez-vous me dire ce qui peut m'arriver ?

– Je ne veux pas le savoir. Vous n'êtes pas censée être encore ressuscitée et si l'on vous rencontrait...

– Là où je vais on ne risque pas de me rencontrer. En outre, nous n'avons pas que je sache de voitures armoriées et le petit coupé est tout à fait anonyme !

– Pas les chevaux ! fit Soames sévèrement. Ils comptent parmi les plus beaux irlandais de Paris.

– Alors allez me chercher un fiacre et dites à Mme Duruy de se préparer à m'accompagner. Cela vous va comme ça ?

– Un fiacre ? laissa tomber Soames du ton dont il eût dit : un limaçon ou une poubelle.

– Préférez-vous que je prenne le tramway ou un omnibus ?

Un cri d'horreur lui répondit. Chacun d'eux, campé solidement sur ses positions, défiait l'autre du regard. Soudain, Mélanie changea complètement d'attitude et se fit toute douceur :

– Cher Soames ! Il faut absolument que je sache ce qu'il est advenu de mon plus grand ami. Il habite le Marais et je veux aller jusque chez lui. Personne ne me verra : je tirerai les rideaux. Je crois savoir, ajouta-t-elle suavement, que le tramway C relie le Louvre à la Bastille mais comment parvenir d'abord jusqu'au Louvre ?

– Je préviens Mme Duruy et je fais atteler, soupira le majordome vaincu, mais si ces dames ne sont pas de retour dans... deux heures, j'avertis le commissaire Langevin !

D'un élan, Mélanie lui sauta au cou, puis grimpa dans sa chambre pour s'habiller.

Hélas, son expédition sous la houlette d'Ernestine ne lui apprit rien. Antoine possédait bien un appartement dans un vieil hôtel charmant mais un peu décrépit, qui avait vu passer Mme de Sévigné et logé le président de Brosses, mais la gardienne lui assura que, non seulement on ne l'avait pas vu depuis plus de deux mois mais que son valet de chambre était parti quelques jours plus tôt sans dire où il allait.

– N'y a-t-il donc pas de courrier à faire suivre ? demanda Mélanie.

– Non. M. Anselme a dit qu'il passerait le prendre un jour ou l'autre. Y a-t-il un message à lui donner ?

– Non... non merci ! Je ne faisais que passer. J'écrirai !

Le retour fut morose. Mélanie ne savait plus à quel saint se vouer pour retrouver Antoine. Elle avait beau penser que son valet était sans doute allé le rejoindre, cela ne la consolait pas beaucoup. Paris était si grand ! Où aller ? Où chercher ? Le seul fil conducteur qui lui restât, ce journaliste nommé Lartigue, n'était toujours pas rentré... Elle ignorait que la veille, mêlé à la foule qui regardait passer le cortège du roi, Antoine s'était longuement arrêté devant sa maison des Champs-Élysées et que, voyant le concierge sortir pour se joindre aux badauds, il avait causé avec lui. Hélas, l'homme, sévèrement chapitré par Dherblay, s'en était tenu à une seule confidence : depuis la disparition de M. Desprez-Martel, la grande demeure n'était plus habitée que par une poignée de serviteurs.

Antoine s'en alla alors rue Saint-Dominique mais sans trop y croire connaissant la tiédeur des sentiments de Mélanie pour sa mère. Il put d'ailleurs voir Albine rentrer chez elle, toute de noir vêtue en un deuil fort élégant qui rendait pleine justice à sa carnation de blonde. De toute évidence il n'y avait rien à attendre d'elle. Restait le compagnon de Mélanie à l'Opéra...

Sachant son nom, Antoine n'eut aucune peine à trouver l'adresse et, dès le lendemain, il se rendait avenue Victor-Hugo... au moment même où celle qu'il cherchait interrogeait sa concierge de la rue de Thorigny. Le peintre sonna. Vint un serviteur stylé dont il apprit que « Monsieur ne rentrerait pas de la journée » et qui, en outre, ne lui laissa aucun espoir d'être reçu sans rendez-vous.

« Il faudra bien qu'il me recoive, ragea intérieurement Antoine. Même si je dois passer la moitié de la nuit devant sa porte... »

L'idée que Mélanie se trouvait peut-être à deux pas de lui, derrière l'impeccable vernis orange de cette porte, lui était insupportable. Il fallait qu'il sût à quoi s'en tenir... ne fût-ce que pour cesser de se conduire comme un imbécile car, si de tendres liens unissaient la jeune femme à ce garçon, il n'aurait plus, lui, Antoine, qu'à reprendre le train pour Avignon. Ce qui serait peut-être la sagesse. Pourtant il ne pouvait supporter la pensée de s'éloigner à jamais de celle qui s'était installée si naturellement dans son cœur.

Rentrée chez elle, Mélanie, pour tromper son anxiété, se plongea dans les amours provençales du bailli de Suffren et de la comtesse d'Alès. Elle flânait avec eux sous les pins de Borrigaille hantés par les cigales quand elle entendit une voiture rouler dans la cour. Pensant qu'il s'agissait d'Olivier, elle ne se dérangea pas et allait poursuivre sa lecture quand Mme Duruy fit irruption dans le bureau à une allure tout à fait inhabituelle. Et visiblement bouleversée.

– C'est... c'est Madame Desprez-Martel... et... et monsieur le Marquis.

Mélanie sauta sur ses pieds en rejetant son livre sur son siège.

– Ma mère et... ? Mais que viennent-ils faire ?

– Visiter la maison. Si j'ai bien compris, monsieur le Marquis est rentré cette nuit.

– Visiter la maison ? Et pour quelle raison ?

– Je pense que M. de Varennes songe à s'y installer. Soames fait ce qu'il peut pour les retenir mais...

– J'y vais !

Sur le palier, elle entendit, en effet, la voix haut perchée d'Albine qui, déjà furieuse, sommait le vieux majordome, peu décidé apparemment à les laisser passer, de « s'ôter de là » afin que le marquis pût visiter à son aise une maison qui devait lui revenir tout naturellement par droit d'héritage. Mélanie, qui avait commencé à descendre vivement l'escalier, s'obligea à une allure plus solennelle et lança :

– L'héritage de qui, s'il vous plaît ?

Un hurlement épouvanté lui répondit et elle put voir sa mère se précipiter vers la porte d'entrée dans un tourbillon de tulle et de taffetas noir brodé de jais. C'était un spectacle assez satisfaisant mais elle n'eut guère le loisir de s'y attarder car Francis, lui, n'avait pas bougé. Très droit dans sa jaquette noire qui l'allongeait encore et tenant à la main son chapeau haut de forme, appuyé de l'autre sur une canne à pommeau d'or, il regardait, impassible en apparence, la haute et mince silhouette vêtue de guipure blanche sur laquelle ressortait somptueusement un cachemire vert et or que Mélanie maintenait serré de ses deux bras croisés. Mais un observateur attentif eût remarqué sans doute que, sur la boule d'or guilloché de la canne, les doigts gantés de peau noire s'étaient crispés cependant que les yeux se rétrécissaient.

Pendant un instant, il n'y eut entre eux que le silence. Mélanie, figée sur une marche, contemplait cet homme qu'elle avait aimé en pensant qu'il ressemblait à un cobra près de frapper. Cela ne tarda guère. La désignant du bout de sa canne, Francis prononça dédaigneusement, en se tournant vers Soames :

– Qui est-ce ?

Le vieux serviteur eut un haut-le-corps indigné :

– Monsieur le Marquis !

– Eh bien quoi ? Répondez-moi ! Je vous demande qui est cette femme ?

– Laissez, Soames ! intervint Mélanie. C'est à moi de me charger de ce personnage ! Au surplus, je m'attendais à sa parade. Si habile que soit M. de Varennes, il peut lui arriver d'être deviné. Ainsi donc vous ne me reconnaissez pas ?

– Pourquoi voudriez-vous que je vous reconnaisse ?

– Pour la raison qui vient de faire s'enfuir dans la cour ma mère terrifiée. Elle me prend sans doute pour un fantôme. J'en suis heureuse d'ailleurs : cela prouve qu'elle n'est pas votre complice comme je l'ai craint. Allez donc la chercher, Soames ! Puis vous lui avancerez un siège... et peut-être quelques gouttes de cognac seront-elles nécessaires !

– Mademoiselle ne veut pas aller au salon ?

– Je suis très bien ici et je ne veux pas que cet homme entre dans la maison de mon grand-père. Allez !

Le majordome s'inclina et sortit cependant que Francis éclatait de rire :

– Mademoiselle ?... Ah, la bonne farce ! Si vous étiez celle que vous prétendez être, ce vieux fou vous appellerait Madame... Et même Madame la Marquise !

– Ce serait du temps perdu. Notre mariage est blanc et j'entends qu'il soit dissous par la loi et annulé en cour de Rome...

– Tout simplement ?... Il faut dire que vous avez bien appris votre rôle, ma belle ! Le malheur c'est que vous n'avez aucun point commun avec la petite dinde que j'ai épousée. Croyez que je suis le premier à le regretter !

Avec les précautions dont il eût entouré un biscuit de Sèvres, Soames ramenait une Albine chancelante et en larmes mais, avant que Mélanie eût seulement ouvert la bouche, Varennes se ruait vers elle :

– Cessez donc de pleurer, Albine ! C'est ridicule

d'avoir peur d'une comédienne que l'on a dû payer pour jouer le rôle de votre malheureuse fille!...

– Une... comédienne?

– C'est évident, voyons! Mais regardez-la! Regardez-la bien! Votre fille a-t-elle jamais eu cet éclat, cette élégance?... Qu'il y ait une ressemblance indéniable, je le reconnais mais cela ne va pas plus loin et...

– En voilà assez! coupa Mélanie indignée. Mère, comment pouvez-vous douter un seul instant que je ne sois votre fille...

– Mais... parce que... ma fille est morte!

– C'est ce que cet homme vous a fait croire et dont il essaie de persuader le monde entier pour pouvoir mettre la main sur notre fortune. Mais tous ici m'ont reconnue sans hésiter.

– La belle preuve! ricana Francis. Ces gens sont payés, grassement, sans doute par ce Dherblay qui a suscité cette fille pour jouer le rôle. Il est grand temps qu'on lui enlève la gestion de vos biens... de nos biens!

– Olivier Dherblay est un homme d'une grande honnêteté, sinon mon grand-père ne l'aurait pas choisi. Quant à vous, tout le monde saura bientôt que vous êtes au moins un misérable et au pire un assassin.

– Un assassin? gémit Albine au bord de l'évanouissement... Mais pourquoi?

– Réfléchissez, Mère! Si je suis moi, et j'ai toutes les possibilités de le prouver, qui peut bien être cette femme qui s'est noyée dans le lac de Côme?

– C'était ma femme! glapit Francis. C'était la marquise de Varennes...

– Vraiment? coupa une voix froide, et chacun se tourna vers Olivier Dherblay qui venait d'entrer sans que l'on s'en fût aperçu. En ce cas, vous devez avoir en votre possession la mallette de bijoux que

Mme de Varennes – appelons-la ainsi pour une fois! – tenait à la main lorsqu'elle est montée dans le Méditerranée-Express et qui contenait, entre autres, les perles roses dont son grand-père lui avait fait présent pour ses fiançailles?

– Je ne m'en souviens pas car je n'ai jamais vu cette mallette. Très certainement, ma pauvre femme n'avait pas emporté en voyage des bijoux aussi précieux...

– Elle aurait bien été la première à ne pas vouloir se parer pour sa lune de miel. Soames, voulez-vous aller chercher cette cassette et aussi... il se pencha pour lui parler bas à l'oreille. Le majordome fit signe qu'il avait compris.

Cependant, Mélanie achevait enfin de descendre son escalier et s'approchait de sa mère.

– Regardez-moi bien, Mère, et vous verrez que je n'ai pas changé autant que l'on voudrait vous le faire croire. Il y a tant de choses que je pourrais évoquer pour vous convaincre si besoin en était.

– Prenez garde! intervint Francis. La leçon a dû être bien faite!

– Je vous croyais intelligent, monsieur, fit Mélanie avec un sourire de dédain, mais il semble que sur ce point comme sur... d'autres dont j'ai eu à souffrir, vous deviez me décevoir. Mère, quand vous avez rencontré cet homme pour la première fois, c'était à Dinard chez lady Ellenborough. Vous portiez ce jour-là une robe mauve garnie de chantilly ton sur ton et il vous a dit alors que vous ressembliez à un bouquet de violettes de Parme. Cela vous a même décidée à changer votre parfum et, le lendemain, vous avez fait acheter « Duchesse de Parme » de chez Coty... que vous portez encore. Qui aurait pu apprendre cela à une comédienne?

– S'il faut d'autres preuves, dit, du haut du tournant

d'escalier, Mme Duruy qui descendait en portant tout ouverte la mallette en question, tandis que Soames suivait avec des vêtements sur le bras, voici vos bijoux, mademoiselle Mélanie... et l'alliance de mariage que vous refusez de porter désormais.

– Voici en outre, dit Soames, le costume que vous aviez revêtu pour votre voyage de noces et dans lequel vous êtes revenue ici. Je ne vois pas comment tous ces objets auraient pu venir en votre possession si vous n'étiez pas vous-même ?

Il jeta les vêtements sur une chaise pour se précipiter vers la porte qu'un nouveau personnage venait d'ouvrir. Cependant Mélanie prenait, sur le velours noir, le gros anneau d'or et le passait au doigt pour lequel il avait été forgé tandis que sa mère se penchait sur les bijoux... puis sur le tailleur de drap beige garni de skuns avant d'aller s'écrouler sur le siège qu'on lui avait apporté :

– Je ne comprends rien !... Je ne comprends vraiment plus rien ! sanglota-t-elle... C'est donc bien toi, Mélanie ?... Mais quelle histoire de fous !

La jeune femme allait s'approcher d'elle mais Albine n'esquissa pas le moindre geste pour l'accueillir. Elle avait beau se rendre devant les preuves qu'on lui assenait, cette espèce de résurrection ne semblait pas éveiller le moindre écho dans son cœur égoïste.

– Je suis heureuse, fit Mélanie avec tristesse, que vous acceptiez de me reconnaître...

– Il fallait vraiment tout cela pour que j'y croie ! Tu es tellement différente !... si élégante aussi !... Je me demande où tu as pu te procurer une telle toilette ?...

Le ton qui s'aigrissait acheva de placer Mélanie devant une consternante évidence : cette femme, uniquement frivole, n'avait de mère que le nom puisque sa première réaction la conduisait seulement à envier la robe que portait sa fille.

– Monsieur le commissaire Langevin! crut devoir annoncer Soames à ces gens réunis au pied d'un escalier et agités de sentiments si divers.

Personne d'ailleurs ne parut y faire attention sauf Olivier et le marquis vers qui le policier se dirigea immédiatement :

– Je viens d'apprendre votre retour, monsieur de Varennes, dit-il sèchement, et je désire, sans plus attendre, vous poser quelques questions.

– Vraiment ? Lesquelles ?

– Je crois que la présence ici d'une jeune femme dont la police italienne s'évertue à rechercher le corps me paraît les justifier pleinement. Mais devons-nous rester dans ce vestibule ?

– Ne m'en veuillez pas de cet inconfort, Commissaire, fit Mélanie, mais je refuse de faire entrer M. de Varennes dans ma maison. Par contre, je ne m'oppose pas à ce que vous l'emmeniez jusqu'à votre cabinet. Je vois d'ailleurs que vous y songiez, ajouta-t-elle en désignant les deux agents en uniforme qui faisaient les cent pas dans la cour auprès de la voiture du commissaire.

– Ne vous gênez pas! Faites-moi arrêter pendant que vous y êtes!...

– Je n'ai pas de plus cher désir... sinon celui de ne plus jamais vous revoir...

– Vous attendrez longtemps ce bonheur car vous êtes ma femme, que vous le vouliez ou non, et vous le resterez...

– Tiens ? Vous me reconnaissez à présent ?

– Par force et admettez que j'aie quelques excuses :une pareille transformation... en deux mois! Cela tient du miracle.

– Ce qui tient du miracle pour moi, coupa Langevin, c'est que vous parliez de transformation au sujet d'une dame dont vous avez juré qu'elle s'était noyée. Et la police italienne...

– Je ferai tenir mes excuses à la police italienne que je reconnais avoir trompée sciemment, mais que ne ferait un mari bafoué pour préserver son honneur ?

– Un mari bafoué ? s'écria Mélanie. Qu'allez-vous encore inventer ?

– S'il vous plaît, madame, dit le commissaire, laissez-moi poser les questions ? Et tout d'abord qui était cette malheureuse dont on ne cesse de rechercher le cadavre...

– J'ai déjà dit que je présenterais des excuses mais à condition que tout ceci soit gardé secret. Il n'y a pas eu de femme noyée. Celle qui a bien voulu consentir à jouer auprès de moi le rôle de la marquise de Varennes est en excellente santé, du moins je l'espère. Cette nuit-là, je l'ai débarquée à un endroit de la rive dont nous étions convenus à l'avance.

– Et... pourquoi toute cette comédie ?

– Je le répète : pour préserver mon honneur. Pouvais-je vraiment claironner de par le monde que ma femme, la nuit même de nos noces, s'était enfuie avec son amant ?

Avec un cri de colère, Mélanie voulut se jeter sur lui toutes griffes dehors. Elle était possédée d'une telle rage que Dherblay et Soames eurent toutes les peines du monde à la maîtriser :

– Menteur ! criait-elle, sale menteur ! Vous n'êtes qu'un misérable et si vous n'êtes pas un assassin c'est parce que j'ai pu vous échapper... Tout à l'heure vous refusiez de me reconnaître mais comme vous y avez été contraint vous avez bâti une autre histoire ? De quelle boue êtes-vous donc fait ?

– Je vous en prie, madame, calmez-vous! fit le commissaire. Je vous ai déjà entendue et vos propos m'ont paru beaucoup plus dignes de foi que cette extraordinaire histoire. Ainsi, monsieur, ayant constaté que votre femme s'était enfuie du train, vous avez tout de suite songé à appeler une amie à votre secours... au fait, quel est le nom de cette amie?

– Je ne vous le dirai pas car je ne veux pas payer son amitié en la livrant aux investigations policières.

– Il faudra tout de même bien qu'elle apparaisse un jour!

– C'est peu probable : elle n'est pas en France...

– Bien. Laissons cela pour le moment! Ce que vous avez donné comme explication au contrôleur du wagon-lit lorsqu'il vous a signalé la disparition de votre femme est tout à fait opposé à ce que vous nous racontez à présent. Il n'était pas question d'amant à ce moment-là mais de folie, il me semble?

– A mon sens, c'est la même chose. Cette malheureuse est sous l'emprise d'un homme qui l'a rendue folle et je ne voulais pas qu'on la poursuive. Voyez-vous, j'étais certain qu'à un moment ou à un autre, elle s'enfuirait pour le rejoindre et je ne voulais pas que mon mariage tourne au ridicule.

– C'est sans doute pour cela que vous avez choisi de passer votre nuit de noces avec Mlle Lolita Fernandez des Folies-Bergère au lieu de rester auprès de votre femme?

– Vous n'allez pas me reprocher d'avoir fait preuve de délicatesse?

– De délicatesse? Vous avez de ces mots!

– Je crois qu'il ne sait pas de quoi il parle! fit Dherblay, mais Francis choisit de l'ignorer et se contenta de hausser les épaules.

– Une nuit de noces en sleeping n'a rien de bien agréable, surtout pour une jeune femme déjà épuisée par la rude journée que représente un mariage mondain. En outre, je n'ai pas passé la nuit chez Lolita : je me suis contenté d'aller boire un verre de champagne avec elle tandis que ma femme allait se coucher. De son propre aveu elle était lasse.

– Vous avez tout de même bien couché quelque part, lança Langevin, votre lit n'était même pas défait...

– Le sien non plus. A présent j'aimerais, Commissaire, que vous nous disiez où était Mme de Varennes durant tout ce temps ? Il n'y a pas longtemps, j'imagine, qu'elle est de retour ici ?

– Je suis rentrée le 30 avril, fit Mélanie qui avait à grand-peine retrouvé son calme.

Les mensonges que Francis accumulait comme à plaisir avaient quelque chose de confondant et presque d'hypnotique.

– Vraiment ? Et... où donc avez-vous « erré » durant ces deux mois ?

– Je n'ai pas « erré », comme vous dites. J'étais chez des amis, ainsi que vous l'avez annoncé au conducteur. Souvenez-vous !

– Vous ne me voyez pas annoncer à un inférieur que ma femme s'était enfuie avec son amant ?

– Je ne vois pas en quoi un employé des Wagons-lits vous serait inférieur, monsieur le Marquis, coupa Langevin que la morgue de Francis indisposait visiblement.

– Et je n'ai pas d'amant ! ajouta Mélanie.

C'est alors que Francis donna la pleine mesure de son génie malfaisant en jouant une carte plutôt risquée.

– Il ne suffit pas de le dire, ma chère. Il faut le prouver...

– Je ne vois pas comment ?

– C'est bien simple, pourtant. J'ai épousé une pure jeune fille, du moins j'étais en droit de le supposer. Soumettez-vous à un examen médical ! Si vous êtes toujours vierge, vous aurez droit à mes excuses les plus plates.

Pour la première fois de sa vie, peut-être, Olivier Dherblay perdit le contrôle de lui-même. Son poing partit à la vitesse d'une catapulte, frappa Varennes au menton et l'envoya rouler au pied de cet escalier qu'on lui refusait le droit de gravir et où il demeura un instant inerte :

– Vous n'auriez pas dû faire ça, remarqua Langevin...

– Excusez-moi, Commissaire, mais je n'ai pas pu me retenir. Cette ignoble proposition !... Pourquoi ne pas réclamer l'ordalie par le feu pendant que nous y sommes ?

– Vous me rendrez raison, mon petit monsieur, grinça Francis que Soames aidait charitablement à se relever avant de tamponner le mince filet de sang qui coulait du coin de sa bouche.

Dherblay le toisa, le dégoût aux lèvres.

– Où et quand vous voudrez...

– Messieurs, messieurs ! intervint le commissaire avec sévérité, je dois vous prier de cesser à l'instant cette querelle, sinon je me verrais dans l'obligation de vous arrêter tous les deux. Le duel est interdit.

– Cet individu a osé me frapper. Pensez-vous que je vais m'en tenir là ?

– Dans la minute présente sans aucun doute car vous allez me faire... la grâce de m'accompagner. On ne se débarrasse pas de la police aussi aisément et j'ai encore quelques questions à vous poser.

– Pourquoi ne pas les poser ici ?

– Je préfère épargner la sensibilité d'une jeune dame. Vous ne pensiez pas sérieusement demeurer ici puisque vous y êtes indésirable ?

– Mais si. Il n'y a aucune raison que je ne vive pas avec « ma » femme puisqu'elle a eu le bon esprit de rentrer. Je consentirai, je pense, à lui pardonner.

– Pas moi ! dit Mélanie. Dès demain j'ai l'intention d'introduire une instance en divorce en attendant Rome. Allez-vous-en, marquis, nous n'avons plus rien à nous dire !

– On ne se débarrasse pas de moi de cette façon et...

– Et je vous emmène ! coupa Langevin. Ne m'obligez pas à employer la force. Pour la suite de l'histoire, la police se retire et ce sera affaire entre vos avocats respectifs ! Mesdames, Monsieur...

Il fallut bien que Francis, contenant mal sa rage, s'exécutât mais, à peine eut-il franchi la porte qu'Albine explosait et déversait sur sa fille toute la bile qu'elle avait accumulée durant l'affrontement, l'accusant d'avoir mis Francis dans une situation « affreuse » par son « inconséquence » et sa « conduite pour le moins inconvenante ». La patience de Mélanie était usée :

– J'étais en droit d'espérer que vous montreriez un peu de joie à me savoir vivante mais vous ne vous souciez que de cet homme pour lequel vous montrez un attachement que l'on pourrait trouver excessif...

– Insolente ! Alors que je m'évertue à essayer de protéger une réputation dont tu ne te soucies guère ! Divorcer ! Tu n'es pas un peu folle ? Tu veux te mettre au ban de la société ?

– Quelle société ? Si c'est la vôtre je n'en ai que faire !

– Mais moi je ne l'entends pas ainsi. Je suis toujours

ta mère et tu me dois obéissance. Pour commencer : va t'habiller ! Je te ramène à la maison !

Mélanie se raidit et resserra autour d'elle les plis souples du cachemire vert dans un mouvement où il y avait du défi.

– Non. Je suis ici chez moi et j'entends y rester.

– Chez toi ? Quelle est cette sottise ?

Olivier Dherblay jugea qu'il était temps pour lui d'intervenir. Il le fit calmement mais avec une fermeté qui impressionna Mme Desprez-Martel :

– Ce n'est pas une sottise, madame, mais la simple vérité. De par les dispositions prises par votre beau-père, cette maison appartient à Mlle Mélanie par droit d'héritage et en cas de disparition sans preuve formelle de la mort – ce qui est la situation que nous subissons – elle peut en disposer comme elle l'entend et y vivre si tel est son désir.

– Merci, monsieur Dherblay. Voulez-vous à présent reconduire ma mère à sa voiture. Je crois qu'elle a besoin de repos et, de toute façon, je ne vois pas ce que nous pourrions nous dire de plus !

A nouveau, Albine lâcha un flot de paroles traitant de l'ingratitude et de l'indignité d'une fille qu'elle reniait, puis, repoussant avec une méprisante hauteur le bras que lui offrait Olivier, elle sortit d'un pas de reine outragée dans un grand envol de mousselines noires.

– Elle devrait être heureuse, murmura Mélanie avec amertume, elle va pouvoir quitter le deuil et recommencer à sortir...

Doucement, Dherblay prit l'une de ses mains qui étaient glacées et y posa un baiser léger avant de pousser Mélanie vers Mme Duruy qui venait de reparaître après avoir rangé les objets qu'on lui avait demandés.

– N'essayez pas de lutter contre la peine que vous éprouvez, conseilla-t-il. L'attitude de votre mère vous a blessée plus que vous ne voulez le montrer et il faut que vous repreniez des forces.

– Vous pensez que je vais en avoir besoin ?

– Oui car la lutte va être rude : Varennes ne renoncera pas facilement à votre fortune ; il va falloir vous défendre. Dès demain je vous amène l'avoué et l'avocat qui vont nous être nécessaires... si toutefois vous êtes toujours décidée à divorcer ?

– Vous le demandez ?

– Revoir cet homme aurait pu vous émouvoir... mais je pense vraiment que vous souhaitez avant tout être libérée d'une chaîne odieuse. Comptez sur moi pour vous y aider mais, dans les jours à venir, il va falloir être très prudente : je crois cet homme capable de tout, surtout s'il est acculé à la ruine...

Lentement, Mélanie remontait vers ses appartements, soutenue par Mme Duruy. Soudain, elle s'arrêta, se retourna :

– Vous n'allez pas être obligé de vous battre avec lui ?

Dherblay haussa les épaules, puis enfila le paletot que lui tendait Soames :

– Qui peut savoir ? De toute façon, ne vous tourmentez pas : je tire à l'épée aussi bien qu'au pistolet et il se peut que je fasse de vous une jeune veuve.

– Je n'en demande pas tant. Tout ce que je désire c'est retrouver ma liberté même si la bonne société doit me tourner le dos. En fait elle me rendrait grand service en m'oubliant.

– Non et je n'en crois pas un mot. Vous êtes trop jeune pour renoncer à l'éclat du monde. L'autre soir, à l'Opéra, vous étiez heureuse parce que vous étiez belle et que tous vous admiraient... moi le premier. Et c'est l'attention d'un roi qui vous a obligée à fuir.

En rentrant chez lui, Dherblay trouva Antoine dans son escalier, assis sur la banquette du palier. Après avoir un moment caressé l'idée de chercher le financier à la Bourse, il en était revenu rapidement et, faute d'obtenir du valet de chambre la permission de s'installer dans l'appartement, il avait opté pour l'extérieur immédiat. Là au moins, il était sûr de ne pas le manquer.

– Vous m'attendiez ? s'étonna Olivier. Puis-je demander qui vous êtes ?

– Je ne sais pas si mon nom vous dira grand-chose. Je m'appelle Antoine Laurens.

– Ah !... puis, au bout d'un instant : Veuillez me suivre s'il vous plaît !

Tirant une clef de sa poche, il fit pénétrer Antoine dans l'appartement, imposa silence à son valet qui commençait à protester et conduisit son visiteur jusqu'à un cabinet de travail meublé de livres et de quelques très beaux meubles Empire. Mais, avant même d'accepter le fauteuil qu'on lui offrait, le peintre demanda :

– Où est-elle ?

– Vous entendez, j'imagine, Mlle Desprez-Martel ?

– Naturellement. Je vous ai vu avec elle l'autre soir à l'Opéra. Est-elle ici ?

Olivier leva les sourcils :

– Qu'y ferait-elle ? Ce serait de la dernière imprudence. Elle est chez son grand-père...

– J'y suis allé et j'ai même vu le gardien. Il m'a assuré qu'à part deux ou trois domestiques, la maison est vide.

– Que vouliez-vous qu'un fidèle serviteur vous dise d'autre ? fit Dherblay en haussant les épaules. Nous étions tenus à une certaine discrétion...

– Une loge à l'Opéra, cela vous paraît discret ?

– Pourquoi l'aurais-je privée de ce plaisir dès l'instant où j'étais certain que les yeux capables de la reconnaître n'y seraient pas ? Nous ne sommes d'ailleurs pas restés longtemps.

– Je l'ai remarqué. Mélanie a eu peur ?

– Non. C'est moi qui ai eu peur. Le roi Édouard s'apprêtait visiblement à se la faire présenter à l'entracte.

– C'est vrai qu'elle était bien belle ! soupira Antoine. Eh bien, je crois qu'à présent je vais aller la voir, ajouta-t-il en se levant.

– Je ne vous le conseille pas. Une scène assez pénible vient de se dérouler là-bas et je ne suis pas certain qu'elle ait envie de parler à qui que ce soit. Reprenez votre siège et écoutez-moi !

En quelques phrases brèves et claires, totalement dépourvues d'émotion, Olivier raconta ce qui s'était passé et l'incroyable audace dont Francis de Varennes avait fait preuve. En manière de conclusion, il laissa entendre qu'il ne fallait pas attacher trop d'espoir au fait que le commissaire Langevin avait emmené le personnage pour continuer à l'interroger.

– Varennes ne risque rien qu'une amende peut-être assez forte à verser à la police italienne. Il n'y a pas de cadavre et aucun chef d'accusation ne peut être retenu contre lui. Pas même la nuit passée avec la danseuse : il n'y a pas eu flagrant délit. Il est certainement libre à l'heure qu'il est...

A ce moment, la sonnette de la porte se fit entendre et le valet parut presque aussitôt pour annoncer « deux messieurs qui désirent entretenir Monsieur de la part de M. le marquis de Varennes ».

– Il est libre! Et même il ne perd pas de temps. Faites entrer, Arthur!

– Vous pensez que ce sont ses témoins? demanda Antoine.

– Je ne vois pas ce que cela pourrait être d'autre. Je vais avoir l'honneur de me battre en duel avec un homme que je méprise.

– Laissez-moi votre place! C'est à moi de la défendre.

– Je ne vois pas à quel titre? En outre c'est moi qui ai boxé le marquis. Mais si vous voulez être mon témoin...

La tenue des deux visiteurs, tout de noir vêtus, effaça le dernier doute. Le vieux vicomte de Resson et le baron Graziani venaient en effet demander à Olivier Dherblay de faire à leur ami des excuses publiques ou bien d'accepter de le rencontrer, dès le lendemain matin, dans le jardin d'une propriété privée. Le marquis étant l'offensé choisissait l'épée.

– Je comprends, ironisa Antoine. Cela fait moins de bruit et la police à l'oreille sensible...

M. de Resson le toisa :

– J'ose espérer, monsieur, que vous savez à quoi vous oblige votre rôle de témoin et que vous n'aurez pas le mauvais goût d'alerter les argousins?

– Je sais vivre, monsieur. Par contre, je me demande si je ne vais pas, moi aussi, vous envoyer un cartel car vous êtes tout simplement en train de m'insulter...

– Messieurs, messieurs! coupa Dherblay. Ce que nous sommes en train de faire est déjà passablement ridicule. N'en rajoutons pas! Je souscris à vos exigences et je compte demander à mon ami Sacha Magnan d'être mon autre témoin. Nous nous reverrons demain matin.

– A cinq heures dans le parc de la Folie-Saint-James à Neuilly. Soyez exacts !

Quand les émissaires se furent retirés, les deux hommes demeurèrent face à face. Presque machinalement, Antoine accepta le verre de vieux porto que lui offrait Dherblay mais sans le quitter des yeux.

– Pourquoi tenez-vous tant à risquer votre vie pour Mélanie ? demanda-t-il après un court silence. Vous l'aimez ?

Olivier se mit à rire :

– Je comprends mal votre question. J'ai frappé un homme qui insultait une femme ; il me demande réparation par les armes et je lui accorde cette réparation. C'est aussi simple que cela. Quant à ce que je pense de Mlle Desprez-Martel, nous ne nous connaissons pas assez pour que je vous le confie... mais je ne demande pas mieux que de développer nos relations puisque vous avez accepté si simplement de m'assister. Voulez-vous souper avec moi ? Nous causerons...

Antoine accepta.

Des écharpes de brume venues de la Seine proche et irisées par les feux de l'aurore enveloppaient les arbres du parc où le chant des oiseaux commençait à monter vers le ciel. C'était un petit matin ravissant, plein de senteurs fraîches et fait pour la joie de vivre, pas pour servir de cadre à la folie des hommes. Antoine pensa que le tableau étalé devant ses yeux était absurde et anachronique : deux hommes vêtus de pantalons noirs et de chemises blanches qui s'affrontaient l'épée à la main devant six autres – les témoins, le directeur du combat et le médecin, en noir eux aussi – alignés comme un jeu de massacre.

En croisant tout à l'heure le regard sombre de

Varennes, il avait compris que l'autre le reconnaissait. Ce regard s'était soudain rétréci jusqu'à ne plus laisser filtrer qu'une mince luisance, puis le marquis avait souri mais sans rien dire. Le peintre pensa qu'il faisait peut-être un rapprochement entre sa présence dans le Méditerranée-Express et la disparition de Mélanie, mais il n'en éprouva aucune crainte. Au contraire il s'en réjouit : si Dherblay ne tuait pas ce misérable, il aurait plaisir à l'accommoder à sa manière à lui et à boxer vigoureusement cette face insolente.

En dépit de sa réprobation, le duel força son intérêt. S'il ne devait s'achever par le sang versé, c'eût été du beau sport car les deux adversaires semblaient de force égale. Cela ressemblait plus à un combat comme on le pratiquait au temps des mousquetaires qu'à une rencontre mondaine moderne où l'on s'égratignait poliment avant de déclarer hautement que l'honneur était sauf. La haine entre les deux hommes était solide, presque palpable. Visiblement ils cherchaient à s'entretuer. Au fond, Dherblay répondait sans en avoir conscience à la question qu'Antoine lui avait posée la veille : pour se battre avec cette ardeur sauvage, il fallait qu'il aimât Mélanie.

Le combat durait et les témoins, visiblement, commençaient à s'inquiéter. C'était trop long... Mais soudain, le soleil bondit par-dessus la barrière des arbres et sa première flèche brillante vint frapper les yeux d'Olivier à un moment délicat. Le résultat ne se fit pas attendre : l'épée de Francis l'atteignit à la poitrine et le jeta dans l'herbe où la rosée brillait encore.

Le médecin se précipita cependant qu'Antoine, enflammé de fureur, se ruait à la suite de Varennes qui, sans un regard pour son adversaire, essuyait tranquillement son épée. Robert de Montesquiou qui dirigeait le combat l'arrêta d'une poigne de fer.

– Où prétendez-vous aller ?

– Corriger ce misérable, cet assassin qui ose parler de son honneur.

– Tenez-vous tranquille, Laurens ! Le duel a été régulier. Bien sûr, je ne vous empêche pas de provoquer Varennes à votre tour mais vous devriez attendre.

– Et pourquoi, s'il vous plaît ?

– Parce que la jeune femme qui est au centre de cette affaire vient peut-être de perdre son seul défenseur. D'ailleurs, il vous appelle...

En effet, redressé à demi dans les bras de Sacha Magnan, Dherblay faisait signe à Antoine. Celui-ci se précipita, s'agenouilla tout en interrogeant le médecin du regard et de la voix :

– J'espère que non mais on ne sait jamais. Ne parlez pas longtemps...

– Je veux seulement qu'il m'accompagne dans votre voiture, docteur... souffla le blessé.

On l'y transporta et Antoine monta avec lui tandis que le médecin attendait au-dehors en creusant l'herbe du talon, mais ce fut rapide. Au bout de peu d'instants Antoine descendit, le salua et regagna la voiture du blessé qui allait le ramener. Avant de le quitter, il avait serré la main d'Olivier en lui promettant de faire tout ce qu'il lui demandait et puis il avait ajouté :

– Essayez de guérir vite !

– Je ne demande... pas mieux, souffla le blessé avant de s'évanouir.

CHAPITRE XI

SEULE!...

Tout à fait ignorante du drame qui venait de se jouer à l'aube – et pour cause! – Mélanie prenait son petit déjeuner dans le jardin d'hiver et s'attardait au goût délicieux d'un thé de Darjeeling qui parlait à son imagination de terrasses himalayennes dominées par le Kanchenjunga lorsque Soames vint lui dire que Paulin, le maître d'hôtel de sa mère, demandait à lui parler.

– Que veut-il ?

– Je ne sais pas, mais il semble très ému et il dit... qu'il s'agit d'une chose grave.

La jeune femme hésita. Paulin était la dernière personne qu'elle eût envie de voir ce matin. Elle avait mal dormi et, en attendant les juristes annoncés par Olivier Dherblay, elle souhaitait surtout ne pas entendre parler des gens de la rue Saint-Dominique et savourer quelques moments de tranquillité. Mais avant qu'elle eût pris une décision, le visiteur, qui avait dû suivre Soames, était déjà là. Presque en larmes.

– Il faut venir, Mademoiselle Mélanie, je vous en supplie! Il faut que vous veniez! Elle... elle est si mal!

– Qui ? Ma mère ?... Elle se portait à merveille hier, il me sembla ?

– Hier, oui, mais ce matin... Oh, c'est affreux! Sa

femme de chambre l'a trouvée inconsciente dans son lit, respirant mal et si pâle ! Sur la table de nuit, il y avait un tube de je ne sais quel médicament... vide !

– Êtes-vous en train de me dire qu'elle a voulu se suicider ? Elle ?

– C'est difficile à croire, n'est-ce pas ? Pourtant si Mademoiselle l'avait vue hier soir !... Elle ne cessait de pleurer, de répéter que sa vie était finie... qu'elle allait être emportée dans je ne sais quel scandale. Et ce matin...

– Qu'a dit le médecin ? Car je suppose que vous en avez appelé un ?

– Oui, bien sûr, mais c'est un jeune... Notre vieux Dr Cordier est mort le mois dernier. Il a dit que c'était grave... Il a parlé d'une sorte de poison venu d'une ville d'Italie [1]... Il faut venir mademoiselle Mélanie ! En espérant qu'il ne sera pas trop tard !

La nouvelle était si stupéfiante que la jeune femme avait peine à en croire ses oreilles mais l'homme, d'autre part, était vraiment bouleversé ! Néanmoins il fallait bien prendre une décision :

– Allez devant ! dit-elle. Je vous suis !

– Oh, quel soulagement ! C'est bien... c'est très bien. Nous savions tous que vous aviez du cœur. Je vais vous attendre en bas, près de la voiture.

– Non. Partez devant ! J'ai la mienne ! Dites seulement que j'arrive !

Il fallut bien obéir. Paulin se retira tandis que Mélanie se disposait à monter pour revêtir un costume du matin mais auparavant elle demanda à Soames d'appeler Olivier au téléphone. Sans résultat :

– M. Dherblay doit être à son bureau à cette heure et

1. Le Véronal venait tout juste de faire son apparition.

son valet a dû sortir. Peut-être pour le marché ? Je vais essayer au cabinet de M. Timothée...

Sans plus de chance. Olivier avait prévenu qu'il serait peut-être en retard et on ne l'avait pas encore vu.

– Sans doute est-il allé prendre cet avoué et cet avocat qu'il m'a annoncés hier. Quand ils viendront, dites-leur où je suis allée, Soames, je vous prie, et demandez-leur de prendre patience.

– Oui, Mademoiselle... mais, si je peux me permettre, je n'aime guère l'idée de vous laisser aller seule là-bas...

– Si ma mère est mourante, je ne peux l'éviter et vous me serez plus utile ici. Néanmoins, si je tardais trop, dites à M. Dherblay de venir me chercher.

Soames s'inclina silencieusement mais en se promettant d'envoyer Olivier dès qu'il le verrait.

Mélanie franchit sans émotion la porte de son ancienne demeure au seuil de laquelle Paulin l'accueillit.

– Quelle joie, mademoiselle, Madame va être si heureuse, la pauvre !...

Elle se dirigeait déjà vers l'escalier mais il tenait apparemment à l'escorter et même à la précéder avec la hâte du bon serviteur qui apporte la lumière et le bonheur à un maître malheureux. Et, après avoir gratté discrètement, il ouvrit sans attendre de réponse, le battant laqué gris et or qui donnait accès à la chambre d'Albine.

– Voilà Mlle Mélanie, Madame, annonça-t-il.

– Ah ! Tout de même !... Merci Paulin, vous venez de me rendre un grand service.

– Madame connaît mon dévouement...

– Je vois, en effet, qu'il peut aller jusqu'à l'abjection, coupa Mélanie qui, du seuil, pouvait contempler le charmant spectacle de sa mère émergeant d'un fouillis de dentelles et de rubans roses et en train de déguster son petit déjeuner. Visiblement en pleine santé. Une violente colère s'empara d'elle devant le moyen répugnant que cette femme avait osé employer pour l'amener jusqu'à elle mais elle s'efforça de la maîtriser car elle se sentait capable de tout casser dans cette chambre-bonbonnière vouée au seul culte d'une beauté déclinante.

– Eh bien, je suis ravie de vous voir en si bonne santé, ma mère ! fit-elle d'une voix qui vibrait tout juste un petit peu trop. Je vous donne le bonjour !...

Albine prit sur son lit un miroir à main et vérifia le savant désordre de sa chevelure dont une longue boucle glissait sur son épaule nue.

– Voyons, Mélanie, tu ne vas pas nous quitter si vite ? J'ai fait préparer ta chambre...

– Vous n'y pensez pas ? Je ne resterai pas un instant de plus dans cette maison.

Elle tourna les talons pour fuir mais à présent Francis, venu là sans qu'elle l'eût entendu, lui barrait le passage avec un sourire qu'elle jugea odieux.

– Je crois, au contraire, que vous allez y rester, un certain temps tout au moins, et vous comporter comme la bonne épouse que j'espère...

– Laissez-moi passer ! ordonna-t-elle.

– Vous voulez rire ? Nous ne nous sommes pas donné tout ce mal pour vous laisser filer à présent que nous vous tenons.

Elle se jeta contre lui pour l'obliger à lui céder le passage mais elle n'était pas de force contre un homme jeune, vigoureux et entraîné aux sports et il la maîtrisa sans même cesser de sourire. Jamais elle ne l'aurait cru aussi fort. Ses doigts étaient durs comme de l'acier.

– Allons ! fit-il, nous n'allons pas nous colleter comme

un ménage d'ouvriers un soir de paye ? Vous avez perdu la partie : admettez-le et comportez-vous en femme du monde !

– Je n'admets rien du tout et je n'ai pas perdu. Dès aujourd'hui j'introduis une instance en divorce et vous n'y pourrez rien. Même si vous m'obligez à rester ici ! M. Dherblay et mes avocats sauront bien me retrouver...

– A votre place je n'y compterais pas trop ! J'ai rencontré ce matin votre M. Dherblay dans un endroit tranquille et en présence de quelques gentlemen...

– Un duel ? Vous vous êtes battus en duel ?...

– Je ne vois pas quel autre nom donner à cette noble et ancienne institution. Je reconnais d'ailleurs que ce garçon a montré de la valeur. Malheureusement...

Un frisson glacé parcourut le dos de Mélanie cependant que sa gorge se séchait :

– Il est mort ? Vous l'avez tué ?

– Pas tout à fait mais je pense que, s'il s'en tire, il en a pour un moment à s'occuper exclusivement de sa personne. Vous voyez que vous n'avez pas beaucoup d'aide à espérer ?

– Vous oubliez le commissaire Langevin. S'il apprend les événements de ce matin, vous risquez fort d'être arrêté.

– Certainement pas ! Il aurait fallu nous prendre sur le fait. En outre plusieurs personnes peuvent affirmer que tout s'est passé le plus correctement du monde. D'autre part, j'ai adressé, dès mon retour ici, une note aux principaux journaux de Paris annonçant que nous vous avons heureusement retrouvée et que votre disparition est due à un choc reçu lorsque vous êtes tombée de la barque. J'ai d'ailleurs brodé sur ce thème une assez charmante histoire dont je vous ferai part afin que vous la connaissiez bien.

– Vous êtes fou ? Oubliez-vous que le commissaire possède tous les éléments pour vous démentir ?

– Mais ne s'en servira pas... dès l'instant où vous lui expliquerez qu'il vaut mieux s'en tenir là. Trop de boue remuée laisse des traces pénibles sur une famille. Il est temps que la nôtre rentre dans l'ordre...

– Et vous vous imaginez que je vais abonder dans votre sens ? Vous avez complètement perdu la tête ! Dès que je le verrai, ce sera pour réclamer ma liberté.

Francis saisit le bras de Mélanie et ses doigts se serrèrent autour jusqu'à la faire gémir :

– Vous ne réclamerez rien du tout car vous ne le verrez pas. Une lettre fera l'affaire... à moins que vous ne préfériez être enfermée comme folle et que votre ami Dherblay n'ait plus la moindre chance de guérir... en admettant qu'il lui en reste une seule ?

D'un geste brusque, Mélanie dégagea son bras et, tournant le dos à Francis, considéra sa mère qui buvait tranquillement une tasse de café.

– Je suppose que vous êtes fière de vous, Mère ?

Albine reposa sa tasse et ouvrit de grands yeux trop candides pour qu'à présent Mélanie s'y laissât prendre.

– Tu es beaucoup trop jeune pour savoir ce qui est bon pour toi. Tu as vécu, et par ta seule faute, une aventure abracadabrante et je pense...

– Par ma seule faute ? C'est moi sans doute qui ai choisi d'envoyer mon époux passer sa nuit de noces avec Mlle Lolita Fernandez, des Folies-Bergère ? Vous devriez la voir, Mère. Cela m'étonnerait qu'elle vous plaise, mais elle plaît beaucoup à M. de Varennes. Il fallait l'entendre l'appeler « Chérrri » !

Avec une satisfaction cruelle, Mélanie vit sa mère pâlir tandis que ses mains repoussaient nerveusement le plateau. Elle allait peut-être dire quelque chose mais

Francis, haussant les épaules avec agacement, s'interposa :

– Nous n'avons que trop dérangé cette chère Albine. Les émotions ne valent rien pour son teint et si vous le voulez bien nous allons nous retirer...

– Francis ! Venez ici, je vous en prie, fit Mme Desprez-Martel d'un ton où perçait l'irritation. Mais il se contenta de sourire :

– Plus tard, ma chère ! Il faut que je conduise... ma femme à son appartement. Nous nous reverrons.

Quand il eut refermé sur eux la porte, Mélanie se dirigea vers l'escalier, bien décidée à sortir coûte que coûte, mais Francis courut après elle et l'immobilisa.

– Vous ne m'avez pas compris. J'ai dit : votre chambre !

– Ma chambre n'est plus ici. Je rentre chez moi...

Vaine défense. Sans ajouter un mot, Varennes l'empoigna à bras-le-corps, la jeta sur son épaule comme un simple paquet et l'emporta au bout du couloir. Puis, pénétrant dans son ancienne chambre, la jeta sur le lit sans trop de douceur et sans se soucier de ses cris et de ses protestations.

– Vous ne sortirez d'ici que lorsque je le jugerai bon et, surtout, lorsque vous serez raisonnable.

– Si vous comptez me réduire par la violence, vous vous trompez ! s'écria-t-elle, furieuse.

– Croyez-vous ? J'ai l'impression qu'avec vous la violence pourrait avoir du bon ?

Et brusquement, il se jeta sur elle, la clouant sous son poids et, saisissant ses deux bras, les maintint en croix tandis qu'il s'emparait de sa bouche qu'il baisait et mordait tour à tour. Mélanie voulut hurler mais elle manquait de souffle et sa voix s'étouffa comme dans un cauchemar. Alors il lui tordit les bras pour les ramener au-dessus de sa tête où il les maintint d'une seule main tandis que, de l'autre, il ouvrait la jaquette du « tailleur » de léger drap vert que portait Mélanie et déchirait son corsage de soie blanche puis sa chemise de dentelle pour libérer ses seins qu'il contempla un instant avant de se mettre à les caresser tout en s'emparant à nouveau des lèvres de la jeune femme qui manqua étouffer. Pensant qu'il allait la violer, elle se tordit sous lui, opposant une défense désespérée qui le fit rire :

– Bon Dieu, ce que tu es belle quand tu es en colère, ma petite lionne ! Et ce que ça va être bon de te baiser encore et encore ! Parce qu'on va passer de bons moments, tous les deux, tu sais ?... Faut pas t'occuper de la vieille ! Je l'ai à ma botte et elle fait ce que je veux.On a du temps à rattraper et je reconnais que j'ai été un foutu imbécile... mais tu vas voir, tu vas voir...

Abasourdie Mélanie entendait, sans en croire ses oreilles, cette voix basse, épaisse et vulgaire qu'elle ne connaissait pas. Visiblement, l'homme ne se possédait plus et laissait remonter à la surface les instincts et les mots d'une nature profonde dont nul ne pouvait soupçonner l'existence. Elle était tellement sidérée que sa défense faiblit. Il le sentit. Sa main s'attaqua alors à la jupe qu'elle remonta pour atteindre, avec la sûreté que donne l'habitude, la fente du pantalon de batiste et l'intimité de la jeune femme qui cette fois recommença à lutter, cherchant à mordre cette bouche collée à la sienne et qui lui faisait horreur autant que ces doigts qui la fouillaient. Elle y réussit. Francis s'écarta un peu. Alors elle poussa un cri aigu auquel répondit presque aussitôt la voix de sa mère, tremblante de colère :

– Est-ce que vous ne vous oubliez pas, Francis ?

Emporté par son désir, l'homme, sans s'écarter, lui jeta un mauvais regard :

– Fiche le camp ! C'est ma femme après tout et j'ai le droit d'en faire ce que je veux !

– En ce cas, ne comptez pas sur moi pour vous y aider !

La menace devait être sérieuse car Francis se calma aussitôt. Mélanie en profita pour lui échapper, glisser du lit et courir vers sa mère :

– Mère, je vous en prie, cet homme est fou. Laissez-moi partir !...

Hélas, il n'y avait aucune tendresse mais seulement une amère jalousie dans le regard qu'Albine posa sur la poitrine dénudée de sa fille.

– Non. Tu resteras ici. Simplement, c'est moi qui garderai la clef. La nuit tout au moins...

Semblable à quelque statue de la vengeance, elle se tenait debout près de la porte ouverte que Francis, la mine sombre mais tout de même assez penaud, franchit en rajustant sa cravate pour se donner une contenance. Le bruit d'une dispute naissante s'éloigna avec eux dans la galerie et Mélanie, soudain accablée de fatigue, se laissa tomber assise près de la fenêtre sur une chaise basse. Ce qui venait de se passer l'avait recrue de lassitude et de dégoût.

Elle resta là un long moment, prostrée, essayant de mettre un peu d'ordre dans ses idées et se faisant à elle-même les plus amers reproches. Comment avait-elle pu être assez stupide pour se laisser piéger de la sorte ? Mais aussi comment imaginer que sa propre mère se prêterait à une basse comédie pour l'obliger à revenir chez elle ? Et puis il y avait ce duel affreux qui la bouleversait. L'idée qu'un homme était peut-être en train de mourir pour l'avoir défendue était intolérable. Elle conférait à Francis les couleurs sinistres de ces bandits de grands chemins sans scrupules et sans conscience, uniquement attachés à balayer ceux qui prétendaient leur barrer la route. Olivier Dherblay payait le dévouement qu'il portait à la petite-fille comme à la mémoire de Timothée Desprez-Martel et, en imaginant le jeune homme râlant son agonie, Mélanie ne put retenir ses larmes.

Peut-être aussi pleura-t-elle sur elle-même. Ne sachant plus rien d'Antoine, c'était son unique rempart qui venait de tomber et elle se retrouvait livrée pieds et poings liés à ceux qu'elle ne pouvait considérer autrement que comme des ennemis car, si déterminé que fût le commissaire Langevin, il ne pourrait rien contre une famille coalisée et bien assise dans la société. Il lui faudrait s'en tenir aux simples faits : une jeune femme que l'on croyait morte était bien vivante et, même si elle avait émis devant lui l'intention de divorcer, il n'enverrait certainement personne l'interroger puisqu'elle était désormais entre sa mère et son époux. Surtout si on laissait courir le bruit qu'elle n'avait pas tout à fait sa tête à elle. Après tout, cet homme positif n'aurait sans doute pas beaucoup de peine à la prendre pour une folle ou à la limite pour une mythomane, l'histoire qu'elle lui avait racontée pouvant très bien n'être rien d'autre que le fruit d'une imagination romanesque.

Néanmoins, ce fut peut-être cette impression d'être en train de toucher le fond qui lui rendit soudain son courage. Mélanie était bonne nageuse et elle avait appris que, lorsqu'on coule, c'est une fois arrivé au plus bas qu'un coup de pied permet de remonter à la surface. Elle allait devoir se prendre entièrement en charge et lutter à sa manière pour retrouver sa liberté. Seule ? Pas forcément. L'oncle Hubert allait bien reparaître un jour ou l'autre ? Et puis, si elle semblait se plier aux volontés des deux complices, Olivier Dherblay réussirait peut-être à guérir de sa blessure ? Si seulement elle pouvait savoir à quel point il était atteint ?

Quittant sa petite chaise, elle se dirigea vers la salle de bains qu'elle partageait naguère avec Fräulein pour se rafraîchir le visage. Le grand miroir ovale, en lui rappelant le désordre de sa toilette, la fit rougir. Elle se hâta de se déshabiller, prit un peignoir de bain dans un placard et s'en enveloppa. Le seul réconfort qu'elle tirât de sa situation était qu'on l'enfermait dans sa chambre de jeune fille et qu'elle s'y trouvait environnée d'objets plus que familiers. Ainsi pour se rhabiller il lui suffisait d'aller fouiller dans sa penderie où une bonne partie de son trousseau de mariage devait être restée puisque, naturellement, elle n'avait pas tout emporté en voyage de noces.

Elle remit à un peu plus tard l'exploration de ses biens pour se laver soigneusement la figure et surtout la bouche qu'elle rinça à plusieurs reprises pour en faire disparaître le goût des baisers de Francis. La seule évocation de leur brève étreinte la faisait trembler de colère et de répugnance.

– Jamais plus il ne me touchera ! fit-elle à haute voix pour que le son affirmât davantage encore sa volonté. Jamais plus, dussé-je le tuer... ou me tuer !

A la réflexion, elle aurait mieux fait de ne pas exprimer ainsi sa pensée car elle trouva la phrase grandiloquente et théâtrale mais l'intention y était tout de même.

Rafraîchie, elle eut envie de revoir un visage amical et sonna pour appeler sa femme de chambre. Elle aimait bien Léonie et ce serait déjà un réconfort mais celle qui entra, quelques instants plus tard, était une parfaite inconnue. Une femme d'un certain âge, petite et maigre, dont le bonnet de batiste et le col blanc amidonné ne parvenaient pas à égayer un visage résolument fermé.

– J'ai appelé Léonie, fit Mélanie. Ce n'est pourtant pas son jour de sortie ?

– Il n'y a plus de Léonie ici, madame la Marquise. Elle a dû partir avant que l'on ne m'engage. Moi, je suis Angèle, ajouta-t-elle avec une courte révérence. Si madame la Marquise veut bien me dire ce qu'elle désire ?

Mélanie la regarda avec un sourd désespoir. Cette femme visiblement revêche à la place de l'aimable camériste, si dévouée, qu'elle connaissait depuis toujours ! Prononcé par elle, le joli titre qu'elle était si heureuse de porter au temps de ses fiançailles prenait une vague tournure menaçante. Cependant, il allait bien falloir s'en contenter.

– Je désire m'habiller. Donnez-moi du linge et une robe ! Vous trouverez tout cela dans la penderie.

– Je sais. Puis-je seulement demander quelle robe ?

– Cela m'est égal : je n'en aime aucune !

Lorsque la camériste revint avec les objets demandés, Mélanie se laissa habiller sans s'intéresser à ce qu'on lui passait, puis déclara :

– J'ai l'intention de déjeuner dans ma chambre. Voulez-vous demander à Rosa de venir me voir ? Je ferai mon menu avec elle.

– Rosa n'est plus en cuisine, madame la Marquise. Elle a rendu son tablier quand les journaux ont annoncé que Madame avait disparu dans un accident.

– Partie ? Elle aussi ?

C'était le dernier coup. Il n'y avait plus, dans cette maison, personne qui pût lui venir en aide, personne dont l'affection fût indubitable et qui pût rendre un peu de couleur à la grisaille des jours à venir.

– Nous avons un chef à présent, fit la femme avec hauteur comme si elle était à l'origine de cette nouveauté. Il est très capable et je peux lui demander de monter si...

– N'en faites rien! C'est... sans importance. Je vous remercie mais à présent laissez-moi!

Angèle se retira en refermant la porte sans faire le moindre bruit et Mélanie éprouva un vague soulagement. Au moins le décor de sa chambre était toujours le même et l'aidait à lutter contre l'impression désespérante d'être perdue dans un désert. Alors elle essaya de revenir en arrière, de s'y intégrer à nouveau pour tenter de se retrouver elle-même. Elle ouvrit le placard dans lequel on rangeait les jouets et les poupées qu'oncle Hubert lui avait rapportés de ses voyages. Il y en avait de toutes les provinces de France, de tous les pays d'Europe et même d'autres venues d'au-delà des mers. Elle en sortit quelques-unes, les caressa puis les rangea soigneusement. Ce passé-là était trop lointain...

Elle voulut ensuite se rendre dans la salle d'études qui, naguère encore, séparait sa chambre de celle de Fräulein mais la porte était fermée et il lui fut impossible de l'ouvrir en dépit des violentes secousses qu'elle lui imprima. Découragée, elle revint s'asseoir sur sa petite chaise après avoir ouvert la fenêtre qui donnait sur le jardin afin de mieux respirer. Une chance encore que l'on n'eût pas songé à mettre des barreaux entre elle et l'air libre!

C'est là que sa mère la trouva quand, un moment plus tard, elle vint la rejoindre mais comme, à son entrée, Mélanie ne fit pas le moindre geste et continua à suivre du regard le vol d'une hirondelle, elle tira un petit fauteuil pour s'installer en face d'elle.

– Il faut que nous parlions toutes les deux, Mélanie, dit-elle avec une douceur inattendue. Tout ceci est ridicule. Tu te comportes comme si nous étions tes ennemis.

– N'est-ce pas plutôt vous, Mère, qui venez de donner le ton à nos nouvelles relations ? Pourquoi m'avez-vous attirée ici en jouant sur la tendresse que je vous gardais peut-être encore ?

– Mais parce qu'il le fallait, voyons ! Ton attitude est stupide : vouloir vivre seule dans cette grande baraque sinistre des Champs-Élysées alors que tu n'as que seize ans, c'est proprement insensé.

– Je ne crois pas. Ce l'est même si peu que mon grand-père avait prévu que je puisse, un jour, avoir besoin d'un refuge. Là-bas, je suis chez moi.

– Tu oublies seulement que tu es mariée, devant Dieu et devant la loi. Mariée, tu m'entends ? Et ton époux aurait été en droit de te faire ramener au domicile conjugal par les gendarmes...

– Heureusement qu'il ne s'est pas donné ce ridicule ! Mais est-ce que vous n'oubliez pas ce que j'ai dit hier ? Je veux divorcer...

– On ne divorce pas dans notre monde...

– Sauf si l'on est prince de Monaco ! Y a-t-il deux poids deux mesures ?

– Oui. Il s'agit d'un chef d'État. Toi tu seras mise à l'index.

– Et après ? Croyez-vous que je m'en soucie ? Notre monde, comme vous dites, ne m'intéresse pas. D'ailleurs je demanderai l'annulation...

– Pour non-consommation du mariage ? Tiens-tu vraiment à être contrainte de faire la preuve de ta virginité ? Je t'en supplie, Mélanie, reviens sur terre, cesse de te prendre pour une héroïne de roman ! Tu aimais Francis quand tu l'as épousé... Je reconnais qu'il a eu des torts envers toi.

Mélanie jaillit de sa chaise comme si un ressort s'était soudain détendu.

– Des torts ? Dès le début de notre voyage de noces, il a voulu se débarrasser de moi. La seule chose que j'ignore c'est s'il comptait me tuer ou me faire enfermer comme folle. L'affaire de la danseuse n'était qu'une façade, une peccadille comme votre monde en pardonne tant mais elle lui assurait un alibi : un jeune marié qui a bu un peu trop et qui s'attarde chez une fille facile tandis que l'on enlève sa jeune femme. Admirable en vérité ! Tout le train pouvait proclamer son innocence.

– Je ne sais qui t'a mis une idée pareille dans la tête ?

– Je n'ai eu besoin de personne. Quant à vous, ma mère, vous oubliez un peu trop vite cette autre femme, soigneusement prévue à l'avance et qui, à Menton, se tenait prête à jouer mon rôle ! Je ne sais rien d'elle sinon qu'elle est rousse mais il est possible que vous et moi sachions qui elle est.

– Comment cela ?

– Souvenez-vous ! A Dinard quand nous avons parlé de Francis pour la première fois, je vous ai dit l'avoir vu embrasser une belle jeune femme aux cheveux roux sur la terrasse de Mrs. Hugues-Hallets. Si j'étais vous, j'essaierais de savoir qui était la fausse Mme de Varennes car elle doit être singulièrement attachée à cet homme pour avoir accepté de se jeter, en pleine nuit, dans un lac ! A moins qu'elle n'ait fait que passer d'une barque dans une autre préparée à l'avance ? Ramer est assez facile quand on est jeune et sportive. Celle que j'ai vue devait l'être et j'ai pensé, Dieu sait pourquoi, qu'elle pouvait être américaine...

Cette fois Albine avait écouté sa fille sans l'interrompre mais, à mesure que celle-ci parlait, elle semblait se rétrécir, vieillir même car un véritable chagrin s'inscrivait sur son joli visage.

– J'ai posé ces questions, soupira-t-elle en cherchant

son mouchoir qu'elle roula nerveusement. La réponse a été facile : personne n'était prévu mais Francis a beaucoup d'amis sur toute la Côte d'Azur et, devant son désarroi, une jeune femme qui tient à garder l'anonymat a bien voulu jouer ton rôle pendant quelque temps.

– Et vous avez cru cela ? Comme c'est vraisemblable ! Non, Mère, Francis est un menteur doublé d'un homme sans scrupules et je ne comprends pas pourquoi vous tenez tellement à ce que je reste avec lui. Je ne l'aime plus et je crois même qu'il me fait horreur.

– Tu es encore sous le coup d'émotions multiples mais cela passera. Il n'est pas nécessaire de s'aimer pour vivre heureux...

– A défaut d'amour il faut au moins l'estime, le respect, s'écria Mélanie indignée. Vous ne pouvez exiger cela de moi ! Vous savez très bien qu'une seule chose l'intéresse : ma fortune !

– C'est possible. Tu vois, j'essaie de te comprendre et pourtant je te demande de ne plus songer à divorcer et d'accepter la vie commune... avec nous.

– Donnez-moi pour cela une seule bonne raison !

Il y eut un silence. Albine, les yeux baissés mais déjà pleins de larmes, torturait son mouchoir entre ses doigts dont les jointures blanchissaient. Elle eut un sanglot et, enfin, avoua :

– Je l'aime... et je ne peux pas supporter l'idée de vivre sans lui. J'ai besoin de sa présence, j'ai besoin de...

Pour la première fois Mélanie éprouva un sentiment de pitié vis-à-vis de cette femme à ce point possédée par l'amour qu'elle s'abaissait à prier sa propre fille de lui laisser son amant. D'un mouvement spontané, elle s'agenouilla devant elle et, pour la première fois depuis tant d'années, elle murmura le nom tendre qu'elle n'employait jamais.

– Maman ! Ne vous désolez pas ainsi ! J'ai toujours su, je crois, que vous l'aimiez et il vous aime sans doute aussi mais dans ce cas, vous devriez m'aider à retrouver ma liberté car vous la retrouveriez aussi tous les deux. Vous pourriez même vous marier...

Un éclat de rire lui répondit tandis qu'Albine se levait pour s'éloigner de sa fille et allait jusqu'à la fenêtre pour contempler le jardin.

– Nous marier ! Es-tu folle ? Si nous lui enlevons ses espérances, crois-tu qu'il s'intéressera encore à moi ? Je sais bien qu'il me quittera car je suis loin d'être aussi riche que tu vas l'être et lui n'a qu'une modeste fortune... mais je ne veux pas qu'il me quitte ! ajouta-t-elle dans un cri.

– Il vous quittera de toute façon. Avez-vous oublié ce qui s'est passé tout à l'heure ? Sans vous...

La respiration d'Albine s'accéléra.

– Eh bien... eh bien j'ai eu tort ! Il voulait exercer ses droits d'époux et j'aurais dû le laisser faire.

– Mais moi je les lui refuse, ses droits d'époux ! Il n'avait qu'à les prendre quand il en était temps. A présent il est trop tard... Laissez-moi partir !

– N'y compte pas ! Je ne t'aiderai jamais à faire mon malheur et à détruire notre réputation.

– Notre réputation ? Qu'en aurez-vous à faire lorsqu'il nous aura tuées, toutes les deux ? Parce que c'est ça qu'il fera si j'acceptais ce que l'on veut m'imposer. Bien sûr, l'accident – car ce serait un accident – n'aura pas lieu tout de suite. Il se produira dans quelques mois. Je disparaîtrai la première mais vous me suivrez certainement assez vite. Le chagrin sans doute ? Et votre cher Francis, votre indispensable Francis, pourra vivre heureux avec sa belle et mystérieuse amie.

– Fable ! Imagination de gamine instable ! Qui sait où

tu as pu traîner pendant ces deux mois pour rapporter des idées aussi affreuses... Au fond, tu es peut-être bien folle ?

– Ce serait si commode, n'est-ce pas ? Car, bien sûr on ne divorce pas d'une folle ? Cette idée n'est pas de vous, Mère. C'est lui qui vous l'a soufflée... et je sais bien pourquoi.

Brusquement Albine parut se métamorphoser. La femme misérable et accablée de douleur qu'elle était un instant plus tôt devint tout autre : une créature en pleine certitude de ses devenirs et de sa propre puissance. Tournant le dos à la fenêtre, elle marcha résolument vers la porte mais, là, s'arrêta un instant.

– Tu as perdu le sens, cela ne fait aucun doute mais, au cas où tu te poserais des questions à mon sujet, sache ceci : je préfère courir le risque de mourir... d'un accident plutôt que de renoncer pour toi au seul homme que j'aie jamais aimé.

Elle redressa la tête comme elle l'avait vu faire bien souvent à Mme Sarah Bernhardt lorsqu'elle sortait de scène, et quitta la chambre de sa fille.

Celle-ci la regarda partir avec une colère qui se nuançait de commisération. Elle avait toujours su que sa mère était un esprit frivole et faible mais elle la voyait à présent au pouvoir d'une sorte de génie du mal dont elle n'avait à attendre que la destruction : elle refusait de voir le danger, entièrement absorbée par cette passion dont même les côtés les plus sombres lui semblaient attirants. Dire qu'elle en était à regretter d'avoir empêché son amant de violer sa fille ! La crise de jalousie de tout à l'heure avait été emportée par la crainte de voir cet homme rejeté loin d'elle et, cette nuit peut-être, elle ouvrirait elle-même la porte dont elle prétendait garder la clef.

« Il faut que je parte ! pensa Mélanie. Il faut que j'arrive à m'enfuir d'ici ! »

Dans ce naufrage qu'elle venait de vivre, c'était la seule idée nette qui lui restât : fuir, mettre le plus de distance possible entre cette femme qui ne se souvenait plus d'être une mère et l'homme dont elle se voulait la servante aveugle et sourde. Mais comment ? Par quel chemin ?

Mélanie entreprit d'examiner les aîtres comme si elle ne les connaissait pas depuis toujours. Descendre dans le jardin depuis le premier étage et même si les plafonds du rez-de-chaussée avaient plus de cinq mètres n'était pas une impossibilité d'autant qu'elle pourrait s'aider, le plus classiquement du monde, de ses draps. Mais ensuite ? comment franchir sans aide les hauts murs de clôture ? L'un, bien sûr, donnait sur la rue, l'autre sur une légation et le troisième sur un couvent. Autant d'impossibilités. Les toits ne communiquaient pas avec ceux des voisins et quant à la cour d'entrée, les murs se renforçaient de la vigilance du concierge. Un véritable casse-tête !

Un coup frappé à sa porte interrompit sa méditation. La femme de chambre reparut :

– Madame demande si madame la Marquise veut descendre pour le déjeuner ?

– Je vous ai déjà dit que je désirais être servie ici.

Angèle s'inclina sans répondre et s'éclipsa mais ne revint pas, ce qui était hautement significatif : si Mélanie ne se décidait pas à reprendre sa place à la table familiale, elle serait privée de nourriture. Ce qui posait un nouveau problème et non des moindres : pour imaginer un plan d'évasion, il faut avoir l'esprit clair et un minimum de forces physiques. Or Mélanie avait déjà très faim. Le petit déjeuner était loin et les événements qui l'avaient suivi de nature à creuser un appétit certain. D'autant qu'en entrant, Angèle avait livré passage à un agréable fumet de poulet rôti.

Se sachant condamnée à jeûner, Mélanie se sentit d'autant plus affamée. Elle commença par aller boire un grand verre d'eau dans son cabinet de toilette puis un autre afin d'occuper son estomac. Mais l'effet en fut passager. Alors se souvenant du vieux dicton qui veut que « qui dort dîne » elle s'étendit sur son lit et ferma les yeux ; sans le moindre succès : son esprit surchauffé ne lui laissa ni trêve ni repos. Et soudain, une idée lui vint : le chocolat ! Le chocolat de Rosa ! En restait-il encore un peu ?

Sautant à bas de son lit, elle réintégra la salle de bains, ouvrit les portes du grand placard où l'on rangeait les draps, les serviettes et les couvertures supplémentaires, tira un tabouret et, montant dessus en s'étirant de son mieux, elle atteignit le rayonnage où, justement, on rangeait les objets dont on ne se servait pas couramment, glissa ses mains sous un gros édredon et retint un cri de joie : ses doigts venaient de se refermer sur deux plaques de chocolat : une entière et l'autre entamée.

Elle les descendit avec le soin pieux que l'on réserve en général aux trésors les plus précieux et mangea avec délices deux des cinq barres restant dans le paquet déjà ouvert bien que le goût s'en fût un peu affadi.

Cette affaire de chocolat tenait tout entière dans l'avarice de Mme Desprez-Martel lorsqu'il s'agissait de sa table. La plus grande parcimonie était recommandée à la cuisinière, tout au moins lorsqu'il n'y avait pas d'invités. Il fallait d'ailleurs que Rosa fût solidement attachée à la famille pour se résigner à servir des menus aussi frugaux à sa maîtresse et surtout à Mélanie.

– Elle peut se laisser mourir de faim pour garder sa

taille, bougonnait-elle, mais la petite c'est autre chose... et les domestiques aussi !

Résultat : lorsque sa mère s'absentait, la fillette et sa gouvernante allaient s'asseoir démocratiquement à la table de la cuisine où le menu, s'il était simple, était toujours copieux. D'autre part, comme Albine recevait beaucoup, Rosa mettait de côté quelques denrées non périssables qui prenaient le chemin de la salle de bains que Mélanie partageait avec Fräulein. Léonie qui était leur femme de chambre n'aurait jamais vendu la mèche et Angèle n'était pas là depuis assez longtemps pour avoir découvert le pot-aux-roses.

Sa faim apaisée, Mélanie rangea soigneusement ses provisions, but encore un peu d'eau puis reprit le cours de ses réflexions. Étant donné sa situation actuelle – c'est-à-dire coupée de tous ceux qu'elle savait disposés à l'aider – ce n'était peut-être pas une bonne solution de s'en tenir à une attitude intransigeante. Cela servirait juste à accréditer cette thèse de la folie dont sa mère et Francis paraissaient les chauds partisans. En cas d'enquête les domestiques affirmeraient qu'elle avait un comportement anormal, la plupart d'entre eux n'étant pas au courant des agissements réels de maîtres assez habiles au jeu des faux-semblants pour garder devant eux une attitude parfaite. Seul Paulin qui s'était prêté au faux suicide d'Albine était enfoncé jusqu'au cou dans ce que Mélanie appelait « le complot »... mais il y avait à présent des années qu'il était secrètement amoureux d'Albine et il se fût laissé griller les pieds plutôt que de la trahir. Quant à la police, les Desprez-Martel possédaient assez de hautes relations pour qu'elle acceptât de passer l'éponge sur les « peccadilles » du marquis et cessât de s'intéresser aux habitants de la rue Saint-Dominique.

Le plus gros point noir était la blessure d'Olivier Dherblay dont Mélanie se souciait beaucoup plus qu'elle ne l'admettait. La pensée de cet homme agonisant, la poitrine trouée pour s'être fait son chevalier, lui serrait le cœur au point qu'il lui fallait souvent refouler ses larmes. S'il venait à mourir, Francis ferait aussitôt main basse sur le cabinet d'agent de change et sur tout le reste. Mais si Olivier guérissait et, surtout, si l'oncle Hubert se décidait à revenir – il était incroyable qu'il n'eût pas encore reparu ou alors c'est qu'il s'était enfoncé au cœur de l'Afrique plus profondément qu'on ne l'imaginait – le combat redevenait possible et l'espoir renaissait.

L'idée de la fuite, outre qu'elle était difficilement réalisable, devait être abandonnée tant que la prisonnière se trouvait sans argent car, en admettant qu'elle réussît à franchir les grands murs, où irait-elle ? Le retour aux Champs-Elysées était impossible car on ferait sans doute enlever, de force cette fois, une malheureuse demi-folle. L'appartement d'Antoine était hors de question puisqu'il n'y avait personne. La seule chance qui restait, en attendant la réapparition d'Hubert et – peut-être – d'Olivier était de trouver la somme nécessaire pour prendre le train et rejoindre, enfin, ce havre de paix et de douceur qu'était Château-Saint-Sauveur. Jusque-là, le mieux serait de feindre d'accepter son sort sous certaines conditions.

Décision difficile à prendre. Mélanie en examina longuement les risques et les avantages, le principal étant sans doute d'éloigner l'internement en clinique psychiatrique dont elle se sentait menacée... Et soudain, une idée lui vint.

S'assurant d'abord que sa porte n'était pas fermée à clef, elle alla se recoiffer devant une glace et vérifier sa tenue. Comme toutes celles qu'Albine lui avait commandées, cette robe violine, admirablement coupée mais ornée d'une berthe et d'un jabot de guipure qui eussent convenu à une femme de cinquante ans, ne lui plaisait pas. Elle la garda cependant puis, d'un pas délibéré, quitta sa chambre et descendit l'escalier sous l'œil surpris de Paulin qui patrouillait dans le vestibule :

– Où est ma mère ? Je désire lui parler.

– Madame est au salon de musique et je...

– Restez-là ! Je n'ai pas besoin que vous m'annonciez.

En effet, Albine était assise derrière la harpe dorée sur laquelle elle essayait des poses en effleurant parfois une corde ou deux... C'était cela qu'elle appelait faire de la musique.

L'entrée de Mélanie la surprit si vivement que l'instrument rendit un son discordant sous ses doigts soudain crispés.

– Tu m'as fait peur ! protesta-t-elle. En voilà des façons ! Si tu viens pour déjeuner je te signale qu'il est trop tard.

– Je ne viens pas déjeuner, je viens vous parler. Voulez-vous m'écouter ?

– Si tu es devenue raisonnable, oui.

– Vous en jugerez. Mais d'abord où est-il ? Ne me demandez pas qui, vous le savez très bien.

– « Il » est sorti.

– J'en suis heureuse... Mère, j'ai beaucoup réfléchi depuis tout à l'heure. Peut-être avez-vous raison en ce qui concerne l'avenir de mon mariage. Le moins que l'on puisse dire est que les choses ont été bien mal engagées...

– Tu l'admets ?

– Pourquoi pas si vous voulez bien admettre de votre côté qu'il est pénible à une jeune mariée de se voir délaissée la nuit même de ses noces pour une danseuse et cela dans le même wagon de chemin de fer.

– Mais naturellement ! J'ai d'ailleurs dit à Francis tout ce que je pensais de sa conduite. Elle a été d'une inqualifiable légèreté !

– J'aimerais savoir ce qu'il vous a offert comme excuses ?

– Oh... des pauvretés comme il arrive trop souvent aux hommes d'en débiter. Il était énervé par cette longue journée. En outre il avait trop bu et comme il ne voulait pas risquer de se comporter avec toi d'une façon... peut-être trop brutale, il a préféré aller dépenser avec une femme facile qu'il connaissait déjà ce... ce surcroît d'énergie... Il pensait que tu allais dormir et que tu ne saurais jamais comment il avait employé cette nuit-là. Une façon comme une autre de te protéger... d'ardeurs dont il craignait de n'être pas tout à fait maître.

– Je vois...

Ce que Mélanie voyait surtout, c'était que le cher marquis connaissait bien Albine. Au fond, c'était sa colère à elle, sa jalousie, qu'il avait voulu apaiser et il avait bâti cette fable de l'homme pris de boisson, la seule sans doute qu'une femme comme elle pouvait comprendre et pardonner. Aussi se garda-t-elle bien de lui préciser que Francis n'était pas ivre le moins du monde quand tous deux s'étaient séparés au seuil de son compartiment. Visiblement, depuis que Mélanie avait commencé de parler, sa mère renaissait à l'espoir et voyait se dissiper toutes ces nuées d'orage qu'elle supportait difficilement. Il ne fallait pas qu'elle soit ramenée à se poser des questions qui dépassaient son entendement. D'ailleurs, abandonnant sa harpe, elle venait, déjà toute souriante, s'asseoir plus près de sa fille.

– Alors ? Tu veux bien essayer de vivre avec nous, ici ?

– Pourquoi pas chez moi, aux Champs-Élysées ?

– Cette maison est sinistre, mon enfant. Somptueuse, je veux bien te l'accorder, mais sinistre. Tout est tellement plus agréable dans notre quartier !

– Restons donc ici puisque cela vous plaît mais si je veux bien essayer de vivre avec M. de Varennes – je dis bien essayer ! – ce sera à une condition.

– Laquelle ? Dis vite !

– Je ne veux pas qu'il me touche. Ce que j'ai vécu, tout à l'heure, m'a causé une horreur profonde. Comprenez-moi, Mère, j'ai besoin de temps pour... oublier tout cela et m'habituer à lui. S'il consent... je ne dis pas à aller habiter ailleurs mais à se comporter comme il le faisait lorsque nous étions fiancés, alors oui, je veux bien vivre auprès de lui dès l'instant où vous y serez aussi.

Soudain rayonnante, Albine alla prendre sa fille dans ses bras et l'embrassa comme elle ne l'avait pas fait depuis des années. Ce qu'elle venait d'entendre répondait trop à ses plus secrets désirs pour qu'elle n'en fût pas transportée de joie. La tempête s'apaisait et elle allait pouvoir garder son amant pour elle seule ! Aussi fut-ce avec une entière sincérité qu'elle jura d'obtenir l'adhésion de son gendre à ce nouveau plan. Elle veillerait elle-même à ce que sa petite Mélanie ne fût pas importunée et pût retrouver ce calme si nécessaire à l'oubli des offenses.

– De toute façon, conclut-elle avec enjouement, Francis mérite une punition pour la façon dont il s'est comporté envers toi. Et tu peux compter tout à fait sur l'aide de ta mère... Mais j'y pense, ma chérie, tu dois mourir de faim ! Je vais sonner Paulin pour qu'il fasse servir le thé un peu plus tôt !... Mon Dieu que je suis heureuse ! Nous allons fêter cela ce soir au vin de Champagne !

Déjà rendue en pensée à la vie brillante qu'elle aimait, Albine allait et venait à travers le salon comme un oiseau voltige de branche en branche et Mélanie la regardait, prise d'une soudaine pitié. Elle était redevenue d'un seul coup la belle Mme Desprez-Martel uniquement soucieuse de bals, de potins, de toilettes et parlait à présent de la grande Semaine de Paris qui allait bientôt venir, des courses à Longchamp, du chapeau qu'elle se commanderait pour la Journée des Drags...

– A propos, fit-elle tout à coup en s'arrêtant devant Mélanie, il faut que tu me dises qui t'a fait la robe que tu portais hier ? Je l'ai trouvée extraordinaire et naturellement...

La porte en s'ouvrant lui coupa la parole. Pensant que c'était le thé, elle alla s'asseoir avec grâce sur un canapé mais ce fut Francis qui parut accompagné d'un homme jeune, très brun et suprêmement élégant en dépit de moustaches mongoles et d'un regard perçant de rapace qui lui faisaient une tête de bandit albanais.

Sans avoir remarqué la présence de Mélanie, ils vinrent saluer sa mère.

– Chère amie, dit Francis, je vous présente le Dr Souvalovitch dont je vous ai parlé. Il est tout disposé à donner ses soins à notre pauvre Mélanie et je crois que vous pouvez lui faire entière confiance. Nous ne pourrions trouver...

– Bonsoir Francis !

La voix nette et froide de la jeune femme, en faisant tressaillir le marquis, coupa court à la présentation. Il tourna vers elle un regard stupéfait.

– Vous êtes là ?

– Comme vous voyez ! C'est aimable à vous de vous soucier de ma santé mais je ne crois pas avoir besoin de médecin. Encore moins d'un psychiatre. C'est bien ce que vous êtes, n'est-ce pas, docteur ?

– Je suis... oui, admit l'interpellé avec un vigoureux accent d'Europe centrale. Très heureux ! Nous allons pouvoir examiner de suite...

Il s'avançait vers elle, la mine engageante comme s'il s'apprêtait à l'inviter pour une valse, mais elle quitta son siège et vint rejoindre Albine sur le canapé :

– Je ne crois pas que ceci entre dans nos accords, Mère, dit-elle assez fermement pour que celle-ci sentît que sa joie de vivre, si fraîchement retrouvée, était menacée. Elle réagit aussitôt :

– Ma fille va beaucoup mieux, docteur, dit-elle avec son sourire le plus charmeur, et je crois que nous nous sommes affolés un peu vite...

– Vraiment ? interrogea Varennes, l'œil soupçonneux, ce qui lui valut de recevoir la fin du sourire :

– Vraiment ! Nous avons bien des choses à vous dire, cher Francis, des choses qui vous rendront aussi heureux que je le suis moi-même... Mais je n'en suis pas moins charmée de vous recevoir, docteur. Ah ! voici le thé !... J'espère que vous accepterez une tasse ? Tenez, venez vous asseoir près de moi ! Et toi, ma chérie, tu ne saurais mieux faire que reprendre ton rôle de fille de la maison. Tu veux bien nous servir ?

– Avec plaisir.

La scène qui suivit, si elle offrait un parfait exemple du savoir-faire mondain, n'en fut pas moins absurde et vaguement irréelle. Installé sur le canapé auprès de Mme Deprez-Martel, le Dr Souvalovitch pérorait d'une voix onctueuse et affectée. Albine, ses grands yeux bleus fixés sur lui, semblait boire ses paroles en même temps que le thé. Francis, l'air soucieux, écoutait distraitement. Son regard revenait sans cesse vers Mélanie occupée à couper d'épaisses tranches de cake comme si cette place et cette occupation avaient été siennes de tout temps et, visiblement, il ne savait trop s'il devait se réjouir ou se fâcher de ce retournement de situation, tout à fait imprévu.

A présent, le psychiatre parlait d'abondance. Mélanie avait, sournoisement, ajouté du rhum à son thé et il en avait accepté avec joie plusieurs tasses sans paraître s'apercevoir des coups d'œil furieux de son client. Il semblait tout à fait détendu à présent et, comme la jeune femme lui présentait une assiette de petits fours, il lui décocha un sourire béat qui révéla des dents regrettablement jaunes :

– Heureux je suis de voir que tout va bien, jeune dame, mais ce sera un plaisir de veiller sur votre santé. L'esprit d'une femme est chose fragile, sensible, et le petit chagrin devient vite le gros drame. Il ne faut pas craindre venir voir cher Dr Souvalovitch. Il possède charmante maison pour le repos, très confortable...

– Je vous remercie, docteur, dit Mélanie qui ne savait trop si elle devait rire ou se fâcher, mais je me suis toujours fort bien reposée ici et je ne vois pas où je pourrais être mieux qu'auprès de ma mère.

– Certes, certes! Mais, enfin, on ne sait jamais et...

– Cher ami, coupa soudain Francis qui avait peine à cacher son exaspération, je suis désolé de vous arracher à si charmante compagnie mais il se fait tard et je dois encore passer au Cercle. Si vous voulez que je vous raccompagne ?...

– Certes, certes!... oh, le temps cruel!, le temps! Mais il y a les malades, hélas...

– Les vrais! murmura Mélanie.

– Eh oui!... Que de regrets de vous quitter!...

– N'en ayez pas trop, dit Francis. Il se peut que nous ayons besoin de vous une autre fois...

A la grande surprise de Mélanie, ce fut sa mère qui releva la phrase vaguement menaçante :

– Je ne crois pas qu'il y ait une autre fois... mais vous serez toujours le bienvenu ici, ajouta-t-elle en tendant une main chargée de bagues qui disparut sous la moustache du psychiatre. En admettant que c'en fût un, ce dont Mélanie commençait à douter fortement...

Au moment où les deux hommes allaient franchir le seuil du salon, Albine ajouta :

– Naturellement, vous dînez ici ce soir, Francis ?... Nous comptons absolument sur vous.

– Nous ?

– Mélanie et moi, voyons !

Il hésita un instant puis s'inclina avec un sourire qui n'atteignit pas ses yeux.

– Ce sera pour moi une très grande joie et je n'aurai garde d'y manquer.

En remontant chez elle, un moment plus tard, pour prendre un bain et se reposer avant ce fameux dîner, Mélanie se sentit rompue de fatigue mais aussi plutôt soulagée. Le danger auquel elle venait d'échapper n'était peut-être pas entièrement dissipé mais, en faisant de sa mère une alliée momentanée, elle s'était tout de même assuré quelques jours, peut-être quelques semaines, de tranquillité relative. Le temps de guérir pour Olivier Dherblay ? Ou tout au moins, le temps pour l'oncle Hubert de regagner enfin Paris ? De toute façon, elle allait devoir jouer serré avec un adversaire qu'elle savait rusé et sans scrupules. Mais que la pensée de nuits solitaires était donc réconfortante !...

CHAPITRE XII

LA STATUE DU COMMANDEUR...

Mélanie avait raison de se méfier. Elle avait eu facilement raison d'une mère attachée avant tout à sa tranquillité et à sa propre personne mais Varennes était un adversaire d'une autre dimension. Certes, au cours de ce dîner par lequel s'achevait la plus pénible des journées jamais vécues par la jeune femme, il se montra aimable, courtois, enchanté d'apprendre que la rebelle venait à composition. Il accepta même le temps de probation « indispensable si nous voulons que Mélanie redevienne elle-même » mais, à la façon qu'il eut de poser sur sa main un baiser un peu trop appuyé, au regard surtout dont il l'enveloppa, Mélanie comprit qu'elle serait, tôt ou tard, obligée de le subir si elle ne trouvait pas le moyen de lui échapper. Il avait d'ailleurs murmuré :

– Je sais bien que votre santé n'est pas en cause et que vous m'infligez là une punition mais je vous en supplie, ne vous vengez pas trop longtemps ! Je ne souhaite que vous rendre heureuse.

Belle parole que la réalité ne traduisit guère car si elle était libre d'aller et venir comme elle le voulait dans l'hôtel maternel, Mélanie s'aperçut vite qu'il lui était impossible d'en sortir seule ou même en compagnie de sa mère.

– Vous m'avez imposé une condition, ma chère Mélanie, et je l'ai acceptée. A votre tour vous voudrez bien admettre que je garde envers vous quelque méfiance. Vous avez en vous beaucoup plus de ressources que je ne le supposais...

– Avez-vous donc l'intention de me garder enfermée ici ? Curieuse façon d'assurer le bonheur de quelqu'un.

– Nullement. Vous sortirez et même chaque jour... mais uniquement en ma compagnie. Et je ne vous conseille pas de profiter d'une de mes absences ! Elles seront rares d'ailleurs comme il se doit pour un homme qui retrouve celle qu'il aime. Et, de toute façon, personne ici, pas même votre mère, ne vous le permettra... Soyez-en tout à fait sûre !

– Ainsi, je vais devoir vous traîner après moi dans les magasins ? Comme ce sera amusant !

– Pourquoi pas ? C'est le privilège d'un homme amoureux que de chercher à parer celle qu'il aime. D'ailleurs n'avez-vous pas tout ce qu'il vous faut ?

– Certainement pas ! Je n'ai aucunement l'intention de porter les robes de mon trousseau nuptial. Je compte même en faire don à une maison de retraite pour veuves peu fortunées.

Francis se mit à rire :

– Je reconnais que votre mère, soucieuse de paraître plus jeune que vous, vous a affublée d'étrange manière. Mais lorsque je vous ai vue, dans l'hôtel des Champs-Élysées, vous étiez vêtue à ravir et de même quand vous êtes arrivée hier. Écrivez donc un mot pour vos gens de là-bas, demandant que l'on vous envoie toutes vos affaires, sans oublier bien sûr vos bijoux !

– Mes bijoux vous intéressent ?

– Mais naturellement. Comment croire à la sincérité

de votre retour si vous ne portez ni votre alliance ni votre bague de fiançailles ? Tenez, il y a sur ce petit secrétaire tout ce qu'il faut pour écrire. Dans deux heures vous aurez vos vêtements. Ce qui ne veut pas dire que nous n'irons pas en acheter d'autres... mais pas aujourd'hui. Je préfère que nous laissions se calmer un peu les curiosités.

– Les curiosités ?

– Bien sûr. On se posait trop de questions à notre sujet. Il fallait tailler dans le vif et, dès hier soir, j'ai fait tenir une petite note aux journaux en les priant instamment de ne pas venir vous importuner... pour le moment tout au moins.

Dans tous les quotidiens parisiens, en effet, on consacrait un article, jugé fort incomplet pour la plupart mais qui annonçait le retour « quasi miraculeux » de la jeune marquise de Varennes, dont on déplorait la perte dans les eaux profondes du lac de Côme et qui, secourue in extremis par un pêcheur illettré de Gravedona, était restée inconsciente pendant plusieurs jours. La police italienne, aux œuvres de laquelle le marquis avait l'intention de faire un don important, l'avait retrouvée presque par hasard et rendue aux autorités françaises...

La lecture de cette prose fortement teintée de lyrisme déchaîna l'hilarité de Mélanie :

– Vous avez vraiment réussi à leur faire avaler cela ?

– Pas tout à fait, je le crains, si j'en juge à la horde qui, depuis ce matin, nous assiège. J'en ai déjà reçu deux ou trois spécimens car bien sûr il n'est pas question que vous rencontriez la presse.

– Et vous leur avez dit...

– Que, justement, je n'avais rien de plus à leur dire

sinon que vous avez besoin que l'on respecte votre repos. Voilà pourquoi vous devrez vous contenter du jardin aujourd'hui et demain au moins.

– Il se pourrait que la police se montre plus curieuse ? Vous oubliez, il me semble, que vous l'avez rencontrée chez moi ?

– Chez nous, ma chère, chez nous ! Et je peux vous assurer que ce bon commissaire Langevin ne se montrera pas plus curieux qu'il ne convient... surtout s'il tient à l'évolution harmonieuse de sa carrière. Nous sommes peut-être en république mais j'ai tout de même d'assez hautes relations pour lui imposer silence.

La satisfaction qu'il affichait était insupportable et Mélanie, pour cacher sa nervosité, reprit l'un des journaux qui jonchaient une table afin de signifier que, selon elle, cet entretien avait assez duré. Soudain, un entrefilet retint son attention : « Serait-ce le résultat d'un duel tenu secret ? Il n'est bruit à la Bourse que de " l'accident " survenu à M. Olivier Dherblay, l'un de nos plus brillants jeunes financiers, accident qui semble très grave. Des voisins ont, en effet, pu voir hier matin M. Dherblay ramené chez lui en fort mauvais état. Le professeur Georges Dieulafoy appelé d'urgence s'est refusé à toute déclaration mais il serait intéressant de savoir où M. Dherblay s'est promené tôt dans la matinée et qui il a pu rencontrer... »

Mélanie froissa le journal entre ses mains et tourna vers Varennes un regard chargé d'orage :

– Je veux avoir des nouvelles de M. Dherblay ! articula-t-elle sèchement.

– Je ne vois pas en quoi cela vous intéresse ! Laissez-le donc mourir tranquille !

– Vous êtes un monstre ! Vous êtes l'homme le plus ignoble qui soit au monde mais vous êtes aussi stupide !

Ne comprenez-vous pas que si ma mère, au moins, n'envoie pas chez lui, les journaux n'auront peut-être guère de peine à remonter jusqu'à vous et s'il meurt, comme vous semblez le souhaiter, il se pourrait que l'on vous demande tout de même des comptes ?

Le sourire narquois de Francis s'effaça et il réfléchit un instant :

– Il se peut que vous ayez raison. Je vais donner des ordres...

Quelques instants plus tard, Paulin partait avec l'une des voitures de la maison. Il devait passer chez Olivier Dherblay prendre de ses nouvelles de la part de Mme Desprez-Martel puis se rendre avenue des Champs-Élysées pour y remettre à Soames une petite lettre de Mélanie, lettre volontairement écrite sur un ton de frivolité bien propre à éveiller la méfiance du vieux serviteur qui la connaissait bien. Elle y disait avoir décidé de passer quelques jours auprès de sa mère pour mieux s'y préparer à la Grande Saison de Paris. Elle ajoutait qu'il lui fallait à tout prix ses robes et ses bijoux, leur absence risquant de la rendre folle si elle ne pouvait s'en parer aux yeux du Tout-Paris. Prose absurde, stupide même, mais la jeune femme espérait bien que son vieux serviteur et Mme Duruy sauraient lire entre les lignes.

Deux heures plus tard, en effet, tout ce que Mme Lanvin avait conçu pour elle lui était porté ainsi que la mallette qui ne l'avait pas quittée durant son odyssée provençale. Mais, naturellement, Albine tint à assister au déballage et se rua sur la première robe sortie pour en lire la griffe :

– Jeanne Lanvin ! s'écria-t-elle comme elle eût crié « Au secours ». Comment as-tu pu réussir à obtenir d'elle qu'elle travaille pour toi alors qu'elle n'a jamais rien voulu faire pour moi ?

– Je ne sais pas, Mère, répondit Mélanie agacée. Et je vous serais reconnaissante de me laisser ranger mes affaires seule. Je n'ai vraiment pas envie de parler chiffons pour le moment. Je pense à M. Dherblay...

En effet, les nouvelles rapportées par Paulin étaient dramatiques. Olivier Dherblay était très mal et, selon son valet, « monsieur le Professeur Dieulafoy désespère de le sauver ». Mais, bien sûr Albine n'avait pas, sur le jeune homme, le même point de vue que sa fille.

– Tu ne vas tout de même pas te mettre la tête à l'envers pour ce garçon ? Après tout il n'était qu'un employé de ton grand-père !

– Un employé ! A vous entendre on l'imagine assis sur un rond de cuir avec, aux bras, des manches de lustrine. Heureusement que les journaux et le monde de la finance en font plus grand cas que vous ! Quant à moi je n'entends pas oublier qu'il s'est montré pour moi un ami aussi délicat que généreux et qu'enfin, s'il est en train de mourir, c'est à cause de moi !

– Mais tu as raison ! Il s'est battu pour toi ! Comme c'est romantique ! Il faudra qu'un jour tu me parles de lui plus longuement. Après tout, je le connais à peine... Oh, cette toilette de tulle point-d'esprit noir est étourdissante !... Tu crois qu'elle m'irait ?

Au risque de déchirer la fragile merveille, Mélanie l'arracha presque des mains de sa mère.

– Non. Elle a été faite pour moi et je suis plus mince que vous ! A présent, Mère, je vous supplie de me laisser tranquille !

– Bien, bien ! Comme tu voudras !... Mon Dieu, quel caractère ! s'exclama Albine vexée en se dirigeant à regret vers la porte mais, passant auprès du petit bureau sur lequel était posée la cassette des bijoux, elle ne put se retenir de l'ouvrir.

– Dieu soit loué! s'écria-t-elle, tu as toujours tes ravissantes perles roses. J'avais tellement peur qu'elles ne soient perdues! C'eût été pour la famille un dommage irréparable.

– Plus que ma propre disparition peut-être? murmura Mélanie en enveloppant sa mère d'un regard plein d'un désenchantement nuancé de pitié. Cette femme était incorrigible et le moindre diamant passant à sa portée était capable de lui faire perdre le sens des valeurs, en admettant qu'elle l'eût jamais eu. A se demander où, entre son cœur sec et sa tête d'oiseau, elle pouvait bien loger cette grande passion pour Francis?

– Que tu es sotte! Dire de telles choses alors que nous nous sommes tellement tourmentés pour toi!

Ses paroles étaient machinales. Elle avait pris les perles et, devant un miroir, les disposait autour de son cou. Dans un instant elle allait les emprunter et Mélanie pensa qu'il fallait intervenir avant qu'il ne soit trop tard car si elle prêtait cette parure à sa mère elle avait de grandes chances de ne jamais la revoir. Or, elle y tenait beaucoup puisque c'était Grand-père qui les lui avait données.

Doucement mais fermement, elle ôta le joyau des mains d'Albine qui, devant le regard de sa fille, n'osa pas protester et sortit en fredonnant une chanson. Mélanie, enfin seule, rangea soigneusement les perles sur le velours de leur écrin puis prit deux autres écrins devant lesquels, un long moment, elle resta songeuse. L'un contenait son alliance, un anneau d'or épais, et l'autre le diamant de ses fiançailles.

Le rôle qu'elle s'était imposé exigeait qu'elle les glissât à son annulaire mais elle ne pouvait s'y résoudre parce que ces deux bagues étaient les marques tangibles du triomphe de Varennes et de son propre asservissement. Les porter c'était trahir encore Grand-père mais aussi Antoine qui, à cette heure, se dévouait peut-être pour elle et surtout Olivier agonisant sur son lit. En fait, c'était à lui qu'elle pensait le plus avec une angoisse qui ressemblait à un remords. Naguère encore, il l'agaçait et elle se moquait de lui, le trouvant assommant sans d'ailleurs la moindre raison valable, mais à présent ce courage et ce dévouement qu'il avait montrés pour son service forçaient son admiration. Et puis il était son dernier rempart : qu'il mourût et plus personne ne défendrait la fortune du vieux Timothée et son héritière de la rapacité d'un coureur de dot sans scrupules. Mais en réalité cette crainte n'était pas ce qui l'occupait le plus. En pensant à ce qu'elle éprouverait lorsqu'on lui annoncerait la mort d'Olivier, elle découvrit qu'elle en aurait du chagrin. Alors, elle remit les écrins à leur place, referma la mallette et la rangea dans le bas d'une armoire.

Le soir venu, au dîner que l'on prenait toujours en apparat même si personne n'était convié, Mélanie portait, sur une simple robe de faille blanche, le collier et le bracelet de corail, d'or et de petites perles que l'oncle Hubert lui avait rapportés de Venise mais ses mains, sans aucune bague, n'en paraissaient que plus nues.

– Vos bijoux vous ont été rapportés, remarqua Francis avec sécheresse. D'où vient que vous ne portez pas votre alliance ?

Mélanie planta calmement ses yeux sombres dans ceux du marquis et eut un mince sourire :

– Je pense que c'est trop tôt.

– Trop tôt ? Comment l'entendez-vous ?

– Le plus simplement du monde. Nous devons vivre ensemble une période d'essai. Il dépend de vous que je la remette un jour... ou que je vous la rende.

– Vraiment ? Alors, un conseil, Mélanie : habituez-vous le plus vite possible à l'idée de rester à jamais ma femme. Je ne suis pas très patient et je n'ai pas l'intention de m'imposer une trop longue contrainte !

Il était de mauvaise humeur car il n'avait pu convaincre le notaire de la famille Desprez-Martel de lui remettre une somme d'argent destinée à éponger une dette de jeu. Tant qu'une année ne serait pas écoulée depuis la disparition du vieux Timothée, la succession ne serait pas ouverte et la mort de Dherblay, si elle advenait, n'y changerait rien. Quelqu'un remplaçait le jeune homme à la tête des bureaux suivant les dispositions établies depuis longtemps par le vieil homme.

Un silence suivit la réplique acerbe de Francis. Albine tenta de le dissiper en déclarant d'un ton enjoué :

– Si nous allions au théâtre un de ces soirs ? La Comédie-Française vient de reprendre *Le Marquis de Priola* et je serais enchantée de revoir Le Bargy [1] dans ce rôle où il est admirable...

Francis se leva si brusquement que sa chaise bascula et s'abattit avant que le valet qui servait ait pu la retenir. Il était devenu blême et ses yeux noirs étincelaient de fureur :

– Qu'essayez-vous de faire, pauvre gourde ? De l'esprit ? On peut dire que vous avez la main heureuse et j'apprécie l'allusion [2].

Il sortit en claquant la porte tandis que la maladroite Albine, d'abord interdite par la violence de l'apostrophe, éclatait en sanglots et quittait à son tour la salle

1. Charles Le Bargy, célèbre comédien, était fort apprécié du public à la fin du siècle dernier et au début de celui-ci (1858-1936).

2. *Le marquis de Priola* fut l'un de ses grands succès. Il y incarnait une sorte de Don Juan moderne impitoyable et sans scrupules qui trouve son châtiment dans la paralysie totale.

à manger en appuyant son mouchoir sur sa bouche. Mélanie resta seule à table au milieu de ce grand silence qui suit les coups de tonnerre. Paulin, qui présidait le service, toussota discrètement :

– Madame la Marquise prendra-t-elle du dessert ?

– Je ne vois vraiment pas pourquoi vous m'en priveriez, Paulin ? Vous le ferez suivre d'une tasse de café.

Et la jeune femme acheva son repas comme si de rien n'était, trouvant même à cette soudaine solitude une saveur toute particulière.

La nuit, en revanche, fut plus agitée. Vers deux heures du matin, elle fut réveillée par des coups violents frappés à sa porte, fermée à clef naturellement et devant laquelle, pour plus de sûreté, elle avait tiré une commode en regrettant seulement que l'armoire fût trop lourde pour elle. En même temps, une voix avinée lui intimait l'ordre d'ouvrir en des termes d'une rare obscénité : Francis entendait accomplir sur elle son devoir conjugal et frappait sur le vantail à coups redoublés. Glacée de dégoût, Mélanie retenait son souffle, se gardant bien de répondre pour ne pas exciter davantage la folie éthylique de ce furieux. Un coup plus violent que les autres la fit sursauter puis se précipiter sur sa robe de chambre et ses pantoufles. Si la porte cédait, il faudrait essayer de fuir par la fenêtre.

– Tu vas ouvrir, oui ou non, traînée ? hurla Francis hors de lui. J'te veux pas d'mal... Au contraire, j'veux t'faire du bien...

Mélanie se demandait si ce vacarme n'allait pas enfin attirer quelqu'un quand, avec un grand soulagement, elle entendit les voix de sa mère et de Paulin qui, de toute évidence, tentaient de calmer l'ivrogne. Ce fut, pendant quelques instants, un pandémonium de cris, de prières et d'objurgations que dominaient parfois la voix de basse taille de Paulin ou le rire stupide de Francis décrivant par le menu ce qu'il comptait faire à sa femme et s'en esclaffant bruyamment. Puis soudain, ce furent des sanglots tumultueux :

– Elle veut pas d'moi, ta fille. T'entends ça, Albine ? Elle veut pas d'moi ! Tu d'vrais lui dire, toi, que j'fais bien l'amour. Parce que tu l'sais toi... t'aimes ça. On va aller l'faire ensemble, tiens.

– Monsieur le Marquis a surtout besoin de se reposer, fit la voix pompeuse de Paulin et, du coup, Mélanie, son angoisse coupée net, éclata de rire. Le contraste entre la vulgarité – cette si étrange vulgarité qui surnageait parfois – de Francis et le ton ampoulé du maître d'hôtel avait quelque chose d'irrésistible. Mais apparemment Francis ne renonçait pas à son idée première : entrer chez sa femme et le vacarme reprit de plus belle. Soudain, il s'arrêta net. Il y eut un silence coupé par la voix de Paulin :

– Madame voudra bien m'excuser mais je crois que c'était la seule solution...

– Je ne vous connaissais pas ce talent, Paulin, fit Albine admirative.

– Peu de chose, Madame. J'ai fait pas mal de boxe autrefois et j'essaie de m'entretenir. Je vais à présent porter M. le Marquis dans son lit et veiller à ce qu'il ne trouble plus la paix de cette maison. Bonne nuit, Madame !

Mélanie écouta décroître les pas, dont l'un singulièrement lourd mais, de tout le reste de la nuit, ne put trouver le sommeil. L'incident qui venait de se dérouler, pour être grotesque, n'en était pas moins révélateur. Il allait être de plus en plus difficile de jouer le rôle qu'elle s'était assigné si, chaque nuit, Francis revenait battre sa porte. De toute façon, elle ne pourrait pas l'assumer bien longtemps mais comment échapper à ce piège où elle s'était laissé prendre ? Surtout si Albine refusait toujours de l'aider.

Vers le milieu de la matinée, elle se rendit chez sa mère. Albine, qui se levait toujours tard, était encore au lit, lisant son courrier ou parcourant les journaux tout en étirant interminablement son petit déjeuner. C'était, disait-elle, le meilleur moment de la journée et elle détestait, alors, être dérangée mais, ce matin-là, elle semblait soucieuse et ne protesta pas quand sa fille pénétra dans sa chambre :

– J'allais te faire appeler, dit-elle. On dirait que les mauvaises nouvelles se donnent rendez-vous chez nous...

– M. Dherblay ?... Il est mort ?

– Lui ? Oh non... pas encore tout au moins bien que les réponses soient invariables lorsque j'envoie chez lui chaque jour. Non, cette fois, il s'agit de ton oncle Hubert.

– Oncle Hubert ? Il lui est arrivé quelque chose ? Il n'est pas...

– Mais non, il n'est pas mort ! Qu'est-ce que cette manie d'enterrer les gens ce matin ?

– Pardonnez-moi ! Que lui arrive-t-il alors ?

– Il est au Caire, aux prises avec une mauvaise fièvre qu'il a prise je ne sais où en chassant je ne sais quoi. Le consul de France m'écrit de ne pas trop me tourmenter mais que, très certainement il ne sera pas de retour pour tes funérailles.

– Mes funérailles ? Il me semble que vous me reprochiez il y a un instant...

– Bien sûr tes funérailles ! Tu oublies qu'après ce qui s'est passé au lac de Côme, nous avions prévenu Hubert... Naturellement, je vais écrire tout de suite pour dire à ce brave consul qu'il rassure ton oncle et que son retour n'a plus rien d'urgent. Il peut se soigner en toute tranquillité. Mais Dieu, que tout cela est ennuyeux ! Tu ne trouves pas ?

Mélanie s'efforça de cacher sa contrariété. Elle avait espéré dans le retour d'Hubert Desprez-Martel pour trouver enfin l'aide dont elle avait tellement besoin et voilà qu'il ne reviendrait pas avant longtemps peut-être... Il fallait en finir.

– Il y a plus ennuyeux encore, Mère, dit-elle fermement en s'asseyant sur le bord du nid de soie et de dentelles où sa mère se prélassait. Je ne veux plus rester ici. Ce qui s'est passé la nuit dernière est la preuve formelle que M. de Varennes a seulement fait semblant d'accepter mes conditions. Je ne veux pas passer mes nuits à empiler mes meubles derrière la porte...

– Je reconnais que l'incident est fort désagréable mais Francis avait bu plus que de raison. D'autre part, tu reconnaîtras que Paulin et moi avons mis bon ordre à la situation ?

– Sans doute et je vous en remercie mais vous ne serez peut-être pas toujours là et il est rusé...

– Je vais lui parler. Je suis certaine que cela ne se renouvellera pas !

– Comment pouvez-vous en être sûre ? Vous n'avez aucune influence sur lui, Mère. Croyez-vous que j'aie oublié la façon dont il vous a traitée hier ? Je vous en supplie, laissez-moi partir !

Comme si un ressort venait de se déclencher en elle, Albine devint soudain très nerveuse.

– Non, Mélanie, non !... Il est inutile de revenir là-dessus, je ne peux pas te laisser quitter cette maison.

– Mais enfin pourquoi ? Vous y êtes chez vous, il me semble ? Alors qui vous empêche de m'ouvrir la porte ?

– Tout. Je n'en ai aucune possibilité. Hormis Paulin qui m'est tout dévoué, les autres domestiques sont nouveaux et entièrement dévoués à ton époux.

– Paulin est votre majordome. Son aide devrait suffire ?

– Sans doute mais il sait bien qu'il ne restera auprès de moi que tant qu'il obéira aux ordres de Francis. Sinon...

– C'est incroyable !... Comment avez-vous pu admettre une telle situation ? Abdiquer si totalement votre autorité ?

– Qu'ai-je besoin d'autorité ? Il est si agréable d'avoir auprès de soi un homme sur qui se reposer entièrement ! Regarde la réalité en face, Mélanie ! Nous n'avons plus personne pour nous soutenir et il faut bien admettre que Francis, s'il a quelques défauts, n'est pas sans qualités. Je crois qu'il t'est sincèrement attaché et je ne vois vraiment pas pourquoi vous ne réussiriez pas à former un couple normal ?...

– Qu'appelez-vous un couple normal ?

– Mais... un couple comme il y en a des centaines autour de nous. Il y en a même qui parviennent à être heureux ! En outre, je resterai près de vous, je ne vous quitterai pas.

– Je sais, Mère ! Excusez-moi de vous avoir dérangée !

Cette fois ce fut sous sa main que la porte claqua. En rentrant chez elle, Mélanie avait bien du mal à contenir sa colère, sa déception et son écœurement. La coupe débordait et elle s'accorda la détente des larmes. Pendant de longues minutes, jetée en travers de son lit comme un vêtement oublié, elle sanglota sur cet avenir que l'on prétendait lui imposer puis, peu à peu, elle se calma, reprit possession d'elle-même, s'assit, inspira profondément et se dirigea vers la salle de bains pour se tremper la figure dans l'eau froide. Ensuite elle se recoiffa et se trouva prête au nouveau combat qui allait se présenter à midi lorsqu'elle serait en face de Francis.

Mais, cette fois encore, la jeune femme prit seule son repas. Le marquis ne parut pas et Albine qui avait ses vapeurs pas davantage. Ce qui vint, ce fut, dans l'après-midi, la maison Lachaume livrant à Mme de Varennes un somptueux bouquet de roses pourpres avec une petite carte où l'on avait écrit : « Pardonnez-moi ! Je ne le ferai plus... »

Le ton enfantin de ce texte fit sourire Mélanie mais elle donna les fleurs à Paulin en lui ordonnant de les disposer au salon. Ce qui vint aussi – ou plutôt ce qui continua ! – ce fut, dans la cour, le défilé des voitures dont les propriétaires faisaient déposer, chez Mme Desprez-Martel, une carte de visite témoignant de l'intérêt amical que l'on portait à sa fille si miraculeusement retrouvée. Étant donné les circonstances, on ne s'étonnait pas que les visites ne fussent pas encore acceptées mais on tenait à marquer, par ce geste, une attention, parfois, quoique beaucoup plus rarement, une amitié. Il arrivait que des fleurs accompagnassent le message.

Ce défilé finit par agacer Albine qui mourait d'envie de recevoir et ne voyait pas pour quelle raison Francis le lui défendait. Ce soir-là, elle s'en plaignit à lui tandis qu'en attendant le dîner il buvait un verre au salon en sa compagnie :

– Il vaut que cela cesse ! On croirait, en vérité, que nous avons un mort dans la maison. Or Mélanie n'est même pas malade. Plus vite nous mènerons une vie normale et plus vite on cessera de s'occuper de nous...

– Vous avez tout à fait raison mais ce que je vous

impose là est indispensable. Il est bon que l'on croie Mélanie encore secouée par ce qu'elle est censée avoir enduré : la semi-noyade, le sauvetage... que sais-je encore ? Et vous, en bonne mère, vous ne voulez pas imposer à votre fille chérie la fatigue de ces conversations mondaines que moi-même je juge parfois épuisantes.

– Il y a tout de même quelques amis auxquels il devient difficile de fermer notre porte plus longtemps ?

– Le malheur est que ces amis-là se trouvent compter au nombre des pires bavards de Paris. Mais, rassurez-vous, nous allons bientôt mettre bon ordre à cela et je vous propose de donner – disons dans une quinzaine ? – une réception pour présenter Mélanie à ceux qui se sont inquiétés d'elle.

L'idée transporta Albine de joie. Son visage s'illumina et elle battit des mains comme une petite fille tandis qu'elle commençait à faire la liste des invités, mais soudain elle changea de mine.

– Mon Dieu, j'oubliais !... Croyez-vous qu'elle acceptera ?

– Qui, Mélanie ? Pourquoi pas ? Nous allons d'ailleurs le lui demander quand elle descendra.

Si celle-ci n'avait écouté que sa première impulsion elle eût refusé net : jouer un rôle entre les quatre murs d'une maison était une chose, le jouer à la face du Tout-Paris en était une autre et cette réception allait représenter une manière de consécration qui lui déplaisait. Néanmoins, elle réfléchit : cette fête, avec l'agitation obligatoire que représentaient plusieurs centaines de personnes, c'était peut-être sa seule chance d'échapper à ses geôliers avant que sa situation fût irrémédiable. La saison étant douce les portes resteraient ouvertes, toutes les portes, et ce serait bien de la malchance si elle ne réussissait pas à en profiter. Le tout était de se préparer soigneusement et, surtout, d'endormir la méfiance des autres.

– Cela me paraît une très bonne idée! fit-elle avec enjouement. J'ai très envie de m'amuser un peu.

Cette aimable acceptation lui valut une soirée tout à fait charmante. Francis se montra convenablement repentant et braqua sur sa femme toutes les batteries de sa séduction. Mélanie, sous la façade d'un sourire, l'observait avec l'attention d'un entomologiste envers un insecte rare, tout l'enchantement de Dinard à jamais éteint. Peut-être parce que, derrière ce beau visage, ces yeux caressants et ce sourire charmeur, elle distinguait la brute vulgaire à laquelle, par deux fois, elle s'était affrontée. Il ressemblait assez pour elle à ces fleurs tropicales aux couleurs éclatantes qui se nourrissent de petits animaux et dévorent ceux qui se posent sur elles. Et puis, tout à coup, elle ne le vit plus. A sa place, il y avait la figure ironique d'Antoine, son regard joyeux dont elle savait qu'il pouvait être tendre et même sa grosse pipe brune. Oh! retrouver tout cela! revoir les orangers de Château-Saint-Sauveur, et le profil olympien de Victoire sous son nouet de mousseline, et les jumelles Mireille et Magali qui chantaient et parlaient en chœur et même Prudent le silencieux qui n'avait pas dû lui dire plus de vingt paroles durant tout son séjour! Les revoir tous, quel rêve! C'était vers eux, bien sûr, qu'elle courrait sitôt libérée... Soudain, la voix de Francis perça les nuages roses de son rêve :

– Ne croyez-vous pas que ce voyage serait une bonne idée? Dans un mois, Paris sera vide et nous pourrions ainsi tout recommencer depuis le début?

– Voyage? Vous parliez de voyage?

– Mais oui et je m'aperçois que vous ne m'écoutiez pas?

– Excusez-moi ! Je crois, en effet que je rêvais...

– Moi aussi mais, apparemment, nous ne rêvions pas ensemble. Je disais que, tout de suite après cette réception, nous pourrions partir tous les deux pour la Suisse, l'Autriche où vous reverriez votre amie Johanna...

– Mais oui, c'est vrai ! Tu ne sais pas : Johanna est repartie pour Vienne. Elle doit s'y marier prochainement, intervint Albine. Naturellement, si vous allez là-bas, j'y vais aussi mais, rassurez-vous, ajouta-t-elle avec un petit rire qui n'évoquait pas tout à fait la gaieté, je saurai me montrer discrète.

– Je ne suis pas certaine d'avoir envie de voyager si tôt. Je crois que je préférerais passer l'été à Dinard, fit Mélanie machinalement.

– Pourquoi pas, après tout ! dit Francis conciliant. Est-ce que le yacht de M. Desprez-Martel n'est pas basé là-bas ? Une croisière serait charmante.

L'*Askja* ! En évoquant la goélette aux voiles rouges, Mélanie sentit les larmes lui monter aux yeux. Elle se revoyait sur le pont, luttant contre le vent qui faisait s'envoler ses cheveux. Elle entendait la voix de Grand-père murmurant, au pied du rocher de Tintagel : « C'est un lieu pour ceux qui s'aiment... » Et elle avait rêvé alors d'y venir avec Francis mais c'était un Francis qui n'existait plus. Il avait disparu un soir dans le couloir du Méditerranée-Express, et celui qui le remplaçait n'était qu'une mauvaise copie. Qu'il pût mettre le pied sur le pont du grand voilier lui donnait la nausée. Pourtant, elle trouva le courage de répondre :

– Nous aurons le temps d'en parler...

– De toute façon, préparez-vous à partir dès le lendemain de la fête ! Sinon, vous pourriez peut-être aller vous reposer chez le bon Dr Souvalovitch...

Le ton avait changé et aussi l'expression du regard. Mélanie ne s'y trompa point. Varennes ne proposait plus, ne priait plus : il ordonnait et même il menaçait. Décidément, chez lui, le naturel ne se laissait pas chasser très longtemps.

– J'y penserai, fit-elle calmement.

Et il ne fut pas possible de lui tirer une parole de plus.

Dès le lendemain, en effet, elle entamait ses préparatifs d'évasion. Elle commença par tailler et coudre entre les grands volants d'un de ses jupons une poche de toile assez grande pour contenir ses bijoux les plus précieux et l'argent dont elle aurait besoin. L'idée lui était venue qu'il serait assez facile de s'en procurer tout simplement chez sa mère. Elle savait où Albine rangeait le sien et, quand elle serait descendue pour recevoir ses invités, il suffirait de s'introduire chez elle et de se servir. Ce ne serait d'ailleurs rien d'autre qu'une restitution aux yeux de Mélanie puisque sa mère gardait par-devers elle la tirelire où l'on déposait, chaque 1er janvier, la pièce d'or remise par Grand-père.

Tranquille de ce côté, elle choisit soigneusement la robe qu'elle comptait porter : il fallait qu'elle fût assez ample pour en dissimuler une autre, presque sans ornements et d'une couleur neutre et beaucoup plus simple. Une visite aux toilettes quand la soirée battrait son plein permettrait le changement. Ensuite, Mélanie envisageait de passer par le vestiaire des invitées et d'emprunter un manteau ou une cape quelconque, grâce à quoi elle pourrait quitter la maison sans se faire remarquer et gagner le boulevard Saint-Germain où il serait facile de trouver une voiture de place. Sa première idée avait été de se faire conduire aux Champs-Élysées mais elle était stupide car c'est là qu'on la cher-

cherait en premier lieu. Et même si la perspective de soutenir un siège en règle avait de quoi la séduire, c'était au fond tout à fait insensé. Donc, elle prendrait la direction de la gare de Lyon et s'embarquerait dans le premier train en partance, même s'il n'allait que jusqu'à Lyon. Il serait toujours possible d'en trouver un autre qui la conduirait en Avignon. Et là, elle savait où se procurer une voiture.

Elle considéra un moment ce plan avec une certaine complaisance quand l'idée lui vint qu'il pouvait échouer pour une raison ou pour une autre car il n'y avait aucune illusion à se faire : Francis la surveillerait certainement d'aussi près que possible et il aurait le concours des domestiques. Alors ?...

Eh bien, il ne resterait plus à Mélanie que le scandale public : faire à tous ces gens assemblés une déclaration calme, froide de ce qu'elle avait eu à souffrir depuis son mariage. Il y aurait là quelques membres de la magistrature et elle invoquerait alors le témoignage du commissaire Langevin et peut-être d'Olivier si Dieu permettait qu'il fût encore en vie. De toute façon elle parlerait du duel dont les témoins seraient peut-être présents...

Forte de cette résolution, elle laissa couler les jours. Autour d'elle c'était l'agitation qui précède les grandes batailles : on faisait le ménage à fond, on commandait les indispensables petites chaises dorées et les plantes vertes destinées à composer des fonds agréables à l'œil. Albine, ses invitations envoyées, passa des heures et des heures enfermée avec sa femme de chambre, à essayer des robes, des parures et de nouvelles coiffures. Naturellement, elle en conclut qu'elle n'avait rien à se mettre et fila chez Paquin se commander une toilette qu'elle voulait étourdissante.

Mélanie essaya bien de se faire emmener mais elle lui opposa un refus acerbe.

– Quand on a la chance d'être habillée par Madame Lanvin, on n'a vraiment besoin de rien d'autre. Tu as même plus qu'il ne te faut puisqu'il y a aussi les robes de ton trousseau. Je ne vois vraiment pas pourquoi tu n'en choisirais pas une ?

– Si cela peut vous faire plaisir, Mère. Je n'ai aucune envie d'être le point de mire de tous ces gens. Cela vous va tellement mieux qu'à moi...

Cet acquiescement souriant laissa Albine stupéfaite et ravie. A cent lieues en tout cas d'imaginer qu'elle venait de rendre à sa fille un grand service. Mélanie en effet, ne savait comment, possédant des robes ravissantes, elle pourrait arborer, sans éveiller de soupçons, l'une des toilettes qu'elle n'aimait pas. Elle avait, en effet, arrêté son choix sur un modèle de taffetas vert foncé qui, avec son mouvement de « paniers » et ses guirlandes de roses, rappelait un peu sa robe de mariée. Passer dessous une légère robe de foulard du même vert mais à pois blancs beaucoup plus discrète pour voyager, serait facile et les fameux paniers dissimuleraient bien l'épaisseur du corsage qu'elle rabattrait autour de sa taille. Très peu de minutes seraient suffisantes pour changer d'aspect et le placard des toilettes du rez-de-chaussée recevrait la robe abandonnée. Mélanie comptait d'ailleurs y cacher, dans la journée, un petit chapeau, un réticule et des gants. Ensuite, ce serait à la grâce de Dieu !

Par extraordinaire, durant ces deux semaines, Varennes se fit discret. Il s'absenta souvent et si elle n'avait senti autour d'elle la surveillance de ses serviteurs, Mélanie eût pu songer que tout était redevenu normal. Une ombre d'ailleurs planait sur ces préparatifs de fête : Olivier Dherblay était toujours dans le coma et Albine elle-même, en dépit de son incurable frivolité, en ressentait le poids tandis que Mélanie en éprouvait un véritable chagrin. Même si le jeune fondé de pouvoirs n'avait été son meilleur soutien, elle eût éprouvé de la peine car, bien souvent, elle pensait à lui et à cette gentillesse, à ces attentions dont il l'avait entourée pendant le peu de temps où il leur avait été donné de se connaître mieux.

Quand vint enfin le soir que Mélanie attendait et redoutait tout à la fois, l'ancienne demeure de Mme de Genlis semblait avoir fait retour à un degré de perfection, apanage du siècle, charmant entre tous, où la femme était reine et l'art de vivre la simple expression du bon ton. D'immenses bouquets de roses, de lys et d'orchidées s'épanouissaient dans toutes les pièces où de longues bougies pâles s'allumaient l'une après l'autre aux mains de laquais en perruques poudrées. C'était comme si l'âme de la maison, débarrassée pour un soir des meubles trop lourds de ce début de siècle sans grâce, s'éveillait peu à peu, une flamme après l'autre. Dans un salon, un orchestre à cordes préludait, s'essayant à une ariette de Mozart cependant que des cuisines où s'affairait une armée « d'extras » montaient les odeurs suaves d'un dîner dont Grimod de La Reynière n'eût pas désapprouvé le menu. La soirée était belle et douce et les portes-fenêtres largement ouvertes laissaient le jardin, éclairé de grands candélabres, pénétrer jusqu'au cœur du vieil hôtel avec ses senteurs de tilleul, d'acacia et de sureau...

Debout près de sa fenêtre, Mélanie respirait cette fraîcheur embaumée en regardant s'éveiller, comme pour un dernier adieu, la maison de son enfance où peut-être elle ne reviendrait jamais. Tout était prêt, en effet, au mieux de ses désirs et, pour pouvoir s'habiller sans être gênée par Angèle, elle avait fermé sa porte à clef, faisant la sourde oreille aux grattements réitérés de la femme de chambre.

Comme celle-ci frappait encore, elle alla tout de même lui ouvrir après avoir jeté sur ses épaules un de ces légers peignoirs que l'on revêtait pour se faire coiffer. Angèle entra comme une bombe :

– Madame la Marquise est habillée ? s'écria-t-elle comme s'il s'agissait-là d'une offense personnelle. Mais c'est impossible !

– Pourquoi donc ? Il y a longtemps que je sais m'habiller seule et vous n'en ignorez rien. Par contre, j'ai besoin que vous me coiffiez...

Sans un mot de plus, elle alla s'asseoir devant la « poudreuse » garnie de brosses d'ivoire et de flacons de cristal. Angèle, cependant, l'examinait d'un œil critique :

– Madame la Marquise a choisi cette robe ? Mais quelle idée ? J'oserais dire qu'elle ne lui va pas très bien.

– Croyez-vous ? Moi je trouve qu'elle me va parfaitement. Au surplus...

– Vous devriez écouter Angèle, ma chère, coupa, du seuil, la voix de Francis. Cette roseraie ambulante vous fait une taille de nourrice. Quelle fichue idée vous avez eue là ? Je suis certain que vous possédez des toilettes plus seyantes.

– Je suis surprise que celle-ci ne vous plaise pas ! C'est pourtant l'une de celles que vous avez choisies quand, en compagnie de ma mère, vous composiez ma corbeille et mon trousseau.

– Vous vous trompez, je n'étais pas toujours là. Angèle, veuillez chercher autre chose ! Celle-ci ressemble à un reposoir pour la Fête-Dieu !

La cameriste se dirigeait déjà vers la penderie quand Mélanie l'arrêta :

– Restez ici! Je n'ai pas l'intention de changer. Je vous en prie, Francis, ajouta-t-elle, laissez-moi m'habiller comme je l'entends. J'ai en effet promis à ma mère que ce soir, je porterais cette robe.

– Ridicule! Vous voulez avoir l'air d'une demoiselle de compagnie? Je voudrais que vous la voyez, votre mère! Elle n'est que blancheurs neigeuses et scintillements de diamants...

– Mes perles roses feront la différence, dit Mélanie avec un rire qu'elle espérait léger. Et puis elle a tellement envie d'être la plus brillante! Pourquoi voulez-vous la priver de ce plaisir?

– Parce que c'est en votre honneur que nous donnons cette soirée et j'entends que ma femme soit digne de moi. Je ne tiens pas à ce que l'on se souvienne par trop que j'ai épousé une roturière. Vous êtes marquise de Varennes, que diable! Pas la rosière du village! Changez-vous!

– Je n'ai plus le temps!

– Nous allons vous aider!

Il avait saisi le peignoir dont le tissu fragile se déchira sous ses doigts impatients. Alors, comprenant qu'on allait la déshabiller et découvrir sa robe de dessous, qu'elle était donc perdue, Mélanie s'arracha des mains de Francis, le repoussa si brusquement qu'il perdit l'équilibre. Puis se jeta hors de sa chambre. Une seule idée dans sa panique : fuir à tout prix même s'il fallait se battre avec les domestiques et avec les premiers invités!... Elle atteignit l'escalier et s'y précipitait quand Francis la rejoignit et la ceintura au risque de rouler avec elle sur les marches de marbre blanc.

Se sentant prisonnière, Mélanie se débattit avec une

fureur désespérée, cherchant à griffer, à mordre, à faire mal pour se libérer. Elle eût tué peut-être si elle en avait possédé le moyen, et le combat, un instant, parut presque égal mais soudain, elle poussa un cri de douleur : Francis venait d'empoigner sa chevelure dénouée et tirait dessus de toutes ses forces. Les larmes jaillirent. Pourtant, elle ne s'avouait pas encore vaincue, s'obstinant à entraîner son bourreau dans une chute qui leur serait peut-être fatale. Et puis, tout à coup quelqu'un s'écria :

– En voilà assez ! Que l'on me sépare ce couple tellement uni mais que l'on prenne garde à l'homme : il est dangereux...

Debout au milieu du grand vestibule illuminé et fleuri, le commissaire Langevin, les mains au fond des poches de son paletot mastic, contemplait la scène. Un cordon de policiers en uniforme doublait la haie anachronique des valets emperruqués porteurs de chandeliers. Un homme en chapeau melon vint dégager Mélanie qui se laissa tomber assise sur une marche tandis qu'un hurlement d'horreur éclatait sur le palier :

– Qu'est-ce que c'est que tout cela ?

Chantilly et plumes d'autruches blancs constellés de diamants, Albine contemplait la scène d'un œil incrédule. Ôtant alors son chapeau, le policier salua brièvement :

– Commissaire Langevin de la Sûreté nationale. Je crois, madame, que nous nous sommes déjà rencontrés ?

– Je sais mais que venez-vous faire chez moi à pareille heure ? Vous voyez bien que nous donnons une réception ? Mes invités seront là dans un instant...

– Cela m'étonnerait qu'on les laisse passer. Pardonnez-moi mais je viens procéder à une arrestation...

– Une...

Avec une sorte de râle, Mme Desprez-Martel s'évanouit au milieu de ses dentelles et de ses plumes. Angèle, qui arrivait, se hâta de lui porter secours tandis que, délaissant Mélanie, l'agent obligeait Francis à rejoindre le commissaire dont la voix, alors, sonna comme la trompette de l'ange au Jugement Dernier.

– Adriano Bruno, au nom de la Loi je vous arrête. Vous êtes accusé de meurtre sur la personne de M. le marquis de Varennes et de tentative d'assassinat sur celle de M. Timothée Desprez-Martel.

– Ne me touchez pas!... Je vous interdis de me toucher, hurla l'inculpé tandis que trois hommes arrivaient péniblement à lui passer les menottes. Vous êtes complètement fou avec votre histoire! Et elle va vous coûter cher. Des centaines de personnes pourront vous jurer que je suis bien...

– N'essaie pas de bluffer, tu es fait, Bruno! Nous tenons ton complice, Mario Caproni, et il a passé des aveux complets...

– Je ne connais pas cet homme et vous aurez du mal à faire avaler votre histoire à mes amis magistrats. Justement, ce soir vous allez voir arriver le Président...

Il n'acheva pas sa phrase. Trois nouveaux personnages venaient de franchir la haute porte, vitrée à l'ancienne, trois hommes dont l'un était assis, les jambes enveloppées d'une couverture, dans une petite voiture. Et le faux gentilhomme recula, comme Don Juan devant la statue du Commandeur, en voyant venir à lui, amoindri sans doute mais encore formidable, le vieux Timothée Desprez-Martel. Antoine Laurens poussait le véhicule auprès duquel se tenait Olivier Dherblay, très pâle mais debout et appuyé sur une canne.

– Eh oui! C'est encore moi! ricana le vieillard en dardant son terrible regard gris sous la broussaille de ses orbites rousses. Je suis plus dur à tuer que vous ne le croyiez, hein ?

– C'est... c'est impossible ! bégaya Francis.

– Voyez vous-même ! Je ne suis pas un fantôme. A présent, je veux ma petite-fille. Mélanie ! Où es-tu Mélanie ?

Toujours assise sur sa marche d'escalier où la stupeur la tenait paralysée, la jeune femme parut ressusciter à cette voix qu'elle croyait à jamais éteinte :

– Me voilà, Grand-père ! Me voilà !

Riant et pleurant tout à la fois, elle vint s'abattre à genoux près de la chaise roulante.

Un moment plus tard, c'était, dans tout l'hôtel, cette qualité de silence qui suit un ouragan. Albine, en proie à une crise de nerfs, recevait dans sa chambre les soins d'un médecin et les serviteurs effaçaient peu à peu les préparatifs de la fête sans faire plus de bruit que s'ils eussent été chaussés de feutre. Dans le plus petit des salons Paulin, visiblement désorienté, avait dressé une table tandis que l'on desservait celle de la salle à manger où ne viendrait s'asseoir aucune des cinquante personnes prévues.

Sur tous pesait le souvenir de la scène terrible qui venait de se dérouler : un homme élégant que l'on emmenait, l'injure à la bouche, vers une prison dont il ne sortirait, sans doute, que pour être conduit à l'échafaud.

Autour d'un grand guéridon, cinq personnes vinrent s'asseoir : Mélanie et son grand-père dont elle ne quittait pas la main, Antoine, Olivier et le commissaire Langevin. Ce fut celui-ci qui, après un temps de réflexion, prit la parole :

– Le fait qu'Adriano Bruno ait pu jouer si facilement le rôle du marquis de Varennes et abuser la haute société parisienne comme il s'était joué, peu avant, de la gentry anglaise s'explique aisément... Toute l'histoire commence à Rome, il y a un peu plus de trente ans. Le marquis Henri de Varennes, dernier descendant d'une famille de l'Argonne à peu près ruinée, était alors consul de France. C'était un homme jeune, aimable et cultivé, qui eut très vite ses entrées dans les deux mondes qui se partagent la capitale italienne : le monde « noir » proche du Vatican et le monde « blanc » attaché au Quirinal [1]. C'est dans le monde « noir » qu'il rencontra donna Anna-Maria Crespi, l'aima et l'épousa avec la bénédiction de la famille. Mais pas celle de la République. Ce mariage offrait trop de gages à l'entourage du pape et Varennes dut donner sa démission. Heureusement pour lui sa femme n'était pas sans fortune et il l'aimait assez pour accepter de vivre désormais en Italie. Un enfant – Francis – vint au monde un an après cette union et le couple aurait pu vivre de longues années de bonheur si le marquis n'était mort peu après la naissance d'une de ces mauvaises fièvres que dispensent les marais Pontins.

« Inconsolable, la jeune marquise décida de se retirer du monde et d'élever son fils dans une propriété qu'elle tenait de sa mère près du lac de Bolsena. L'enfant était de santé fragile et elle craignait pour lui le sort de son père. C'est donc là qu'il fut élevé en compagnie du fils du régisseur du domaine, un gamin de son âge nommé Adriano Bruno. Une véritable amitié unissait les deux garçons et le jeune Adriano partagea les leçons qu'un précepteur donnait au petit Francis qu'il s'ingéniait d'ailleurs à copier en toutes choses.

« A la mort de sa mère, Francis de Varennes hérita

1. Le palais royal italien.

d'une petite fortune et décida de voir le monde. Pour être resté trop longtemps à contempler la campagne d'Orvieto, il brûlait du désir de voyager en pays lointains. Il partit donc pour les Indes, emmenant avec lui comme compagnon plus encore que comme secrétaire son ami Adriano. Il faut dire que, depuis son plus jeune âge, Francis éprouvait une véritable passion pour la botanique et rêvait d'étudier les plantes tropicales. Un rêve que Bruno ne partageait pas. Voyager lui plaisait mais il ne l'imaginait que dans des conditions de confort et même de luxe. Courir les forêts de Ceylan à la recherche d'orchidées ou autres ne l'intéressait nullement. Néanmoins cela servit les desseins qu'il nourrissait depuis le départ d'Italie : se débarrasser de Francis et prendre sa place. L'idée n'était pas aussi folle qu'elle pouvait le paraître. Sans qu'il y eût une véritable ressemblance, le passeport de l'un pouvait parfaitement convenir à l'autre : même taille, même âge, même couleur de cheveux... Bruno en outre l'emportait sur le chapitre de la séduction : il était nettement plus beau que le jeune marquis.

« Une nuit, quelque part dans la jungle entre Columbo et Kandy, Bruno tua Varennes. Comment ? Je l'ignore encore mais le coup fait, il dut feindre un grand chagrin vis-à-vis des porteurs indigènes qui accompagnaient l'expédition. Le corps fut sans doute enterré sur place, après quoi Bruno paya son monde et regagna Columbo où il s'embarqua sur un paquebot anglais à destination d'Alexandrie. Pour rôder son personnage, en effet, il voulait séjourner quelque temps en Égypte.

« Il y resta plusieurs mois, le temps de se créer une réputation de grand voyageur, de se faire des amis et de séduire quelques femmes. Il fréquenta les salles de jeu et même les bas-fonds. C'est au Caire qu'il retrouva

Mario Caproni, une vieille connaissance du temps de l'adolescence, qu'il le tira de la misère et se l'attacha d'abord comme valet de chambre. Mais l'homme manquait de style et le nouveau marquis pensa qu'il serait plus judicieux de lui laisser une certaine liberté à condition qu'il soit toujours à sa disposition. Il le tenait d'ailleurs en conservant par-devers lui les preuves d'un meurtre commis par Caproni et celui-ci se serait bien gardé de le trahir.

« Lorsque Bruno quitta l'Égypte, ce fut pour l'Angleterre où le ramenait une jeune lady dont je tairai le nom et qu'il comptait bien épouser car l'argent commençait à lui manquer. Il eut néanmoins le bon esprit de se retirer quand il comprit que la famille de la jeune fille ne verrait pas ces noces d'un bon œil pour l'excellente raison qu'elle espérait un riche mariage. Mais la jeune lady était fort lancée dans la société et c'est grâce à elle que « le marquis de Varennes » fit la connaissance du prince de Galles et fut même invité à son couronnement. C'est peu après, je crois, que, venu en France pour y liquider une petite terre, seul bien qui restât aux Varennes, il choisit de séjourner d'abord à Dinard où il comptait nombre d'amis et où il fit, je crois, votre connaissance ? conclut le commissaire en s'adressant à Mélanie.

Mais ce fut son grand-père qui répondit pour elle :

– En effet. Et pas pour notre bonheur ! soupira-t-il. Si vous le permettez, Commissaire, c'est moi qui vais continuer votre récit. Je vous rendrai la parole tout à l'heure !

– Je vous en prie ! fit Langevin en souriant. Cela va me permettre d'apprécier à sa juste valeur cet admirable Romanée-Saint-Vivant ajouta-t-il en prenant son verre entre ses mains.

– Merci. Je ne vais pas rappeler ici, pour ne pas faire souffrir inutilement ma petite-fille, comment ce triste sire a réussi à s'introduire dans ma famille. Je prendrai l'affaire au lendemain même des fiançailles... ou presque. Deux jours après, je recevais une lettre d'un certain Gerhardt Lenk, de Zurich. Ce personnage me disait que si je désirais en savoir plus sur l'homme qui devait épouser Mlle Desprez-Martel il serait heureux de me recevoir. Une adresse suivait. J'ai donc décidé d'aller voir M. Lenk et, comme j'ai toujours entretenu des relations importantes avec les banques suisses, personne n'a trouvé étrange que je me rende à Zurich. Les conjectures habituelles de la presse ont été leur train et même Olivier ignorait ce que j'allais faire.

– Ce n'était tout de même pas par méfiance ? demanda Mélanie en souriant au jeune homme.

– Non, mais mon correspondant me recommandait, pour ma propre sécurité, la plus grande discrétion. J'ai simplement joué le jeu et je suis parti. Naturellement Varennes – permettez-moi de l'appeler encore ainsi, mon cher commissaire, cela me facilite les choses...

– Faites donc ! La presse n'a pas fini d'en faire autant.

– Donc Varennes a su mon départ et, tout en ignorant ce que j'allais faire au juste en Suisse, il a pensé qu'il était temps de me supprimer, ses finances ne lui permettant guère le délai d'un an de fiançailles que je lui avais imposé. Il a donc lancé sur moi Caproni et, en pleine nuit, j'ai été attaqué dans mon compartiment de chemin de fer par un homme armé qui, après m'avoir conduit à la portière, m'a jeté hors du train... J'étais tout habillé car lorsque je voyage en sleeping je me contente de m'étendre sur la couchette en ôtant seulement mes chaussures... Allons, petite, tout cela est fini, fit-il en couvrant de sa main celle de Mélanie qui n'avait pu retenir une exclamation indignée.

– Que vous n'ayez pas été tué, c'est un vrai miracle! fit Olivier.

– Je le reconnais. Je suis tombé sur un talus herbeux qui m'a seulement cassé quelques côtes et brisé les deux jambes. Ma chance a été qu'un contrebandier qui venait de franchir la ligne de chemin de fer en rentrant chez lui ait vu la scène. Le train disparu, il m'a cherché, trouvé et traîné dans sa maison, heureusement peu éloignée du lieu de ma chute.

– Ce qui est incroyable c'est que l'on ne vous ait pas découvert. Les recherches ont été faites très sérieusement, dit Langevin.

– C'est gentil de poser à la place des autres des questions dont vous connaissez les réponses. L'homme était un marginal, moitié braconnier, moitié contrebandier et vaguement cultivateur pour la façade. Lui et sa femme ont préféré me cacher quand les gendarmes ont commencé à battre la campagne. J'étais d'ailleurs dans un si triste état qu'ils s'attendaient à ce que je meure d'une heure à l'autre, auquel cas ils m'auraient reporté dans un endroit où l'on aurait pu me retrouver. Mais, habitués à soigner les bêtes, ils ont réussi à me sauver. Du moins pour ce que j'en sais car je suis resté durant des semaines dans une totale inconscience.

« Néanmoins, ils savaient qui j'étais. Les gendarmes et aussi mon portefeuille trouvé dans ma poche les avaient renseignés et quand, enfin, les recherches ont été abandonnées, ils ont écrit à Olivier en lui recommandant le secret. Il est venu tout de suite.

– Et vous ne m'avez rien dit? s'écria Mélanie indignée. Vous saviez que mon grand-père était vivant et...

– Tais-toi! Il a bien fait! Songe qu'il a trouvé un

vieil homme inerte qui ne l'a même pas reconnu, un homme facile à achever si on l'avait su vivant.

– Souvenez-vous! coupa Dherblay. Lorsque je vous ai adjurée de ne pas épouser Varennes, ne vous ai-je pas laissé entendre que pour ma part je n'avais pas perdu l'espoir?

– En effet, mais si vous m'aviez dit la vérité, j'aurais reculé mon mariage.

– Et pour cela vous auriez dit à votre fiancé ce que vous saviez? Vous l'aimiez tant! Et je ne voulais pas courir ce risque. Il a donc bien fallu que je laisse le mariage se faire... mais combien je m'en suis repenti lorsque l'on vous a crue morte!

– A sa place j'en aurais fait autant, coupa le vieux monsieur, et quand j'ai su ce qui s'était passé, je lui ai donné raison même si j'ai failli étouffer de colère et de chagrin. Ce Varennes gagnait sur toute la ligne... Mais revenons au moment où Olivier est arrivé auprès de moi. Imaginez sa consternation! Que faire d'un corps inerte et totalement inconscient? C'est alors qu'il a songé à mon vieil ami le professeur Tauber, de la Faculté de Bâle. Il est allé le voir, lui a tout raconté et, le lendemain, Tauber lui-même venait me chercher pour me ramener dans sa clinique où j'ai été inscrit sous le nom sans danger de M. Dubois. C'est chez lui que je suis enfin remonté des profondeurs où je me débattais depuis des semaines. Olivier, alors, est revenu prendre mes ordres et je l'ai envoyé à Zurich afin d'y rencontrer ce M. Lenk qui, me croyant mort, ne m'attendait plus. Pourtant, l'histoire qu'il avait à raconter était intéressante... Voulez-vous continuer, Dherblay? Pendant ce temps j'essaierai de convaincre le commissaire de partager son bourgogne avec moi.

Olivier se mit à rire et reprit le récit :

– Ce Suisse, grand voyageur lui aussi, se trouvait à Ceylan en même temps que le marquis de Varennes et Bruno. Il avait même partagé avec eux un poulet étique dans un rest-house sur la route de Columbo à Kandy, mais lui revenait prendre le bateau pour l'Europe alors que les deux autres comptaient s'enfoncer dans la jungle. Il n'a donc rien su de ce qui s'y est passé peu après et le dîner lui était un peu sorti de la mémoire quand, venu en France pour affaires, il a lu, dans un journal, l'annonce des fiançailles de Mlle Desprez-Martel avec le marquis de Varennes. Une photographie du fiancé illustrait l'article. C'est elle qui a réveillé ses souvenirs car il a reconnu non Varennes, mais son secrétaire. Il est rentré chez lui et a écrit, pensant qu'il se devait de révéler ce qu'il savait.

« Revenu à Bâle, j'ai informé M. Desprez-Martel et, sur ses indications, j'ai joint le commissaire Langevin qu'il connaît bien et qui s'était occupé de sa disparition. C'est lui qui, dès lors, s'est chargé de mener une sérieuse enquête...

– Ce qui n'était pas facile car Ceylan est loin et je savais que j'en aurais pour un moment, si même je pouvais réussir, enchaîna Langevin. C'est alors que j'ai appris le pseudo-drame du lac de Côme. Dès cet instant, j'ai été persuadé de la substitution de personnes et j'ai cru, tout de bon, que ce misérable avait assassiné sa femme. Et puis vous êtes revenue, Mademoiselle, et j'en ai éprouvé un vif soulagement. Passager d'ailleurs car si l'aventure que vous avez bien voulu me confier apportait de l'eau à mon moulin, elle me compliquait aussi la tâche : sans le moindre cadavre à me mettre sous la dent et sans nouvelles de Ceylan, je ne voyais aucun moyen de confondre le personnage. Il est, il faut bien en convenir, d'une habileté diabolique et si la chance ne m'avait pas servi...

– La chance ? demanda Mélanie.

– Comment appeler autrement cette rafle dans les beuglants du quartier de Charonne fréquentés par les apaches qui, à la suite d'une bataille au couteau, m'a livré Caproni ? L'homme était ivre mais gardait suffisamment de conscience pour brailler que son maître était un « monsieur de la haute » qui le tirerait de mes griffes et me ferait rendre gorge. Le nom est venu sans trop de peine et, de cette minute, je n'ai plus lâché Caproni que j'avais fait mettre au secret...

– Vous avez pu le faire parler ? fit Olivier.

– Je dois dire qu'il a passé d'assez mauvais quarts d'heure avant de cracher le morceau. C'est lui, bien sûr, qui a attaqué M. Desprez-Martel dans le train de Zurich et qui était chargé d'en faire autant à sa petite-fille.

– Il devait me tuer ? murmura Mélanie. Mais comment ?

– Il était, lui aussi, dans le Méditerranée-Express mais dans les sleepings de seconde classe où les voyageurs de première placent leurs serviteurs. Après Lyon, il devait entrer dans votre compartiment et vous jeter hors du train comme il l'avait fait pour votre grand-père et, cette fois, votre mort aurait passé pour un suicide causé par le chagrin d'avoir vu votre jeune époux rejoindre pour sa nuit de noces une danseuse de music-hall...

– Un instant ! coupa Antoine qui n'avait encore rien dit. Je ne vois pas comment il aurait pu s'y prendre ? On n'entre pas comme ça et en pleine nuit dans un compartiment gardé par Pierre Bault. C'est le nom du conducteur et je le connais bien. Il est vigilant et courageux. Je le vois mal laissant enlever une jeune femme...

– Il n'aurait pas eu le choix. Caproni avait ordre de se débarrasser de lui s'il cherchait à s'interposer.

– Je crois que je comprends ce qui s'est passé, dit Mélanie. A Lyon, je n'étais déjà plus dans mon compartiment et ce Caproni ne m'a pas trouvée ?

– C'est encore plus simple que ça, sourit le commissaire. Il n'a même pas mis les pieds dans votre wagon. Il lui est arrivé une chose idiote, stupide et bien propre à déconsidérer un homme de main. Caproni, qui aime un peu trop la dive bouteille, avait déjà beaucoup bu au dîner. En outre, il voyageait avec un représentant en liqueurs et eaux-de-vie qui lui a fait goûter quelques échantillons. Résultat, il s'est endormi et ne s'est réveillé qu'à Marseille.

« Comprenant que son coup était manqué et qu'il allait avoir de sérieux ennuis avec son maître, il a été pris de panique. Il a quitté le train puis en a pris un autre qui remontait sur Paris. Ce qui ne l'empêche pas de prétendre à présent que, vous ayant aperçue, il ne s'est pas senti de cœur de tuer une aussi charmante jeune femme.

– Accordons-lui le bénéfice du doute, à condition, bien entendu, qu'il ne se rétracte pas, dit le vieux Timothée avec un haussement d'épaules. En tout cas je ne remercierai jamais assez notre ami Laurens, ici présent, de s'être chargé de mettre ma chère petit-fille à l'abri...

– Comment se fait-il que vous soyez amis, Grand-père ? demanda Mélanie. Lorsque j'étais chez lui, Antoine disait qu'il ne vous connaissait pas.

– Oh, leurs relations sont assez récentes ! fit Olivier. Comme d'ailleurs notre amitié...

– Vous aussi ? Mais comment est-ce possible ?

– C'est très simple au contraire : Antoine qui nous a vus tous les deux à l'Opéra est tombé chez moi comme la foudre, le lendemain soir, pour exiger que je lui dise où je vous cachais. Il en serait peut-être venu aux voies de fait, tant il était en colère si, à cette minute, n'étaient arrivés les témoins du pseudo-marquis. Du coup, il s'est rangé à mes côtés. Il m'a accompagné sur le pré et lorsque j'ai été blessé, je l'ai supplié de courir à Bâle à ma place afin de tout dire à votre grand-père et de lui demander de revenir. Je... je n'étais pas certain de pouvoir le faire un jour.

En regardant le visage émacié du jeune homme, Mélanie sentit quelque chose s'émouvoir dans son cœur et ses yeux s'emplir de larmes :

– Comment peut-on remercier quelqu'un qui a versé son sang pour vous ? Oh, Olivier ! J'avais si peur pour vous ! Les nouvelles que nous recevions chaque jour étaient affreuses...

– Mais ne correspondaient pas tout à fait à la réalité. Le professeur Dieulafoy a bien voulu consentir à jouer mon jeu. Et si vous avez craint pour ma vie, je suis récompensé bien au-delà de mes mérites... Ce que je redoutais, moi, c'était que M. Desprez-Martel, qui est heureusement en convalescence, ne fût pas encore assez fort pour entreprendre le voyage de retour.

– Pas assez fort ? s'écria celui-ci. Mais je serais venu sur les mains s'il l'avait fallu quand je t'ai sue vivante, ma petite. La nouvelle de ta mort m'avait... déchiré le cœur.

Émue, Mélanie se leva pour entourer de ses bras le cou du vieil homme et poser sa joue contre la sienne.

– Grand-père !... Moi aussi je vous ai pleuré tant et tant ! Et j'ai honte, à présent, de n'avoir pas respecté votre volonté. La punition était largement méritée.

– Un peu rude tout de même, tu ne trouves pas ? Allons, tu n'as rien à te reprocher. L'amour fait faire tant de bêtises et tous les torts ne sont pas de ton côté. Il faut considérer que tout finit bien puisque, mariée à une ombre, tu n'auras même pas à divorcer.

Les autres regardaient, sans trop savoir que dire et avec des sentiments divers, ce couple disparate et touchant que formaient ce vieillard et cette belle jeune femme. Ce fut Antoine qui, le premier, secoua le charme :

– C'est vrai, dit-il. Vous voilà tous deux délivrés d'un cauchemar et je vais vous demander de m'excuser. Il est temps que je rentre...

– Non !

C'était plus qu'un refus : un cri. Lâchant son grand-père, Mélanie se tourna vers Antoine :

– Non ! fit-elle plus doucement. Je ne veux pas que vous partiez ! Vous ne pouvez pas me quitter comme cela, alors que nous venons seulement de nous retrouver ?

– Il le faut bien pourtant ? Je ne vais pas m'installer chez vous.

– Pourquoi pas ?... Non, taisez-vous ! Laissez-moi parler ! Savez-vous que tout à l'heure, lorsque je luttais contre cet homme pour lui échapper, j'avais formé le projet de m'enfuir jusque chez vous ? Sous cette robe que je porte, il y en a une autre dans laquelle j'ai caché mes bijoux car je voulais profiter de tout ce monde qui allait venir pour quitter cette maison où je suis prisonnière. Je pensais courir à la gare de Lyon afin d'y prendre le premier train en partance pour le Sud quitte à en changer trois fois pour arriver en Avignon. Oh, Antoine, où étiez-vous ? Je vous ai cherché. Je suis allée rue de Thorigny...

– Pardonnez-moi ! J'étais chez un ami... disons, par prudence...

– Je sais. Pierre Bault m'a appris certaines choses et

aussi quelle imprudence vous aviez commise en revenant ici. Mais par bonheur, le commissaire...

– Si vous alliez plutôt causer au jardin ? proposa Grand-père. J'ai encore à parler avec ces messieurs et notre présence ne peut que vous gêner. Vous n'êtes pas si pressé, Antoine ?

– Non... non, bien sûr...

– Alors attendez-moi un instant ! pria Mélanie. Je reviens tout de suite.

Ramassant son taffetas vert qui avait quelque peu souffert dans la bagarre, elle courut dans sa chambre pour s'en débarrasser. Il fallait qu'Antoine, pour une fois, la vît assez belle pour avoir envie de la garder. Très vite, elle revêtit sa robe de faille blanche, glissa dans le décolleté deux roses pâles prises dans un vase et dénoua ses cheveux qu'elle rejeta simplement en arrière. Après un sourire à son miroir, elle rejoignit le jardin sans passer par le petit salon.

On avait éteint les flambeaux de la fête mais la nuit était claire et elle retrouva sans peine son ami : assis sur un banc, il fumait un cigare dont le bout rougeoyait par instants. Le frou-frou de la robe sur les graviers le fit lever et il regarda venir à lui cette ombre blanche et parfumée qui lui en rappelait tellement une autre dont l'image, sans doute, ne s'effacerait plus.

En silence, Mélanie vint tout contre lui et glissa ses bras autour de son cou sans qu'il trouvât le courage de la repousser.

– Je vous aime, soupira-t-elle. Et je sais que vous m'aimez. Pourquoi voulez-vous partir ?

Il referma les bras sur elle pour enfouir son visage dans ses cheveux.

– Parce qu'il le faut. C'est sans doute vrai que je vous aime et c'est peut-être vrai que vous m'aimez.

Seulement, je ne suis pas un homme pour vous, ni sans doute pour aucune femme...

– Je ne vois pas ce qui vous permet d'en juger. Et ne venez pas me parler de nos âges!... nous avons été heureux ensemble, souvenez-vous ? Et je ne crois pas que le bonheur puisse habiter ailleurs qu'à Château-Saint-Sauveur...

– Ma maison sera la vôtre aussi souvent que vous le désirerez mais je ne suis pas certain que vous le désirerez toujours! Vous n'avez rien vu du vaste monde et, quant à moi, je quitte Paris demain mais pas pour la Provence.

– Qu'importe! Vous y reviendrez un jour ou l'autre ? J'aimerais vous y attendre comme la comtesse d'Alès attendait le bailli de Suffren dans son château de Borrigaille. Il était de l'ordre de Malte et ne pouvait se marier mais elle était heureuse d'entendre les bruits de sa gloire et de l'accueillir à ses retours, souvent bien courts... Elle est même morte loin de lui sans jamais cesser d'être heureuse.

– Je connais l'histoire, Mélanie, mais vous, cette vie en dehors, cette vie en marge n'est pas faite pour vous. Et je ne suis pas, tant s'en faut, le bailli de Suffren!

– Vous êtes Antoine... et pour moi c'est aussi bien.

– Que vous êtes jeune, mon Dieu!... Et si nous parlions un peu de votre grand-père ? Vous voulez l'abandonner si vite ?

– Non, bien sûr. Je suis trop heureuse qu'il soit là et bien vivant et nous allons rester ensemble mais il n'y a là aucune incompatibilité. Il pourrait... acheter un château en Provence ? Il est si riche! Il ne me refuserait pas mon Borrigaille...

– Mélanie, Mélanie! Vous avez seize ans et moi...

– Nous y voilà! Je savais bien que vous en parleriez.

Sachez alors que j'ai beaucoup vieilli en quelques semaines.

– Vous le croyez mais votre cœur est encore tout neuf et peut prendre d'autres directions. Je ne veux pas courir ce risque... outre que nous ne sommes sûrement pas faits l'un pour l'autre.

– Je suis certaine du contraire ! Rappelez-vous notre nuit !

– A mesure que passerait le temps, nos nuits seraient moins belles. Vous ne me connaissez pas vraiment. Vous croyez que je suis un peintre un peu fou mais je suis autre chose aussi.

– Un agent secret ? Je le sais. Et après ? Ces hommes-là ont le droit de vivre et d'avoir des femmes !

– Ils ont surtout des veuves ! En tout cas merci de n'avoir pas dit un espion.

Il avait réussi à l'écarter de lui mais elle revint à la charge et l'obligea à mettre ses bras autour d'elle.

– Eh bien, fit-elle joyeusement, je serai votre veuve ! Mais jusque-là, il y a plein de beaux jours qui nous attendent.

– Dieu que vous êtes entêtée ! Vous me forcez vraiment dans mes retranchements. Et si je vous disais que je suis aussi... un voleur ?

– Cela ne changerait rien du tout ! Et d'ailleurs, ce n'est pas vrai.

– Si, c'est vrai !...

Elle le considéra avec une stupeur amusée où n'entrait d'ailleurs pas la moindre indignation.

– Tout de bon ?

– Tout de bon ! Mais je ne suis pas un vulgaire cambrioleur : je ne m'empare que de très beaux joyaux ! Les perles de la petite Bremontier, les émeraudes du maharajah et les diamants d'Anna de Castellane, c'était moi... Ne le répétez pas ! Je vous donne là une preuve de confiance, Mélanie...

– Vous essayez surtout de me dégoûter de vous. Si c'est cela, vous ne prenez pas le bon chemin. Et qu'est-ce que vous faites de votre butin ? Vous le gardez ?

– Quelque temps seulement : celui de les admirer, de les caresser. J'ai toujours eu la passion des pierres !... Ensuite, je les vends et pour que le Seigneur me pardonne, je donne la moitié de l'argent à qui en a besoin !

– Merveilleux ! exulta Mélanie. Vous êtes une sorte de Robin des Bois ? Vous voyez bien que vous êtes un héros, vous aussi ! Je vous adore !

– Miséricorde ! soupira Antoine. Je ne vous savais pas si grande lectrice de romans d'aventure ! C'est très joli dans les livres mais songez qu'un beau jour le commissaire Langevin pourrait me mettre la main au collet comme il vient de le faire pour Adriano Bruno.

– Il ne fera jamais cela ! assura Mélanie. Si vous travaillez pour le gouvernement, il ne peut que vous protéger !

– C'est... votre morale personnelle ?

– Pourquoi en aurais-je une autre puisque je vous aime ? Aimez-moi, Antoine ! Je suis sûre que vous en mourez d'envie !

– Ne me rendez pas ridicule, mon cœur ! La vie que vous m'offrez serait belle et facile mais je ne me reconnais pas le droit de l'accepter. Je pars demain, je vous l'ai déjà dit, ... très loin, là où l'on m'envoie.

– Et bien sûr, vous ne me direz pas où ? Parfait ! Je vous attendrai.

– Mais je ne le veux pas ! s'écria Antoine. Et vous allez même me promettre d'essayer de vivre comme si nous ne nous connaissions pas... comme si nous habitions des planètes différentes !

– Donnez-moi une bonne raison pour cela!

– Vous avez vraiment envie de vous faire tuer? Ou de faire tuer Victoire, les filles, Prudent, le chien et le chat? Je les ai toujours tenus à l'abri des mauvais coups jusqu'à présent. Oubliez-moi au moins pour un temps! Votre grand-père va ouvrir devant vous les porte d'une vie magnifique: acceptez ce qu'il vous offre!

– Il ne m'offrirait rien s'il savait ce qu'il y a entre nous...

– Il le sait. Il sait même tout et il pense que j'ai raison. Croyez-moi, Mélanie! Laissez passer le temps! Dans quelques mois, dans un an ou deux vous ne vous souviendrez peut-être même plus de moi!

– Ne comptez pas là-dessus!

– Pourquoi? Mais regardez donc autour de vous! Là, tout près, il y a un homme qui vous aime. Un homme jeune, brillant, plein d'avenir... et honnête!...

– Olivier?

– Bien sûr, Olivier! Il s'est même fait embrocher pour vous. Qui vous dit qu'un jour cet amour qui n'ose pas s'avouer ne vous touchera pas?

– Si vous m'aimiez vraiment, vous ne le verriez même pas, Olivier. Moi je ne sais qu'une chose: je n'aimerai jamais que vous!

– Alors, revenez me le dire dans deux ans... si je ne suis pas mort... ou en prison!

– Pourquoi n'irais-je pas vous le dire en prison? Et si vous êtes mort, j'irai le crier sur votre tombe!

– Sacrée tête de mule!

Saisissant à deux mains le visage de Mélanie, Antoine lui donna le plus long baiser qu'il eût jamais donné. Puis s'enfuit en courant vers les portes-fenêtres éclairées de la maison.

Vidée de ses forces, Mélanie se laissa tomber sur le sable de l'allée...

– Antoine!... appela-t-elle, reviens!

Elle resta là un moment puis, retrouvant son courage elle se releva. Il était déjà loin sans doute et elle renonça à le poursuivre mais cria dans le silence de la nuit :

– Tu ne te débarrasseras pas de moi si facilement, Antoine Laurens! Je t'aime... oh je t'aime tant! – Et sa voix ne fut plus qu'un murmure...

De son côté, Antoine avait traversé le vieil hôtel sans chercher à dire au revoir et sans saluer quiconque. Il franchit en courant la cour et le portail puis il s'élança dans la rue à la recherche d'un fiacre comme Mélanie avait rêvé de le faire pour aller vers lui.

Il en trouva un sur le boulevard, se jeta dedans :

– Rue de Thorigny! ordonna-t-il au cocher.

La voiture partit. Tirant de sa poche son vieux chapeau de tweed, il se l'enfonça jusqu'aux sourcils, se rencogna contre le drap usé du siège, croisa les bras et ferma les yeux. Il ne fallait plus qu'il pense à Mélanie! Il fallait qu'il pense à autre chose : à la mission qui l'attendait, au temps qui pressait... à des choses sans importance... Et c'est alors qu'il entendit un bruit bizarre : au fond de lui-même quelqu'un pleurait...

Un mois plus tard, sur le pont de l'*Askja*, Mélanie et son grand-père regardaient les marins envoyer les grandes voiles rouges à la pointe des mâts. Comme il l'avait promis, le vieux Timothée emmenait sa petite-fille découvrir l'Amérique.

Debout sur le quai de Saint-Servan, Olivier Dherbay suivit des yeux la goélette jusqu'à ce qu'elle ne fût plus qu'une virgule à la surface de la mer. Oubliant le travail qui l'attendait, il pensa seulement que ces deux-là méritaient bien leurs vacances et que sa part à lui n'était pas la plus mauvaise. Paris était vide, à présent, d'une haute société qui ignorerait longtemps ce qui s'était passé rue Saint-Dominique, la version officielle étant que Mme Desprez-Martel, souffrant d'une crise d'appendicite, avait dû être transportée d'urgence en clinique quelques minutes avant la réception. Il allait pouvoir travailler d'autant plus tranquillement que, grâce à l'amitié conjointe du président Loubet et du commissaire Langevin, le scandale de l'arrestation avait pu être caché aux journaux, donc évité.

Comme serait évité le déshonorant procès : Adriano Bruno était mort dans sa prison : empoisonné. On ne saurait jamais par qui et d'ailleurs personne n'aurait l'idée de chercher à savoir qui avait ordonné la mort d'un petit truand italien. Seul, Olivier s'en doutait : l'homme qui s'en était pris à Mélanie n'avait à attendre ni pardon ni pitié du vieux Timothée...

Quant à Albine Desprez-Martel, née Pauchon de la Creuse, elle partit prendre quelques semaines de repos à Marienbad, y rencontra un planteur de café brésilien et, entre deux verres d'eau, se laissa séduire par l'idée de visiter de nouveaux horizons.

Saint-Mandé, 6 mars 1990.

TABLE

TROISIÈME PARTIE

L'affrontement

Achevé d'imprimer en janvier 1998
sur les presses de l'Imprimerie Bussière
à Saint-Amand (Cher)

POCKET - 12, avenue d'Italie - 75627 Paris Cedex 13
Tél. : 01-44-16-05-00

— N° d'imp. 2639. —
Dépôt légal : octobre 1992.

Imprimé en France